符号与传媒

Signs & Media

第2辑

四川大学符号学-传媒学研究中心 主办

四川出版集团 巴蜀书社

图书在版编目（CIP）数据

符号与传媒(二) / 赵毅衡主编.—成都：巴蜀书社，
2011.4

　ISBN 978-7-80752-783-1

　Ⅰ.①符…　Ⅱ.①赵…　Ⅲ.①符号学—文集　Ⅳ.①
H0-53

中国版本图书馆 CIP 数据核字（2011）第 046621 号

符号与传媒（二）　　　　　　　　　　　　　　　赵毅衡　主编

责任编辑　李　蓓
出　　版　四川出版集团巴蜀书社
　　　　　成都市槐树街 2 号　邮编 610031
　　　　　总编室电话：(028)86259397
网　　址　www.bsbook.com
发　　行　巴蜀书社
　　　　　发行科电话：(028)86259422　86259423
经　　销　新华书店
印　　刷　成都蜀通印务有限责任公司 (028) 84122206
照　　排　成都完美科技有限责任公司
版　　次　2011 年 4 月第 1 版
印　　次　2011 年 4 月第 1 次印刷
成品尺寸　168mm×240mm
印　　张　20.5
字　　数　490 千
书　　号　ISBN 978-7-80752-783-1
定　　价　40.00 元

编者的话

　　我们的工作是幸运的：我们正努力编纂国内第一本符号学与传媒学的"行内"出版物；但我们也多少面对着一些麻烦：如果我们编得不好，那么检讨就是少不了的。相应地，如果在我们的编辑过程中落实了一些想法，就必须向同行、读者做几句解释，希望得到大家的批评。

　　主持这个出版物的是"四川大学符号学－传媒学研究中心"。我们要编好这份出版物，要靠全国、全世界的专家支持。仅以现在呈现在诸君面前的这期为例，我们得到了包括李幼蒸、胡壮麟、郭鸿、孟华等诸位国内知名学者、专家的帮助。他们是中国符号学界的支柱与开拓者，而他们的思想实践告诉我们，他们还是走在研究最前沿的勇者。和国内一切曾经，正在，或将要受惠于他们的学人一样，我们对他们的感谢无以言表。本期刊发了近十位年轻学者的文章，他们对问题的尖锐推进则告诉我们：思想者或许有年龄，但是思想却青春永驻。

　　符号学、传媒学和其他无数现代学科一样，无法不正视一个事实：它们乃是西方思想与中国传统结合的孩子。泰西之学挟现代性之动能而落入中国人的思想领域，这一事件的复杂与深刻，不必我们赘言。甚至在今天，不可讳言，西方的符号学专著与刊物比中国多，西方的符号学者、符号学研究所在数量上也比我们多。从而，符号学与传媒学也就必须在和西方思想的搏击与切磋中成长。因此，我们专门为这种搏击设立了一个擂台——《理论辨义互动：中国与西方》。在这里，我们可以看到中国学人对艾柯、迪利、塔拉斯蒂等可敬对手的回应与挑战。真知在对话中产生，学问在驳难中生长。在符号学学问之前，中西学者都必须勇敢，也必须谦逊。今后我们将组织西方学者回应中国符号学者，使这个专栏成为双行道。

中国符号学与传媒学的成长，也有赖于学人们的锐意进取与敏感的直觉。直觉能够感触到世界最新的变化，而进取心则把人们驱向尚未开垦的处女地。在这期刊物中，我们把一些学人对"游戏"这一现象的符号学、传媒学思考汇集成一专辑；与此同时，我们也精选了近几年出版的一些传媒学与符号学专著，并且邀请了相关的学者对其进行评述。自然，在当今繁荣的知识生产背景下，我们的评述不可能做到完全；我们只期望通过刊物的积累，来逐渐做到这一点。

《近著近译书评》是本书常设的一个专栏，我们对努力保持符号学与传媒学领域长青的学者们致敬，我们的书评队伍将仔细搜集、购买每一位学者的专著，并且给予公正的评论，也希望有新作的朋友们告诉我们一声。

当然，就像我们的学人们一再说明的那样，符号学与传媒学在中国虽然已蔚为大观，但是和展开在我们面前的符号文化现象相比，这种繁盛还显得远为不够：我们的刊物也远远不能是一种总结，而是一种开始，一种或许永远开始着的开始。

四川大学符号学-传媒学研究中心

《符号与传媒》编辑部

2011 年 1 月

目录 CONTENTS

理论与运用

漫谈符号学的学术功能辨析

——论"创作"的思想性与"研究"的理论性之别

李幼蒸

摘　要：本文拟按照符号学的观察和分析方法，辨析"人文话语"构成中的"功能二分法现象"，亦即创作与研究。为此，本文将主要围绕以下几个方面展开论述：1. 存在主义和结构主义的"大方向"区别；2. 电影创作和电影理论的功能区别；3. 小说的思想性和文学理论；4. 媒体文化和媒体学术；5. 史书编著和史学研究；6. 儒学研究中的对象和方法之别；7. 汉学和比较研究。

关键词：人文话语、创作、研究、存在主义、结构主义、电影、媒体、儒学、汉学

本文拟按照符号学的观察和分析方法，辨析"人文话语"构成中的"功能二分法现象"：创作（A）与研究（B）。我们用 A 指自古至今的任何一种"创作性实践"，而用"反思性实践"B 指对 A 的反省、观察、分析、批评和改进。A 和 B 指学人的"实践方向"和实践层次与方面，而非具体指实践的"文本内容"。同一内容可能在不同的语境中或者相当于 A 或者相当于 B；学人的具体文化性、学术性实践也可以既包含 A 又包含 B。此外，作为"创作"实践，还可以继续区分为创作本身（A1）和对创作的各种"针对性反思"（评价、检讨、方法改进等）或"具体性方法思考"（A2）。体现 A2 的文本和体现 B 的文本之间可有相互重叠部分，即同一思考及其文本产物既可相当于

A2 也可相当于 B，这取决于读解的语境和观察的角度。我们将三种"人文类思考"及其文本产物区分为：具体创作作品之思考（A1）、有关具体创作的"方法论"之思考（A2）以及有关一般创作现象之性质、条件、作用、意义等的整体性思考（B）。此分类法乃根据于思考的"功能"，而这三种类型的"思考"在文化学术的现实表现中当然是广泛重叠的。"功能"本身的区别和体现不同功能的"诸相应内容"的叠合，是平行存在的。此功能的区分相关于"作者"之动机、目的、方式、方向、对象 1（材料选择）、对象 2（受者选择）、作品之效果（社会的，文化的，历史的，学术的）等等。但这些相关意义方面在不同的创作实践形态中的存在和作用互不相同，甚至差别极大，这相关于时代和个人的思想能力和知识条件的差异，因此可以说古今迥异。因为正是近现代科学的发展才全面促进和提升了人类的思维细密度和思维的"分工化"。古代文化学术"作品"经验的、直观的综合性特点，遂逐渐演变为近现代人文学术"作品"的分析性特点。

例如，在古代，"诗作"是 A，"诗话"就是原始的 B（对 A 的原始"研究"形态，实为 A2，因当时不可能有真正的 B）；而同一诗话作品还可能同时或"不同方面地"承担着 A 和 B 功能。诗人的最初创作文本是 A1，在创作过程中或其后对此作品技巧的反思和改进企图就相当于 A2，而作者本人或他人对相关于诗歌现象或诗歌理解的总体性思考就相当于 B（例如《文心雕龙》）。这三种思考类型，可以存在于一人（作者）、不同人（读者，评者）、一个作品内、不同作品内、一个时代内、不同时代内等等。在中国文学史上，"作品，批评，理论"的三分法大体相当于此处所说的 A1、A2、B 的分类学的古代形态，虽然传统的分类法针对的是"文本"之题材和体裁，即思考产物的文本性质。我们在此提出的分类法则针对着思维的功能类别、方式和意图方向。

我们提出此一较为形式化的方式，一是为了强调这三种"思维方式"的普遍存在性，二是为了强调这三种方式或功能各自相关于不同的"文本生产机制"。符号学所强化了的现代人文理论思维，特别是关于文本生产条件的思考，遂使我们有必要重新思考"创作、批评、理论"之间错综复杂的关系问题。而且，本文认为，此种三分法实际上为人类思维中内含的三种不同功能类型。我们遂有必要从对"文本内容面"的关注，先过渡到"文本类型学"的关注，最后过渡到对"文本生产机制"的功能性关注。本文主要关心后一主题，方法是通过人文科学内相关现象的举例说明来初步表达问题的存在。A、B二分法强调着A与B属于非常不同的思维层次和功能，具有非常不同的"生产背景"和"社会文化作用"，这些区别在人文学术话语生产大为发展之后，就会越来越明显。比较而言，A具有明显的综合性，属于社会生活本身，即为一种"社会作用场内的成员"；而B具有"脱离"社会作用场的倾向，具有日益强化的分析性和客观性，成为导致现当代人文科学理论世界形成的动力之一。可以说，"创作"（A）是一种社会综合行为及其产物，"研究"（B）是一种单纯"反思"行为，其反思性程度与其和A以及和产生A的社会文化条件保持距离的程度相当。本文特别指出，表面上具有含混身份的A2（针对于具体创作品的批评活动），传统上被认为是研究和理论的原型，而实际上应该将其归类为A范畴，因为此A2"依附于"A1，或与A1参与着同一社会文化作用场。A2"服务于"A1（"批评为创作服务"），而B只把A（兼含A1和A2）当作研究的对象，并不与其保持任何业务性关系。

我们再次提请注意：文本功能的三分法和文本题材分类学并不一样。对于具体文本来说，它可能不同程度地，或显或隐地包含着三种功能及其对应文本组成（如现实主义小说、史学作品、哲学作品、政治作品等），而此三种功能的"各自"机制及方向不同，遂使得大多数人文作品的性质具有程度不等、方式不一的"功能复合性"。现代人文社会科学的发展，特别是理论化的发展（又特别是解释学、符号学理论的发展），促使新人文科学建设必须强调文本系统中这三种功能的差异性，以提高我们对三者之间异同性、互动性的认知，并最终提升人文科学的理论化意识（作为纯B类型的科学文本系列的建立）。简言之，人文科学必须意识到"创作"的"思想性"与"研究"的"理论性"之间，在动机、目的、效果、意义方面均有很大不同。而传统上的各种"实用主义"的思考方式往往忽略这些区别，而长期习惯于笼统的人文学术思维习惯。正是自然科学的成功范例促使我们人文学者进一步关注自身的"科学性"提升问题。显而易见，本人对于国内外一切强调"人文科学有必要坚持其所谓'合理的'非科学性"的反理性主义主张，是持反对态度的。

在思想史上，原始的B功能及其产物往往呈现出构成的混合性：同一作品，既是创作也是研究。所以，我们用A与B区分的不是文本内容本身的"身份"，而是该文本所体现的思维"功能"——A和B。为什么有必要提出这两个最一般的词语（创作和研究）来进行具有重要"符号学战略性"意义的对比呢？因为人文学术世界的形成和作用是一直沿着这两大方向"展开"的（虽然在程度、比例、显隐方面错综复杂），其现代表现就是（广义的）创作（实践）和理论（实践）（研究的现代形态）两大相关而不同的人文思想实践的大分野。具体的人文"作品"中混合着 A 与 B。与自然科学不同，人文科学的"具体活动"中充满着 A 与 B 及其结果的混合存在，因此，其中的创作活动和理论活动界定不清。二者的混合存在与互动关系固然是社会文化生活中的常态，却广泛而深刻地妨碍着科学时代"人文科学理论"的有效形成，因而也就妨碍着理论实践对创作实践的有益和有效的"引导"。在科技领域两大分野（理论和应用）及三大分类（纯理论、应用性理论、工程实践）分工较明确事实的启发下，人文科学面临着全面重组的任务。为此，首先就要完成对创作思想性（A）和研究理论性（B）之间的功能性划分。所谓"创作"，其构成、目的、背景、动机、关联诸方面，表现出明显的综合性、实用性、目的性。其对读者的"促动力"根源来自社会、文化、历史、学术的"四面八方"，是高度受到"环境力学"制约的活动。其中直接含蕴的"准理论部分"也为此环境力学所左右，起着其特殊的实用性功能（A2），并非相当于纯粹的"理论"（研究 B）中的学术类思想性。而人们常常把创作类作品的思想性和研究类作品的思想性（即理论性）混为一谈。显然，更多见的混淆发生在 A2 和 B 之间，如文学和电影中所谓"批评"和"理论"之间的普遍混淆（此种混淆，部分来源于学者的实用主义，部分来源于学科本身的欠成熟性）。A2 的文本生产机制一般更接近于 A1，因为它依存于 A1，为 A1 之生产"服务"。从思想史上看，B 一方面是从 A2 的实践中发展出来的（理性实践的自然发展结果），而另一方面（更主要的），却是在自然科学的激发和启示下相对独立地形成的。

本文的分析将指出：人文学术需要真正的理论建设，但此科学性目标仍然普遍而严重地为"创作与研究"、"实践与理论"间的含混不分现象所牵制，难以顺利地发展和提升。因为，B 功能体现着与 A 功能（作为社会性的综合实践活动）不同的纯粹"认知目的"。数学、物理、工程分别体现着不同比例的"认知性"和"实用性"，但数学本身不应该为实用性工程的目的所牵扯，它必须属于纯理论界域，以便有效完成其理论化层次上的研究任务。正因为理论数学是纯理论，其成效才足以在随后正面影响应用数学、理论物理、应用物理、工程技术等不同的科学实践对象。在特定的意义上，社会科学和人文科学的"科学化发展"也完全应该这样。就 B 的历史形态来说，最典型的是"哲学"或美学、历史哲学、道德哲学等。从功能上说，哲学的确体现着B 功能倾向。但是在思想史上，哲学和各种人文学中的批评学，都是人文理性的自然发展，其研究和理论性的展开是有限的。正是近现代自然科学和随之产生的社会科学的出现，展示了理论化的多样性和效率性。这一直到当代以来才趋于显明的发展使我们认识到，人文科学理论再也不限于、甚至于根本不能相当于"哲学"了。因为传统哲学同样充满着三种功能间的混合和混乱，同样不同程度地体现为"创作"实践和"研究"实践的混合物。符号学是朝向跨学科、跨文化的理论化实践，其理论观与传统哲学中心论的理论观形成对立，其原因在于：符号学企图将人类常规知识系统加以拆解和组合，以完成其对人文学术世界进行"功能性重组"的任务。

以下我们将通过国内外现代人文学术领域中的若干相关倾向，来初步阐释上述问题及其意义，并结合不同学科的情况提出相应的观点辨析。一方面，我们强调符号学只"生存于"人文科学各学科及其整体关系内部，另一方面，我们也强调，人文科学将因为符号学的思维方式而显著提升其"科学性"和"可应用性"。（因为长期以来，人们对"人文科学"的可应用性问题均视而不见或见而不谈。）

一、存在主义和结构主义的"大方向"区别

前面已经指出，我们在研究人文现象时，应该区分具体人、事、作品、观点中的不同特点以及相关整体现象的方向和功能问题，而不必拘泥于具体事例的具体特征，包括如何为个别学人思想"定性"之类的问题。对于我们已经相当熟悉的当代法国思潮来说，这两大哲学或理论"流派"的主要区别，应该是精神和行为的总体"大方向"上的差别问题。也就是说，偏于创作思想性和偏于研究理论性的区别。我们不必管其中具体人物及作品的实际"主题内容"问题（如罗兰·巴尔特现象，其学术思想实践成为同时含有 A1、A2、B 成分的显例），而是着眼于人物和派别的共同"思维倾向"问题。萨特的《什么是文学》和巴尔特的《写作的零度》就是在文学思想研究方面存在大方向上的不同，虽然前者是以"学术性语言"来表述的。问题正在这里：现代人文学术话语中相当多的"理论化"或"研究性"语言，实际上只起着

或主要起着 A 的作用（A2），而非 B 的作用。因此，进一步看，"理论性"作为一种功能，不能用其"话语形态"或"主题内容"来判定，而应分析其多方面的"背景"和"作用"。存在主义是一种具有明确社会、文化"实践性"（创造性）动机和目标的"思想"与"行为"（因此具有浓厚意识形态特征），因此其思想活动不是出于一种客观认知的学术动机（虽然部分地自以为是如此）。此例的启示作用涉及一个此处无法深入讨论的更重要的问题——"哲学"的功能分类（分析哲学和大陆哲学；大陆哲学内部的科学性方向和文学性方向等等）。顺便一提，哲学和符号学理论的关系问题，是当前国际符号学认识论发展中最大的"瓶颈"之一。

结构主义运动在人类思想史上极其重要的贡献正在于对人文科学"大方向"偏转上的作用。在相关学者各自作品中固然不同程度上均含有三种功能的作用，但 B 的作用空前地获得提升。我们重视的正是这一倾向和方法论、认识论的启发价值，而非拘泥于其具体作品本身的优缺点。没有哪部人文科学作品是完美无缺的。我们对重要学术现象的重视，主要相关于其正负面表现具有的启发性价值。结构主义比（自然科学方向的）科学派的人文科学思想更具启发性之处，正是它所展现的人文研究"理论化"的扩展和提升方面；结构主义对人文作品文本的意义层次分析，促使直观混合的研究"对象"进一步精细化，同时（更重要的是）展现了学者对人文作品"总体"的一般产生机制和条件的理论性关注（如对"文学性"本身即"文学"之身份的关注表明，文学理论在研究对象的"层次"上的提升是从具体到一般）。从创作作品向作品产生的全面条件分析的过渡，代表着人文科学朝向与其特质相应的"科学化"发展的重大步骤。

二、电影创作和电影理论的功能区别

让我们再来看一个当代学界有关 A 与 B 关系的明显例子。尽管电影结构主义运动曾经积累了丰富的相关经验，A 与 B（或创作与研究；实际与理论）的关系问题至今不易厘清。西方大学"电影系"代表着此种 AB 混杂性的显例，以至于"电影"这个词本身原有的含混性在今日电影学界依然存在，此种含混性深刻地反映着"电影界"本身构成的混杂性。其中重要的是纯粹理论、应用性理论（技术性理论）和影片创作的关系问题。电影一例使我们可以注意与本文主题相关的一个重要方面：文化学术话语的"作者"（电影家、作家）、"受者"（观众、读者）、"研究者"（批评家和理论家）的关系问题。三类人士的身份和需要完全不同，却均"挤在"同一个"电影界领域"内。今日电影制作和电影观赏共同构成了全球商业化时代的"消遣品消费市场"，此一"彻底商业化"情境使其与二三十年前更具文化综合性的"身份"和"功能"显著不同了。今日的"电影制作"已经明显脱离了几十年前的综合文化环境，而"彻底转化"为"娱乐企业"。今日影片的"思想性"也已与 40年前"文艺片"的含义大为不同，因为环境、制作者、观众及其需要都发生了明显变化。结果，今日任何所谓"大片"都不过成为毫无精神重要性的"一次性消费品"，其"文化性功能"基本还原为两项——满足青年人的"影院休闲需要"（相当于"公园"提供的满足大众散步休闲的需要）和文化商品推销术。后者主要体现为各种"影展品评比活动"的蓬勃发展。但要注意其因果次序关系：不是因为影片艺术思想性品质提升了，所以需要增加"评比"活动，而是干脆为了"评比"而制作电影。更重要的是观众所起的配合作用：不是观众从影片获得了什么积极"精神食粮"而期盼于所偏爱的电影"获奖"，而是大家（制作者、观众、批评家）都把影展、影评当作"争强斗胜"的"具可行性"的方便工具（正如球赛、歌赛的作用一样："散场"后"热情"即随之消失），一如"商品评奖活动"。既然任何文化类别均可成为"竞争评比"手段，电影也可具有此类功能。"电影"功能的巨变当然不只是因为"电影界"本身的问题，而是因为人类文化与社会的整体性变化，即人类全面商业化社会形成所产生的文化品意义和效果之巨变。

电影现象对于符号学研究具有重要意义，还不是指电影学和电影理论领域本身的符号学技术性成就部分，而是可以从电影现象来观察思考文化、社会、学术的"三角互动关系"。电影艺术作为"综合艺术"，最广泛地反映着社会、文化、思想的全局性问题。电影今日的全面商业化、娱乐化发展，也正准确地反映着社会文化的商业化发展特色。因此，尽管电影理论面临着自身的理论发展困境，却应拓广其研究范围，从而涉及社会文化学与影视媒体学的全域。为此目的，亟待继续为"电影研究"定位，使其长期所含的 A、B 混合性存在加以区分，特别是对其中 A 部分所含"貌似 B"的部分（A2 或"影评"）加以判定，如影评的所谓"思想性"和电影制作的技术性理论（二者均属 A2），与一般电影社会学、文化学、文艺学之间的功能性区分。电影制作中的所谓"思想性"如果是针对广大观众构思的，我们就必须首先明确新一代"广大观众"之倾向问题？相应的，电影制作者的"思想"今日具何种性质？如果所谓"思想"只是消遣商品中的"功能性元素"之一的代称，而其"成功"与否主要考核于广大观众的"接受程度"，此种"思想性"就与几百年来文化界所理解的"精神思想性"完全不同了。（试问：什么是《卧虎藏龙》和《色戒》的"思想性"？制作者所宣表的"思想"有无任何深度？其所谓"电影思想性"难道不是等同于"武侠小说"一类的"思想性"吗？此类低层级的文艺"思想性"的社会"影响力"和社会"重要性"，并非来自人文思想价值标准本身，而是来自制作者在文化商品市场中的"知名度"这一纯商业化属性以及在通俗艺术片范畴内的"技术性美学"的成就，而绝不是来自作品的"思想性"成就，如果这个"思想性"不是只按照欠缺人文和历史知识的大众之眼光来判断的话。）今日电影艺术商业化最严重的问题是：一切"乏思想性"倾向都被掩盖在"技术性美学操作效果"的创作（A）中了。（再试问：不久之前曾"轰动一时"的《阿凡达》所宣扬的"思想性"，今日是否还有哪怕"一位观众"〔除了电影系作为课堂讨论之外〕去"思想"一下呢？）二十年来"国际大片""思想性"的空前"空疏性"，都被技术性、技巧性、特技性发挥（正如各种当代许多文艺作品中的技术型的美学经营一样）所掩盖。其奥秘是，人们（制作者和观众）不再追求真正的思想性，而是明确追求"通过技术性创作而达到表面上的视听快感以及完成新颖商品推销的目的"（时装和名包现象可象征今日文艺品之真正身份：鼓励充分技术化了的大众去追求物质类商品的形式更新和虚荣满足）。所谓"星光大道"现象，难道是什么属于"电影艺术"的现象吗？它难道不是为满足商业化社会全面追求"名利"的广大观众之欲念和"梦想"的娱乐性工具？此类"奢华表演"遂为浅文化时代之无思想要求的广大（电玩和动漫）青年群众提供着一种不断自我心理投射之手段。

结果，电影制作的技术性（以及其中包含的技术化之艺术性或美学性）越来越提高，而电影制作的"精神性"和"思想性"则越来越稀薄。重要的是，人们只按其"票房价值"来评价其电影艺术成就，如同球赛、歌舞表演一样。于是，关键性的问题是：今日参与"票房价值"投票的"广大观众"是什么人？当然他们都是商品消费者（他们同样是服装、名包的消费者！），都是"广大观众"。作为当代文化商品的消费者，他们大多数人的身份是"泛技术人员"，是各类泛技术化的知识分子（其生活目的是赤裸裸地通过技术性技能来"求名求利"）。这就是说，他们的知识和教养主要相关于科技工商领域，而无关于古今中外"文史哲"思想。因此，严格来说，所谓"文艺世界"已经发生了根本性变化，即文艺家成了大众消费品的设计制作家。于是，通俗文化、通俗文艺、畅销书、动漫书画、电子游戏等的消费族群，逐代产生并成为"大众"的主体。我们的文艺家主要是为这些不再有深入人文修养的文化商品消费者服务的。也就是说，文艺品的"受者"之身份和构成已经发生了历史性巨变。今日，文艺作品、电影作品的"创作"百分之九十九是为"新人类"（新大众）所消费，所需要。为了迎合此类需要，文艺创作者自然须随之转变其身份和方向。这样一来，商品化时代的文艺作品还能够和古典时代或二战之前时代的文艺作品相提并论吗？这样的文艺发展，是娱乐技术性的"花样翻新"，此类浅文艺思想意识正是由消费市场的需要所规定的。相应于此类通俗文艺（A1）的 A2 应该是什么呢？是针对这类文化商品的性质和相应市场需要而投入的各种"技术性"革新思考。此例，特别是电影大片一例，明确反映了 A1 和 A2 属于"同一创作世界"的关系。A1 受社会文化环境的制约和刺激，A2（在电影制作的技术性层面）从"技巧智慧"上（古人所谓"奇技淫巧"上）"辅助" A1 制作者提升其技术和效力（影评家和电影技术人员，其作用相当于艺术家、体育家的教练、顾问、经纪人等），其动机、目的和思考方向当然须与（商业片）"创作者"维持广泛而紧密的"一致性"。电影界的这个"主体群"（A1 和 A2 的运作者）当然与麦茨等当初创发的"电影理论"（典型的 B）距离遥远，彼此的功能和目标完全不同，虽然都以作为研究对象媒介的"电影"来标示。

因此，在联系到更广泛、更深刻的环境和目标来认知、判断文艺创作现象的 B 类电影研究时，也就更加不能以 A1 本身的"浅思想性"、A2 的"纯技术性、商业化应用型的思想性"为"基础"了。如果在此 A 类作品中失去了、弱化了其各种思想性和认知性，这完全不等于说相应的 B 也将在思维层级上"随之沉浮"。实际上，电影学中的 B 领域和功能都必然越来越丰富和深化，因为其目的、方向、方法都不依赖于 A1 或 A2，但可将 A1 和 A2 当作研究思考对象的一部分，自己所依赖的方法则来自现代人文科学及其理论。方法与对象拉开了距离，研究与创作拉开了距离。作品的思想性更与研究的理论性截然分隔。

文艺作品内容中的"貌似B"部分（研究或思想），有时妨碍着真正的电影研究B的发展。因此，电影符号学的建设，首先就必须与电影制作这种今日已成为标准"消遣品制作"的活动分离。而且，电影理论的对象不必是电影作品的内容面（影评的"思想性"），而是电影制作的"制度面"和文化功能面。只有一种完全脱离电影A的电影B，才能发挥其全面深刻的电影文化认知任务。此一学术性目标与制作者的商品生产目标没有任何关系。早期苏联电影理论（爱森斯坦等）就是以其应用性"理论"（A2功能）混淆于认知性理论（B功能）的显例；意大利新现实主义电影的"社会思想性"（A）则具有明确的"社会改造"的政治实用性目的；今日世界的商业大片更以追求全球"知名度"的商业化目标为宗旨。它们逐渐形成的强大文化势力和影响，都是明显属于A范畴的。这就是符号学家麦茨电影理论出现后在电影B领域发生革命性改变的理由所在。（其电影理论本身未能继续发展的问题属于另一个主题范围，此处不论。）此一符号学的电影理论的出现还在扩大的意义上反映着学者对文艺创作与文艺研究之间的现代关系进行革新思考的兴趣：致力于B的研究者的对象包括A现象及其环境和条件，因此其本身不能再与A混为一谈。但是，现在，在另一层次上，即非学术性的社会文化层次上出现了一切均先还原到"社会文化势力（知名度）圈"内的社会共识，从而带来了学术判定范畴的混乱：本来不可比、不必比的A与B竟然被迫要在彼此所占社会势力的层次上进行"异质性对比"。文化活动并可成为另类"名利竞争渠道"；也就是真正的B要被A中的"貌似B"（即A2，创作的"意识形态"的技术性思考等）所压制。这一倾向出现在人文学术的一切领域。因此，人文学者首先有必要先解决自身对于"消费大众"和"专业小众"之关系的认知问题。但学者如以追求名利为目的，就必然可能、甚至需要混淆二者。因为不管什么人都生存于同一"社会"中，都有相同的追求"名利"的人性冲动。不幸的是，此共同的"社会人本能"和全面商业化的世界环境，对于人文学者朝向学术理论本身的志向来说，提出了严重的挑战。

三、小说的思想性和文学理论

如果说，电影艺术提供了一个比较鲜明的AB关系的例子，那么文学或其主体小说就提供了一个更为深刻的AB混淆关系的例子。在某种意义上，影片的故事性是按小说的原型形成的，而小说由于可以直接表达心理世界，因此比作为"视觉艺术"的电影可以传达更丰富、更广阔的主题内容。那么，现当代小说中的"思想性"是不是可以发挥其 B 功能呢？20 世纪文学批评和文学理论的发达明确回答了这个问题。人类到了要对其故事编作和赏读习惯进行系统、深入的探讨的时代了。笔者多次在其他著作中指出，现代小说与古典小说的根本差异性是与社会时代的演变分不开的。19 世纪的"思想性小说"的出现和繁荣是时代文化发展的产物。科学、社会科学、工业化、社会结构变革的突然到来（18、19 世纪之交），刺激了知识分子通过"故事编作"表现综合性社会观察和思想情感的欲望，而当时的知识分子对此类作品也产生了普遍的需求。但几十年后，同样由于社会和知识的革命性发展，上述冲动和需求都相应地降低了。因为，20 世纪，随着各类科学知识的勃兴，思想型知识分子渐渐不再能满足于通过故事编作来表达思想了（正如当代人在认知成长后还会再通过中学时代热衷的经典小说阅读来认识社会和人生吗?）。诺贝尔奖设立时，文学尚在繁荣时代，文学似乎足以代表和反映与"自然科学"平行的"人文思想"。百年来，情况已经发生了根本改变，文学，不论是小说还是诗歌，在社会、文化、学术方面都再也没有这样的重要性了。但是"文学奖项"的名目被习惯性地延续下来。其"负面的"效果是客观上继续鼓励"作家"以此类直观性、形象性思维方式来表达自己实已不再有能力加以深入表现的社会人生思想了；而 20 世纪正是人文科学空前发展的时代。从认知和思考的深度看，文学创作（A）的思想性、学术性意义根本不能与人文科学的目标相提并论。但"作家"的名目存在着。这是一种历史上范畴类别的时代性混淆和误会现象。国外有汉学家批评百年来在中国文化界占有第一重要地位的文学创作家们"知识不足"，那么他们赞赏的前辈中国文学家和西方文学家的知识就"足"了吗？批评者（汉学家）本身的知识就"足"了吗？如果文学界所谓的"知识"是指人们认知社会、人生、历史、政治、文化等等的深广度而言，我们不该明确地问一下这类"知识性"探讨能够在人文科学之外去追求吗？自然科学界不能如此，人文科学界就只能如此吗？显然，文学界，不论中外，正面临着进一步全面反省和思考其本身身份和功能的必要性。这就是为什么我们需要对反映此情势的当代西方文学理论家的经验如此看重的原因之一。不是因为他们提供了什么"文学真理"，而是因为他们提供了有用的现时代文学经验，可供我们继续深化探讨。为什么要这么重视文学现象？为什么符号学的第一相关学科是"文学符号学"？其中包含着极深的意义。这就是为什么本人会在"文化大革命"甫一结束的 1977 年首先推出译作《结构主义》。因为它所简明论述的有关形式与内容关系的 20 世纪文学思考史，反映着大量文学中的 B 类问题，而不是存在主义的 A 类"人生观、世界观"一类"哲学思想"问题。正是在文学领域我们看到了最典型的 AB 复杂关系现象。大致来说，这就是以下三者之间的关系问题：作品思想及其"理论根据"，为此作品世界"服务"的文学批评及理论，以及对前二者及其各种成因抱纯认知目的的"文学理论"。

按照 19 世纪俄国文学批评传统展开的 20 世纪各派文学理论观是高度实用主义的，却使"文学理论"的身份认知问题趋于复杂化。于是有作品的"思想性"（A 的变体 1），为"服务于"作品创作而形成的文学批评和理论的"反思"领域（A 的变体 2），以及脱离了作品实用目的纯文学理论方向的研究（B）。其中存在着三者之间在"B 含量"上的含混性问题。按照以上说明，我们可以知道，A、B 的定位应根据其作用语境内的功能，而非根据于其具体话语的字面内容。在文学一例中，我们可以更明确地界定"创作"的内涵。创作实践是一种综合性、社会性行为，带有多方面的实用性因素，创作者是社会活动的参与者，具有对读者大众进行"影响"的目的性。而为创作服务的文学研究类活动，因其以创作为主体的自我定位，其理论性实践具有与作者同样的实用性目的；故两类作品（故事性创作与批评性创作）实质上都是 A 类作品。现代纯文学理论及批评学的产生，则带有明显的与占社会文化极大影响力（因其直接面对读者大众，故形成"人多势众"的局面）保持独立性距离的认知性活动。其功能正如自然科学家一样，只不过对象的性质不同罢了。人类科学的发展，当然也要包括社会文化现象在内，也要对社会文化现象进行科学性研究。所谓科学性研究当然就不等于是以社会性实践为目的的实用性研究（"数学"研究的任务不是为了服务于工程界，而是为了"自身的"科学探讨目的）。至少应当区分实用性的理论研究和纯理论性研究（正如区分工程理论和数理科学）。当 20 世纪后半叶符号学有力地进入文学研究领域后，广义的"文学实践"中就存在着明确的"双层现象"：以影响读者为目的的创作（A）和以 A 为客观研究对象的 B。作为 A 变体的两类"理论性思考"（作品的思想性和促进作品固有目标的实用主义文学研究）就与纯文学研究区分开来了。于是，在错综复杂的文学思想界存在着两类"思想理论"。前一实用性的文学思想理论则与社会文化环境内的其他实践活动间存在着千丝万缕的联系和配合关系，它们成为人类社会行动的一部分，既不是客观的科学分析活动，也不是独立的精神活动，而是"植根于生活"的活动，因此其中充斥着来自社会四面八方的"动因"。于是，在什么是"思想"和"理论"的问题上，我们说文学提供了有关"文学功能"相互混淆的典型例子。其典型性大大超过电影艺术，因为电影作品的"思想性"的深度远不能与小说相比，其影评所含的"理论浓度"也稀薄得多。而文学界的"理论思想"，长久以来主要是由文学实践 A 来担任的。加之文学 B 本身的欠成熟性（相关于人文科学整体的欠成熟性）以及 A 与 B 在社会语境中的"势力"悬殊，人类对文学现象的认知深度是远远不够的，这就强化了"文学思想家"本身具有文学理论功能的"误导性暗示力"。

至此为止，我们所谈的文学作品都是"经典类"的。通俗文学（包括今日西方的畅销书文学）不在考虑之列。因为有时我们需要用表现介质来分类（电影、文学、绘画等），但有时我们需要将作品的内容面标准考虑在内。"通俗文化"范畴应该包含各种介质，在某种意义上无须再对其按介质细分，因为它们的娱乐功能是同样的，虽然"达到"大众的"物理渠道"不同。至于长期以来被列为"严肃文学"的某些"现实主义作品"，也因环境和时代的不同而不可再放到一个层面上相提并论了。文学作品的重要性、影响力、思想性都是不同的衡量维面。文学作品有时宜于与其他"娱乐品"归为一类，有时又宜于与"媒体性作品"归为一类，此时其"重要性"主要来自其和媒体一样具有的社会性需要。如何区分文学作品的"内在美学性、思想性"价值和作品的社会的现实影响力，是当前文学理论家和美学家共同关心的问题。二者之间可能的共同性方面——认知功能，也使二者共同相关于前述社会人文科学知识的压力问题。例如，小说家，今日要想发挥社会文化"思想家"的作用，能不能自外于人文社会科学？当然，就国内外实际情况而论，文学和电影一样，都以造成大众读者的影响力为目的。这一似乎有违时代知识性要求的倾向，却为另一种背景所中和。这就是，随着作品的知识性相对大幅度蜕化，读者或观众的文化知识性程度和要求更是加倍地退化。因此，双方均在大大降低了的人文知识性层次上达成了互动关系上的一致性或协调性。如此，文学作品就可更为明确地被归为通俗文艺之列。就此而言，作为"娱乐消费品"或"行动激发器"，它当然可以永远存在下去，永远为各社会力量所需要。西方"文学类畅销书"历久不衰，正是因为彻底技术化了的大众对"消闲类"书籍的"精神需要"不衰。（在书市上，学者或把畅销书当成"垃圾"，而大众则把经典书当成"废物"，彼此已是截然不同的两类人了。）

电影由于其更为广泛的社会性影响和与现代媒体世界的内在联系，所以当然是一门文艺社会学的重要对象，其涉及的复杂技术性方面又自然使其成为文艺符号学最有成效的领域。但是，就影片的内容面的思想性而言，正因其本身介质带来的表现力局限性，仍然难以成为人文科学革新的主要部门。相比之下，传统的文学领域，无论是创作还是研究，都更为密切地相关于人文科学整体的认识论问题。仅就作品的"思想性"和学科的"理论性"的关系问题来说，自从文学符号学繁兴以来，就日益显示出其广泛的学术关联性。我本人特别关注罗兰－巴尔特文学理论思考，主要考虑到他的作品最清晰地表现了文学的"作品思想性"和"学科理论性"的关系问题。对他来说，他采行的特殊类型的文学符号学实践，也就成为表现二者之间互动关系的有效场所。

四、媒体文化和媒体学术

"媒体世界"作为社会文化机制和类别，在第二次世界大战后越来越重要。自互联网兴起后，其重要性或文化支配力遂益发"不可收拾"。但媒体世界与传统人文学术文化界的构成与功能不同，其作用更多地相关于其社会文化影响的方式和力度，却较少相关于人文学术本身的内容。这就是我们仍然用其物理性介质本身的名称（"媒体"、"互联网"、"平面媒体"、"影视媒体"等）对其进行标示的缘故。但是，如果考虑到其所传达的各种"消息"本身，却又呈现出人文学术内容所无法相比的社会文化生活现实的相关性。"媒体内容"干脆就是社会文化生活本身，即人及集团在社会交流中的言行总体。今日立体性或多维性的媒体机制的直接"前身"就是"平面媒体"或"报刊"。报刊报导社会事件及相关评论，固然是现代社会资讯流动的体现者和社会文化思想的表现者、反映者，但实际上相当于社会文化现实的一个组成部分。媒体不仅是"反映"社会现实的工具，它本身就是社会现实的一部分或社会行动的一部分，带有明显的社会行动特征和目的。因此，其社会介入性不仅与社会人文科学不同，也与古典文艺作品的精神表现功能不同。但是，近几十年来的媒体世界的多维性发展，使其也相对扩大了表达功能，甚至于成为社会文化"思想性"表达的最重要场所。而且，这种思想性是直接相关于、作用于外界现实的，也就是在许多方面与人文学术思想及理论的功效发生了部分的重叠。媒体的"时论"部分不仅直接地涉及人文学术所包含的思想性和理论性，还提供了一种"更接近现实的、因此也更能影响现实的思想力"。20 世纪以来，一些热衷社会性活动的人文学者，更特意将自己的书斋学术"转化为"媒体思想，以便对读者大众产生直接影响力。人文学术于是面临着"谁是恰当读者对象"的问题。如前所述，商业化时代的"读者大众"是技术性急剧强化、人文知识急剧弱化的思想信息"接受者"。学者如将对象方向针对大众，就等于"转化"了自身学术性知识的目标。此时，媒体学者已经相当于社会活动家，而不再只是"人文学者"了。

媒体世界的扩展显然是与社会商业化的发展同步前进的。于是，"媒体人"（新闻工作者和时评家）"思想内容"的传播及影响功效问题的重要性，大大超过了其所表达的思想内容本身质量问题的重要性（朝向大众后，所谓学术性评论的"信息质量"只能指其对相对于大众所引生的"效力"，却不再相关于其本身的学术性价值了）。媒体思想明显属于 A 类别，实为比"文学思想家"对社会文化作用力更具直接性的"社会活动者"，其"学媒两栖身份"却产生了更严重的 A 与 B 的混淆问题。作为对社会文化世界的"认知"，媒体与学术的功能是不是一回事呢？当然不是。但二者都有一个类似的对社会现实进行观察、认知、分析、影响、预期之目的。加以学者（哲学家、史学家，文学家、政治学家等）与新闻工作者在职业上的广泛"重叠"，人文"学术"与社会"思想"遂益加难解难分。一方面，媒体人强调这是"理论结合实际"的正当方式，而学人则明显感觉到"媒体学人"（一些专栏作者、副刊编者、政论家、社会评论家等）由于职业关系必定趋向于"迎合大众趣味"（个人媒体活动成功的策略之一），因此也易于失去其话语的学术严格性。不可否认，媒体平台的功能必然使得媒体评论家具有明显的"制造影响效果"的动机，而其学理本身的深入探讨则变得不再必要，因为"广大读者"多为科技工商界人士，对于人文学理本身不感兴趣，也无知识能力接受较具人文社会科学专门性的论说（这就是今日海外各派华文媒体共同的处境）。同样，由于标准的混淆（学理之学术性高低和思想影响力之大小），几十年来出现了大批"媒体学人"，他们成为"以学养媒，以媒养学"的"两栖人"。由于此

"双策略"（降低学术本身的标准和专注于影响大众的效果）易于奏效，遂可能成为人文学界的主导性分支，足以影响人文科学的发展。因为他们转移了学术的功能：从 B 转换到 A；从研究者变为"媒体创作家"或"社会活动家"。由于其"双身份"（学人和媒体人），他们还易于成为知识"转输者"。一些人的媒体文章由于免除了学界规范性要求，反而易于将从各类专家处得来的知识加以通俗化表达，而在社会上实际承担着，相对于大众而言的，"专家"的声名由他人"深入"，而由自己"浅出"，并倾向于长期掩饰其知识的来源，以暗示知识即来自其本身，虽然内行人不难推知实情。对此，问题所在并非相关于两栖学人的品格问题，而是相关于其学术效果问题：此类媒体学人虽然有助于知识的通俗化，却可能成为阻碍人文学术深入发展的障碍，扰乱了学术实践的正当规范和程序。媒体学人于是将学术问题标准与现实影响标准混为一谈，混淆了"现实对象"的层次和方面。对社会表层直接现实的专注反而可能导致学界忽略对复杂深层现实的研究。也就是，一方面，将"社会影响力"当作判定学术性质量的重要标准，另一方面，将对社会表层现实的"直接相关性"当成了判定课题"重要性"的标准。

在媒体世界的例子中，可十分鲜明地看出"创作"的思想性和"研究"的理论性之间的差异性及其相互关系的复杂性。学者一方面是研究者，另一方面也是"社会人"，学人个体可能同时在不同程度上具有创作思想和研究理论两方面的表达愿望，并有同时（不同程度上）利用不同渠道（媒体和学术）进行表达的需要，因此，A 与 B 倾向更是可能同时存在于一个人的身上。此外，再考虑到任何"作品"本身都可能是 A 与 B 因素的混合物。A 与 B 既然指"相对性功能倾向"，这一背景反而"方便于"学人在思想活动的 A 倾向和 B 倾向间大幅度"游移"，甚至是"合理地"游移，从而也"方便于"学人学术实践方面的态度摇摆：制造社会影响，还是进行学术传播？二者不同，但这一事实岂非也可借"独善兼济"的名义来自解？在此，"善"和"济"本来也都有一个"自身定位"、"思考目的"、"思考对象"、"交流对象"、"交流方法"等方面规定的必要性。在古代的简单社会，此五者的规定也比较简单和一致，不难判定；而现代社会已高度复杂化，现代的"知识分子"、"学人"、"文人"等泛称虽与古人一样，其内涵已大不相同。学人的自我定位和行为定位都变得复杂和多变了。

媒体世界和学术世界关系的问题近年来日益复杂。这是由于学人、作品、社会、大众、学术、媒体等各方面的构成以及互动关系越来越复杂，此复杂性提供了学人或知识分子根据各种显隐难辨的动机进行各种精细的功利主义运算的主客观可能性。首先，媒体世界的 A 倾向本来最为明显，与社会当前现实及未来现实的过程、内容最为相关，其"言论"（语言作品类）明显属于"行动"范畴（"行动"有广、狭二义，在"言行"的具体描述中，"言"指口头表达，"动"指身体性运动；但在社会宏观描述角度，"言"有多方面功能，包括作为"社会行动"内在组成成分的特性）。此言论的"思想内容"同样是社会行动的一部分，其作用在于直接、间接造成社会性影响。如果说文学作品的思想性（A）对社会的影响具间接性，时论类媒体作品的社会影响就具有直接性。重要的是分辨这一点：媒体言论中 A 的形成和作用"机制"形态，与学术研究中的言论 B 的形成和作用机制形态是不同的。虽然二者的"产物"（文字作品）都是对社会、人生、文化之类现象的思考表现——文字话语，但两套文字话语中蕴含的动机、目的、方式却非常不同。此一对比提供了创作的思想性和研究的理论性在功能上差异的显例。

在此，A 与 B 的不同，就其产品来说，主要在两个方面。媒体和学术都关注客观"现实"，但前者主要关注表层现实，而后者则朝向"多层次的复杂现实"（包括表层现实）。媒体创作的思想性强调"直接针对"此表层现实，学术研究的理论性强调要"多方式地针对"现实之复合结构，不能只关注于表层现实，而要探索现实不同层次的存在、作用、相互性、整体性等各方面。A 由于将表层现实当作"唯一现实"，遂自以为是唯一地关注"现实"者，却因此进一步显露出其现实性关注的兴趣的实用性和简单性（媒体时论的思维形态一贯地表现出其直接性和短线性）。A 与 B 的对象选择之不同，自然关联到二者之间的目的之不同——实用性和认知性。理论认知和社会应用当然是两个不同的过程，而且当然要区别其各自不同的产生和作用机制。但又须注意：学术研究的理论性实践行为处于"思维认知"的单维面上，易于判定和组织，其构成和功能可逻辑地加以掌握。而"社会性创作"活动中的"思想性"实践却是存在于"多维面"上的，其认知部分具实用性、技术性、目的性，因此不是纯认知行为，不易直接把握，因此也导致这类"构成因素复杂"的含混话语易于发挥其外人莫知的隐蔽目的的手段。

现在我们来看一个更有趣的媒体学术思想倾向：A 如何观察其现实对象？表层现实大概由两方面组成，即事件因果网络及其道德价值性和美学价值性。

现实中 A 对"事实"的选择性观察大多是"道德性评断类":根据对事件内涵的道德性评价来对表层现实进行分类和因果分析。(属于事件最表面属性的)道德性关注,遂成为 A 类作者的主要观察和判断的标准,因此,其事实观察行为带有高度主观性色彩:用道德性标准为事件进行直接"定性",并据此进行其下一步的批评性和激发性运作。这种方法的首要特点是思维的简单化(源于其主观性方法论本身的简单化):不以科学性方式关注现实的复合结构(因这需要先有相应的科学知识),而满足于表层道德价值定性的"贴标签"活动。问题是,此观察评断方式仅属常识性(可谓人人可为,而取得名声者非因其独到的学养和识见,而因其占据媒体影响的地位和条件,此地位与条件又是在社会力学场内综合地决定的),来源于直观,具有强烈主观目的性。因此,当然不同于学术研究行为(B)。应当说,这是媒体思维的惯习,自然有其道理;媒体新闻的功能就是即时提供直观性事件报导和相应道德性评价。如果知识分子愿意"两栖",使其学术身份和媒体人身份"交相互养",以收多方面功效,就会由此产生多方面的含混效果。例如,由于此"交相互养"效力而将其媒体人的社会性影响力移植于学术界,其附增(非因其学术成果而因其媒体人成果,即一般社会知名度的提升)之学界地位将使其在学界产生误导性效果:学术研究似乎应该"如是进行"(因为其对社会表层现实的关注才被大众看做是"真正的"现实)才算成功(并取得知名度的社会性评价结果),从而对纯粹学术研究的方向带来明显的干扰(至少影响了广大判断力未足的青年人,包括正在成长中的大、中学生。20 世纪许多依存于媒体活动的著名"学者思想家"中不少人属于此类)。

一些媒体思想家身份的更重要特点在于其思想"动机"方面。实际上,媒体思想家的存在提供了我们观察社会历史演变的一个极其微妙而隐蔽的侧面。所谓媒体思想家,是广义的实用主义者,其目的不在于对现实进行客观的研究,而在于影响现实,首先就是影响大众。这一主观倾向当然是历史上自然的社会现象,也是历史演变的推动因素之一——有意影响"舆论"。而当代媒体世界影响舆论的方式大大增加,甚至于成为造成任何社会性、文化性影响的"必由之路"。一些时论家的道德性批评话语就不只是一个有关为"现实"之道德性质进行评定的问题,而是包含着各种可能的、隐而不宣的其他实用性目的,并均一地以"道德评论话语"形式出现(道德评论话语的功能将从"信息传递"转化为"情意激发",增附了语用学作用)。因为道德性话语是影响大众最有效的"修辞学手段"。其（具高度史学性方面的）深刻涵义，尚非在于判定现实善恶的媒体方法论方面，而在于其可成为"作者"积累自身社会性"能量资本"方面。它利用人类社会中一个永远行之有效的简单道理：指斥社会及相关人物的"负面"，就可产生指斥者本身品格和判断具有"正面"的自然效果。一些人的个人抱负干脆就依赖着现实之负面性因素之存在，如此才可对其发出"言之有物"，确有凭借的道义批评性话语，以产生"个人形象资本积累"的结果。也就是说，不断坚持道德性话语的表达和传播，就会自然产生本人最具道德性的社会观感。此类"观感资本"积累的结果是，当时机到来时就可（在任何方向上，按任何目标）加以"灵活变形地利用"（根据客观局面的可能和需要，所谓机会主义者即此之谓，而机会主义无不善于随着情境的不同示人以不同类型的"道义家面目"。所以大众极难判断其内心之真际，所示人者，必为其特意根据时潮选择来迎合大众者也）。

媒体学人与B学者完全不同，不仅在学术思想实践的主观目的和效果两个方面不同，而且作为"媒体人"，其社会处境和个人功能也应该另行定位，他已远远不是独立学者了。其学术思想实践方式，由于个人社会性功能的强化，而具有了进一步的多元性。其具体目的不再是求知，而转变为对读者产生任何一种有意选择性的作用效果。此种关系也有力地改变着其主观学术实践的构成。因为以打动读者为目的，自身原有的学术目的就非常容易被改变，甚至于必须加以改变。在理论上，他可以采取、创造任何创作和议论"方式"，从而大大增加了自身行为的随机实用性性格，而减弱了自身固有的科学家性格。"时论"本来以其最贴近现实为优点，却因此"修辞学效力学"的态度而促进了自身和他人的"现实观"之可能的歪曲。因为有关现实的"真理标准"和有关现实的"据其引生读者效果的标准"，在本质上完全不同。其结果是：道德话语选择性带来的现实表现的片面性和表面性，可能反而会误导人们对相关现实复杂结构的认知；又由于要提高自身的影响力而坚持此媒体论述的观点，反而自然地倾向于排斥和否定学术界与己不同的专深研究的结果。这样一来，肤浅之论、表面之论、道德偏见之论可能反而会有力地形成"社会主流"意见，从而加大了流行意见和专深意见之间的鸿沟，也就可能在社会效果和学术效果两方面带来严重的影响，而这一切均可巧妙地掩饰在其"两栖学人"的机会主义运作中。

此外，媒体学人的话语制作，还可成为一种社会立场中的"作用点"或

"作用渠道"，它可为各种力源加以利用。媒体学人的个人身份趋于"公共化"，也就是其话语渠道成为各种相关来源的某种"公共作用点"，或演变为某种社会力学的作用因子，而学术思想内容本身反而仅成为相关"作用力"之"传达介质"。道德话语不再真的相关于学术思想，而是相关于各种非学术性目的了：媒体的学术性话语遂可能成为非学术性目的的实行工具。就此例而言，其 A1 和 A2 可谓浑然一体，遂与相对应的 B 话语（政治学、社会学、人类学、文学理论、心理学理论等综合科学运作的产物）发生截然分裂。道德式媒体思想的功能并非只局限于作者本身。由于媒体话语制作是一个高度社会性行为，媒体思想表达本身就是社会性活动的组成部分，它也自然参与社会力场内的各种综合性"力学作用"。前面提到，作者及其话语也不再仅属于其本人，而可成为各方面对其施以不同作用的"施力点"（其媒体学人或媒体思想家的"地位"使其获得了此社会力学场内的"被各方借力使力的资格"）。媒体学术思想话语的性质也就突显出了双重性——作者个人面和社会公共面。"现实"也就不再是客观认知的对象，而成为主观"利用"的对象。而利用法之一正是针对于"现实"的"道德话语的影响力"。重要的是区别道德批评的正确性与批评者的人格性之间（按社会习惯）没有任何内在联系，却可成为喻示这种联系存在的最方便之所在。

综上所述，我们可认识到，在此，媒体作者的 A 话语与人文社会科学的 B 类话语之间存在着多大的差异性，而这类差异性却被同一"表层现实"作为彼此关注对象的共同性所掩盖。A 的实用性构成与功能的复合性，对于 B 的科学性构成与功能的展开，无疑起着极大的干扰作用。A 的道德性话语实以产生社会舆论性效果为目的，故可能成为"道德话语"的修辞学运作者。进而，对道德话语的目的性运作可以有多个层次。从制作者本身来说，如果制造这类话语以"打动"读者大众为目的，在进一步提升其运作术后，还可将其专注于对社会对象本身的"操作"目的上，也就是对"道德话语"的"对象"（即负面社会性现象和公共话题）本身的操作上。结果，媒体式文本的制作者可能成为有意识的"社会性议题操作者"。其表面上的"关注面"为其实行特殊目的的手段之一，而其更直接的操作对象可"进而"挂接到"社会现象及其道德涵义"本身。表面上，他是"社会批评家"，实质上可能仅只是"社会议题"炒作家。他通过此类议题的炒作来达到多层次的个人的和派系的自利目的，而向大众呈现出来的"道义批评家"面貌仅只是其综合"劝诱术"成分之一而已。自古已然、于今为烈（因为今人大多数为技术型知识分子，欠缺社会人文科学知识，故已普遍失去对社会文化问题进行深入思考的知识论条件）的大众之"浅平式"思维习惯，更易成为被操作的对象（加以民主时代的社会宣讲习惯，使人不再核查宣讲者的动机真伪，而纯以其外在言行表现来论其是非，为其定性，从而进一步助长了媒体劝诱修辞术的不断发展）。

媒体世界Ａ话语的一个更普遍的特质是其迎合大众并左右大众的促动目的性。一方面，道德评价话语正是针对大众的道德直观倾向而设（以激发大众的立场方向），另一方面，Ａ话语也针对大众的各种偏好而"投其所好"，以"赢得青睐"。这一媒体人的目的性更是与媒体学研究的科学性背道而驰，从而证明媒体式作家的Ａ话语的实用主义目的是不以求真知为目的，而以产生舆论效果为目的。而"产生舆论效果"自古以来就是一种可以按各种"方便技术"加以操纵的行为，并非相关于客观认知的行为（影响大众，可能并不需要"正确思想"，所需要的是"诱导术"之有效设计）。在科学时代，各类迷信反而到处横滋蔓的现象足以说明："大众诱导术"极易设计和推行（文化学层级最低的当代"传销术"现象，说明"大众"是如何可因贪慕蝇头小利而极易"盲听盲信"的。此例如引申于社会、经济领域，其深刻意涵实足发人深省。更有趣的群众心理学在于愚信者一旦入彀还极易滋生"固信"心态。凡此种种均为各式"舆论炒家"记在心里，加以利用）。社会信仰问题是一个纯粹应该用社会学和社会心理学来解释的问题，而根本无关于"信仰制造者"所用道德性话语内容之"正误性"，因"劝信术技巧"可附着于任何一种道义性话语载体之上，"义理字面"仅成为"劝诱技巧因素"运作的工具。

因此，存在着两种"媒体学"：实用性的、技术性的"媒体利用学"（Ａ，媒体活动属于社会性创作活动）；对Ａ的科学性研究Ｂ。与其他领域中的情况一样，Ａ有两种形态：媒体话语作品制作；对此制作的实用性、技术性"研究"（A2）。后者因为是为A1的固有目的服务的，所以其"本质"使其属于Ａ范畴。媒体世界今日作为首屈一指的重要社会文化现象，当然也是人文社会科学的研究对象，此研究领域的纯科学性也是（和电影学一样）逐渐增加的。在国外，传播学学科仍然是Ａ功能和Ｂ功能的混合体，正如西方大多数电影系的构成一样。"媒体"作为社会文化界的现实机制为一事，"媒体学"作为对媒体的科学研究是另一事。反之，媒体传播学的未来发展前途，应该说最具发展潜力，因为其相关的 B 可以涉及人文社会科学的一切领域。实际上，也必须最广泛的综合利用各科知识才能对媒体世界进行全面深入的认知。在现代媒体科学发展方面，符号学作为分析工具，应该说将起着首屈一指的作用，正如它对作为综合性艺术的电影之研究所起的重要作用一样。

五、史书编著和史学研究

长期以来，中外历史学界都为"历史"一词的二义性所困扰："历史"一词是指历史现实本身，还是指相关于此现实的"思考或学术"？如果此一辨析今日已成为常识，人人都知道二者之间的不同的话，人们却至今并未明确意识到"历史学术"到底指什么或应指什么？因为在史学界，"历史研究"的主体就是"编写历史"。所编写的内容不仅包含事件描述，而且包含因果推测和道德评价，后二者可以称作"史学思想"。这个史学思想的对象其实也可以分为历史现实本身和历史编写：史学家是"思考"历史本身还是思考有关历史的编写本身？于是，像文学一样，如把史学编写作品当作"创作"，相对地，可以有不同程度的"研究"，从"史话"、"史评"到距离"创作作品"较远的"理论性研究"（例如《史通》）。如果这些史学类别在中外历史学中都是常见现象，那么，在史学界，直到非常晚近以来，一种"真正"独立的史学理论学科才出现了（虽然至今远未成熟）。后者探讨的是有关各种史学实践的形成背景、前提、价值学根据的"研究"；由于其具有的"一般性"（而非拘束于具体史学作品）而成为更为典型的历史理论。当然，中外一直存在相当于"历史理论"的历史哲学学科。不过，正像哲学界本身的一些类别具有相当的实用性性格或目的倾向一样，历史哲学也充斥着此类目的论意识形态，其性格不同于客观的历史研究。当代历史理论的形成明显受到符号学的影响，尽管此类影响的方式往往是间接的，如将语言学、社会学、人类学、心理学中更明显的符号学因素纳入史学理论研究。

由于历史学学科属于传统学术影响最深的领域，加以人类永远需要即时整理有关直接历史现实的记录，因此，历史学的"主体"今日仍然是编史活动。我们在此指出，编史活动自古至今都是一种明显的"创作型"实践（A），具有极浓厚的实用主义和意识形态目的。至少对于前科学时代的编史成果来说，其"主观创作性"特征更为明显；其学术话语的形成过程受到更广泛的外在非学术性因素的影响，因此其遗存成果（如古代经典史书）中的"科学性含量"绝不能与科学时代的史书相比（尽管科学时代的编史同样受到大量非学术性因素的左右，但至少人们不难查证到这些因素的存在，而古人对此却欠缺明确意识）。可是，直到今日的史学界，有多少中外史学家明确意识到古典史学话语的"科学性构成比例"的问题，意识到不能够把古代史学遗产内容简单地当成是忠实的历史记录加以运用的呢？百年来，中国文史学界饱受此类学术观念混淆的干扰。绝对不能把现代大家公认的"史学大家"的史观当成什么应该遵循的学术规范，因为百年来中国史学界最欠缺的就是史学理论思维。而同样由于史学学科的特质——"关于历史事件的记载以及对此记载的不断记忆的必要"，史学家的第一要务就成为了"记忆前人的历史记录"。此记忆性实践，也就成为史学家的第一本分。其"学术对象"主要就是指这些古代遗存文本，对此文本储存的记忆和整理成为一个具高度可行性的行业。史学就成为对史学著作存储的一种"看管"和"整理"工作。现代史学理论则提出，不仅古史记载对相关的历史过程未必可靠（因古人欠缺今人的科学头脑），而且其"记载"的方式本身也是受到广泛的非学术性因素制约的，所以，其"产物"并非当然具有学术可靠性。可是，另一方面，我们现当代的哪个史学家不是对这些"史料"照用不误呢？何不先分辨一下其在现代学术系统中具有何种科学可靠性的问题？例如，令人惊讶的是，当顾颉刚等现代史学大家对此提出质疑和倡导改进以来，特别是史学学术理论本应继续不断前进，海内外"大多数"（真的是大多数！）华人史学家，战后几十年来或公然反对或不予理睬，反而纷纷聚集于"不要数典忘宗"的"学术孝道"的大旗之下！（还因此导致海外华人对"五四思想"的极其肤浅的"批判"，此一"肤浅性"间接证明了汉学系统固有的科学薄弱性。）应该指出，没有哪门人文学科像历史学这样充满不合时代科学要求的因素（海内外华裔学界均一样），而古代大量史著系统又充满着古代封建意识形态的"思想性"，遂与现代史学理论应有的科学"理论性"形成鲜明对比。前者是为了各自实用的目的而"创作"，后者是出于人类共同的科学认知目的而"研究"！

在此情况下，现代史学家不是把历史符号学当作检讨古代史学和史学学科本身的科学工具，而是将其看作另类"理智性赏鉴品"（学人不能"理智运用一贯"当是人文科学界的一种习惯），看作西方来的一种时髦。（关于历史学的重要意义和问题本人已有许多相关论著，可参见。）在促使史学界以博闻强记为标准转换到以理论认知为标准的任务中，历史符号学将发挥重要的引导作用，但也因其具有此学术批评性而为许多专业史学家所反感和不解。

六、儒学研究中的对象和方法之别

大陆当代儒学研究兴起已近二十年，其间，海外华人儒学研究的影响作用显著。上节所谈历史符号学研究应该说也与现代儒学研究密切相关。中国史学和中国儒学一样，都充满着 A 与 B 含混不清的特点。中国儒学的双重学术领域（哲学和史学）使其 A、B 关系问题更趋复杂，而许多海内外儒学家都像史学家一样，疏于辨析 A、B 异同问题，而符号学的重要作用之一就在于区分学术运作的不同类别和方面。80 年来的新儒家运动，提供了现代学人不能区分 A、B 运作方式的一个显例。简言之，其中不少人并不分辨什么是研究对象，什么是研究方法，而是将二者混为一谈，从而不是用现代科学方法对其进行客观研究。其次，他们又依赖于另一种学界惯习来自我保护其落后的学术方向，即积极进行民族主义的"先贤祠"建造工作（一些人还参与纯属封建主义的"道统"修复工作）。也就是通过"大师"在历史上造成的影响力，为其制作学术思想史上的永恒"牌坊"。之后，大家可按此人为制造的学界人物等级次序进行意识形态性质的"宣讲"，也就是不断重复"大师们"的"道义旧章"。反之，一门可能成立的儒学解释学和儒学符号学，目的是纯认知性的，其研究方向首先在一个前提下确定：必须把当代中国儒学放在全人类的学术思想系统中，用现代科学方法进行客观研究。"科学发展观"不会只适用于自然科学和社会科学，而不应用于人文科学，包括其古代历史学和儒学现代化研究。儒学作为封建时代的产物怎么能够不加分辨地照搬到现代社会来呢？海外新儒家因特殊的历史环境（此为双特殊环境：对大陆的"两岸关系"以及对西方汉学的"依附关系"）而在学术上采取本质上的"闭关锁国"方略。此一狭隘学术民族主义和实质上的"精神机会主义"，今日怎能还相符于全球化时代泱泱大国应有的气度和抱负呢？现代儒学实应放到现代世界哲学和史学乃至全体人文社会科学的整体内加以重新检讨，为此当然需要首先辨析其相关 A、B 话语构成。否则，我们就不是在从事科学研究，而是在重复封建时代的意识形态话语了。（请读者参见本人的近著《儒学解释学》。）顺便指出，本人的儒学批评观还牵扯到一个更重要的方面，即如何从封建主义的儒学中将人本主义的仁学解放出来的大任务。（换言之，对立于熊十力和方东美等的立场而提出：如何把《论语》从〔孔子从来没见过的〕《易经》中解放出来的问题。）实际上，"儒学"作为一个历史符号学的研究对象，却有着"最高的"学术价值，不是指其相关于其 A 的价值（儒学教义本身的"思想性"），而是指相关于其 B 的价值（对中国漫长思想史肌理的现代科学认知，如相关于语言学、社会学、心理学、伦理学、文艺学、政治学、历史学等的现代化认知）。甚至于可以说，符号学分析法特别适合于"解剖""儒学"的构成和功能。儒学和儒教经学属于古代帝王制度的意识形态系统，虽然在维持传统社会文化历史的过程中作用卓著，但与革命后的现代社会已经脱离了历史性、政治性、文化性关系。在此领域，其相关的 A 纯粹属于中国古代历史领域，而其相关的 B 则主要来自中国古代所绝无的现代人文社会科学。A 与 B 在现代儒学研究领域形成了尖锐的对立。一门未来的"儒学符号学"就是要利用符号学的各种方法对此极其重要的历史文化现象进行现代科学性的解剖，以使研究结果建设性地贡献于未来中国的新人文科学发展事业。

海内外的儒学和国学，都应该强化对象材料（A 思想性）和研究方法（B 理论性）的二分法意识。单纯对史料博闻强记，并不就等于做学问；固然，单纯传承 A 思想性也不等于做现代科学的学问，简单化地将史料与古今中外现成的"哲学理论"相结合，也并不等于实现了现代研究的理论化。符号学的分析运作，实际上朝向于儒学和国学中的 A 和 B 两方面。区分 A 与 B，便于我们同时对 A 和 B 加以符号学分析。就此目标而言，我们应该直接诉诸海外人文科学理论主流和现代中国国学前辈中具有较强科学性的史料学和考据学成果，但不必诉诸今日海外儒学界和汉学界（包括其美国史学类和法国哲学类）成果。因为后者的学科组织原则和目标基本上是分离于世界主流理论发展方向的，远不足以为中国传统学术现代化重建事业提供充分的学术战略启示和理论方法工具。

七、汉学和比较研究

海外"汉学"是我们另一个极其重要的符号学（或社会文化符号学）的分析对象，甚至于是一个既有着学术重要性又有着现实重要性的研究对象。而"汉学"、"儒学"、"国学"、"中西比较学"等学科名目之间错综复杂的关系，更属相关研究之列。首先，为什么西方汉学会与中国"国学"，甚至于"中国人文社会科学"混为一谈呢？（明明二者不是一回事！）因为人们只看到彼此学科"对象"的重叠性部分——有关中国的研究。用学术之"材料"属性作为为学科定位的标准，正是他们太欠缺现代理论化思维和太执著于职业功利化追求的表现。不知道所谓"科学学科"首先应该以其目标和方法来定位。汉学的目标和"中国学术"的目标难道是一回事吗？西方汉学一向以其"科学方法"自诩，认为足以平衡欠缺"科学训练"的中国学人的语言优势，却不想想看为什么不先和明显比自己高明的西方主流学术的科学理论比一比呢？而当新时期"中国学术"与西方主流学术理论全面沟通以来，西方汉学及其港台分支仍然不反思一下学科的对象、目标和方法之间的认识论、方法论关系的问题，而硬要用彼此在材料学层次上的部分的史地共同性将二者扯在一起。这些都是一门"学科符号学"的有趣研究课题。此外，当然应该充分考察汉学与中国学术关系中的大量非学术性因素的背景，并研究为什么明明是国外"少数族裔文化基本知识介绍"层次上的学术教育活动，却要将其与在幅度、程度、目标上都截然不同的"中国学术"这个庞然大物混为一谈？当然，这一切都主要源于战后两岸关系中衍生的一个附带的偶然结果——中国知识分子的当代移民史及其后果。结果，各方主要出于本身职业功利主义需要而促成了一种"世界汉学网"及其"大师"的存在。结果，"汉学"不再是纯粹的学术性研究制度和活动，而成为某种具高度"综合性功用的"国际文化交际关系网。此全球化时代的国际现象自然有其存在的理由，但与中国人文社会科学学术的独立发展不可相提并论。当人文学术作为一种"运作对象"时，它可以是 A 的对象，也可以是 B 的对象。今日国际性文化学术交往性的"外交型"运作与中国人文科学的纯学术性运作，分属不同的社会文化实践领域，却被共同的"材料对象名目"（汉语、中国研究、国学、中华文化传统）所混同。结果，本来在两个性质和目标截然不同的领域内的运作原则、目标、方法，却被多方面地混淆起来。同理，属于两个不同领域中的"人员"和作品，也被按照社会性的"国际统一等级制度"加以分类，从而促进中国人文科学现代化进一步推行，造成认知和实践的困扰。在这方面，"儒学、国学、汉学"国际联合体的身份和功能，正在被重新加以科学地反省和调整。让我们期待"科学发展观"不久后得以贯彻于这一领域。

八、总　结

本文通过选择的几个学科例子说明符号学和人文科学现代化发展关系的问题，是基于本人对"中国符号学"的特殊重要性的认知立场。为了有助于把握本文阐发的观点，首先需要调整几种流行的偏见。

一百年来，中国人文社会科学的发展只是一个学术现代化的初级过程。在此过程中，无论是中国古典学的现代化研究，还是来自东西洋的理论研究，都属于初步性和尝试性的。因此，在此过程中出现的杰出学者都只是此初步性发展中的阶段性贡献者，其一时性学术结论远远不能作为相关学术未来继续推进的"基础"（虽然必定是重要参考资料之一）。如果读者只以自己选定的"先贤"成就为人文学术判断之权威性标准，就难以理解本文之主旨了。

一百年来，西方科学各门类是中国学术现代化的主要来源。当代西方人文社会科学的显著发展更是中国当代人文科学建设（包括符号学建设）的主要资源所在。但我们是从整体局势这样说的，绝对不是指西方教授的相关知识都是可直接袭用的现成资源。正是西方符号学的发展，提出了西方人文社会科学也必须参与全球化学术革新的共同任务。而跨文化符号学范畴的提出则表明，一切现行学科学术成果都相当于我们要进一步加以综合性学术革新运作的材料。而要有效利用此材料，必须先对对象本身的学术质量进行重估。因此，中国新人文科学和符号学都不可能通过直接模仿、袭用西方现成理论来进行。同样，对于中国传统学术资源的态度，也应视之为研究的材料，而非研究的方法。否则，当自然科学不断科学地前进之时，我们的"人文科学"却要"封建主义地"（尽管披上"现代洋装"）向后倒退！这一在方向上对立而行的倾向（自然科学向前进，人文科学向后转）代表着什么，恐怕也是不言自明的。对此，我们要向世界人文科学整体的科学大方向看齐，不能向海外（广义）汉学系统的小方向看齐。（因此，我们不能把《易经》当成中国符号学，它只是中国符号学科学研究的对象而已。）

最后，正是仁学动机学启示我们，学术的目的是追求认知的不断提高本身（追求科学真理本身），而不是为前人和今人"树碑立传"。后者实乃一种商业化功利主义思考，是企图避难就易，打算使自身依附于自己选边倚靠的"大师"、"泰斗"之类来求得个人学术声誉之倚托。新人文科学革新家如果不能坚持此古老的仁学伦理性信条——学为己（求"达"者，而非求"闻"者），就难以担负通过符号学来参与人文科学建设的重大任务。

近30年来的新时期，是华人学界（两岸三地）全面补足和追赶新知新学的时期，而由于社会风气及职业制度的影响，对人类人文学术的现状和问题所在，还远远没有达到综合性、整体性把握的程度，因此就理解不了为什么百年来，特别是近五十年来会有符号学运动的出现（包括欧美相当多的符号学从业者在内，他们不少人也是迫于职业性压力而在"治标不治本"，因陷入了同一职业化、商业化的压力之中）；就会理解不了符号学和全体人文科学发展的深刻关系（更别说非西方符号学了）。符号学作为"同中见异、异中见同"的分析工具，其"业绩"体现在对"对象"（也就是人文学术知识全体）的辨析上，并涉及语义上、类别上、功能上的种种分析性研究。其直接的效果就是更精确地规定"对象"的单位。也就是，我们要对传统上文化与人文学术中的大量话语的语义含混性或"指涉"不明确性有感觉、观察、分析和重新规定的认知愿望。"符号学"一方面是指现代"符号学方法"的知识积累，但另一方面是指运用这些方法对各种人文科学"对象"的研究（如果你根本不关心任何真正的人文科学课题而只奢谈一门"新专业：符号学"，就与符号学运动的真精神背道而驰了）。正因为文化、历史、人文学术话语包含着"古今中外"的混杂词语（使其与自然科学词语的构成完全不同），我们才有必要对其进行"清理"。这就是符号学的"理论态度"。所以，符号学必须"生存于"人文科学学科内部及诸学科之间。而人文科学诸学科均应积极欢迎跨学科、跨文化的符号学理论参与人文科学革新事业，二者是相互促进、相得益彰的。

作者简介：

李幼蒸，旅美独立学人，国际符号学学会（IASS）副会长，中国社科院（CASS）世界文明中心特约研究员，国际中西比较哲学学会（ISCWP）顾问。liyouzheng@gmail.com

谈多模态小品中的主体模态

胡壮麟

摘　要：标题中的"小品"指一种多模态的幻灯片文本，一般网络文化研究者称之为"超文本"。但"小品"只是多模态超文本中的一种，在网络上很常见，很受欢迎。本文试图用语言符号学分析这种"小品"的特点，并在 Halliday 的社会符号学框架内予以进一步的探究。

关键词：多模态、主题模态、小品、韩礼德、社会符号学

一、符号的多元性与多模态性

20 世纪初，索绪尔在研究语言特征过程中讨论了语言符号的概念，认为语言符号是"概念"（concept）与"音响意象"（sound image）的任意关系。其次，他预示了语言学只是属于尚未出现的符号学的一个分支学科。为了将他自己的以语言符号为基础的任意性理论应用于其他符号系统，他进一步采用了"所指"（signified）和"能指"（signifier）的术语[①]。一个世纪过去了，尽管索绪尔所预言的符号学研究已取得了令人注目的发展，但他的支持者仍在坚持他的过于绝对的任意性原则，难免引起非议。当代系统功能语言学派和认知语言学派对语言学和符号学这门新兴学科提出了不少崭新的观点。这

[①]　Saussure，F. de. *Course in General Linguistics*，Foreign Language and Research Press/Gerald Duckworth & Co. Ltd. 2001. 97ff

些观点主要包括以下几点：

（1）语言语法不是在词语概念基础上产生正确句子的代码，不是规则的集合，而是产生意义的资源（Halliday，1978：192）。这意味着正确的符号观应关注意义是如何从"符号资源"中进行选择和被表达的。它不是停留在概念和语音，或者所指和能指之间的任意的静态的层面。

（2）人们如何对符号进行选择来体现自己想表达的意义呢？这就需要考虑语言使用者期待有关符号应当实现什么样的功能。这些在复杂语境中变化众多的功能最后可以归结为四大元功能，即概念的、逻辑的、人际的和语篇的[①]。这四大元功能就是"符号资源"（semiotic potential）。这样，用来表达意义的符号与它的发送者、接受者、要表达的内容、发送方式或模态，以及与时空有关的情景均有密切的联系。"社会符号学"由是应运而生。社会符号学关注的是在特定具体情景和实践下，人们使用符号资源以完成交际行为和事件并对之进行解释的方法[②]。

（3）在一定语境下使用的词语必然出现在"语篇"之中，这是语篇分析或语篇语言学研究的对象。同理，我们应当将话语或语篇的概念应用于符号学研究。这就是说，人类符号与一定语境下完成的语篇共现。例如，考古学家和符号学家离开一定的或有关的时空条件去研究符号将毫无意义，难以对符号的意义作出正确的解读。

（4）系统功能语言学的研究者进一步发现符号既然存在于语篇之中，这就不难发现"所有的语篇都是多模态的"[③]，因为人们感知和认识大千世界有赖于触摸、视听、嗅闻、舔尝等多种感觉方式的运用。即使以语言来说，语言至少可以区分为口语和书面语两种模态。再进一步说，说话人用前者表达意义时，不仅仅是从口中说出一个个词语，往往同时使用眼神和身姿动作，使言语表达有声有色。后者姑且不谈刻画、书写、印刷等媒体的不同，所用的文字符号必然要在汉语、日语、英语、俄语等不同语种之间进行选择。

有关这方面的研究，将我们引入"多元符号学"（multi-semiotics）和"多模态性"（multimodality）的领域。在这个意义上，索绪尔自然会接受符

---

① Halliday，M. A. K. *An Introduction to Functional Grammar*. Second edition. London and Melbourne：Arnold. 1994［1985］

② Van Leuween，Theo. *Introducing Sociaol Semiotics*，London：Routledge. 2005. preface

③ Scallon，Ron & Philip Levine. *Multiple Discourse Analysis as the Confluence of Discourse and Technology*，Washington，DC：Georgetown University Press，2004.

号的多元性，但他有关语言符号的概念和音响意象的绝对任意关系的观点，是否接受意义和符号多模态性的非任意关系有待我们进一步审视。

多模态性的研究旨在说明人们在表达意义时对不同符号特性的掌握和运用，以及对不同符号体系之间相互关系的了解。因此，一种模态被另一种模态替代实际上是一种符号资源转入另一种符号资源的过程，也就是"重新符号化"（resemiotization）[1]。重新符号化的任务是分析：（1）一种符号资源是如何随着社会进程转成另一种符号资源的？（2）为什么是这些符号资源而不是另一些符号资源在某个时期被动用来表达某种意义[2]。如果能把这两个问题理清，便不难回答多元符号学中的非任意性问题，也有助于我们正确把握对不同模态的运用。

根据 O'Halloran 的报道[3]，现代真正意义上的多模态性理论研究应数 Michael O'Toole 的《展示艺术的语言》和 Gunather Kress、Theo van Leeuwen 合著的《阅读的意象：视觉设计的语法》。从此以后，日益增多的研究涉及视觉意象、数学象征、音乐和音响、动作和姿态、建筑和空间等。

尽管我国有图文并茂的实践传统，有关当代多模态性理论研究的综述和报道有李战子[4]、胡壮麟[5]、朱永生[6]、张德禄[7]、杨信彰[8]等，进行多模态语篇案例研究的有胡壮麟和董佳[9]、魏晓茹[10]、李妙晴[11]等，但总的来说，案例

① Scallon, Ron & Philip Levine. *Multiple Discourse Analysis as the Confluence of Discourse and Technology*, Washington, DC: Georgetown University Press, 2004.

② Iedema, R, *Multimodality, resemiotizaion,: extending the analysis of discourse as multi-semioric process, in Visual Communication*, 2003. 2, (1), pp. 29—57.

③ O'Halloran, Kay L. *Multimodal Analysis and Digital Technology*, In A. Baldry and E. Montagna (eds.) Interdisciplinary Perspectives on Multimodality: Theory and Practice. Proceedings of the Third International Conference on Multimodality, Campobasso: Palladino. 2008

④ 李战子《话语的社会符号学分析》，载《外语研究》2003 (5)，第1—8页。

⑤ 胡壮麟《超文本的语篇分析》，《山东外语教学》2004a (5)，第3—8页；《口述·读写·超文本——谈语言与感知方式关系的演变》，《外语电化教学》2004b (6)，第2—8页；《社会语言学研究中的多模态化》，《语言教学与研究》2007 (1)，第1—10页。

⑥ 朱永生《多模态话语分析的理论基础与研究方法》，《外语学刊》2007 (5)，第82—86页。

⑦ 张德禄《多模态话语分析综合理论框架探索》，《中国外语》2009 (1) 第24—30页。

⑧ 杨信彰《多模态语篇分析与系统功能语言学》，《外语教学》2009, 30 (4)。

⑨ 胡壮麟、董佳《意义的多模构建——对一次PPT演示竞赛的语篇分析》，《外语电化教学》2006 (3)，第3—12页。

⑩ 魏晓茹《漫画语篇的多模态分析》，《作家杂志》2009 (3)，第259—260页。

⑪ 李妙晴《多模下的〈阳光灿烂的日子〉电影字幕翻译》，《电影文学》2009 (7)，第59—60页。

分析的文章不好写，更不易发表，因为我们现有的学术刊物是纸质的，很难刊登清晰度高、色彩鲜艳的图片，更不能在纸面上提供音响模态表达的内容。

但随着计算机科学的发展，我们可以通过 ppt、pps、wmv 等软件的技术支持，在会议上介绍学术论文的纲要和有助于说明问题的图表和图像。一般来说，有关文科内容的学术论文较多地采用文字模态，社会科学的文章有时文字与图表并用，理工科的研究报告除文字和图表外，时有实图为佐。本文着重研究 21 世纪方流传的多模态小品。所谓多模态小品，我借用了"小品文"的概念，即生动活泼的说理、抒情的短篇散文或作品，但它是多模态的。我在《多模态小品的问世和发展》[①] 一文中曾对 1092 个多模态小品进行分析，发现这些小品中的模态有不同的组合。如下表所示：

多模态小品的模态组合

文字	图片	乐曲	自动翻页
√			
	√		
	√	√	
	√	√	√
√	√		
√	√	√	√

上表说明，多模态可包含不同模态的组合，但对多模态组合的规律性和特征缺乏深入研究，特别是形成这些规律性和特征的原因和功能。因此，在本文中，我想具体讨论的是（1）对同一语篇意义的表达可以采用不同模态；（2）这些模态可以分别使用，也可以同步使用；（3）在多种模态同步使用的情况下，我们一般可发现其中一至二种模态是主体的，其余模态起陪衬作用。以下各节是我对这些观点的论证和讨论。

二、以文字为主体的多模态小品

作为小品，既然强调的是生动活泼和说理抒情，文字形式的视觉模态不失为一个重要方式。小品中的文字要求短小精悍、诙谐幽默、寓理于情，以打动读者。这里选用题为 "Friendship Bouquet"（友谊花束）的多模态小品

---

① 胡壮麟《多模态小品的问世和发展》，《外语电化教学》2010（4），第3—8页。

进行分析。此小品共有 17 张幻灯片。片 1 引入上述标题。片 2 说明作者的意图，即他认为读者可能并未意识到他往下所说话语的正确性和重要性，但这是百分之百正确的、重要的，因而希望读者每天思考其中的某些内容。每张幻灯片既有英文，也有中文，看来它是为接受过一定教育的知识阶层准备的。限于篇幅，这里转录其中若干张幻灯片的文字如下：

片 6　A smile from you can bring happiness to anyone, even if they do not like you. 你的微笑可以给人以快乐，即使他们很不喜欢你。

片 7　Every night, someone thinks about you. 每晚，有人想着你。
　　　You mean the world to someone. 你是某些人的世界。

片 8　You are special and unique. 你是特殊的，唯一的，
　　　Someone you don't even know -loves you. 你甚至不知道的人——爱着你。

片 9　When you make the biggest mistake ever, something good comes from it. 当你犯了从未有过的大错误，随之而来的是某个好事。

从这些文字不难发现，作者非常有诚意地、友好地向读者提供一句句诤言，如为人应该笑颜常开、你并非孤独、坏事可以变成好事等。因此"友谊花朵"这个题目高度概括了作者期待你树立乐观向上的用意。这层意义无疑是通过文字传递给读者的。

在这个基础上，我们再去观赏背景插图。每张幻灯片上的都有一种花朵，有的含苞欲放，有的展瓣吐艳。这抽象地表达了每一枝花朵就是作者馈赠读者的一个箴言。这才是美的感受，这才是真正的友情。值得注意的是，有些花朵中有蜜蜂驻足，其象征义是，我们可以像蜜蜂那样，从这些花朵中获得精神的营养。在片 1 的下方有 "Music：Nightingale Serenade"（音乐：夜莺小夜曲）3 个英文词。小夜曲一般指黄昏或夜间在室外独奏或独唱的歌曲或器乐曲，其音乐缠绵委婉，典雅悠闲，常为年轻人，特别是男士在月夜徘徊于恋人窗前向恋人述说自己的内心爱慕，以打动对方。这种形式渊源于欧洲中世纪骑士文学的一种爱情歌曲，在西班牙、意大利等国流行。鉴于乐曲出现的时间较早，可以推断它不是专门为"友谊花束"配制的。因此，只能说小品的作者只是选用它作为背景音乐。其次，本乐曲突出的是夜莺的啼声，

抒情浪漫，但不能充分表达"友谊花束"的主题——作者向读者提供一个又一个如何正确处理人生中的问题。当然，作者既然在无数乐曲中选中此乐曲，必然经过深思熟虑。考虑到小品作者是向读者提供他对人生的感悟，并希望与读者分享，那么，小夜曲以情动人正好起到激发对方深入思考并接受自己的观点。

对上述三种模态进行比较，在小品意义的表达上，文字模态起的作用最大，幻灯片背景中的花朵图像离开文字的表述一时很难破解，夜莺小夜曲也只能笼统地表示作者在情感上的期待，因此，"友谊花束"这个多模态小品的主体模态应当是文字，其余是第二性的。

三、以乐曲为主体的多模态小品

上节提到的小夜曲在多模态小品中只是起到抒情陪衬的作用，但是以乐曲为主体的多模态小品还是有的。小品 One Day When We Were Young 显然突出的是乐曲。

One Day When We Were Young 这首歌是三十年代美国拍摄的故事影片《翠堤春晓》（The Great Waltz）里的一首插曲。《翠堤春晓》是一部带有虚构意味的描写"圆舞曲之王"约翰·施特劳斯（Johann Straus II）生活的故事影片。在这部影片里，施特劳斯爱上了一位女高音歌唱家——卡拉·唐娜，他们在一起时，那位歌唱家经常含情脉脉地唱起这首歌。当卡拉·唐娜得知施特劳斯的妻子波蒂深爱着她的丈夫时，她毅然斩断情丝，在一场演出结束后，悄然离去。施特劳斯追去码头，目送她乘船缓缓驶向远方。明月银辉，映照着多瑙河，从船上隐约飘来女高音的歌声："当我们年轻时光……"影片最后，施特劳斯已是满头银丝，在千万个粉丝狂热的欢呼声中，他的耳边又响起了这首扣人心弦的歌曲："当春之歌又唱，又回忆起五月早上……"影片放映之后，这首歌到处传唱，因为其歌词和曲调动人心弦，又便于记忆[①]。

为便于分析，先将幻灯片中的英语歌词提供如下，其后的中文歌词是另加上的。

---

① 影片编导借用了约翰·施特劳斯 1885 年写的轻歌剧《吉卜赛男爵》里的一首男女声二重唱的曲调，由奥斯卡·汉默斯顿（Oscar Hammerstein II）根据影片故事情节的需要重新填词，因此，汉默斯顿是歌词的作者。

One Day When We Were Young

One day when we were young，当我们年轻时光

One wonderful morning in May，在美妙的五月早上

You told me you love me 你曾说你爱我

when we were young one day.　当我们年轻时光

Sweet songs of spring were sung，唱起了春之歌

and music was never so gay.　那音乐是多么动人

You told me you love me，你曾说你爱我

when we were young one day.　当我们年轻时光

You told me you love me，你对我多钟情

and held me close to your heart.　啊，我们心心相印

We laughed then，we cried then，我们欢笑，我们喊叫

then came the time to part.　但离别时候来到

When songs of spring are sung，当春之歌又唱起，

remember that morning in may.　回忆起五月那个早上，

Remember，you loved me 别忘了，你爱我

when we were young one day.　当我们年轻时光。

虽然在这首多模态小品中，我们也可从幻灯片上找到上引的每一句歌词，但那种浪漫的思念之情更多地来自缠绵动人的歌曲和歌曲中女高音的唱词。注意，这里指的是用言语表达的唱词，不是用文字表达的歌词。这就是说，在表达意义时，乐曲和唱词的模态起到了主要作用。

作为多模态小品的 One Day When We Were Young 也使用了供视觉欣赏的 14 张幻灯片。应该说，这些幻灯片色彩时浓时淡，一草一木均能传神。这里介绍其中两张。图 1（片 2）通过两只鸟在春意盎然的花枝上相互偎依象征两个年轻人在五月的一个美妙早晨情意萌生，难分难舍。图 2（片 7）则通过孤鸟徘徊示意离别的时候来临，景色灰蒙蒙地给人以黯然神伤之感。

图 1 One Day …… 片 2   图 2 One Day …… 片 7

这些图片作为多模态的交相辉映是成功的，但恋人间忆旧怀念之情的主题更多地依赖歌曲的魅力。如果我们只是朗诵经过汉默斯顿改写的歌词，其感染力将大为逊色。读者如果不信，不妨在某个联欢会上演唱这支歌曲，或者朗诵其歌词，前者将更能激动观众，也就是说，使语篇意义得到充分表达。

四、以图像为主体的多模态小品

不同于与以文字为主体的通过视觉接收的多模态小品和以乐曲为主体的通过听觉接受的多模态小品，有一些多模态小品主要依靠幻灯片中的图像来表达意义。如在多模态小品"曼谷"中，作者将最能代表泰国首都曼谷的建筑、社会生活和城市发展的图片在我们眼前展示，百闻不如一见，尽管我们中有的人可能还没有去过曼谷，至少在图片上能够鉴赏曼谷的面貌。下面是小品的 30 张幻灯片中的片 7（图 3）和片 21（图 4）。前者是泰国的大皇宫，后者是一所庙宇的外景。虽然是实地实景，乍看之下，不是真正意义的符号，实际上前者代表泰国的王权，后者展现了这个国家的佛教传统。尽管我们脑海中已存有中国故宫和寺庙的印象，但只有通过观看这些幻灯片的视觉模式才能了解泰国的王宫和寺庙，并比较两者的异同，抓住小品作者苦苦创作的意图。

图 3   曼谷大皇宫   图 4   曼谷寺庙

在这个小品中也使用了少量的文字，它提供了有关图片内容的一定信息，如"Bankok Airport"（曼谷机场，片3）、"Sky train"（空中轻轨，片5）、"Democracy Monument"（民主纪念碑，片9）、"Difference"（贫富差异，片17）、"Ladyboy show"（女妖演出，片24）等。就信息量来说，这些文字过于简略，不如图片更为直观、深刻和丰富。

作为小品标题的片1下方有"Music：The Shadows—Wonderful Land"5个词，告知读者本小品的音乐为"美妙国土的踪影"。这首乐曲是泰国的民族乐，使用的是西洋乐器，将泰国古老的传统文化和现代城市的建设联系起来，起到把读者引入泰国的有声世界的作用，但光凭乐曲还不能建立有关曼谷的整体的直观形象。

五、以动作为主体的多模态小品

最后，有一种多模态小品虽然使用了视觉和音响模态，我们很快会发现在这样的小品中在意义表达上真正起作用的是一定环境（如舞台）下人和其他有生命之物的动作。例如，在小品"与狗共舞"中，一条白狗穿着花裙子，扮演女舞伴的角色，与男主人翩翩起舞，节奏的合拍，身子的扭动，如此娴熟，如此逼真，如此优雅！由此诱发了观众阵阵笑声。显然，观众发笑不是看了片头的文字，也不是乐曲的伴奏，而是人与狗的实时实地的连贯的舞蹈动作。

在另一个小品"魔术师变换衣服"中，使观众目瞪口呆的也不是文字和乐曲，而是表演者在不变换镜头的情况下，在众目睽睽下居然须臾之间换上不同款式、不同色彩的衣服。如果是幻灯片，便达不到这样的效果，因为观众相信的是自己亲眼观看到的，没有明显做了手脚的连贯演出。为达到这样的效果，便要弃用ppt/pps的演示方式，采用wmv的程序，使我们的视觉保持连续的状态。

六、结束语

上述四类小品表明，在创作多模态小品时，作者完全可以选择不同的模态，或两种，或三种，或更多。这有赖于作者受教育的程度和所掌握的技术。

从这个认识出发，我们必须把握这样一点：多模态小品不是不同模态漫无目的地任意杂合。这要根据作者在创作特定语篇时想突出意义的哪一部分来定，是说理，是抒情，还是示范？作者还要考虑不同模态之间的融合。在我搜集到的一个题为"美丽的西藏"的小品中，文字和图片都选得很好，但乐曲却配上了一曲内蒙古民歌，使作者原来想表达的意义未能充分地、正确地表达出来。

多模态小品的出现也回答了"重新符号化"所提出的课题，即人们从一种模态发展为更多地使用另一种模态，这与社会进程是分不开的。当人们从原生态的歌喉或臀部肢体的扭动，进入文字和图画的产生，进入吟诗作曲和各种文学作品的创作，以至于今天的话剧、电影、电视剧、交响乐等等，都是与社会和当代技术的发展分不开的。即使本文所介绍的多模态小品也只是在一定的社会阶层中（如受教育阶层中），流传和欣赏，不掌握电脑操作技术者只能望洋兴叹。

把以上认识再提高到符号学理论的层次，我们就不难理解 Halliday 的社会符号学观点，那就是符号与意义的关系不是任意的，意义是从"符号资源"中根据所要体现的功能进行选择和被表达的。Halliday 把这些功能归纳为概念、逻辑、人际和语篇四大元功能。这又进一步说明语言符号和非语言符号都必然在一定情境下为实现一定功能而使用，其载体就是语篇。多模态小品就是语篇。它是多模态语篇中与文艺创作相结合的一种语类。我们把它叫做小品主要是为了和其他多模态语篇（如电影、歌剧、相声等）进行区别，也是为了和文学中像散文那样的小品文进行对比。

作者简介：

胡壮麟，北京大学教授，博士生导师，清华大学、北京师范大学以及中国其他 33 所大学兼职教授；北京大学澳大利亚研究中心主任、中国语言与符号研究会会长、中国功能语言学会名誉会长、中国文体学研究会名誉会长、中国外语教育研究中心学术委员会主任、高等教育出版社外语教育研究发展中心名誉主任。yyhzl@pku.edu.cn

真实关联度、证据间性与意指定律

——谈证据符号学的三个基本概念

孟 华

摘 要：符号指向对象，而与对象之间的关系则在真实与不真实之间摇摆；其中真实性较强的部分，可以称之为证据。本文将通过对镜像、雕塑等一系列符号的分析，来突显各类可能的证据符号的特点及其真实性的所在。

关键词：证据、真实关联度、意指、证据间性

一、证据符号的真实关联度

符号所反映的内容真实程度在大小、真假之间摇摆，这就是一种真实关联度。真实关联度强的符号，我们也叫做证据符号。下面我们重点通过镜像符号、雕塑符号、物证符号、书证符号和图证符号来分析证据符号的真实关联度。

1. 镜像符号

以类似镜子方式反映现实的符号叫做镜像符号。镜子和它所反映的事实之间有一个同时性的映真关系，即形象与对象是同时产生、互为依存条件的，这叫做相关性原则。

照片是一种镜像符号，并且可以从两个角度来分析：

第一，它关注的是照片指涉了什么以及是否真实。我们看到，照片与绘画不同，除了形象逼真度有差异以外，绘画可以在对象不在现场的条件下去

描写对象，而照片的对象必须在现场，拍摄过程与对象或事件之间具有一种同时性的关联性，此所谓"伟大的瞬间"。这种相关性原则使得照片与它所反映的事实之间具有较高的真实关联度。

第二，它关注的是照片的符号性问题，如一张烟斗的图片绝非烟斗本身。另外，照片一旦形成以后，它的图像便与对象脱离了当下的在场联系，而仅仅成为对象的一种逼真模仿，这是它的相似性原则，即对象不在场但形象仍在，形象与原型之间是一种相似性的模仿关系。

看来，照片符号的相关性原则和相似性原则是两种不同的真实关联度，它们如此矛盾又如此统一地结合在一起。在拍摄的瞬间，照片与原型有着内在的同时性相关关系，而照片一旦脱离拍摄的语境，它又仅仅是原型的一种相似性模仿。原型不在场之后，使得照片与事实的距离拉大，甚至使造假成为可能。如轰动一时的"假老虎照"①：

所以，即使是照片这种真实性最强的镜像性图像符号，也存在一个真实性程度大小的问题，这种在真实性程度上摇摆徘徊的性质，就是一种真实关联度。

2. **雕塑符号**

在法国格勒诺布尔市郊的一条路旁有一个拿破仑骑马的塑像。据说是纪念拿破仑第二次称帝返回巴黎时，在此地受到保皇党的阻拦并被拿破仑斥退的历史事件。我们看到，这个塑像坐落在事件的发生地点，它们之间具有空

---

① 摘自《新闻晨报》2008年1月2日。

间上的内在关联性，因此相关性较强，成为一个历史见证符号。但是我们设想，如果把拿破仑雕像移入博物馆，切断它与事件发生地之间的关联性，那么，这个雕塑符号就成为那个历史事件的一个象征或者相似性符号，其真实关联度将大大降低。所以，许多历史文物或遗迹都具有在相似性和相关性之间徘徊的这种双重属性，这也是真实关联度的问题。

3. **物证符号**

假设有两种情况：

假设一，根据某犯罪嫌疑人的口头供述，我们事后找到了犯罪现场，并获取了某些物证。

假设二，我们这些物证的获得不是通过口供而是直接通过对犯罪现场的侦探、分析发现的。

这样我们就看到两种不同的物证。

根据假设一，物证已经被口供从现场事实系统中分离出来（或者整个现场事实体系已经被破坏），不成系统的物证成为补充口供的一个证据符号。

根据假设二，物证从属于整个现场的事实体系，它是被放在与其他物证体系和犯罪事实构成的整个事件过程中加以思考的。

因此，同样是物证，同样是相关性原则，它们的相关程度还是有差别的：假设二的物证相关性强，假设一的物证相关性弱。可见，即使是相关性原则自身，也有真实关联度大小的问题。

4. **书证符号**

书证，在一般意义上被理解为书写的证据或书写的事实。但在符号学看来，包括书证在内的一切事实的证据，都具有所谓的"第三空间"性质，即它既是事实又不是事实。以历史学为例，就历史主要寄生于书写材料而存在，并且书写确实具有替代和铭刻历史事件的功能而言，书证就是事实本身；但是，就书证本身仅仅是一个史实的替代性书写事件而言，书证又仅仅是史实的符号而绝非史实本身。书证的这种既是史实又不是史实的"第三空间性"状态，就是书证的符号性问题，即书证以否定事实的书写方式来呈现事实。因此，根据这个符号学观点，我们给书证下的定义是：书写的事实与事实真相之间具有某种较强的真实关联度，这样的文字材料我们叫做书证。

下面我们分析一个书证的真实关联度的案例。

　　我的同事李玉尚博士负责一个国家项目，为此他做了一篇名为《清代以来黄渤海的真鲷资源》（待刊）的论文，主要考察人类的历史活动是如何影响了这种鱼类的生存。他的研究所依据的材料主要是书证——有关的档案文献关于这种鱼类的记载。李玉尚遇到的第一个问题就是文献中关于嘉鱲鱼（真鲷的一类）名称的认定。

　　首先是名近实异。他引用了清人郝懿行《记海错》对登莱地区嘉鱲鱼的记载和考证。兹转录如下：

　　登莱海中有鱼，厥体丰硕，鳞鳍赫紫，尾尽赤色。啖之肥美，其头骨及目多肪腴，有佳味。率以三四月间至，经宿味辄败。京师人将冰船货致都下，因其形象谓之大头鱼，亦曰海鲫鱼。土人谓之嘉鱲（qí）鱼。按许氏《说文》："鱼夫鱲鱼出东莱。"《广韵》云："鱼夫鱲鱼，鳊鱼也。"谓之鳊鱼，亦因其形似耳。其鳞色赤黑者，谓之海鱼夫，味不及嘉鱲。许云出东莱者，今兹鱼独登莱有之（旧唯出登州，故海人言嘉鱲不过三山，今亦过莱而西矣）。是鱼夫鱲即嘉鱲，盖一物二种或古今异名也。

　　郝懿行是一位经学家和训诂学家。他通过文献考证，认为海渔夫和鱼夫鱲名称相近，但实际上为两种鱼——此即名近实异的情况。

　　另一种情况是名异实同。如下面的名称都是指嘉鱲鱼，但名称不同。李玉尚《清代以来黄渤海的真鲷资源》云：

清代登、莱两府县志记载的类真鲷鱼名

府	县	志书中的鱼名	土名/别名	志书年代
莱州府	胶州	鱼加鱲	俗名家鸡	康熙
	胶州	嘉鱲		乾隆
	胶州	嘉鱲		民国
	即墨	佳期鱼		万历
	即墨	家鸡		乾隆
	即墨	嘉鱲		同治
	掖县	鱼加鱲		乾隆

府	县	志书中的鱼名	土名/别名	志书年代
登州府	莱阳	鱼加鲯		康熙
	莱阳	嘉鲯		民国
	海阳	鱼加鲯		乾隆
	文登	鱼夫鲯	土人谓之嘉鲯鱼	光绪
	荣成	嘉鲯		道光
	威海	嘉		乾隆
	宁海	嘉鲯		同治
	牟平	鲷	即加级鱼，一作嘉鲯。	民国
	福山	鱼加鲯		民国
	蓬莱	家鸡		道光
	蓬莱	家鸡		光绪
	黄县	嘉鲯	一名达头鱼	同治
	招远	鱼加鲯	俗作家鸡鱼	道光

这种名近实异和名异实同的现象，是表意汉字在记录对象时最常见的现象，我们称之为汉字符号的偏离性，即名实的不对应性。这种偏理性决定了书证材料的第三空间性质，即它在记载事实的同时又偏离事实，因此书证不是透明的事实，它仅仅与事实具有一定程度的真实关联而绝非事实本身。书证的偏离性使得考证者在面对书证材料时必须解决两个问题——同一性和分离性问题。同一性是指如何在不同的名称中确定其所指的是同一个对象？分离性是指如何在相近的名称中确定它们指的不是同一个对象？这两个问题不解决，相关的研究就无法进行。

假如有嘉鲯鱼的写真图像和实物标本遗留，我们结合书证材料，一眼便可认定那种鱼类。但中国学术研究在传统上轻视图像和实物考古之类的视觉考据资料，于是，书证材料构成了学术研究的基本前提。但由于表意汉字与地方性方言"异声"的冲突，导致名称系统极为混乱，因此历史考据的首要工作是辨名，名称的认定成为复原历史的前提。从这个意义上讲，传统训诂学就是书证学，它主要关注的是这类符号的真实关联度问题。

5. 图证符号

图像作为事实依据的符号，它自身也有证据力的差异即真实关联度的问题。下面是一个有趣的对比，清人徐鼎编纂的《毛诗名物图说》（王承略点校，清华大学出版社，2006 年）和今人高明乾等人编著的《诗经动物释诂》（中华书局，2005 年），两书都是使用书证和图证二重证据，考据的对象同是《诗经》的名物（后者仅仅考证《诗经》中的动物）。下面我们省略其书证部分，仅对比一下两书中的图证符号对同一对象在描绘上的差异，徐著中的绘图分别标记为 A1、A2、A3，高著中的绘图分别标记为 B1、B2、B3。

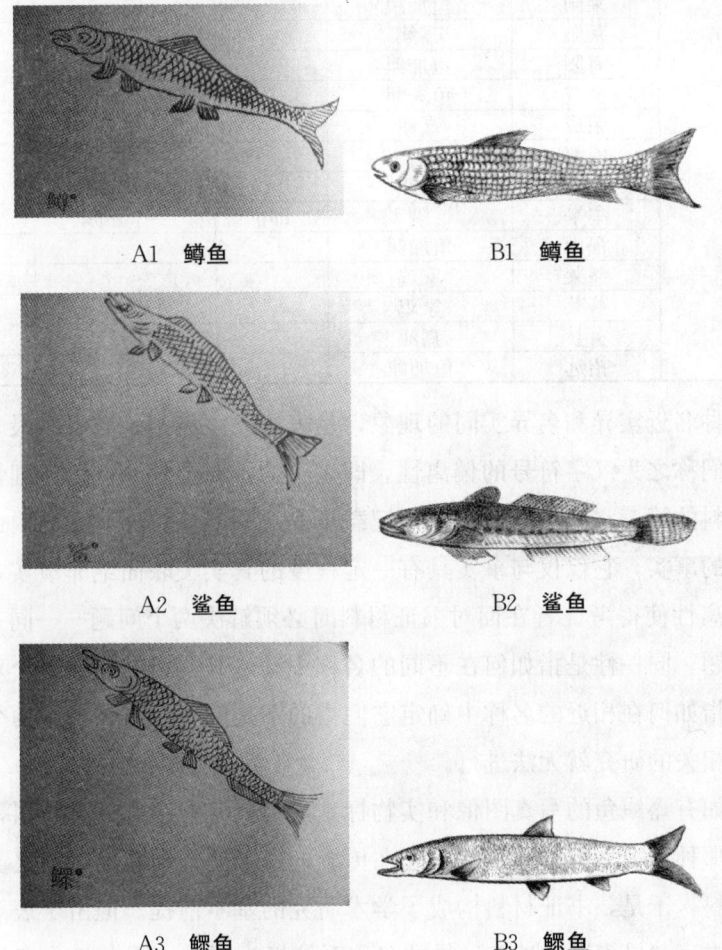

A1　鳟鱼　　　　　　　　　B1　鳟鱼

A2　鲨鱼　　　　　　　　　B2　鲨鱼

A3　鲦鱼　　　　　　　　　B3　鲦鱼

　　图 A 是清人的绘图，图 B 是今人的绘图。可以看出，清人的鱼图使用的是传统写意的画法，今人则是现代写实画法——前者的图证力显然不如后者，因为写意"神似"的画法使各类鱼图看上去外貌区别不大。这里，写实和写意作为两个不同的绘画方式，在符号学中叫做意指方式，我们在本文中叫做证据的真实关联方式或真实关联度。也就是说，写实画法的真实关联度要大于写意画法，前者更容易帮助我们识别图绘的对象。因此，写意和写实就成了图证符号的两种真实关联方式。

　　以上符号（照片、雕塑、物证、书证和图证）都可以被看做是某种事实的证据。但对证据符号真实关联度的分析，有利于纠正一个习以为常的看法

——证据即事实。人们常常说打官司就是打证据，打证据就是打事实。这种看法应该纠正，证据仅仅是一种真实关联度的符号，而绝不等于事实本身。

既然我们承认任何证据符号都存在真实关联度的问题，这就意味着，各种证据符号都存在着自己的局限，存在着人为操作或阐释的意义空间。这就引出了下一个问题——证据间性。

二、证据间性

符号的真实关联度是皮尔斯符号学的论域，但皮尔斯还是相信符号能够达到事实或真理本身。如果我们把符号的真实关联度看作是一个永远的意义操作空间，类似德里达所谓的所指的无尽"延宕"，那么，这就引出一个接近结构主义符号学"文本间性"的命题——证据间性。

一个证据符号因其真实关联度不足而有赖于其他证据符号的补足，这不同证据符号之间的相互关联和补足关系就是证据间性。

结构主义的"文本间性"强调各文本（或符号）在某种相互关联中生产意义。有人说"哥吃的不是面，是寂寞"，于是就有人模仿着说"哥抽的不是烟，是寂寞"，"哥喝的不是酒，是寂寞"……这就构成了一个原作和摹本之间的互文或间性关系。结构主义符号学是悬置了事实的在场而对符号结构关联性自身的一种操弄。而我们所说的证据间性，还是承认事实对于符号的优先性，只是强调不同的证据符号在求真的道路上各有其差异而在相互间需要补充。

符号间的差异我们叫做"剩余"和"局限"。

所谓剩余就是某种符号具有补足其他类符号缺陷的功能，所谓局限就是该符号具有某种不足而需要其他符号的补充。比如，同样是图像符号，照片符号的"剩余"是见证性强、真实关联度高，其"局限"是没有意义的阐释空间；相对而言，人们能在王维的山水画中领悟"雪山童子"的深奥禅意，但其"局限"是真实关联度降低（比如画中把热带的芭蕉和北国的雪景糅为一体）。

再如，书写是意义性最强的符号，在书写性文本中我们什么都看不见，但却可以通过文字的概念来生成意象去"观看"，这叫做"可视性"——不是真正的视觉效果，而是通过符号化方式造成一种可视性效果。真正用眼睛看到的东西叫做"可视"①，如在图像符号中，我们凭视觉经验即可"看"到景物、人物等等。所以，书写符号的"剩余"是"意义性"，其"局限"是不可视或非见证性；图像符号的"剩余"是"可视"或"见证性"，其"局限"是意义的贫乏。正是它们各自的剩余和局限，使其互补成为可能——于是出现了连环画。

在王国维以前，中国的学术或知识体系是由汉字书写文本来承载的，书写符号成了知识和真理的终极存在方式。王国维提出了"二重证据法"，即（历史）知识的构成除了地上的典籍之外，还应包括地下的考古材料。从此，视觉的图像或物证符号开始逐步进入中国的知识体系。考古学、民俗学、民族学、人类学等这些以视觉符号为载体的知识类型开始进入我们的学术史。所以，王国维的"二重证据法"其实就是证据间性的概念：由一种符号或证据构成的事实是有局限的，我们应该借助于其他符号的剩余来相互补足，来复原事实。我们在上文谈到书证符号的偏离性，这是它的"局限"。克服书证的偏离性的一个有效手段是同时提供有关待证事实的图证和物证，借助于视觉的图证和物证的"剩余"来补充书证的"局限"，以更加逼近事实。所以，采用多重证据法，就是一个证据间性的问题。

譬如上文提到，如果在书写的名称材料上附之以图像证据，即使用二重证据，则有利于克服书证的偏离性。清人徐鼎编纂的《毛诗名物图说》② 主要是考证诗经中的一些名物如动物、植物。他提出了事实考证中图文并用的二重证据法："物状难辨者，绘图以别之。名号难识者，荟说以参之。"这里所谓的"绘图以别之"、"荟说以参之"就是同时使用书证和图证二重证据。例如，他在考据鱼类的时候，在书证材料（"荟说以参之"）的基础上附上该鱼类的图像——"绘图以别之"。

"绘图以别之"、"荟说以参之"的二重证据法涉及一个证据间性问题：书证具有阐释性，它的剩余就是能以言说来代替对象，它的局限就是偏离性；图证的剩余是具有仿真性和见证性，其局限就是无言性。所以，书证的剩余

---

① 孟华《文字论》，山东教育出版社，2008 年，第 6 页。
② 王承略点校，清华大学出版社，2006 年。

可以补充图证的局限；反之亦然。当然，我们所说的剩余和局限，是一对对比项，是在关系中产生的，即书证的剩余是相对于图证的局限而言的；反之亦然。

三、意指定律：证据的真实关联度决定补充关联度

根据符号学的意指定律，符号的意指间性方式决定了结构间性方式[①]。在证据符号学中，我们进一步表述该定律为：证据的真实关联度决定了其补充关联度，也即证据真实关联度决定证据间性。

比如说写意性图画，因其自身的局限，它更需要书写符号的补充。或者说，在意指方式上越是写意的，在结构关系或证据间性上就越需要书证符号的介入；而写实性图画相对排斥书写的介入。请看以下案例：

在《清代方志中地图与文字》一文中，张俊贤分析了中国传统地图与西方地图的差异之一就是写实和写意。清代方志中的地图使用山水画般的写意手法，其中一个表现是没有严格统一的比例尺。作者指出：

比例尺的应用使人们依靠一张地图就可以丈量出任意两点之间的实际距离，所以不需要用专门的文字去说明；否则，人们常用的地图册就需要和专门配备说明里距的文字书籍同时使用。在方志中，没有使用比例尺的地图，必然在后面的文字部分进行说明，而这些文字是经过作者精心选择的。

以浙江处州府丽水县为例。在同治版《丽水县志》中的《丽水县境全图》（见下图）上，我们只能看到各个单位之间的相对位置关系，根本看不到任何数据来表示各个单位的具体所在位置以及相邻区域之间的距离，而这种科学性的丧失只能依靠文字来补充[②]。

[①] 见孟华《汉字：汉语和华夏文明的内在形式》，中国社会科学出版社，2004年，第62页。

[②] 载孟华主编《三重证据法：语言·文字·图像》，吉林大学出版社，2009年，第119－120页。

同治《丽水县志》之《丽水县境全图》

《丽水县志·疆域》对该疆域的文字说明如下：

丽水县属处州府附郭，东西广一百二十里，南北袤一百三十里。东至青田县界十五里，至县治一百五十里，南至青田县界三十里，西至松阳县界五十里，至县治一百二十里，北至武义县界一百里，至县治一百六十里，由治所至布政使七百五十里，至京师四千五百八十里。

以上这段文字，是写意性的地图的有机组成部分。因为写意性地图的真实关联度降低，所以对其他符号如汉字书写符号的依赖性增强；而在写实性的地图那里，书写符号的参与度则大大降低。这就是证据符号的意指定律，即证据的意指间性方式（真实关联度）决定了它的证据间性方式（不同符号之间的相互补充关联度）。

四、小 结

真实关联度、证据间性和意指定律理论的提出，旨在说明证据符号学的基本理论原则：证据处在一个符号关系场内，该关系场由意指关系（真实关联度）和结构关系（证据间性）构成，意指定律就是支配该符号关系场的基本规则。这个证据符号关系场与事实真相交织，构成了一个神秘的意义世界，科学研究的全部任务在于承认并接受这种神秘性的同时，力图澄清它。

证据符号学还告诉我们，档案学、证据法学、历史学、考古学、人类学、民俗学等学科的研究对象，其实是以符号证据的形态而存在的，其中最基本的符号形态就是言、文、象三重证据（即言证、书证和类像证据，其中类像证据又包括图证和物证）。也就是说，言、文、象构成了上述学科研究的可能性条件——言、文、象的可能性，构成了上述学科的可能性，它告诫我们不要把符号证据呈现的事实当做事实本身来对待。

作者简介：

孟华，山东大学中文系硕士毕业，任中国海洋大学文学与新闻传播学院汉学系主任，教授；中国海洋大学国家文化产业研究中心视觉文化研究所所长；全国语言与符号研究会常务理事。menghua54@yahoo.com.cn

认知符号学与认知语言学

郭 鸿

摘 要：皮尔斯符号学是一门认知科学，也就是认知符号学。当今流行的认知语言学是认知符号学的一个分支，是其基本理论的应用、具体化和发展，对语言学科的发展起了重大推动作用。它秉承皮尔斯符号学的哲学根源，属于现代西方哲学的科学主义思潮、英美分析哲学传统和从生物体内部角度研究语言的生理活动和心理活动的语言学。

关键词：认知语言学、认知符号学、皮尔斯、分析哲学

认知语言学研究在我国已开展了二十余年，成为我国当今语言学研究的主流学科。但这门学科很难定义，有的人认为它涉及所有语言学科，它就是当代语言学的代名词，甚至有人认为它代表着当代西方哲学的一个新发展阶段"后语言哲学"。

笔者试图通过定义认知符号学和对比认知符号学与认知语言学，探索认知语言学的哲学基础、符号学根源及其性质、范围和方法。

一、皮尔斯符号学是一门认知科学，也就是认知符号学

众所周知，现代西方符号学分为两大流派，一个流派是皮尔斯符号学，另一个流派是索绪尔语言符号学。后者已为人们所熟知，并已广泛应用于现

代西方语言学科的研究，然而皮尔斯符号学却很难理解，更不用说在语言学科中的应用。笔者认为，索绪尔语言符号学基本上是一种哲学本体论符号学，而皮尔斯符号学则是哲学认识论符号学。在人类的思维、认知和表达、交流两个方面，前者着重研究表达、交流，而后者着重研究思维、认知。笔者试图对皮尔斯符号学的认知性作一些探讨。

皮尔斯（Charles Sanders Peirce，1839－1914），美国哲学家、逻辑学家、科学家和符号学的创始人之一。他的实用主义哲学、逻辑范畴论和符号学是一个整体，是科学研究的思想和方法。他的符号学是以他的范畴论和实用主义哲学为基础的，是认知性的。已故前国际符号学会会长、美国符号学家 Thomas A. Sebeok 说："皮尔斯符号学肯定是一门认知科学。"笔者同意他的观点，认为皮尔斯符号学就是认知符号学。以下我们将依次探讨他的逻辑范畴论、实用主义哲学和符号学。

（一）皮尔斯的逻辑范畴论

皮尔斯符号学最费解的部分就是他的三分符号模式：符号再现体（representamen）——对象（object）——解释（interpretant）。对这个符号模式有各种各样的解释，使读者无所适从。为什么皮尔斯符号学符号模式是三分（triadic）的，而索绪尔语言符号学的符号模式是两分（dyadic）的（符号由能指与所指构成）？这样的区分有什么意义？这是一个关键问题，必须搞清楚。要搞清这个问题，就要从逻辑范畴论的发展历史说起。哲学上的范畴与认知语言学中的"范畴"是两回事。后者是认知标准，把某个事物置于某个范畴内就是对该事物的初步认识，说明它是什么性质的东西；而前者指一种意识结构（structure of consciousness），是客观现实存在和发展基本形式的反映，是认识发展的一些小阶段，是逻辑思维的基本环节。凡逻辑思维的领域，不论是各个具体科学还是哲学，都需要应用范畴，因此范畴在科学、哲学和逻辑学中都具有十分重要的基础地位①。

哲学发展经历了三个阶段：本体论研究自然是什么；认识论研究人是否能认识自然，如何认识自然；语言论（或哲学的语言学转向）研究现代西方

---

① 彭漪涟《逻辑范畴论——马克思主义哲学关于逻辑范畴的理论》，华东师范大学出版社，2006 年，序。

两大哲学思潮（科学主义思潮和人本主义思潮）的语言学转向与合流趋势。笔者认为，研究两大思潮的语言学转向和融合趋势实质上就是研究本体论和认识论的对立统一。这几个发展阶段都反映在逻辑范畴体系的演变上。

下面让我们从逻辑范畴体系的演变看皮尔斯的三分符号模式。

第一，亚里士多德的两分本体论逻辑范畴体系。

亚里士多德是希腊哲学家中最伟大的哲学家。他是逻辑学和许多科学的创始人。他的哲学属于本体论（ontology），他在本体论中列举了所有可能成为命题的主语和谓语的事物。这些事物分为十大类，也就是十个范畴：实体（substance）、数量（quantity）、性质（quality）、关系（relation）、地点（place）、时间（time）、位置（position）、状态（state）、行动（action）和承受（affection）。一般说来，实体可作为命题的主语，其他类别可作为谓语。这种安排与语法相对应，即一个句子由一个主语和一个谓语构成，可以产生所有可能的命题，以此描述世界上的一切事物。因此，这种范畴体系是本体论的和两分的，即实体和对实体的描述。虽然十个范畴都是本体论范畴，但都是从命题角度出发，从主项与谓项之间的关系来考察分析的，就此而言，都是逻辑范畴体系。

第二，康德的三分先验论认识论逻辑范畴体系。

康德（Immanuel Kant，1724-1840）实现了一场哲学革命，完成了理性主义哲学和经验主义哲学的综合或两者之间的调和，从而创建了先验批判哲学。这种哲学是一种认识论，回答如下问题："我们如何理解、解释或思考事物？"在康德的哲学中，一个范畴是理解中的一个纯概念，一般代表任何事物在被经验以前的现象。范畴一般是任何可能发生的事物的性质或特征。康德认为，亚里士多德的三段论逻辑中的所有可能产生的命题等于所有可能作出的判断，命题内的所有逻辑算子（logical operators）等于判断中的理解瞬间。因此，他把亚里士多德的范畴体系重新排列成四组三项组合体：

量：全称的、特称的、单称的（判断或命题）；

质：肯定的、否定的、不定的（判断或命题）；

关系：直言的、假设的、选言的（判断或命题）；

样式：或然的、实然的、必然的（判断或命题）。

然后，他就从这个逻辑判断表中概括出了与之相应的"先验概念表"：

关于量的范畴：单一性（度）、复多性（量）、总体性（全）；

关于质的范畴：实在性、否定性、限定性；

关于关系的范畴：实体性、因果性、共存性；

关于样式的范畴：可能性、存在性、必然性。（参照彭漪涟著《逻辑范畴论》）

所有的判断和范畴体系都是每三个一组，也就是说都是三分的。构成三分组合的原因是：每组的第一项和第二项之间的互动产生新内容，也就是第三项。三分模式具有认知范畴体系的特征，因为主体与客体之间的互动产生新认识。正如康德理论中显示的那样，认知的主体、主体与客体之间的互动被置于突出位置。总之，康德的三分逻辑范畴体系是认识论的，更具体地讲，是先验认知性的，而且还具有辩证性质。

第三，黑格尔的本体论辩证逻辑范畴体系。

黑格尔、费希特和谢林生活在康德以后几十年中的"德国理性主义"时期中。作为后康德理性主义者中理论最系统的黑格尔哲学，试图从逻辑起点设置一个全面、系统的本体论。黑格尔制定了一个全面的哲学理论框架或系统，以整体的和发展的方式，说明心智与自然、知识的主体与客体，以及心理学、状态、历史、艺术、宗教和哲学。特别是，他设想了一种心智和精神的概念，说明心智和精神的一系列矛盾和对抗最终结合统一。以逻辑为出发点的、黑格尔的全面、系统的本体论由三部分构成：存在论（直接范畴）、本质论（间接范畴）和概念论（直接范畴与间接范畴的统一）。前二者（直接范畴和间接范畴）属于客观逻辑领域，而后者（直接范畴与间接范畴的统一）属于主观逻辑领域。与此相对应，通过三个阶段（三个范畴）——正（thesis）、反（antithesis）、合（synthesis），实现客观逻辑向主观逻辑的转变，达到客观与主观的统一（自然与心智的统一）。每个范畴里都有两个对立成分——肯定与否定，而否定始终是从一个范畴（阶段）向另一个范畴转变的推动力。总之，黑格尔的范畴体系本身就是一个三分的逻辑范畴体系，显示对立双方的统一，因此它是辩证法[①]。

上述逻辑范畴体系的演变揭示了一个事实——范畴，更确切地说，范畴体系是一个二分的意识结构，当结构进入了变化或转变过程，它就成了三分。正如权威著作《符号学手册》的编辑者 Winfried Noth 所说的："从结构向过程的迁移中，二元对立可能转化成三元互动。"[②]

第四，皮尔斯的三分现象学逻辑范畴体系。

皮尔斯按照康德的先验认知模式制定了他的范畴体系，同时从黑格尔的逻辑范畴体系中吸取了一些辩证法成分。另外，他的范畴体系是现象学范畴体系。现象学研究从第一人称角度体验产生的意识结构。简而言之，现象学研究直接经验和如何取得这些经验。因此，皮尔斯的范畴系统说明我们如何取得瞬间的直接经验而达到认知目的。了解了以上观点后，我们就容易理解，皮尔斯的三个普遍范畴就是通过经验得到的三个瞬间理解。第一性（firstness）是对性质的感觉，第二性（secondness）是实际存在的事实，第三性（thirdness）是表征或认知（representation or cognition）。三者间的互动实现表征或认知（从认知对象角度讲是表征，从认知主体角度讲是认知）。我们可以从日常生活中举个例子来说明这个问题：情人节那天，你收到一束玫瑰花。在第一个瞬间，你只经验到一种强烈的红的性质，但不明白它是什么东西。下一个瞬间，当这种强烈的红的感觉与某个物体互动，你明白了这是一束玫瑰花，但你仍然不明白它意味着什么。再下一个瞬间，当这束玫瑰花与你所知道的社会习俗和你有一位爱人这个事实互动时，你才明白这是你的爱人在情人节为了表达她（他）对你的爱情送给你的一份礼物。皮尔斯的符号模式正是建立在这三个普遍范畴上。

（二）皮尔斯的实用主义哲学

皮尔斯的实用主义哲学就是应用于科学研究的哲学，是逻辑实证主义的一个分支。它的主要观点是：

第一，物是经验的效果。

---

① 彭漪涟《逻辑范畴论——马克思主义哲学关于逻辑范畴的理论》，华东师范大学出版社，2006 年，序。

② Joseph L. Esposito, *Peirce's Theory of Semiosis：Toward a Logic of Mutual Affection.*

皮尔斯的理论的出发点类似主观经验主义。他否定物质世界的客观存在。他认为"事物就是效果"。其实质与传统的主观经验主义一样，把整个客观世界和个人的认识过程经验主义化。

第二，生物行为主义观点。

皮尔斯把人的认识活动等同于生物适应环境的本能活动。他认为人的行动信念不是建立在对客观规律和必然性的认识上，它仅仅是一种生物的本能。皮尔斯理论的继承人莫里斯（Morris）的生物行为主义思想更加突出，他创建了生物行为主义理论。

第三，效果的意义理论。

皮尔斯提出了实用主义的意义理论：概念的意义不是由它反映的意义决定的，而是由它引起的行动的效果决定的[①]。

第四，皮尔斯的科学研究方法。

他认为一切思维都是用符号进行推理的。他提出一种科学探索方法——不明推理法（abduction）。用假设法（hypothsis）提出一种假设来解释一种令人惊奇的现象，用演绎法（deduction）来弄清这个假设引起的有关的、必需的、论断性的后果，而用归纳法（induction）根据全部论据检验全部预言的事实，以说明实际有效的是什么。假设法的公式是：令人惊奇的事实 C 被观察到了，假如 A 是真实的，C 就是理所当然的事。

我们可以从日常生活中举个例子：如果下雨，地会湿；现在地是湿的，我们有理由相信下过雨了。

皮尔斯还认为，演绎法和归纳法不能发现新事物，只有不明推理法能做到，但有风险。譬如，地湿了，除了下过雨还可能是其他原因：洒水车刚洒过水。

从以上例子中我们可以看出，不明推理法是一种反向推理或溯因分析（retroductive inference or back reasoning），也就是说，从现有的事实出发寻找造成这个事实的原因。这种方法已广泛应用于语言学科研究。

（三）皮尔斯的符号学

皮尔斯的符号学是以他的范畴论和实用主义哲学为基础的。他的范畴论

① 夏基松《现代西方哲学教程新编》，高等教育出版社，1999 年。

是以康德的三分先验认知范畴论为基础的，说明主体与客体之间的互动产生新认识。他还吸取了黑格尔的辩证思想，认为认知过程是主体、客体、意义之间的互动，而且这种互动是永不停止的。他的范畴论是一种现象学范畴论，说明人对事物的直接经验过程：第一瞬间的经验是对事物性质的感觉（第一性），第二瞬间的经验是事物的实际存在（第二性），最后的经验是事物的全部意义（第三性）。实用主义哲学是主观经验主义哲学。所谓主观经验主义就是，认知是人的主观行为，人通过自身的经验认识事物。这样就突出了认知主体人和人的直接经验。主观经验主义还认为，事物的意义就是它的效果和它引起的行动。皮尔斯的实用主义哲学就是他的科学研究方法论，用以发现新事物，解决科学研究中的疑难问题。他提出了一种新方法——不明推理法（溯因分析法）。我们必须在以上概念的基础上才能理解皮尔斯的三分符号模式和认知符号学（以及后面要讨论的认知语言学）。

1. 皮尔斯的符号模式

皮尔斯符号学的符号由三个关联物组成：符号再现体（representamen）——对象（object）——解释项（interpretant）。这个符号模式说明了一个根本道理：符号再现体固然代表所指对象的意义，但必须经过解释。这里"解释"的意思很含糊，引起了很多争议。有的说"解释"指"意义"或"内容"，有的说"解释"指"解释者"（interpreter）。其实这两种说法都有道理，正是这种含糊性丰富了它的内涵。第一种"意义"说，按皮尔斯的说法，人的一切思想都是用符号进行推理得到的。符号（再现体）与某一事物作用，产生一个新的符号，这个新符号又与认知者作用，在他的头脑里产生了一个更新的符号，一个扩大了的符号。这个符号就代表"意义"。第二种说法更容易理解：符号（再现体）固然代表事物的意义，但必须经过作为认知主体的人的解释（经验的验证）。

符号又分成三个方面：符号本身；符号再现体与对象之间的关系；符号再现体与解释之间的关系。每个方面又一分为三。

1) 符号本身

Qualisign（代表对象性质的符号）是说明事物性质的（对事物性质的感觉）。

Signsign（代表单个事实的符号）是说明单个事实确实存在的（实际事实）。

Legisign（代表一种规律）是说明事物规律性的（表征或认知）。

其实这就是皮尔斯所说的通过经验认知的三个阶段：第一阶段，对事物性质的感觉；第二阶段，认识这个事实的存在；第三阶段，认识这类事物的规律。

2）符号与对象之间的关系

象似符号（icon）是一种符号与对象之间有相似关系的符号。

标志符号（index）是一种符号与对象之间有因果关系的符号。

规约符号（symbol）是一种符号与对象间无任何关系，但的确代表对象意义的符号。实际上，它依赖社会共识或习惯表达意义。

笔者认为，这三种符号实际上说明了三种认知方式，因为符号代表一种符号活动过程，它的三个关联物间的互动产生意义。因此，象似符号指我们通过事物间的相似性认识事物，标志符号指我们通过事物之间的因果关系认识事物，规约符号指我们通过社会共识或习惯认识事物。

这三种符号也代表一个演变过程，说明人类使用符号认知的进程。皮尔斯曾经说过："规约符号在成长中。它们从别的符号演变而来，特别是从象似符号，或者从具有规约符号和象似符号的混合性质的符号演变而来。我们只能用符号来思维。心智符号是混合型的。规约符号的成分是一些概念。"

3）符号与解释之间的关系

Rhema 是说明一种可能性的词或符号，在判断或命题中起一个词语的作用，它揭示某一事件的可能性。

Dicisign 是说明一个事实的命题或符号。

Argument 是用于说理的一系列命题，它能澄清一种议论或一个概念。

笔者认为，解释与符号的关系说明符号活动（认知）的结果；它可以说明一种可能性，肯定一个事实并讲清一个道理。

2. 与皮尔斯的三分符号模式相关的一些重要观点

1）符号代表的意义是它产生的效果

皮尔斯的实用主义的基本观点之一是，符号代表的意义不能脱离它产生的效果。他使用"意义效果"（significate effect）这个词语，并按照他的范畴理论把它分为三小类：可能说明性质的效果（第一性）；说明具体意义的效果（第二性）；说明普遍意义的效果（第三性）。

由于效果包含在"解释"中，他把"解释"分为三小类："即时解释"

（immediate effect）是可能产生的效果；"动态解释"是一个特定的人、在一个特定场合和使用符号思维的一个特定阶段产生的实际效果；"最后的解释"是最终的效果，多少具有习惯和正式性质。

由于意义（解释）是符号引起的行动，而人类认知是发展的，皮尔斯把"解释"分为三小类："感情的解释"是引起某种性质行动的可能性；"有力的解释"是一种努力、经验或行动；"逻辑的解释"是一种普遍形式、意义或习惯。

2）符号代表的意义是它引起的反应（行动）

皮尔斯的另外一个基本观点是，对任何人而言，符号的意义在于他对符号作出的反应。他举了如下例子来说明这个观点：

当步兵的长官发出命令："枪放下！""动态解释"包含在步枪着地的响声中，或者说包含在士兵们的心智行动中……但"最后的解释"不包含在任何一个人的心智行动方式中，而包含在每个人的心智行动方式中。也就是说，它表达这样的条件命题："如果这个符号作用于任何一个人的心智，它会决定同样的行动方式。"

（四）小　结

皮尔斯的范畴论、实用主义哲学和符号模式可以简要概括如下：

皮尔斯的范畴论、实用主义哲学和符号学是一个整体，是科学研究的思想和方法，属于现代西方科学主义思潮的逻辑实证主义。它体现了哲学的认识论，是一种认知符号学。皮尔斯的逻辑范畴体系建立在康德先验主义哲学认识论范畴体系基础上，同时吸取了黑格尔的一些辩证思想，是一种现象学范畴论。它说明了一个中心思想：意义来自人的直接经验，经验范畴之间的互动产生意义（认知）。

皮尔斯的三分符号模式体现了一个中心思想：认知是人类对自然的认识，意义与自然之间没有直接联系，意义的产生必须通过人，是人对自然的解释。人的一切知识来自经验，人类经验范畴之间的互动产生意义（认知），因此皮尔斯符号学具有动态和互动的特点。认知是发展的，永无止境的。符号的三个方面分别说明认知的过程、方式和结果，每个方面都是三分的，也就是说，每个方面也是变化和发展的。符号代表的意义是它产生的效果和引起的反应

（行动）。

二、皮尔斯认知符号学与认知语言学的比较

认知语言学的基本观点已为人们所熟知，不再赘述。以下直接将其与皮尔斯符号学的基本观点加以比较。

（一）两者的共同点

1. 哲学根源

皮尔斯符号学的哲学根源是现代西方哲学的科学主义思潮。再往上追溯就是近代哲学的经验主义。皮尔斯的经验主义思想是主观经验主义，他认为"物就是经验的效果"。乍听起来有些荒谬，但它说明一个道理：一切意义来自经验，意义是人对自然经验的结果。

认知语言学的哲学基础是"体验哲学"，也是主观经验主义，或者如有些学者所说的，非客观经验主义、实用经验主义。它也说明一切意义来自经验，意义是人对自然经验的结果。认知学者们没有再往上追溯"体验哲学"的来源，但他们说，当今的认知语言学是第二代认知语言学。第一代认知语言学是一种分析哲学，第二代认知语言学是对第一代认知语言学的批判。笔者认为，正是因为第二代是对第一代的批判，第二代继承了第一代的一些理论，正如解构主义者不完全否定结构主义者，而是扬弃他们认为不合理的部分，继承合理的部分。黑格尔的辩证法更是如此。"正"是肯定，"反"是否定，"合"是对否定的否定，这就是认识逐渐深化的过程，这就是学科发展的规律。如果全盘否定掉了，学科就不可能发展了。因此，认知语言学也离不开英美分析哲学和现代西方哲学的科学主义思潮这个总根源。从它研究的内容看，也是如此。认知语言学有两大类，一类是认知科学的一部分，它从人脑和神经系统研究语言的生成和认知功能；另一类是用认知科学的方法研究语言，研究意义产生的生理机制、心理过程和认知功能，后者就是现在流行的认知语言学。从此也可以看出认知语言学与科学主义思潮、分析哲学的联系。

2. 学科性质

皮尔斯符号学和认知语言学都是认知性的。皮尔斯的范畴论、实用主义

哲学和符号学是一个整体，是科学研究的思想和方法。科学本身就是一种认知，认识各种自然现象。皮尔斯符号学重点研究符号的表征（representation），也就是研究意义的产生。从认知者的角度看，就是研究人的认知。认知语言学研究意义（认知）产生的生理机制和心理过程，当然与皮尔斯符号学一致。

3. 中心思想

索绪尔语言符号学的符号由"能指"与"所指"构成。皮尔斯符号学的符号由"符号再现体"（representamen）、"对象"（object）和"解释项"（interpretant）构成。前者的"能指"，从宏观上讲，是符号系统；"所指"是意义系统。具体一点讲，"能指"是语言，所指是语言表达的意义。也就是说，语言与意义有直接联系。而后者的"符号（再现体）"和"对象"之后还有"解释项"（解释者或意义）。也就是说，符号代表对象的意义，但一定要经过人的解释。这样就突出了作为认知主体人和人在认知中的主动作用。应用在语言符号上，语言表达的意义与自然之间没有直接联系，必须经过人的认知，同样突出了作为认知主体的人和人在认知中的主动作用。这就是认知语言学的中心思想。文旭教授在《认知语言学的研究目的、原则和方法》一文的结语中指出："认知语言学作为语言学中的一种新范式，其本质在于认知主体'人'并不是一个被动的接受者，而是一个主动的施动者；人类经验在语言使用中具有重要作用。"由此可见，皮尔斯符号学与认知语言学在中心思想上也是一致的。

4. 研究方法

皮尔斯的实用主义哲学是用于科学研究的哲学。他把假设法（hypothesis）、演绎法（deduction）和归纳法（induction）结合起来，提出一种新的研究方法——溯因分析法（retroduction）。当你观察到一个新现象，你可以用假设法提出一种解释，然后用演绎法进行推理，找出这种假设与观察到的现象的相关性，然后用归纳法，包括通过科学实验得到的具体资料和数据，证实或证伪这个假设。这是从现存的现象（事实）出发，研究这个现象（事实）的成因，因此是一种溯因分析法（back reasoning）。其实，这种方法是当前常用的科学研究方法。譬如，科学家们正在研究月球和火星有无生命存在，就提出一个假设：如果这两个星球上有水，就会有生命。于是千方百计地寻找这两个星球上存在水的迹象，发射卫星近距离观察或发射火箭撞击表面搜集样土来化验分析，找出证据，最后得出结论——这两个星球上有还是没有生命存在。

认知语言学正是采取这样的研究方法：从现存的语言现象（事实）出发，通过研究（解释）语言产生的生理机制（大脑和神经系统）和分析人的心理活动，追溯这些语言现象的成因（意义是怎样产生的）。总之，皮尔斯的科学研究方法与认知语言学的研究方法也是一致的。从语言学分类的角度讲，认知语言学正是韩里德（M. A. K. Halliday）定义的"从生物体内部角度研究语言的生理活动和心理活动的语言学"。

（二）两者不同之处

1. 属于不同层次

笔者在以往发表的文章中，一再阐述以下观点：符号学是哲学和语言学之间的桥梁，它既有哲学的深刻理念，又有语言学的可操作性。皮尔斯符号学与认知语言学在学科分类上不属于同一层次。在层次上，皮尔斯符号学高于认知语言学，因为语言是众多符号中的一种。如果皮尔斯符号学是认知符号学，认知语言学就是认知符号学的基本理论的应用。通过研究皮尔斯符号学，我们可以了解认知语言学的基本理论和它的符号学和哲学根源。

2. 理论与理论的应用和发展

皮尔斯符号学提出了一个中心思想：符号（再现体）代表对象的意义，但必须经过认知主体的人的解释，意义与自然没有直接联系，意义来源于人的经验。它的现象学范畴论说明：意义（认知）产生于经验范畴之间的互动中，认知是发展的、永无止境的。但它并没有说明意义（认知）产生的具体方式和过程，而认知语言学做到了这一点。认知语言学说明意义是经验的概念化，通过隐喻、换喻、范畴化、意象图式、概念整合等形成概念结构。语义就是概念结构，语法是概念结构的形式化（符号化）。认知语言学比皮尔斯符号学更突出人在认知中的主动作用，因此具有心理建筑理论：人的认知不限于心智对客观世界的领悟，而且包括人根据自己的心理语境和知识结构重建客观世界。

3. 主观经验主义哲学与体验哲学

皮尔斯符号学的哲学基础是主观经验主义，而认知语言学的哲学基础是体验哲学。两种哲学同是主观经验主义，突出人在认知中的主体性和主动性，认为一切知识来自人的经验，但后者更加强调人的身体经验，即经验从人的身体开始，人对自己在空间中位置的感觉、人身体的直觉、人的心理状态等身体经验决定了人的认识。皮尔斯符号学有三种符号——象似符号（icon）、标志符号（index）和规约符号（symbol）。笔者认为，这三种符号分别代表三种认知方式：象似符号代表通过事物之间的相似性认识事物；标志符号代表通过事物之间的因果关系或依存认识事物；而规约符号代表通过社会共识或习惯认识事物。由于认知语言学强调身体经验必然突出通过事物间的相似性认识事物，因此特别强调隐喻、意象、图形在认知中的作用。由于突出人的心理因素对认识结果的影响，因此具有"经验观、凸显观和注意观"。由于突出人的直接经验，因此具有"心智的体验性、认知的无意识性和思维的隐喻性"等原则。笔者认为这些理论和原则足以解释各种语言现象生成的原因和过程，但作为一种认识论则有失偏颇。

三、皮尔斯符号学和认知语言学的定义与两者的关系

皮尔斯符号学是认知符号学。皮尔斯的范畴论、实用主义哲学和符号学构成一种科学研究的思想和方法。它属于现代西方哲学的科学主义思潮、逻辑实证主义和英美分析哲学传统。皮尔斯的哲学基础是主观经验主义。它认为人的一切知识来自人的经验，人是认知主体和主动者。皮尔斯的三分符号模式来自他的现象学逻辑范畴论：人的认识来自直接经验，产生于经验范畴间的互动，体现在符号的三个关联物（符号再现体、对象和解释项）之间的互动和解释（者）的主体作用。这种互动是不断进行的，因此认知是发展的和永无止境的。

认知语言学是认知符号学的一个分支，是认知符号学的基本理论在语言学研究中的应用和发展。它继承了认知符号学的现代西方哲学的科学主义思潮和英美分析哲学传统。从语言学分类的角度讲，它属于从生物体内部角度研究语言的生理活动和心理活动的语言学。它的哲学基础是体验哲学。体验哲学也是主观经验主义哲学，但更加强调身体的直接经验。认知语言学认为语言运用是人的认知活动的一部分，意义是经验的概念化，语义是概念结构，语法是概念结构的形式化（符号化）。它把认知符号学的基本理论，特别是动

态和互动的观点，应用于语言研究，使其具体化、生动化，并推动了其他语言学科的发展。

作者简介：

郭鸿，解放军国际关系学院教授，院专家组成员，军级，现任全国功能语言学学会常务理事，全国语言与符号学学会常务理事和全国文体学学会副会长。曾次立功受奖，包括二等功、三等功各一次，1998 年被评为"全军优秀教员"，2007 年被评为"全军资深翻译家"。guohong31@126.com

论文化"标出性"诸问题

彭　佳

　　摘　要：文化的"标出性"是一个在文化符号学领域尚未得到充分讨论的重要问题。赵毅衡提出，中项的偏边和易边在文化正异项的动力演变中起到了决定性作用。本文在此基础上进一步指出，中项认同是具有层次性的，表现异项文化的艺术和批评其实是对中项认同在不同层面上进行争夺。同时，本文援引了法农文艺、批评、政治运动应相互补足的理论，分析了亚文化在主文化域中的变动过程，并由此指出了中项认同多元化的可能性。

　　关键词：标出性、中项、层次性、文化域、亚文化

　　自从俄国语言学者特鲁别兹伊科在和雅克布森的讨论中提出清辅音和浊辅音在语言使用中的不对称性以来，语言的"标出性"引起了语言学范围内的广泛讨论。迄今为止，关于标出性原理的语言学论述尚未得出清晰的结论，对标出性问题的讨论也大部分停留在语言学的自身范畴之内。在《文化符号学中的"标出性"》一文中，赵毅衡尝试将这一理论推进到文化研究领域，并指出中项的偏边和易边在文化项的二元对立关系中起到了决定性的作用。本文在此理论的基础上进一步分析中项偏边在不同层次上的不一致性，以及中项认同的各个层次在亚文化实现"标出性"翻转时起到的不同作用。

一、标出性与中项认同的层次性

文化项的二元对立是一个普遍存在的现象，如果用文化的标出性进行描述，对立项中被接受和承认的一方为"非标出项"，它所承载的价值观和风格被认为是正常的；而其反方则为"标出项"，其风格和意义往往处于对正项的背离①。以注重亲缘伦理关系的传统中国文化为例，广泛而稳定的家庭社会关系形态（宗族观和集体主义）为文化的非标出项，而个人主义则被视为怪诞、反常的标出项。因此，在传统社会中，一旦某一成员出现个人主义倾向或设置较为清晰的个人边界，即被视为异类——而跟"异"、"孤"、"外"联系在一起的语言表达（"异类"、"其心必异"、"孤傲"、"孤芳自赏"、"外族"、"见外"）在感情上呈现出明显的负面色彩②。然而，在西方文化的影响下，具有鲜明个人主义色彩的文学和艺术作品也逐步受到人们的认同，"个人主义"这一标出项正处于渐渐被常态化的过程中。影响这一对立关系变化的，是文化中常常隐而不现的认同项——文化的中项。文化的二元之所以会形成意义上的对立，其决定性的因素就是中项会做出对其中一项的价值认同；如果没有这个价值认同，二元的概念只是意义上的不同项，并不会形成对立的态势，就如纯生理意义上的"男/女"、"老/少"一般，表达的只是不同范畴或者意义的划分。而文化的对立意义并不是非此即彼的，在如"美/丑"、"好/坏"等对立关系中存在着一个宽广的、自身意义并不明确的中间地带。因此，如果把文化对立概念中"非标出"的一方称为正项，"标出"的一方称为"异项"，这一非正非异的"中间方"就是"中项"：它自身"非正非异"的特质并没有使得它对意义对立的双方采取一个真正中立的态度；相反，由于它自身无法表意，其意义的表达是通过对正项的认同而得以实现的。以婚姻观念而言，"异性婚姻关系"在近代文化中处于正项地位，大部分社会成员——不管自身婚姻状态如何——都对其采取了认同的态度，而非异性婚姻关系（如"同性婚姻"和"婚外关系"）则作为负项存在。当代婚姻观变化的过程实质上是淡化中项对正项认同的过程，中项的认同部分向原本的负项倾斜，采取大致趋中的位置，因此当代人在婚恋形式和对象的选择上具有更大的自

---

① 赵毅衡《文化符号学中的"标出性"》，《文艺理论研究》2008年第3期，第5页。
② 关于中国人的自我边界和中国文化中的"公私"关系，孙隆基有详细论述。见《中国文化的深层结构》，广西师范大学出版社，2007年。

由度。由此可见，在"正项/中项/异项"的动力性关系中，正项和异项对中项的争夺，也就是"中项易边"的趋势，决定了文化的对立项是否能够实现翻转或者部分翻转①。

由于文化自身的排他性结构，主流文化为了形成不对称（边缘化异项，以成为稳固的主项）而标出各种亚文化②。而"被标出"的亚文化为了维持自身的特点并向文化域中心流动，也会寻求各种表达方式进行"自我标出"，并进行对中项的争夺。需要指出的是，中项认同本身并不是单层次的，各个层次之间的偏边情况也不一定一致。由于对文化标出性的研究还鲜为人所涉及，对中项偏边的层次情况更没有理论文献可参考，因此本文对中项认同层次的划分只是建立在文化现象观察和归类之上的探索性论述。

俄国符号学家尤里·洛特曼认为，符号域本身呈现出多层次的圈状结构："1. 单个的文化文本（具体文化事物）的具体意义；2. 第二模式化系统中形成的综合文化观念，如文学、哲学等学科内部的抽象概念、范畴、观念理论，它不与具体文化事物直接联系。……3. 一个民族文化的核心思想。"文化文本的具体意义主要表现为它所传递的美感、情感等心理意义和政治意义。而"第二模式化系统中形成的综合文化观念"，即文化元语言，它虽然是隐性的，却决定着具体文本意义的发展和动态变化，并为文本的具体意义提供解释。"民族文化的核心思想"是文化符号域的中心层，即该文化的意识形态，"文化元语言"之元语言，它为文化提供评价的标准。

如果把文化符号域层级性的思考运用于中项的层次划分，"正项/中项/异项"的动力性关系至少可以分为以下两个层面：显性层面（包括审美、情感和政治意义层面）和隐性层面（元语言层面）。它们之间的关系如下图所示：

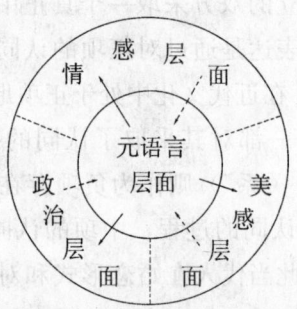

① 赵毅衡《文化符号学中的"标出性"》，《文艺理论研究》2008 年第 3 期，第 7 页。
② 赵毅衡《文化符号学中的"标出性"》，《文艺理论研究》2008 年第 3 期，第 6 页。

图中的美感、情感和政治意义部分之间用虚线区分，因为它们之间不一定具有明确的界限，而是处于相互作用的流动状态之中；它们处于文化符号域的第一个层面，表现单个文化文本的具体意义。而文化的元语言层则包括文化符号域的第二和第三个层面，既包括综合的文化观念（文化元语言），也包含了"民族文化的核心思想"，即意识形态部分（文化元语言之元语言）。这一层面对显性层面具有决定性的影响，因此它对这三个部分的作用用实线箭头表示；虚线箭头则表示显性层面的变化对隐性层面也具有缓慢的渗透作用。这两个层面之间的影响并不是完全单向进行的。以上文所论述的"集体主义/个人主义"这一在中国文化中的对立项而言，"集体主义"所具有的正项地位是建立在中项对它在美感、情感和政治层面的认同上的；而中项在这三个层面上的偏边则是由它在元语言层上的偏边所决定的。就文化观念而言，中国文化是建立在"修身、齐家、治国、平天下"的儒家伦理观上的"家国文化"，它注重宗族的整体利益；而从意识形态出发，以"和合性"、相融性为导向的民族核心思想在根本上决定了这一文化对立关系的中项在文化元语言层上偏向"集体主义"，标出"个人主义"。

需要指出的是，尽管对正异项位置起决定作用的是元语言层面的中项偏向哪边，中项的显性层面之间各部分却不一定保持偏边的一致。以中国 20 世纪六七十年代的着装风格为例，"蓝蚂蚁"式的服装占据了文化的正项位置，而带有个人风格的"奇装异服"则因为其带有"资产阶级生活方式"的色彩而处于"被标出"的异项地位[①]。这一文化现象存在的深层原因，是因为文化的元语言层认同"阶级斗争"和"无产阶级"，因此，"资产阶级服装"被标出，处于边缘化的状态。在这一点上，政治意义上的中项和元语言的中项认同保持了一致。然而，从美感和情感层面上来看，中项对"蓝蚂蚁"式服装却没有采取认同的姿态，而是偏向了其对立面。从海派作家们对当时人们审美心理微妙状态的描写中，不难看出"奇装异服"是受到秘密的追捧和欢迎的[②]。

对当时着装风格正异项的中项认同情况可以用下图表示：

① 对"蓝蚂蚁"式着装风格"标出性"的初始讨论，见赵毅衡《文化符号学中的"标出性"》，《文艺理论研究》2008 年第 3 期，第 5 页。
② 如王安忆《长恨歌》中的王绮瑶、陈丹燕《慢船去中国》中的"爷爷"等人物，都保留了上海人对"洋派服装"的审美观，并成为众人暗中模仿的对象。

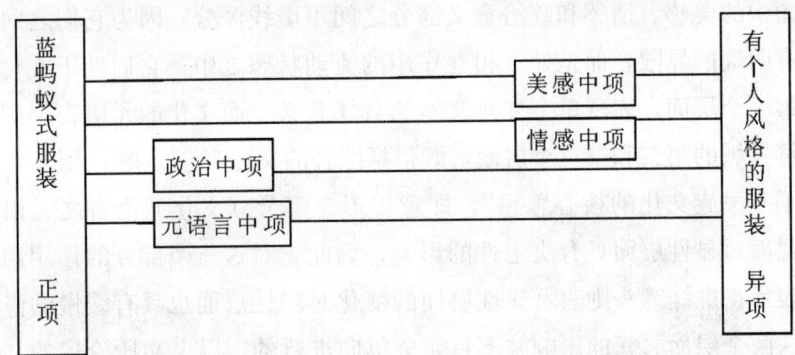

在其他的文化对立项中，中项各层次间偏边的不一致性也相当明显。比如说，获得了"政治正确"身份的台湾原住民不一定能得到接受汉文化为主体文化的其他社会成员心理上的认同，原汉文化的元语言冲突带来的价值观对立也会影响中项对原住民身份的心理和美感认同。这种偏边的不一致性和它们之间相互的影响使得文化中"正项/中项/异项"的动力性关系更加复杂，而中项在每个层面上的不稳定性有所不同，这加剧了文化的正异项利用各种方式对其进行争夺。一般而言，中项的显性层次更容易产生易边，而元语言层次的中项偏边情况则相对比较固定。艺术①是亚文化进行"自我标出"并争夺中项的手段之一，借助艺术创作和批评，亚文化对中项在不同层面的认同上进行争夺，以期实现自身的翻转。

二、艺术的正异及其对中项认同的影响

艺术能否成为亚文化实现标出性翻转的手段，目前尚无定论。但现代艺术本身对标出性的追求是显而易见的。表现"中正平和"等正项美感的艺术在现代和后现代文化中日渐式微，而求新求变的异项艺术则呈现出上升趋势。对异项艺术逐渐占据上风的原因，赵毅衡在《文化符号学中的"标出性"》一文中有所论述："艺术的所谓'非功利性'，可以从艺术热衷于标出性上理解：异项艺术似乎是为标出项（文化受压制一方，社会被剥夺一方）争夺注意力，事实上反而参与标出，使'异常项'更加明显的异常：异项艺术并不参与中

---

① 文中所论"艺术"，是包含文学、歌舞、民间工艺等多种题材和形式在内的一个广义上的范畴。

项争夺,并不致力于把异项变成正常。"①

这段论述清楚地说明了异项艺术"自我标出"的特征——通过大量的艺术表现,艺术使得异项更异②:这是艺术追求自我突破的结果。然而,异项艺术是否真的不参与中项争夺?如果把异项艺术和中项的关系放在中项的层次关系中来考察,会发现异项艺术的大量存在对美感中项的偏边起到一定作用。以本族文化为中心的艺术体制在接受异域文化艺术形式的过程中,往往需要相当长的时间——异项艺术产生的"怪诞"美感在反复接触中逐渐被常态化,而进入体制内部,成为正项艺术的一部分(此时该艺术在进入文化域初期时产生的"怪诞"美感已经消失,所产生的美感为正常美感)③。以时装艺术为例:女性裤装代表的"中性化"风格在出现的初期被视为"标出性"的艺术表现,而当裤装成为非标出性风格(进入了正常美感范畴)的时候,它最初产生的怪诞感和招致的争议已经消失不见了。因此,从追求"怪诞感"、"异域感"的异项艺术本身而言,中性风格已经不具有形式创新上的价值;但由于其对美感中项偏边的影响,情感和政治中项也产生了一定程度的摇摆。女性主义运动的蔚为风行、对父权制社会的元语言批判在女性裤装的"正常化"过程中当然起到了决定性作用;但这几个层次的中项认同变化过程是同时进行的,无法完全分开。

如果把异项艺术被大众接受的过程加以更细致的分析,它对中项不同层面的影响会更加清晰。艺术最基本的特征之一是它的展示性;因此,当某种亚文化仅仅以艺术的方式进行展示的时候,它引起的只是"异项美感"(即标出性的美感);它并不要求把这种标出性的美感纳入到正常美感的范畴之中;相反,这种标出性体现了它本身的诉求。然而,如果类似的艺术形式不断出现,在公众的接受过程中,这种"怪诞"的异项美感由于被日渐熟悉,就会逐步进入正项美感的状态。在这个变化过程中,大众对艺术的"解码"起到

---

① 赵毅衡《文化符号学中的"标出性"》,《文艺理论研究》2008 年第 3 期,第 11 页。

② 见四川大学文学与新闻学院博士生饶广祥在"符号学论坛"上发表的讨论帖,"艺术利用异项是否使异项更'异'?"http://www.semiotics.net.cn/bbs/dispbbs.asp?BoardID=16&ID=252&replyID=&skin=1

③ 异项艺术除了产生"怪诞"美感的艺术以外,还包括产生负面美感响的艺术,如赵毅衡在文中提出的表现杀人、乱伦等禁忌欲望的艺术。这种"标出之美",只存在于艺术之中,在现实生活中不被接受。此时艺术在"标出性"上的意义符合文中的描述——"起了平衡中项偏边造成的意义不平衡,化解了标出项颠覆文化常规的威胁"。见赵毅衡《文化符号学中的"标出性"》,《文艺理论研究》2008 年第 3 期,第 10 页。本文论述的异项艺术范围仅限于前者,即以"怪诞"美感标出的艺术。

了重要作用。对艺术和标出性的关系，有学者指出，艺术是否能够成为潮流，从而参与对中项的争夺，有赖于大众的解码①。这一观点实际上指出了艺术作品和批评在中项的不同层面上所起的作用。大众对艺术的解码取决于当时的文化语境，因此，当具有某种亚文化风格的艺术创作得到理论批评和政治/文化运动支持的时候，符号话语权将向该文化发生一定的倾斜，此时对该艺术的解码也将发生改变——艺术不仅仅只是一种满足"异项美感"的展示性作品；作为文化潮流和批评性的文化力量，它驱使中项向自身靠拢。在美感、情感和政治层面，中项都出现了不同程度的易边。而此时如果批评和政治/文化运动指向元语言，元语言层面的中项有可能会发生摇摆，从而实现整个亚文化的翻转。

三、亚文化在文化域中的变动可能

对于艺术作品和批评在文化运动中的互动性和互补性，法农在其著作《大地上的受苦者》中提出了自己鲜明的看法。法农认为在民族文化的重建工作中，文学与工艺之间、精英与非精英之间应该是一种相互补足和互为基础的关系，文字工作者、口传记录人和民间工艺者之间共同努力的基点在于对本族传统艺术和生活经验的创造性继承②。在重新塑造民族文化的过程中，在战斗性的理念（理论批评和政治文化运动）下形成的自我意识对于保持民族文化的开放性和生命力起着重要作用，法农认为这是文化之间沟通的基础③。尽管法农并没有明确指出艺术作品和批评在民族文化的重建中分别起到何种作用，这一"相互补足"和"互为基础"的观点却可以成为本文的一个重要观照点，即在某一民族文化成为主流文化之异项（亚文化）的态势之下，文艺和批评的展开如何帮助亚文化维持自身的标出性并对中项的不同层面发生影响。

法农在文中探讨了被殖民地的本土知识分子在本土文化被剥夺、中断的文化焦虑之下心理状态的三个发展阶段。第一个阶段是知识分子自我切断文

---

① 见笔者与四川大学文学与新闻学院博士生饶广祥在"符号学论坛"上的讨论。http://www.semiotics.net.cn/bbs/dispbbs.asp? boardid=16&Id=612&page=2
② 弗朗兹·法农《大地上的受苦者》，杨碧川译，台北心灵工坊文化，2009年，第248页。
③ 同上，第251页。

化传承的过程。在这一阶段，知识分子被占领者的文化完全同化，成为文化宰制体系中母国文化的传声筒，对本国文化进行全盘否定；而知识分子的文艺创作"完全正确符合母国作家的作品"①。这种对母国作家作品的复制不仅仅是对其创造风格和题材的模仿，也是对其文化的全面膜拜。在第二个阶段中，本土知识分子的自我意识开始觉醒，他们"开始动摇，并决定回忆过去"②。但这一阶段的文化重建是表象化和简单化的，对传统的回归和拥抱仅仅是对自我身份的证明和意识形态上与母国文化对抗的工具；虽然本土知识分子们"高度肯定人们的习俗、传统和外表，而他苦苦寻觅的不过是展现一种对异国情调的追求"③。要在不同的历史和文化条件下完全恢复古老的传统是不切实际的想法，亦是一种文化退步。正如法农在文中指出的："文化绝不像习惯的那样的半透明，文化完全避开一切简单化。……希望黏附于传统，或恢复已被丢弃的传统，这不仅仅是违反历史，而且是违反人民。"④ 这种将文化表象化和简单化的趋势使得民族文化的重新设立无法在这一阶段内完成。法农寄希望于第三个阶段，即知识分子在明确建立自我意识的基础上以完整的文化展演和全面的文艺发展重塑文化面貌，在与其他文化的沟通和互动下完成民族文化的更新。知识分子不仅仅要学会向压迫者抗议，也必须学会向人民诉说⑤。因此，对外部的战斗姿态和对内部的重建这两者是缺一不可的。

这三个阶段与亚文化在整个文化符号域中的变化过程不无相似之处。以台湾原住民文化为例。未受到其他文化侵入之时，它自身具有一个文化符号域应具有的完整性、相对敞开性和相对封闭性；在其文化内部有明确的正异项价值对立，它的文化价值体系是自足的。然而，在原住民的整个文化被强行纳入先是以日本文化为主体、后以汉文化和福佬文化为主体的"台湾"文化中并被标记为"异项"的情形之下，原有的正项在主体文化中不被认同，而其异项则被"双重标出"——既被自身文化标出，也为主流文化不容，成为被二度边缘化的对象。由于原住民内部自身的价值认知完全被打破，对自我的否定和迷失、文化传统的断裂和破碎亦在所难免。日本统治时期，原住民知识分子在文化上的全面缴械和主动归顺、"国语推行运动"造成的文化全

① 弗朗兹·法农《大地上的受苦者》，杨碧川译，台北心灵工坊文化，2009 年，第 236 页。
② 同上，第 236 页。
③ 同上，第 235 页。
④ 同上，第 238 页。
⑤ 同上，第 254 页。

盘失落即可为证。而当 20 世纪 70 年代原住民运动风起云涌之际，对"原住民"这一身份的政治意义强调远大于对其文化意义的追寻，对外的抗争实质是诉之于中项认同的政治层面，渴求获得政治上的正名和自我的发声。然而，从文化全域而言，仅仅赢得政治层面的中项认同并不足以实现整个亚文化的翻转；从自身文化的内部而言，如果不能确立自足的文化价值系统，任何文艺创作和传统复现都只能是原本文化符号聚合轴上某个点的展演，而非自身文化域的重新构建。要实现民族文化的内在建设和外向发展，需要在自我身份和自我意识的确立之下推动文艺和批评的结合，才能维持自身文化的标出性，维持民族文化系统内部的价值自足；在民族艺术产生的美感逐渐由"异域情调"而正常化过程中，将批评着力于文化全域内中项认同的元语言和政治层面，改变大众对民族艺术的解码方式，使得艺术不再仅仅以自身的"标出性"吸引眼球，而是能引起大众的情感共鸣，淡化以至于消解各个层面上中项对主流文化的偏向——正如美感可以多样化，中项对文化项的认同或许也可以趋向多元，逐渐破解某种文化定于一尊的局面。

　　台湾卑南族学者孙大川在论述排湾族艺术家撒古流对文化之原乡的追寻时，曾用生动的图画语言再现了这一文化建设的轨迹①。如果将这一图示稍加变动并运用于描述作为亚文化的民族文化失落和重建的动态过程，则可以清楚地表现出文化系统内部自足性的变化。见下图：

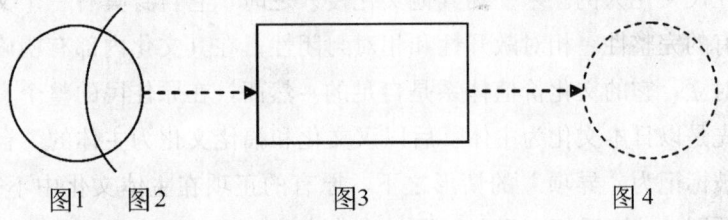

图1　　图2　　　　　　图3　　　　　　　图 4

　　图 1 为内部系统具有自足性的一个完整的文化域，它在文化不能对等交流的情况下受到了一个强势文化的入侵（图 2）。当它被纳入这个强势文化并只作为该文化域的异项存在时，它自身被挤压变形，内部的自足性亦无法维持（图 3）。而民族文化之重建，只能是在已然失落的文化之上建立一个具有传承性和时代性的新系统（图 4），而不是将原有文化照样复原。这样的文化重建可以把对传统的复原与对外来文化优秀成分的吸收相结合，亦可以是将

---

①　转引自郑文东《文化符号域理论研究》，武汉大学出版社，2007 年，第 119 页。

原有的几种相近的亚文化整合在一起，从而建立一个具有共同诉求、同时又保持自身特性的"想象之共同体。"如下图：

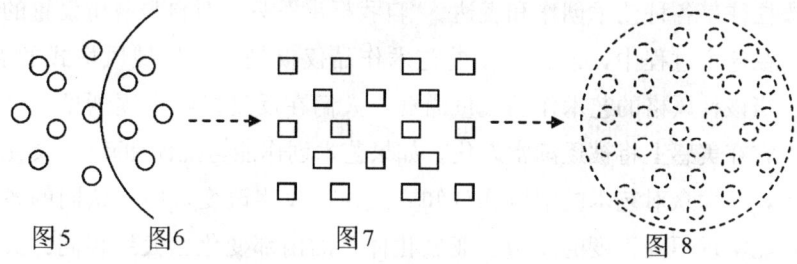

图5　　图6　　　图7　　　　　　　图8

原本散漫、各自自成体系的地区文化（图5）在被强势文化（图6）标出并内部失衡（图7）后，由于共同的需求——实现自身翻转——而结合成一个命运共同体，从而建构了一个想象中的文化原乡（图8）。这一文化系统对外的诉求是赢得主文化域的中项认同，对内则设立了一个普遍的价值标准：有利于系统内部各文化共同发展和自身发展的文艺、政治活动都能得到该文化共同体内大部分成员的认同。同时，各文化自身的特色和相异之处也得到了保留。

结　论

洛特曼在对文化符号域关系进行考察时指出：文化都需要用自己的努力来建立一个"他者"[①]。在文化对等的情况下，对"他者"的建立过程，可以成为文化认识自身的基础；"不同"往往是认识自我"共同性"和"相似性"的镜子。然而，文化符号域之间的交流和碰撞并不常常是在一种对等的前提下展开的，"他者"的文化在一个强势文化的挤压之下完全处于"被标出"的地位，至多成为满足异项美感的对象，得不到任何层面上的中项认同。同时，该文化体系内部的中项认同也会产生混乱，原有的文化传统和价值观中的正项被主文化域的中项所否认，而这种外部标准的内化也使得该文化系统内部的自足性逐渐丧失。

认识到中项认同在文化正异项确立中的决定性作用以及它本身的层次性，对作为异项的亚文化实现翻转有重要意义——为了不被主流文化同化，在成

---

① 见孙大川《夹缝中的族群建构》，台北联合文学出版有限公司，2000年，第41页。

为异项后不得不"自我标出",来维持自身的不同价值观和风格。这种"自我标出"的趋向和艺术对标出性的追求是相吻合的,因此,亚文化"自我标出"的手段往往是各种艺术创作和表达。"自我标出"只是对自身身份设置的一种标识。在这个过程中,最初产生的艺术作品仅仅是一种异域风情式的展演。然而,当该种风格的艺术作品大量涌现,人们在反复接触中逐渐见"怪"不"怪",它在美感上将被逐渐常态化。如果艺术创作能与批评和政治/文化运动相结合,使大众对艺术的解码和认知方式由此发生改变,中项认同的各个层次就可能实现不同程度的易边。亚文化体系的内部变化也大致相同:文化重建中多种形式的文艺/批评互补,使得整个文化传统有了全面复兴的希望,并在知识分子和大众之间形成了沟通和互动,让文化内部的价值体系能够重新确立;而不是把重建的目标仅仅停留于政治表演和学术样板的保留上,停留于零碎地复活个别已然失落的民族文化符号。而亚文化的翻转,并非以一百八十度的倒转把主流文化置于异项的地位,以一个中心代替另一个中心,或是用新的二元对立取代原有的二元对立,而是将中项的认同在各个层面上都导向多元,使其可以"多中心化",以期实现文化宽容和对多种文化传统的尊重和传承。

作者简介:

    彭佳,西南民族大学。lilywalden@gmail.com

翻译符号系统的特征

熊 辉

摘 要：翻译符号学作为一种特别的符号，其隶属的系统自然与其他符号学所讨论的存在差异，但学界目前对此涉猎甚少。有鉴于此，本文从符号学系统的一般观念入手，阐明了翻译符号系统的跨语际－文化特征，进而分析了该系统特征形成的各种原因以及对目标语符号系统的积极作用。

关键词：翻译符号、系统、跨语际特征

任何符号都必须被置入一定的系统中才会显示出自身存在的价值和承载的意义，正是基于这样的看法，"任何符号学的研究必须研究系统，不然毫无意义"①，翻译符号学的研究同样如此。但问题的关键在于，翻译符号由于存在样态和文化属性的不同而使其系统与普通符号拉开了距离，正因为此，本文从符号学系统的一般观念入手，阐明了翻译符号系统的跨语际－文化特征，进而分析了该系统特征形成的各种原因以及对翻译符号发展带来的可能性贡献。在此需要特别指出的是，由于"语言是人类最重要的初始符号体系"②，因此本文所谓的翻译符号仅仅指狭义的语言符号，本文所谓的语言也仅仅指特定文化范围内的民族语言，而不包含 20 世纪初风行的"世界语"或文化交流过程中形成的语言重合现象。

---

① 赵毅衡《文学符号学》，中国文联出版公司，1990 年，第 4 页。
② 同上，第 80 页。

符号学关注的重心在符号系统而非"部分"或组件，唯其如此，才可能在寻找结构主义所谓"模式"的基础上使符号通向一条被理解的道路。任何符号的意义只有在特定的符号系统中才能产生和被接受，游散在外的个别符号离开了符号系统也就失去了意义。然而，这被国内外众多学者不断引证且"先见"性地认为正确无误的符号系统论观点在面对翻译符号的时候却出现了破绽，或者说翻译行为的发生以及翻译文本的产生可能会带来符号学领域内很多术语范畴的扩展或更新。此语既出，必然招致很多符号学者不屑一顾甚至嗤之以鼻的否定，事实上，本文展开的论述也并非要否定或推翻系统论，而是在高扬符号学研究中系统优先地位的基础上，从翻译文本这个符号群所包含的具体符号出发，认为符号学中的系统论有值得进一步探讨的空间和必要。罗曼·雅克布森（Roman Jakobson，1896－1982）在谈翻译的语言问题时提出了"阐释语言符号的三种方法：符号可以翻译成同一种语言中的其他符号，翻译成另一种语言，或翻译成另一种非语言的符号系统"，同时他将这三种翻译方式标识为语内翻译（Intralingual translation）、语际翻译（Interlingual translation）和符号间翻译（Inersemiotic translation）[①]。根据雅克布森对翻译过程中语言符号的看法，语内翻译无异于一种重述（Rewording），翻译语言与原文语言仍然属于同一语言符号系统；语际翻译即是我们通常所说的翻译（Translation proper），翻译语言与原文语言此时不再属于同一语言符号系统；符号间的翻译则完全是一种"质变"（Transmutation）过程，是非语言符号系统中的符号对语言符号的替换和阐释过程，此时的翻译符号与原文语言符号大相径庭。因此，本文所谓的翻译符号即狭义的语言符号，有如雅克布森所谓的"语际翻译"，只是翻译符号不再单纯地隶属于原语或译入语符号系统，其在具有一般符号系统特征的同时又具备了自身的独特性，这也成为本文探讨翻译符号系统的出发点和立足点。

系统就是约定俗成的规则，通常意义上的符号处于某种或某几种系统中，但三者（符号、系统、多元系统）多隶属于同一语言-文化的范畴，或者说某种符号系统只在特定语言区域和文化范围内才会被理解成是有意义的，尤其对语言符号系统而言更是如此。符号学名家特鲁别茨柯伊（Nikolay Trubetzkoy）在他去世前才完善的音位学备受系统论学者的青睐，它表明具体的

---

① 罗曼·雅克布森《翻译的语言方面》，《翻译与后现代性》，陈永国等编译，中国人民大学出版社，2005年，第142页。

符号即便出现细微的变化，但只要没有超越符号不约而同地遵守的既定规则，也能在某种系统中被理解和接受，明确地证明了系统之于具体符号的重要性。但不能忽视的让该理论生效的至关重要的因素是该音位学仅在特定的文化范围乃至地域范围内生效，离开同一语言系统后的音位学就会使诠释陷入瘫痪。恰恰是让符号被理解的系统的同一语言－文化属性给翻译符号系统设置了樊篱，因为翻译符号必然突破单一的语言－文化的界限而具备原语和目标语的双重特质，倘若要在某种语言－文化范围内对翻译符号的系统作出充分的论述实在有些差强人意。当然，具体语言符号的多系统性或符号系统的跨文化性并非翻译符号独有的特征，比如汉语中的外来词表示的意义与其在原语环境中大抵无异，但它却借助汉语媒介在另外一种语言－文化环境中获得了新的存在方式，应该说这样的符号就兼具了原语和目标语两种语言系统的色彩，只是孰淡孰浓的问题。外来词中的事物性名词比如沙发－safa 等所具有的跨语际－文化的特征还不算很明显；像"滑特卢"－ Waterloo 这样有"故事"的外来词则具有十分鲜明的跨语言和跨文化的特征；更有甚者，像"一切 ok 啦"、"他看起来很 high"中的词汇直接以原语的样态置入异质的汉语中，其隶属的语言－文化系统必然不是单一的。外来语言符号是怎样融入汉语系统的，在进入汉语的序列时又经历了哪些变化？这些问题都有待作进一步的探讨。

翻译符号的系统具有跨语际－文化的特征，不再拘囿于单一的语言和文化范围内。"五四"前后的思想革命和文学变革引发了中国历史上的"第三次翻译高潮"①，翻译活动的中兴直接导致了翻译理论的活跃，郭沫若从语义的角度出发对翻译符号表意的"混乱"深有体悟："翻译之所以困难，并不是了解原书之为难，是翻译难得恰当之为难。两种国语，没有绝对相同的可能性。而一种国语中有许多文字又多含歧义。譬如 A 字有甲乙丙丁数义，在译者本取甲义去译书，而读者却各取乙丙丁数义去解释，于是与原义便大相径庭，而解释便互相争执不下了。……两种国语中之绝对相同语既少，一种国语中之歧义语又多，对于原文的语神语势既要顾及，对于译文的语神语势又要力求圆润，译书之所以困难，正在这些地方。"② 郭沫若这段话有很多重复的地

---

① "中国历史上出现过三次翻译高潮：东汉至唐宋的佛经翻译、明末清初的科技翻译和鸦片战争至'五四'的西学翻译。"（《翻译理论与务实丛书总序》，引自《中国翻译简史》（"五四"以前部分）（增订版），马祖毅著，中国对外翻译出版公司，1998年，第1页。）

② 郭沫若《反响之反响》，《创造季刊》（1卷3期），1922年11月1日。

方，尤其是对两种语言意义的差异做了反复的强调，意在使人从语言本体的角度去认识翻译行为发生的可能性和翻译结果的"宿命"，最终从意义的角度去认识翻译之难和跨语际翻译实践必然面对的诸多挑战。事实上，从符号学的角度来看，因为翻译语言符号既"对于原文的语神语势既要顾及"，同时"对于译文的语神语势又要力求圆润"，这就使其被两种文化下的两套语言系统所"折磨"，但最终译者在原语和目标语的撕扯中选择了妥协，站在了中间的立场上而使翻译符号具有两种语言－文化系统的特征，并最终导致翻译符号意义的模糊和接收的困难。例如穆木天发表在《洪水》杂志上的《万雪白（Ch·Van Larberghe）的两首诗》中的《伊扶之歌》①之一节：

到了晚上，
些个黑色的天鹅，
或是些个暗淡的仙女，
出来从花里，从西东里，从我们里，
这是我们的影子。

这节诗歌较能反映出翻译符号的跨语际－文化特质，第四行完全是原语的表达方式，按目标语的表达习惯应该是"从我们东西方的花丛中走出来"。仅就英语翻译成汉语而言，翻译符号所具有的该特征可以和"欧化"现象联系起来，推而广之可以归纳为翻译符号的"外化"现象，也即是符号学中符号横组合发生了变化，翻译符号的横组合相对于目标语而言已是两重天地。"外化"一词本身就表明了目标语向原语靠近或已具有原语的部分元素，不管是两种语言纠结的被动效果还是目标语向原语积极靠拢的主动结果，都显而易见地标示出翻译符号系统具有跨语际－文化的特征。既然翻译符号的系统具有双重的语言－文化特征，那根据符号学家对符号的定义，即"发送者用一个可感知的物质刺激，使接受对方（这对方是人、其他生物、甚至具有辨别认知能力的机器）能约定性地了解关于某种不在场或未出现的某事物的一些情况"②。特别是符号接收环节中的"约定性地了解"可能会引发人们对翻译符号合法性的思考，毕竟翻译符号超目标语系统的特征即是超越了目标语

---

① 该诗载《洪水》周刊第 1 期，1924 年 8 月 20 日。
② 赵毅衡《文学符号学》，中国文联出版公司，1990 年，第 4 页。

信息接收者对符号约定性的理解习惯。比如主张"硬译"和"宁信而不顺"[①]的鲁迅，其译作中的语言符号在表达和排列方式上主要遵循了原语系统，破坏了人们约定性的对符号信息的接收方式，因此在目标语境下失去了读者，从"佶屈聱牙"[②]的《域外小说集》的销量以及后来鲁迅劝慰人们"硬着头皮"[③]读完他的译作等实例中即可窥见一斑。但事实上，这并不妨碍翻译符号在目标语中的合法性地位，既然符号是约定性的，那新符号经过一段时间的"发送"和"接收"，就会逐渐被"约定"到目标语系统中，成为系统的有效"组分"。叶公超曾认为鲁迅翻译作品使用的语言符号不符合当下汉语表达习惯，他遵照鲁迅的建议"硬着头皮"读了几遍也没有读懂，自叹也许只有"等待文字改造成功之后，再来温习旧课"[④]，才能读懂鲁迅的译文，恰好说明了翻译符号很难在短时间内进入目标语系统，而一旦其融入到目标语系统中也就很容易被理解了。恰如鲁迅所说："我以为只好陆续吃一点苦，装进异样的句法去，古的，外省外府的，外国的，后来便可以据为己有。"[⑤]

翻译符号系统的跨语际—文化特征奠定了翻译符号的可理解性，从而保证了符号行为的完整性。如果离开一直以来所认为的语义对等的翻译基础，那我们还能在不同的符号之间继续文化交流吗？我们还能通过掌握他语言进行翻译并进入另一个语言建构的世界吗？本雅明（Walter Benjamin）在《译者的任务》（*The Task of the Translator*）中的观点为我们理解翻译符号提供了新思路，有助于翻译研究走出普遍主义和文化相对主义的思维模式："一部作品是否可译的问题具有双重意义。或：是否能在作品的总体阅读中找到胜任的译者？或更确切地说：它的本质是否适合翻译，因此，仅就这种形式的意义来说，而要求翻译?"[⑥]本雅明在翻译的过程中只考虑了符号的发送者和编码—解码过程，并没有考虑作为符号接受者的译文读者，他将翻译过程中突破了一种文化和一套系统的翻译符号界定为"纯语言"（Pure language），

---

① 鲁迅《关于翻译的通信》，载《翻译论集》，罗新璋编，商务印书馆，1984年，第275页。

② 鲁迅《域外小说集序》，载《译文序跋集》，人民文学出版社，2006年，第15页。

③ 鲁迅《〈托尔斯泰之死与少年欧罗巴〉译后记》，《春潮》月刊（1卷3期），1929年2月15日。

④ 叶公超《论翻译与文字的改造——答梁实秋论翻译的一封信》，《新月》月刊（第4卷第6期），1933年3月1日。

⑤ 鲁迅《关于翻译的通信》，载《翻译论集》，罗新璋编，商务印书馆，1984年，第276页。

⑥ 本雅明《译者的任务》，《翻译与后现代性》，陈永国等编，中国人民大学出版社，2005年，第4页。

它"不再意指或表达任何东西，而是就像那不可表达的、创生性的太初之言，在所有语言中都有意义"①。因此，本雅明的翻译观念摒弃了原文符号的原初性、译文符号的忠实性以及普遍主义所谓的两种符号承载信息的对等性，否定了在不同系统和不同文化下的两种符号可以直接有对应词汇的假设，而将翻译文本的语言符号引入了纯符号的境地。根据本雅明的观点，原文的符号系统和译文的符号系统是互相补充的，翻译符号可能表征出比原符号的翻版或复制品更加丰富的意义内涵，两种符号"以一种前所未有的形式在翻译中相互关联。他们相互补充，……可是世界上没有任何其他一种完整性能够代替这样一种完整性，或者说这样象征性的互补性"②。本雅明的"互补性"观念在从德里达解构主义的角度去思考翻译的起源和意图及各种语言符号之间的关系时获得了新的认识，人们开始意识到翻译不再是建立在可译性视野内的寻找不同符号间意义对等的交流活动，原文不再是翻译的最高标准，翻译符号和原文符号共同建构了翻译文本的意义。那么究竟什么是纯语言符号呢？刘禾认为"纯语言属于上帝的记忆王国，原文和译文在那里以一种互补的关系共同存在着"③。既然存在着这样的符号，那作品的翻译就存在着可能性，不管我们是否有足够的能力去理会"纯语言"并由此踏上翻译的征程。本雅明所谓的在翻译中产生的"纯语言"概念实际上来自荷尔德林，荷氏提出纯语言的目的是想在"他所翻译的古希腊语和现代德语之间开辟一个文化和言语上的中间地带，这个地带既不完全属于希腊语，又不完全属于德语，而是更贴近所有人类语言所共有的东西"④。简单地说，荷尔德林提出的"纯语言"兼具了希腊语和德语的特征，从而使译文能够被懂德语和希腊语的读者所接受。也即是说，荷尔德林认为译文的语言应该隶属于原语和译语两套系统，二者"以一种互补的关系共同存在"于译文语言这样的特殊符号中，只有这样才能最大限度地满足读者的需要，否则原文或译文都可能成为不被理解的"零符号"（Zero-sign）⑤。

---

① 本雅明《译者的任务》，《翻译与后现代性》，陈永国等译编，中国人民大学出版社，2005年，第8页。

② 刘禾《跨语际实践——文学、民族文化与被译介的现代性》，宋伟杰译，北京三联书店，2002年，第21页。

③ 同上，第20页。

④ 谭载喜《西方翻译简史》，商务印书馆，1991年，第140页。

⑤ 按照赵毅衡先生的观点，"零符号是没有被接受的符号，或确切地说，指过程被打断的无效符号。它之所以还是符号，因为它有传出信息的可能性"（见赵毅衡《文学符号学》，第6页）。

　　翻译符号系统的跨语际－文化特征形成的客观原因在于翻译行为的交流目的。译者为了更好地在译入语国中传达原文的内容，不能将原语符号与目标语符号中的一方置于压倒另一方的地位，否则就会滑向优势符号一端而无法平等地对待正在交流的两种文化。英国学者艾伦·达夫（Alan Duff）在《第三种语言》（*The Third Language*）中指出："将一种语言的概念强加于另一种语言之上的译者是无法自由穿梭于两个世界之间的，相反，他们创造了一个第三世界——以及'第三种语言'。"① 达夫所命名的"第三种语言"实际上就是翻译符号，他点破了翻译符号之所以不同于原语和目标语而自成一格的关键原因在于译者翻译时兼顾了两种语言的特征，不至于使译文在失去原语特色的同时失去目标语国的读者。澳大利亚学者皮姆（Anthony Pym）在《翻译史研究方法》（*Method in Translation on History*）一书中提出了"交互文化"（Intercultures）的概念，认为译者（Translator）的翻译行为一旦发生，他就不再属于源语－文化系统或目标语－文化系统，而是属于这两种语言－文化的重合交替部分②达夫的"第三种语言"观和皮姆的"交互文化"观为我们确立翻译符号的独立性和双重文化属性提供了理论依据。正是基于对翻译符号特点的考虑，"译者不再满足于使用规范化的语言来重新表达原作的意义和内容，而是力图通过对译入语的革新，来尽可能传达原作所体现出的语言文化差异性。显然，这种努力所产生出的译作语言必然不同于传统意义上的源语和译语。而是一种介于两者之间的独特的语言，这种语言我们不妨称之为'第三类语言'"③。不管将翻译语言称为第几种语言，以上论述所要阐明的一个中心问题就是翻译符号独具特色，具有原语－文化和目标语－语文化系统的双重属性。有人对翻译符号的特征做了这样的描述：翻译符号"以译入语的语言要素为建筑材料，但是又不同于规范地道的译入语；它力图在译语读者可以接受的基础上，尽可能多地传达原作中所体现出的语言文化差异性，以达到促进文化交流，特别是推动译语发展繁荣的目的"④。也正是出于文化交流的目的，翻译符号不得不在目标语－文化系统中尽可能多地保留原语－文化系统的元素，从而使其具备了跨语际－文化的显性特征。

---

　　① Duff，Alan. *The Third Language*. Oxford：Pergamon Press Ltd.，1981，p. 10.

　　② Pym，Anthony. *Method in Translation on History*. Manchester：St. Jerome Publishing Ltd.，1998，p. 177.

　　③ 吴南松《"第三类语言"面面观》，上海译文出版社，2008 年，第 3 页。

　　④ 同上，第 30－31 页。

翻译符号系统的跨语际-文化特征是翻译活动中不可避免的客观结果，但在特定的文化语境中也是部分学者有意为之的主观行为。比如中国发生在20世纪初期的新文化运动的构成部分——白话文运动，先驱者们往往希望通过翻译引进外国的语言和文化来哺育襁褓中的新文学，该时期的翻译符号具有十分浓厚的它语言系统的特征。比如刘半农强调翻译语言在原语和目标语的天平上应该更偏重前者，但由于它在书写形式和表达方式上更多使用的是目标语，因此刘半农所谓的翻译语言其实也是一种特殊的语言形态，一种具备了多重语言-文化属性的特殊符号。在那篇"五四"时期有名的"双簧戏"文章中，刘半农指出："当知译书与著书不同，著书以本身为主体；译书应以原本为主体；所以译书的文笔，只能把本国文字去凑就外国文，决不能把外国文字的意义神韵硬改了来凑就本国文。即如我国古代文学史上最有名的两部著作，一部是后秦鸠摩罗什大师的《金刚经》，一部是唐玄奘大师的《心经》：这两人，本身生在古代，若要在译文中用些晋唐文笔，眼前风光，俯拾即是，岂不比林先生仿造两千年以前的古董，容易得许多，然而他们只是实事求是，用极曲折极缜密的笔墨，把原文精意达出，既没有自己增损原意一字，也始终没有把冬烘先生的臭调子打到《经》里去；所以直到现在，凡事读这两部《经》的，心目中总觉这种文章是西域来的文章，绝不是'先生不知何许人也'的晋文，也绝不是'龙嘘气成云'的唐文：此种输入外国文学使中国文学界中别辟一个新境界的能力，岂一般'没世穷年，不免为陋儒'的人所能梦见！"① 刘半农认为像鸠摩罗什和玄奘这样的翻译大师由于采用了西域语言的"极曲折极缜密"的表述方式，舍弃了当时晋代或唐代的语言表达习惯，因而没有随着朝代的更迭而失去存在的价值，反而由于其固有的西域文化色彩延传至今。也即是说，翻译符号由于部分遵循了原语系统的规则而在目标语系统中获得了持久的生命力。刘半农这段话的真实用意是要求翻译符号应该背离其时的语言系统，使用一种不同于白话文或文言文的偏重于原语系统规律的"第三种语言"——翻译符号去从事西书中译。这种主观上建构新鲜民族语言的初衷在客观上促成了翻译符号系统的跨语际-文化特征。

翻译符号的跨语际-文化特征给目标语的发展注入了新质，彰显出翻译符号的创生性功能。翻译符号相对于中国语言符号所具有的陌生化成分可以为中国现代汉语写作输入新的语言元素，使中国文学语言变得更加完善。比

---

① 刘半农《复王敬轩书》，载《新青年》第4卷3号，1918年3月15日。

如朱湘在给赵景深的信中高度赞扬了他翻译的意大利童话《盖留梭》，并且相信赵景深即将脱稿的译作《柴霍甫短篇小说全集》"一定能在文坛上放一异彩。创造一种新的白话，让它能适用于我们所处的新环境中，这种白话比《水浒》、《红楼梦》、《儒林外史》的那种更丰富，柔韧，但同时要不失去中文的语气：这便是我们这班人的天职。你这篇译文所取的途径我看来是康庄大道，做到神化之时，便与古文中的《左传》，英文中的《旁观者》能够一样"①。在朱湘看来，当时的白话文运动虽然取得了决定性胜利，但白话文本身却并不成熟。现代白话文不同于中国古代文学中的白话文，它应该"能适用于我们所处的新环境中"，是在新的文化语境中产生的。翻译可以创造中国文学的新体，翻译符号因为顾及了原文的表达和意义而具备了原符号系统严密的逻辑性，弥补了中国文学语言的不足。翻译符号虽然在语体形式上采用的是目标语，但由于它要顾及原符号系统的思维风格，所以相对于目标语系统来说肯定会具有一些异质成分，而该异质成分逐渐融合到目标语系统中，潜移默化地给该系统带来了新的"组分"，显示出翻译符号对目标语系统发展新变所具有的特殊功用。

翻译符号系统的跨语际－文化特征有助于在目标语境中创造出新的文字符号。在中国现代汉语史上，我们都知道"她"字是刘半农发明的，但也许很少有人知道刘半农创造"她"字时所凭借的支撑力量来自翻译。刘半农创造出"她"字以后，上海的《新人》杂志刊登了一篇署名寒冰的作者的文章《这是刘半农的错》，对刘半农发明的这个阴性代词提出质疑②。远在英国读书的刘半农知道这件事情后就写了一篇《"她"字问题》的文章进行辩驳，认为以前中国的文章中没有"她"字是既成事实，后人无法改变，但是在翻译英语文章的时候就不得不用这个阴性代词了，因为英语中的"he"和"she"不可能只用一个"他"字加以翻译，否则就会引起意义的混乱。为此，刘半农指出："在以往的中国文字中，我可以说：这'她'字无存在之必要；因为前人做文章，因为没有这个字，都在前后文用关照的功夫，使这一个字的意义不至于误会，我们自然不必把古人已做的文章，代为一一改过。在今后的文字中，我就不敢说这'她'字绝对无用，至少至少，总能在翻译的文字中

---

① 朱湘《寄赵景深（三）》，《朱湘书信集》，罗念生编，上海书店，1983年，第47页。
② 寒冰《这是刘半农的错》，《新人》（第1号）1920年4月。

占到一个地位。"① 为了进一步说明"她"字存在的必要性，刘半农举了一个例子进行说明，比如：He has been here, but we should wait for her. 翻译成汉语是："他来了，不过我们应该等她。"如果没有"她"字，那这句话的译文就是："他来了，不过我们应该等他。"语义自然就不如用了"她"清楚明白。刘半农关于"她"字的想法正好与他"译书的文笔，只能把本国文字去凑就外国文，决不能把外国文字的意义神韵硬改了来凑就本国文"的翻译主张相吻合。因此，为了"凑就"外国的"She"，汉字就必须有"她"字。正是借助翻译符号系统的表达方式，刘半农的"她"字赢得了存在的空间并逐渐融汇到了现代汉语中，成为今天的常用汉字。这从另外一个角度说明了翻译符号的特殊性有时会导致目标语词汇的更新和扩大，在不会也不可能改变目标语既定符号系统的同时增加新的"组分"。

总之，翻译符号的系统突破了只在单一语言－文化范围内被理解和阐释的可能而具有跨语际－文化的特征，该特征的形成具有客观和主观方面的原因，它不仅奠定了翻译符号可理解的基础，而且促进了目标语境中符号的发展完善。赵毅衡先生曾指出符号学"研究对象的每一个特征都牵涉到一个特殊的系统，对象处于多元系统的交叉网络中"②。不知此处所谓的"多元系统"是指同一语言－文化内的不同分类标准所形成的不同系统呢，还是指跨越语言和文化的多元文化系统？抑或兼而有之？不管怎样，本文对翻译符号系统的探讨都是对赵先生观点的补充、呼应或者换位思考。最后必须说明的是，翻译符号的系统虽然具有双重语言－文化的特征，但原语和目标语系统在翻译符号系统中并非平分秋色，翻译符号最终还是隶属于目标语符号系统，只是相对而言具有原语符号系统的色彩。

作者简介：

熊辉，西南大学中国新诗研究所。xiongh@swu.edu.cn

---

① 刘半农《"她"字问题》，《时事新报·学灯》1920 年 8 月 9 日。
② 赵毅衡《文学符号学》，中国文联出版公司，1990 年，第 4 页。

论德里达对胡塞尔符号学思想的批判与继承

——以德里达《声音与现象》为中心

董迎春

摘　要：德里达在《声音与现象》中第一次提出了"分延"这个概念。通过对胡塞尔符号中翻译、符号、在场、悬搁、补充等具体问题的考察，我们初步看出德里达从对胡塞尔符号学中的拆解中，解构"在场形而上学"，不断建构他自身的"延异哲学"。

关键词：符号、在场形而上学、补充、延异哲学

通过读解尼采、胡塞尔、索绪尔、海德格尔等人的文本，德里达不断拆解、颠覆、解构、建构他的"延异哲学"。胡塞尔是诸多思想家中的一个重要个案，其思想也是"延异哲学"的重要精神渊源。德里达在《声音与现象》中从胡塞尔的"符号"的拆解开始，首次使用"分延"这个概念。研究"延异哲学"，这本"小书"（中文版也仅七万多字）意义非凡。在日后对胡塞尔及其他思想家的拆解与建构中，德里达不断使"延异"的哲学精神得以深化。

"德里达是现象学的孩子"（David Wood），而"胡塞尔是解构理论的父亲"[①]。德里达与胡塞尔的缘分非常深。在德里达看来，胡塞尔的重要性在于，作为海德格尔和萨特（在德里达读书期间，存在主义哲学家在法国正是如日中天的公众人物）这类较早的当代哲学家的先驱，胡塞尔阐发了一种叫

[①]　方向红《生成与解构——德里达早期现象学批判疏论》，南京大学出版社，2006年，第23页。

做"现象学"的方法论，并提出了每个哲学家都部分地要面对的方法与主题的基本问题。从 20 世纪 50 年代初一直到 1967 年出版《声音与现象》为止，德里达连续花了十余年时间专门研究胡塞尔的现象学，其间连续写了三部关于胡塞尔的专著，即《胡塞尔哲学中的发生问题》、《胡塞尔"几何学本原"：翻译与引论》、《声音与现象——胡塞尔现象学中符号问题》。德里达曾说："对我来说，从一开始，胡塞尔，现象学，现象学教学，曾经是一种严格的学派，一种方法，我折服于这种方法。"①

本文通过对《声音与现象》中翻译、符号、在场、悬搁、补充等问题的考察，试图厘清胡塞尔的哲学思想对德里达"延异哲学"的影响印迹。

一、"翻译"之"延异"

《声音与现象》一书虽然是对胡塞尔符号问题的"引论"，但却绝不是把符号问题当作一般符号学和认识论的问题，而是当作终极的发生问题和本质问题来讨论与解构。

1. 游戏之作，还是严肃的哲学文本

胡塞尔与德里达之间的思想渊源极其复杂，从某种意义上说，德里达思想是胡塞尔现象学的延伸与拓展。但是，胡塞尔力图确认一种方法（又一次）来完成这种实现，在实现的这一刻，"我们（集体的"我们"——引者注）能够对判断、评价和行动中的现实性采取自己的立场"。但是，"立场"其实总是被定位的立场，因此是首先被观察的东西，现象学就总是以此为基础来创造一个角度、一个语境、一个总是有限的地平线以及差异。德里达并不否认定位的现象学意义，相反他强调这一意义，以反对总体化和普遍化的哲学冲动②。当然，我们在理解德里达思想时，更多的是将其看成一种"生成"，一种"差异"。以德里达为代表的"解构主义"解构了传统的元语言，解构了传统的形而上学，正如乔纳森·卡勒（Jonathan Culler）所说："解构主义特别热衷于暴露各种理论如何危险地卷入它们力图描述的领域中。"③ 元语言的完

---

① 朱刚《本原与延异——德里达对本原形而上学的解构》，上海人民出版社，2006 年，第 11 页。

② ［美］斯蒂芬·哈恩《德里达》，吴琼译，中华书局，2003 年，第 70 页。

③ Jonathan Culler, *The Pursuit of Signs*, Ithaca：Cornell UP, 1981, p. Ⅺ.）

整性，在现代符号学看来，是一个需要颠覆的神话①。德里达的解构思想，因此也被称为"文字学"或者"延异哲学"，学界称之为"解构主义"。

德里达说："我们必须通过对文字的思考来解构符号对象。"② 延异、印迹等等乃是它的别名。解构的结果就是把我们引向这个比传统形而上学所说的本原还要古老的年代。对于这个年代，德里达说，我们甚至不再能够继续用符号概念来思考它、谈论它——因为符号概念毕竟是传统在场形而上学的概念。所以"它应该有符号或再现以外的名字"③，这个名字就是"文字"，或更严格地说，"原文字"。

根据方向红的专著《生成与解构——德里达早期现象学批判疏论》一书对《声音与现象》的梳理，存在着两种"解读方式"：一是修辞性的，一是严格性的。前者含有文本游戏的态度，后者借胡塞尔的《逻辑研究》来谈严肃的哲学问题。"解构正是要从文本的内部利用文本的严格性来暴露自身的缺口，一切外原打破和摧毁都是形而上学和独断论的暴力。"④ 延异，本身是一个差异的过程，它永远处于过程与未完成状态当中，它不仅解构他者，也解构自身。

我们今天考察德里达的解构主义哲学，一直都是将德里达的介于哲学与文学之间的"延异"文本视为我们对德里达"解构主义哲学"根本的理解与考察对象，它们构成了德里达"延异哲学"的思维。

2. 在"误译"与"延异"之间

由于胡塞尔的很多文献尚未译成法文，有的还是尚未整理的手稿，再加上当时法国哲学界对胡塞尔的曲解，这使得德里达对胡塞尔的解读出现了众多的错位与误置。德里达写作《声音与现象》一书时，也出现了错误的解读，特别是对"Verflechtung"的翻译以及对感知的解释等等⑤。这样的误译一方面呈现了德里达对胡塞尔理解中的"误读"，另一方面，他在这种"误读"与游戏中建构了"差异性"。

1968 年 1 月 27 日，德里达在法国哲学学会上作了一次题为《延异》的

---

① 赵毅衡《文学符号学》，中国文联出版社，1990 年，第 261 页。
② ［法］雅克·德里达《论文字学》，汪堂家译，上海译文出版社，1999 年，第 104 页。
③ ［法］雅克·德里达《声音与现象》，杜小真译，商务印书馆，1999 年，第 86 页。
④ 方向红《生成与解构——德里达早期现象学批判疏论》，南京大学出版社，2006 年，第 16 页。
⑤ 同上，第 20 页。

著名讲演,"延异"这一思想正式作为概念提出,同年刊出了这篇文章,后来又被收入他的文集《哲学的边缘》。讲演是从字母表上的第一个字母 a 说起的,德里达解释了这个 a 何以必须进入差异(difference)一词,使成为"延异"(différance)。这当然是一种"误拼",但是这个误拼绝不能等闲视之。一种语言的游戏比一种误译更不严肃,但是,我们却在这种不严肃的话语游戏中,体悟到一种更为严肃的哲学精神。"延异是什么? ……延异动摇的正是这个'是什么'中的'是',即存在的统治。德里达动摇的是存在的统治。延异思想所要质问的是作为在场或者存在者整体的存在的统治。"① 正因为延异动摇的是存在,质问的是在场,所以我们就不能再用存在、在场来述谓延异了:"延异不存在或不是。它不是一个在场的存在者,无论这个存在者多么卓越、唯一、重要或超越,如人们希望的那样。"② 延异动摇的恰恰就是这"是"的统治。

任何翻译都回避不了差异性的理解与认同。从翻译实践来看,这里面也有翻译自身的合理性。这种"误译"思想也是德里达"延异"的体现。即使我们在同一种语言的文本上,我们对文本的解读也经常是有差异的。这种差异性,也正是后来德里达依凭大量的文本的大大发挥与拆解形成延异哲学的根基。我们已经认同了德里达的《声音与现象》是一部严肃且富有启示性的哲学文本。所以,我们顺延的也正是德里达开拓的"延异哲学"道路。

德里达的"延异哲学"绝非是一个概念,而是一种立场,一种不断延异的过程,借用语言这个中介找到人类意识中的逻格斯中心与语音中心的根源。从柏拉图开始,西方的文字在肩负"符号"功能,而将哲学与文学"二元对立",从而导致了"逻格斯中心主义",或者"语音中心主义"。

二、"符号"之"延异"

符号的重要特征便是它的功能性。语言符号更看重符号的交流功能。语言是表达的工具,但从柏拉图开始,我们也自觉不自觉地滑入语言的窠臼之中。在德里达看来,文字(语言)是柏拉图的药,它一方面构成思想本身,

---

① Jacques Derrida, *Margins of Philolosophy*, Chicago, The university of Chicago, 1982, pp. 21.

② 〔德〕胡塞尔《逻辑研究(第二卷)》,倪梁康译,上海译文出版社,1994 年,第 21 页。

一方面又遮蔽思想。后者使我们滑入了语言的形而上学思维。正如解构主义另一位思想家福柯所言，不是我在说话，而是话在说我。语言背后暗含了一种"权力"关系。这种权力多少也指向了在场形而上学的语言暴力。在德里达看来，"语言是在场与不在场这个游戏的中项，把生命与观念性统一起来，把观念性与在场同时保护起来正是符号。要想清除在场形而上学，彻底彰显解构学的重要原理，德里达理所当然地选择胡塞尔的符号学理论作为自己的解构目标"①。德里达从胡塞尔现象学的"符号问题"读起，不断靠近他的"延异哲学"。

1. "表述"与"指号"

他在《声音与现象》中对胡塞尔现象学的分析与批评便是从语言符号入手。"胡塞尔把认识成就的形式归属于感性的感知。而与意义相关的是语言陈述和判断，它是奠基于感知、想象等等直观行为之上的意向活动，具体地说，它是非直观的符号行为。"② 而"符号"这个符号可以意味着"表达"（Ausdruck）或"指号"（Anzeichen）③。把符号划分为"表述"与"指号"，这是胡塞尔符号学理论的第一个区分。德里达恰恰在这一点上与胡塞尔发生了根本冲突。

胡塞尔认为，指号作为符号，"不表述任何东西，如果它表述了什么，那么它便在完成指示作用的同时还完成了意指的作用"④。符号在本质上可以区分为表述与指号，表述具有"含义"或涵义，而指号虽然有意义，但并不具有"含义"与"涵义"⑤。德里达说："表述是一种志愿的、坚定的、完整地意识到的意向的外化。如果没有使符号活跃起来的主体的意向，如果主体没有能赋予符号一种精神性，那就不会有表述。"⑥ 语言是"思维"的表达，最宽泛意义上的思维构造着意义的体验。德里达首先确定"表述"与"指号"之间的关系是功能性的而非实体性的。既然它们之间的关系不是实体性的，那么同一个符号既可以是"表述"，也可以是"指号"。"一旦把握到了这一层

① 方志红《论德里达与胡塞尔的符号学之争》，《江苏社会科学研究》2003 年第 1 期，第 1 页。
② 倪梁康《现象学如何理解符号与含义？（一）》，《现代哲学》2003 年第 3 期，第 3 页。
③ ［法］雅克·德里达《声音与现象》，杜小真译，商务印书馆，1999 年，第 2 页。
④ ［德］胡塞尔《逻辑研究（第二卷）》，倪梁康译，上海译文出版社，1994 年，第 2 页。
⑤ 方向红《生成与解构——德里达早期现象学批判疏论》，南京大学出版社，2006 年，第 187 页。
⑥ ［法］雅克·德里达《声音与现象》，杜小真译，商务印书馆，1999 年，第 41 页。

关系，人们就会认识到，所有在交往话语中的表述都是作为指号在起作用。"① 德里达从这里出发对胡塞尔提出了批评：既然表述与指号永远交织在一起，那么就没有必要对它们进行严格的本质区分。符号的"表述"与"指号"区分，使我们更清楚德里达不过是要借这种"本质性区分"来说明这种区分的不可能，说明它们永远"交织在一起"。这种"交织"指向了"延异"。胡塞尔所讲的符号问题最终奠基于在场形而上学和语音中心论，因此对前者的解构必然要导致对后者的解构，而对后者的解构又通过追溯"在场"与"语音"（言语）的"本原"并最终通过对本原观念本身的解构而完成。

2. "悬搁"与"延异"

《声音与现象》的解构策略可以简单地概括为：依次解构传统形而上学以及现象学对于符号、观念、时间等等之本原的看法，最后达到对本原观念本身的解构②。胡塞尔的悬搁（还原）概念也对延异有着重要的启示意义。

"现象学的必然性，胡塞尔严格而又精密的分析以及与这种分析所应的和我们应该满足的那些要求，这一切难道没有消除一种形而上学的假设吗？"③现象学不仅在自身之中包含着形而上学，而且对形而上学进行批评的现象学已经成为"一开始就提供出来的自明性，现在或面对充实而又原始的直观的意义在场之中"④，现象学的一切努力"只是从根源上被恢复的纯粹性中的形而上学计划本身"⑤。胡塞尔要求自己"面对实事本身"，认为现象学应在"直观"中反对一切形式的"前见"，当然更包括形而上学的独断的预设，胡塞尔主张把所有的预设和"前见"置入括号之中，此过程即"悬搁"，即对现象学本身的"还原"。悬搁，启示了德里达的"延异"。

三、"在场"之"延异"

符号问题对德里达来说，就是延异的问题，它比存在论问题还要根本和古老。它是探讨在场、不在场如何可能的前存在论或后存在论的问题，是关于本

---

① ［德］胡塞尔《逻辑研究（第二卷）》，倪梁康译，上海译文出版社，1994 年，第 359 页。
② 朱刚《本原与延异——德里达对本原形而上学的解构》，上海人民出版社，2006 年，第 21 页。
③ ［法］雅克·德里达《声音与现象》，杜小真译，商务印书馆，1999 年，第 3 页。
④ 同上。
⑤ 同上，第 4 页。

原——更准确地说是解构本原——的问题，德里达要拆解的正是西方在场的形而上学。它从差异性与主体间性的差异中，找到西方语音表达中心的缺口。

1. "在场"与"差异性"

"差异性"原则是索绪尔语言学的一个重要原则，所指与能指之间关系极其复杂。"在场"，在德里达看来，是指"在场的本原处承诺差异的作用"。"尽管把差异驱逐到能指的外在性中，胡塞尔仍不能在意义与在场的本原处承诺差异的作用。[因为]作为声音活动的自我影响要以一种分裂自身在场的纯粹差异为前提。人们认为可以从自我影响中驱逐出去的一切——空间、外在、世界、形体等等——的可能性，正是扎根于这种纯粹差异之中。"[1] 这种差异本身也指向了差异。如果我们仅将差异作为差异之原则，事实上我们就可能滑入差异本位的"在场形而上学"。"胡塞尔只是在理性的方向上对语言发生兴趣，从逻辑出发规定逻格斯，实际上，他从最终目标（telos）的普遍逻辑性出发已经规定——并且是以传统方式——语言的本质。这种最终目标应该成为在场的存在的最终目标，这就是我们在此要特别指出的。"[2]

胡塞尔工作的意义在于，既肯定了理想性和先验物的存在，同时又把自己仅仅局限于对他称作"感性材料"的东西的观察，以避免"在场形而上学"，"他的工作可以说是笛卡尔的延伸；从观察呈现给心灵的现象（能思者，被思的对象）开始，来试图建立自我中思维（我思）的活动，最后得出心灵的一般观念（我们借此可以相互认识和交流）以及理想性的概念"[3]。

人们可以看到现象学在此的遗产，因为现象学就是一套从现象中整理出相似性与差异的原则，以获得胡塞尔所说的"理想性"——我们更多地称之为"概念"——这种"理想性"不是像简单的感觉印象（有待评价的对象）那么明确和独特的观念，而是在根本上很严密的"感性研究"的产物[4]。理想性是对在场形而上学的克服。在德里达看来，"理想性是自救或者是在重复中对在场的控制。因为这种在场的纯粹性不是任何在世界中存在的东西的在场。它与自身、即与理想的重复活动相互关联"[5]。这种重复活动与关联，便是"延异哲学"的体现。

---

① ［法］雅克·德里达《声音与现象》，杜小真译，商务印书馆，1999 年，第 104 页。
② 同上，第 7 页。
③ ［美］斯蒂芬·哈恩《德里达》，吴琼译，中华书局，2003 年，第 50 页。
④ 同上，第 104 页。
⑤ 雅克·德里达《声音与现象》，杜小真译，商务印书馆，1999 年，第 10 页。

2. "在场"与"主体间性"

在场的价值，即全部话语的最终要求，每当涉及（在作为一种直观的对象而被陈述的东西并赋予对象的对象、现时的直观以形式的两种相近的意义上讲）一个任意的对象，在充实的、直观的自明中面对意识的在场或涉及在意识中面对自我的在场的时候，它都自我变更而并不消失，"意识"要说的不是别的，而只是在活生生的现在中面对现在自我场的可能性。每当这种在场的价值受到威胁时，胡塞尔就要唤醒它，提醒它，使它以最终目标（telos）的形式回到自身；也就是说，回到康德意义上的理念形式①。

德里达的《声音与现象》致力于打破在场与不在场、能指与所指、声音与文字这一系列二元对立的结构，表明在语言和符号之外寻找实在的想法本身是一个不可能的企图。"语言可称为在场与不在场这个游戏的中项。"② 符号的意义不是借助能指和所指的对应来确定的，语言本身就是个自我指涉的无穷无尽的能指的系统，每一个词的意义只能从它与其他词的意义的联系、区别和差异中获得，因而永远也没有确定的、终极的意义。"如果不是从内部被它自己对时间化与主体间性构成的运动的描述所否认，现象学可说是动荡不安的。在把描述的这两种决定环节联结在一起的东西的最深处，一种不可还原的非在场把自己认识为一种构成的价值，而和它在一起的是一种非生命的或非在场的或对活生生的现在的自我的非归属，一种不可根除的非原始性。"③

一种对在场形而上学的抗争，使我们不得不在主体间性中找到某种平衡。在德里达看来，"它的观念性的存在既然在世界之外就一无所是，它就应该在一个中项中被构成，被重复，被表述，而这个中项无损于在场和追求它的活动的自我在场：这个中项即保持了面对直观的'对象的在场'，又保持了自我在场，即活动对自身的绝对靠近"④。语言符号，是在场与非在场之间的中介。"延异"既指空间上的分离、分化、差异，又指时间上的延搁、延迟。

---

① 雅克·德里达《声音与现象》，杜小真译，商务印书馆，1999年，第9页。
② 同上，第10页。
③ 同上，第6页。
④ 同上，第96页。

四、"补充"之"延异"

西方"文字"致命的缺陷在于它"表音"的"符号化"、"形式化"。无论它的符号体系或者"言语系统"多么精确，但最终远离了"最初的文字"表达功能。这个过程被德里达称之为"延异"，或者说是"印迹"的"补充"，在差异的边缘进行重新"书写"。

1. "补充"与"印迹"

1967 年发表的《声音与现象》是对"文字与本原"这个主题的进一步展开。该书表面上讨论的是"胡塞尔现象学中的符号问题"，是对传统形而上学的语音中心论的解构，但这种解构最终还是归结于"文字与本原"的关系——即使在声音（言语）中也早已经有"原文字"在运作，也已经有踪迹、延异在起作用。不仅如此，甚至本源的意义构造和内时间意识的时间化，也已经是延异的过程，是文字的踪迹。因此，文字就不仅是记录言语的符号，而且还是本原的"替补"——对"本原"（在这里是声音或言语）的替代和补充。最终，在传统语言学中作为本原之替补的文字，反倒成了替补上去的"本原"："文字与本原"在这里成了"文字是本原"①。

"补充"与"印迹"是一个过程，在延异的状态下，意义或本原既是在场又是不在场，它们陷入无休无止的能指的战争或者说游戏中，只留下辨认不清的"印迹"。印迹事实上是一般意义的绝对起源。补充乃是延异，这种延异展开了现象和意指活动。当印迹将有生命的东西与一般无生命的东西，与所有重复的起源、理想性的起源结合起来的时候，补充既非理想的东西也非现实的东西，既非可理解的东西也非可感知的东西，既非透明的意义也非黑暗的能量，没有一种"在场形而上学"概念能够非常精确地去描述它的生成、它的延异。这个过程本身就是充满辩证的延异，也即"延异哲学"自身。

2. "在场"与"补充"

观念性是一种永恒的在场，正如德里达所指出的那样："观念性是自救或者是在重复中对在场的控制。"② "胡塞尔自己认可的形而上学，这种形而上

---

① 朱刚《本原与延异——德里达对本原形而上学的解构》，上海人民出版社，2006 年，第 194 页

② 方志红《论德里达与胡塞尔的符号学之争》，《江苏社会科学研究》2003 年第 1 期，第 1 页。

学所研究的也是对存在的最终认识，但它采用的是纯粹直观的、具体的、决然的证明方式，这就是现象学的方式。"① 直观的不在场——即直观的主体的不在场——不仅仅是被话语所容忍的，只要人们在它自身中考察它，它就是一般意义的结构所要求的。

当我听他人讲话时，从根本上讲，他的体验并不"亲自"对我在场。胡塞尔认为，我能够具有一种原始的直观，也就是一种对他人之中向世界陈列的东西的直接感知，对他人身体的可见性的感知，对他的手势，对人们听到的他发出的声音的感知。但是，他的经验的主体的一面，他的意识，他由之特别赋予他的符号以意义的活动，对我并不像对他自己那样是直接地和原始地在场，反之亦然。那里面有一种不可还原和决定性的东西。只有"当人们以一般的形式并不把感知的观念缩小为完全一致的感知的观念和最为严格意义上的直观时，这种语言是完全正确的"②。"现象学的'沉默'因此只能通过双重的驱逐双重的还原才能再次被确定：即在表述的交流中驱逐我自身中的与他者的关系，驱逐作为后面的、最高的与外在于意义的层次的表达。"③

解构绝不是对能指与所指关系的简单颠倒，而是解构符号概念本身。"文字"再也不是属于符号的范畴，再也不是一种"符号系统"，而是比符号、比所指与能指的区分还要古老得多的"原"（archi−）"文字"，是最古老、最本原的延异运作④。直到《声音与现象》结束时，德里达才说了克服"直观"与"先验现象学"的方法，即对"根源的补充"。"根源"正是那种"源文字"。"这样看来，补充性就是分延，就是同时使在场分裂，延迟又同时置之于分裂和原初期限之下的移异过程。"由此，德里达提出了对他后来的"延异哲学"有着直接影响的"分延"概念。分延仅是开始，延异是分延的深化。

五、结　语

在《声音与现象》中，德里达从分析胡塞尔的《逻辑研究》的符号问题

---

① ［德］胡塞尔《笛卡儿的沉思——现象学导论》，张宪译，台湾桂冠图书股份有限公司，1992 年，第 170 页。

② ［法］雅克·德里达《声音与现象》，杜小真译，商务印书馆，1999 年，第 49 页。

③ 同上，第 78 页。

④ 朱刚《本原与延异——德里达对本原形而上学的解构》，上海人民出版社，2006 年，第 216 页。

入手，展开了对传统形而上学的解构。"胡塞尔着手一种未成形的现象学还原：他切断任何被构成的知，强调源于形而上学、心理学或自然科学的假定的不在场是必要的。"① 在德里达看来，每个能指事件都是替代者。这种代表性结构就是意义本身，若不从一开始就涉入一个不定的代表性中去，我就不能开始一个"真正的"话语②。

德里达"延异哲学"自身非常复杂。德里达的延异哲学或许永远是不存在的、模糊的，如果要回避它自身的"在场性""逻格斯中心主义"，我们唯一生成的只有分延延异，延异自身，不断地通过拆解去生成一种未来时态中的延异，在"不存在"、"暧昧性"的差异实现延异。在《声音与现象》中，德里达通过对胡塞尔现象学中"符号"的拆解来展开并形成德里达的"延异"思想。当然，这种"分延"是"延异哲学"的一个开端。沿着这个"分延"概念，德里达在自己的"延异"道路上越走越宽。

作者简介：

董迎春，广西民族大学文学院。dongchangpao@163.com

---

① ［德］胡塞尔《逻辑研究（第二卷）》，倪梁康译，上海译文出版社，1994年，第21页。
② 同上，第63页。

三玉论：《红楼梦》叙述中的符号问题

文一茗

摘　要：本文从符号学的角度剖析《红楼梦》叙述中"玉"的涵义，以及以"玉"命名的三位主要人物之间的关系。笔者从叙述者的主体性这一角度来剖析《红楼梦》叙述中的形式问题，并进一步经由形式探索主体意图。本文的理论根据是形式文化论。形式必须被超越，但超越形式的起点必须是首先回到形式本身，经由形式深入内涵。因为表层的文本叙述技巧与策略本身言说着叙述主体的意图。

关键词：玉、符号、叙述

一

　　或许是凑巧，或许是有心，《红楼梦》十二金钗中，凡是名字里带"玉"的人，都与贾宝玉有着特殊的关系：要么彼此为知己，如亲密无间的黛玉；要么就是另一个极端，与宝玉遥相隔望、彼此揣摩的妙玉。王国维在《红楼梦评论》中曾指出：所谓玉者，不过生活之欲之代表而已矣[①]。"玉"即指代"欲"之符号。而符号正是缺席的、不在场的、得不到的事物。

　　由是观之，《红楼梦》叙述者赋予这三玉的，是一种什么样的"欲"呢？

[①]　王国维《红楼梦评论》，岳麓书社，1999 年，第 1 页。

笔者认为，这关涉到《红楼梦》中一个重大的悲剧主题——理解的不可能性。三玉之间的关系是彼此理解的知己关系，但叙述者为之安排的结局是：能真正理解的人（妙玉、黛玉、宝玉）终不能长相厮守；能在一起相敬如宾的人（宝钗、宝玉），却终不能彼此理解。从符号学角度理解，符号就是以一物代一物，以在场的指代缺席的，以能够获得的代替无法拥有的。叙述者以"玉"命名《红楼梦》中唯一能够彼此理解的三个年轻人，正是暗示他们无法公开将彼此的知己关系实体化、永恒化。也就是说，《红楼梦》的一个隐指价值取向，就是否定人与人之间彼此理解的可能性。这一沉重的主题，隐藏于三玉之间（以及宝钗）如何"看"待彼此。

二

宝玉和妙玉的距离很远，心里却很想靠近。妙玉的形象符合宝玉和她之间保持的观察距离，叙述者永远不忍心直接、通透地去分析、评判她，仿佛太心爱的艺术品，不愿用理论剖析结构。凡是有关妙玉的直接评价，均出自周围的俗人。在妙玉没出场时，就有林之孝家的道："请他，他说：'侯门公府，必以贵势压力，我再不去。'"王夫人笑道："他既是官宦小姐，自然骄傲些，就下个帖子去请他何妨。"脂评（庚辰眉本）曰："妙玉世外人也，故笔笔带写，妙极，妥极！"[1]

距离是看的前提。要看就必须与被看之物拉开适当的距离。而怎么样的距离才算是合适的呢？

当看的行为主体将目光费劲地投向较远处时，他/她在此刻所传递的文本信息是：将"看"这一行为本身陌生化。"我"在看的同时，更是在感知、体验"看"这一经历本身。而这种视角安排的叙述效果，恰恰将受述者的目光更多地导向那个在看的人，在此使看客本人观看的这段距离成为受述者的审美对象。

反过来说，如果这段宝贵的距离被缩短了，视野中的东西被拉回眼皮底下，由于直接面对，以至于被看之物或人显得被赋予了某部分的主动性，仿佛是他主动呈现于"我"，"我"不得不去打量、审视他/她。比起我在向远处看时的主动，近距离让我产生一种压力甚至被动。可以得出这样一个结论：

---

① 郑红枫、郑庆山辑校《红楼梦脂评辑校》，北京图书馆出版社，2006年，第199页。

物理距离与心理距离成反比——当我努力而费劲地看远处时，我是"渴望"看清楚；而闯入眼帘的近处之物，则像是与我遭遇一般，压迫着我的主体意识，把我瞬间拉入"看"的情景当中，让我不得不看。

因此，关注文本叙述中的心理距离比物理距离更能说明叙述视角的主体意识。除了距离的长短，观看角度的大小（即据点）也能充分暴露那个看的主体。大致说来，作为看客的"我"可以采取三种角度来审视对象：仰视、俯视、平视。

为什么叙述者（连同叙述者笔下的人物）要远观妙玉呢？脂砚斋认为是考虑到配合众人眼中的妙玉形象。仿佛众人与妙玉之间的距离，也压迫着宝玉不敢近距离看她。不难发现，观看的角度能揭示出看者与被看之间的反比关系。看者采用仰视，说明看者身份地位、认知力、价值取向、道德智力等反而低于被看者。比如，赵毅衡认为，当角心人物是"成问题"的人物时，即道德上或智力上相对低下的人物，就出现了仰角观察①（比如《阿甘正传》里的阿甘）；俯视则表明看者在心理上认为自己高于被看者（比如《洛丽塔》中的亨伯特）；而平视则意味着二者之间主体地位的平等、互视关系（比如《了不起的盖兹比》中的尼克）。在早期，韦恩·布斯就曾指出：视角不是一个技巧问题，而是一个"道德选择"问题②。这种看与被看所揭示出的双方主体之间的竞争现象，在《红楼梦》中俯拾皆是，它极大地调动了叙述者、受述者及人物三方的主体性。而文本的意义就在此不同主体共舞的境界中得到升华。

第二个直接评价妙玉的是李纨："我才看见栊翠庵的红梅有趣，我要折一枝插瓶。可厌妙玉，我不理他。如今罚你去取一枝来。"众人都道这罚得又雅又有趣。

还有与妙玉私交甚密（相对而言）的邢岫烟说道："他也未必真心重我，但我和他做过十年的邻居，只一墙之隔。他在蟠相寺修炼，我家原寒素，赁的是他庙里的房子，住了十年，无事到他庙里去做伴。我所认的字都是承他所授。我和他又是贫贱之交，又有半师之分。因为我们投亲去了，闻得他因不合事宜，权势不容，竟投了这里来。如今又天缘凑合，我们得遇，旧情竟未易。承他青目，更胜当日。"可笑宝玉心急，一听她和妙玉既为邻又为师，

---

① 赵毅衡《苦恼的叙述者》，北京十月文艺出版社，1994 年，第 92 页。
② Wayne Booth, *The Rhetoric of Fiction* (2nd edition). Penguin Books, 1983, p. 83.

喜得忙抬高这位"知音"："怪道姐姐举止言谈，超然如野鹤闲云，原来有本而来……"岫烟笑道："他这脾气竟不能改，竟是生成这等放诞诡僻了。从来没见拜帖上下别号的，这可是俗语说的'僧不僧，俗不俗，女不女，男不男'，成个什么道理。"宝玉发现连刑岫烟原来也与妙玉不同道，才不禁为妙玉解释道："姐姐不知道，他原不在这些人中算，他原是世人意外之人。因取我是个些微有知识的，方给我这帖子……"

宝玉为林黛玉、薛宝钗、史湘云甚至晴雯、袭人等多次出面调停，这是宝玉为心中的妙玉所做的唯一一次辩护。

妙玉遭心魔后，外面的游头浪子也对她作了贬损的阐释："这样年纪，那里忍得住。况且又是很风流的人品，很乖觉的性灵，以后不知飞在谁的手里，便宜谁去呢。"正可谓种种唯我式的解读，不同人对妙玉的看法，恰恰折射出每个人自己的形象。最极端的莫过于无端恨妙玉的贾环，听到妙玉遭劫的消息，着实损了几句："妙玉这个东西是最讨人嫌的。他一日家捏酸，见了宝玉就眉开眼笑了。我若见了他，他从不正眼瞧我一瞧。真要是他，我才趁愿呢！"在人物视角的使用中，表现的重点渐渐由被观察的事件转向观察的主体。人物视角不再是为了增强表现的逼真性，而是为了再现人物的精神状态[1]。"看"，作为一种认知行为，是具有高度自反性的经验。在文学评论中，有一个普遍的现象是：人们容易跟随叙述者所采取的那个人物的视角，花更多的笔墨讨论林林总总"被看"的人物形象，却相对忽略了这些形象的"来源"——形象源于作为看客的自我，也应该回归于自我。因为，人物角度叙述的作用，是为了用一种特殊的方式写角度的意识载体，人物角度是叙述主体分化的一种特殊形式[2]。

妙玉挣扎于色与空之间（这一点唯宝玉能体会、黛玉能理解），惜春则完全皈依了佛门，故青山山农有此说："惜春奇僻似妙玉，而操守过之，故其修行在妙玉之后，而悟道则在妙玉之前。"[3] 除宝玉外，唯一对妙玉有好感的，甚至是仰慕的，是大观园里一心遁入空门的冷美人贾惜春。不过，她所仰慕的妙玉，毋宁说只是妙玉出家修行的存活模式，只是妙玉复杂内心的外在形

---

① 赵毅衡《苦恼的叙述者》，北京十月文艺出版社，1994 年，第 92 页。

② 同上，第 88 页。

③ 青山山农《红楼梦广义》，载一粟汇编《红楼梦资料集编》，中华书局，1964 年，第 211 页。

式而已。正如王国维所言，惜春的"看破红尘"是"为势所迫"。惜春最后遁入佛门的"解脱"是"以生活为炉，苦痛为炭，而铸其解脱之鼎"。王国维将这种解脱归纳为"超自然的、神明的、宗教的、和平的"①。那么，算下来，那个唯一当之无愧的知己还是审美式解脱的贾宝玉。相比之下，宝玉本人每当直面妙玉时，往往处于"失语"状态，两人之间不能展开"对话"。第一次是在栊翠庵里打哑谜似地较劲，第二次是费劲地通过信纸往来呈现的对话，还有叙述者没有正面呈现的"乞梅"一节（没过多久，宝玉就回来了，可见交谈时间不长）。宝玉和妙玉之间有一个奇怪的现象：彼此的认同只停留于"意"，而不能诉之于"言"；两人的交流只要外化为言语行动，就会演变成沟通障碍。这与宝玉和黛玉的交流模式正好相反：吵架时双方可谓激烈地为自我辩护、申讨对方，滔滔不绝，并且也曾有过明确的互证心意之辞；然而，即使在倾吐肺腑之言之后，在两人的内心深处，却经常迅速恢复不信任和强烈的怀疑情绪。

仿佛宝玉在面对两位最能心领神会的女子时，最容易忘记自我，不知所措，推迟理性判断，而留住感性的美的体验。

三

很少有人注意到这两位以"玉"命名的女子之间的微妙关系，以及她们如何"看"待对方，也很少有人将此二人并置起来审视。但也有例外，早在清朝的点评中，晶三芦月草舍居士在其《红楼梦偶说》中说：

且夫黛玉，篱下寄生，流离已微薄命，尔乃因缘颠倒，无所归之穷愁，常烦窬寐，故其有梦也，非止积忆之劳神，实乃终身之深憾也。第想其生平落魄，否积应不失来泰之常，可天台岂陷入地狱，可宜室胡变为冤家？苟破昏昏之情思，则同梦或咏甘心，乃无端睡若非乡，眠若无地，不啻梦花成冢，葬送于黄土陇中矣。吁嗟乎！梦余既有业障，梦久更有迷途；梦幻既无完场，梦险更无别路。黛玉之噩梦有如此者。且夫妙玉，槛外养性，憧拒绝入清心，而乃空色乘除，何处来之隐识，顿耗精神，故其有梦也，非止治容之诲淫，实亦乖气之致也。第想其孤僻中怀，乃无端衾若欺影，枕若离魂，不啻梦梅

---

① 王国维《红楼梦评论》，岳麓书社，1999年，第10页。

浮山，荒秽于白云天外矣。吁嗟乎！梦有真觉悟而魔障若蔽前，梦有静工夫而蟊贼若讧内；梦无常不变而甜乡有孔甘，梦无奇不穷而苦海有余孽。妙玉之噩梦有如此者①。

这里只是提及二玉之间身世悲苦的相似性，还并未深入涉及二人彼此之间的理解。

当众人建议多带一个人与宝玉同行，以便顺利向妙玉乞梅时，唯有黛玉会意地作了一句中性的评语："不必，有了人反不得了。"

后四十回中，叙述者倒是安排了两人听琴的机会：妙玉在听谁抚琴——黛玉也！（宝玉的另一个知己）；听的结果呢——却是妙玉听出了黛玉的玄机、心事。与前番黛玉点妙玉一样，这回妙玉点黛玉，也是含糊其辞、不作表态，内心明了而已。解庵居士将二玉之间的知己之情评为："书中人惟颦儿抚琴，妙玉听琴，甚矣知音之难得也。"②

将二玉并置起来研究的做法，多半考虑到此二女子身平际遇都相似：都出身世家没落衰败之时，先天体弱多病，父母早逝，虽无长辈亲人疼爱，却都冰雪聪明、孤高傲世，靠自己内心与外界之间筑起的冰冷围墙，来保护自身本性不随波逐流。如果只是讨论这些生存状态的雷同之处，价值也仅此而已。我们不妨进一步追问：同病的人之间是否惺惺相惜？如何互怜？二玉之间的关系言说着什么样的人性主题？

除了将妙玉与黛玉并置起来审视，还可更进一步将两个人"交织"起来分析：

表面上看，妙玉与黛玉的生活处于对立的两端——一个置身槛外，一个整日为情所困；似乎两人对彼此的看法也并不友好——一个被贬斥为"俗人"，一个则被拒之不近。然而，二玉对"自我"的理解和对待生活的方式在根本上是相同的，这使得她们最后在月下联诗一节，终于走到一处，彼此认同。这就是分别在哭哭啼啼和"自云守空"的外表下，两人都将自我向下还原为由"情"作为唯一动力的本体层面。

如果在此姑且把"情"视为一种人欲或人性本能需求；那么，可以更进一步将这种"情"视为渴求真正理解的情，能够完全契合自己心灵的知己之

---

① 草舍居士《红楼梦偶说》，载一粟汇编《红楼梦资料集编》，中华书局，1964年，第123页。
② 解庵居士《石头臆说》，载一粟汇编《红楼梦资料集编》，中华书局，1964年，第196页。

情，而非希求维系一个表面上热闹非凡、你来我往的人际脉络氛围和生活模式。

妙玉、黛玉完全退守自我，是一种将自我还原为尽可能纯粹的本能。妙玉被多数人批为"矫情"，是缘于她"云空未必空"；在陈其泰之前，红楼众才女中独有妙玉为世所嫌。脂砚斋嫌她"怪洁之癖未免有过"（庚辰本第41回回前总批），二知道人厌她"欺世盗名"，青山山农恶她"外似孤高，内实尘俗"等。在这一片嫌恶声中，陈其泰也曾随俗论人，对妙玉每有不满之词，但在识得宝玉之后就意识到，妙玉和宝玉一样，其实也是一个上等人物。于是，他力排俗议，在第一百一十二回总评中说：

> （妙玉）孤高自喜，本出家人身分应尔。若痴情，则女子之本色也。倘妙玉和光同尘，人人见好，固不成其为妙玉。然使见宝玉而漠然忘情，又岂慧美女子之天性乎。观其在贾府中，非不周旋世故，而不屑作势利逢迎之态，与园中姐妹虽不往来亲近，而品茶时则另款黛玉、宝钗。中秋夜则续黛玉、湘云所联之句。宝琴索红梅，则亦与之。岫烟乞扶乩，则亦应之。至其独厚惜春，尤见赏识不凡。迹其生平，初何尝欺世盗名耶。且《红楼梦》，情书也。无情之人，何必写之。倘妙玉六根清净，则已到佛菩萨地位，必以佛菩萨视妙玉，则《红楼梦》之书，可以不作矣。夫宝玉之性情，舍黛玉谁能知之。而妙玉独能相契于微，则亦黛玉之下一人而已。若因众人所不悦，而亦从而诋之。岂非矮人观场之见哉①。

另有一处，陈其泰赞道：

> 佛家以无我相、无人相为正法眼藏，空字是佛家真谛，惟无情方能证佛，若尘缘未断，即非佛性。由是观之，妙玉平日孤高自许，实在不得已为然。在她的意识中，举世混浊，而我独清；众人皆醉，而我独醒；与其混俗和光，不如遗世独立②。

---

① 陈其泰《桐花凤阁评红楼梦辑录》，刘操南辑，天津人民出版社，1981年，第一百一十二回总评。
② 同上。

但妙玉未必能空的，是除去那些浮华的假象后，尚存的真正"理解"。但是为了求得这种真，妙玉付出的代价是自觉抵制（甚至是从形式上抵制）其他一切假。妙玉以一切社会性换取绝对的个体性。黛玉被嫌弃为任性小心眼，其实也是过度执著地用本我的情欲来完全替换任何在自我之上的社会性。话石主人在《红楼梦精义》中提议将"林黛玉"读作"宁待玉"。解庵居士在《石头臆说》中指出：林者灵也，灵河岸上之绛姝也；黛玉，代其意中之灵以也。

在二玉联诗时，也许彼此已意识到了，这个共同点也正是她们悲剧的根源。而唯一能看懂这一点的，在整个贾府中，只有贾宝玉。而叙述者选择哪个人物的视角来看，也是传达主体意图的一种隐含的但十分重要的叙述策略。正所谓"选择"本身也是传达叙述意图的重要策略。关于"选择"，德吕蒙曾指出：

> 叙事是对于一段生命的反思性的择取和组织。在此意义上，叙事决不能把握某个个体的生活，因为前反思被经历着的生命并不能全部被安置入一个叙事中，叙事最适合于指向目标的行为。从相反的角度来看，叙事通过它们的选择性而把比生活本身所显现出的更多的统一性强加于其上……我们不应当把对一段人生反思的、叙事的把握同对前反思的体验的说明混淆起来，前反思的体验在被组织入叙事的体验之前就组建了生活。（Drummond，2004，119）[①]

李劼曾借用五行图来定位《红楼梦》中核心人物之间的辩证关系。他认为：如果说宝玉是一个说者的话，黛玉是一个歌者，宝钗是一个不露声色的行者，而妙玉则是一个"观者"，一个清醒的观察者。并且，宝玉与妙玉之间的关系如同土之于水的关系，即贾宝玉由色入空的人生历程在事实上否定了妙玉云空未必空的人生原则[②]。也就是说，在生存方式上，宝玉与妙玉采取的是刚好对立的形式，而宝玉与黛玉的刚好相同。

---

① 转引自（丹麦）扎哈维《主体性和自身性：对第一人称视角的探究》，上海译文出版社，2008 年。

② 详见李劼《历史文化的全息图像论红楼梦》，青海人民出版社，1993 年，第六章"人物造型的核心布局"。

　　但是，进一步追究，不难发现，不管哪一种方式，都没有使主体的烦恼得到彻底地消解，妙玉选择的云空形式也是宝黛的终极归宿；而宝黛选择的执著于情（理解之情），也是妙玉假以云空的原点。

　　以玉相连的这三个核心人物的命名，李劼认为正好表明了三种有关性爱的不同姿态：宝玉者，对情爱的珍惜和悉心照料也，亦即前文所说的侍者形象；黛玉者，对性爱的期待也，尽管这种期待由于还泪深化为对性的象征性抽象而侧重于情感和精神的"意淫"，但毕竟还是一种对爱的追求和渴望；至于妙玉者，则是对性爱的藐视和远离，虽然在宝玉生日时妙玉忘不了送上贺帖，但这不过是一个观者的表示而已。这三种姿态标记了爱情在小说中的基本形式和指向，不是"滥淫"式的而是"意淫"型的，不是世俗的相好而是心灵的默契，不是指向世俗的、有结果的，而是指向对爱情本身的期待①。

　　有趣的是，红尘中宝黛二人的柏拉图式的向爱姿态，却反而在超叙述层中那个仙界里获得了"色欲"的基础。也就是说，这种空虽然由色而空，但毕竟经过还泪神话中以神瑛侍者之于绛珠仙草的浇灌这一极具象征性的动作表达出来了。正是浇灌这一象征，使空灵的"意淫"获得了色欲的基础。而妙玉的"云空未必空"的出现与卷入，一方面更强化了这种性爱的乌托邦；另一方面，也暗示着红尘中（即主层故事）这种向爱姿态的不可能性。

　　那么，这种向爱姿态的"错位"是否正是叙述主体自我分裂、自我反讽、自我斗争的又一种暗示呢？

　　在此，爱情是否兑现不在于世俗的结局如何，也不在于期待有没有被满足，而就在于期待的过程本身是否成立。期待的爱情必定充满了操心和烦神，以至于泪雨涟涟；因此这种爱情的实现方式便注定不是洞房花烛夜式的圆满，而是焦首煎心般的残缺。妙玉的妙字与藐字谐音，在玉字命名的连锁意味中，不仅表明了该人物本身会遁入空门，同时也提示阅读者注意宝黛二玉的爱情之于世俗的藐视和超越。这就是以玉字命名的核心人物的连锁关系及其隐喻意味②。

　　洪秋蕃在《红楼梦抉隐》中说：

---

　　① 详见李劼《历史文化的全息图像论红楼梦》，青海人民出版社，1993年，第六章"人物造型的核心布局"。
　　② 同上，第147—148页。

何为宝玉?宝黛玉也。谓惟黛玉是宝,非黛玉不娶也。曰神瑛,对顽石而言也。初则顽石,锻炼则成通灵,幻化而为神瑛,明其不顽也。何为黛玉?待宝玉也。谓惟宝玉是待,非宝玉不嫁也。曰颦儿,则以有效颦之人也。西施有效颦之人,而身价益高矣。其氏林,以其来自灵河岸,且谓有林下风,以才女目之,又如月明林下,以美人属之,尊之也。宝钗者何?宝差也。谓贾母、王夫人以宝钗为宝,识见差谬也,贬之也。妙玉,妙于穷者也,穷玉妙极,故曰妙玉①。

　　妙玉和黛玉,虽然与宝玉在心灵上有着或微妙、或明显的共鸣应征感知,但最终在婚姻上都输给了宝钗。这是由于前者关注的是精神层面的"爱情",而后者关注的是世俗意义的婚姻。李劼曾调侃地说,宝钗的角色是无辜的,因为真正意义上的爱情就得经受一次第三者的挑战,必须源自第三者参与的碰撞、冲突以及分化组合,方可证明爱情的真实性。同时,他也不无遗憾地表达,只可惜宝钗最终关心的不是爱情,而是婚姻②。所以,可否说宝钗不算是真正意义上的第三者呢!当"第三者"也要有与"前两者"平行并置的"资格",那就是"有情",有了对宝玉真正的情,才配卷入这场"爱情竞争"。

四

　　"玉"在《红楼梦》中是一种形象符号。对于三玉之间的关系而言,"玉"指代三人之间可能的相互领会、认可和理解。之所以称其为"可能的",是因为符号即一种缺席的、尚未明确的指向过程,是通达某种目的或方向的无限接近状态。也就是说,三玉之间首先是一种知己关系(较之于《红楼梦》主层叙述中互不理解的人们而言),但是,三玉对"自我"的理解,最终无法完全等同,甚至是一种在认同过程中的彼此质疑和否定。

　　第一个明确点明三玉知己关系的,是陈其泰。陈其泰指出,红楼三玉中,妙玉与黛玉品性相同,亦为宝玉知己,如果以其出家人身份而否定其人之痴情,未免误会妙玉。第四十一回眉批有曰:

---

① 一粟汇编《红楼梦资料集编》,中华书局,1964年,第238—239页。
② 洪秋蕃《红楼梦抉隐》,载一粟汇编《红楼梦资料集编》,中华书局,1964年,第240页。

村妇虽浊，女也。宝玉虽清，男也。刘姥姥饮过之杯，则欲弃之。自家常用之杯，则与宝玉共之。在世俗之见，必以为女悦男之确证矣。不知妙玉心中只辨清浊，何分男女。彼固不以男子视宝玉也。惟其如此，故与宝玉相契之深。污杯而弃杯，污地而洗地。妙玉之心，惟宝玉知之。是两人犹一人也。盖宝玉忘乎己之为男，亦忘乎妙玉之为女，只是性情相合，便尔臭味相投。此之谓神交。此之谓心知。非食人间烟火者，所能领略。若说两人亦涉儿女私情，互相爱悦，则俗不可耐矣①。

陈其泰认为"情"专指宝玉与黛玉、妙玉之间的知己之情。他从"知己"、"真情"立论，充分肯定了《红楼梦》所表现的男女之情，认为作者为"开天辟地绝无仅有之人（宝玉）"，撰写的这部"开天辟地绝无仅有之文"，脱尽传奇熟套，其"因空见色，由色生情，传情入色，自色悟空"的整个过程都是因为这个"情"字。陈其泰分析，抒写真情是《红楼梦》的全部之意，然而这种真情突出表现在宝玉与黛玉、妙玉的关系上。

王蒙曾评价，后四十回在这块玉上做文章是对的，是重要的②。他认为希望在物的世界中为自己寻找到对应物，希望在物的世界、大自然的世界中寻找到另一个自我，这也是一种人类的共同心理。个体生命是脆弱、转瞬即逝的、不自主与不自由的，但个体生命出生时面对的却是一个坚硬强大、无始无终的永恒世界。个人主体既尊重自己的灵性，又羡慕物的坚固永恒。所以，人总是希望在自然中找到自己的对应物，在这个对应物中体现出大自然的坚固与永恒。王蒙认为体现这种观念的最典型的一个例子是，把一个人的生命与天上的一颗星星联系起来。人总是希望从自然界中找到自己的对应物，使自己永恒化，为自己找到存在模式的一切解释和理由。比如部落图腾、生肖星座等等文化符号，无不体现出这种替代欲望与缺失的心理。现在的个人主体都在自觉地认同物的符号，也就是说，在自觉地根据附加于大众的符号含义，去复制自我，强化自我身份。在《红楼梦》中，木石前盟是一种命运对应符号，金玉良姻也是。但二者的区别在于：木与石没有被贾府的人们符号化，金锁与宝玉被符号化了。所以前者必定输给后者。王蒙认为，《红楼梦》中人与石头的认同，石头与玉、大荒与女娲的转化，这本来是一种形而

---

① 陈其泰《桐花凤阁评红楼梦辑录》，刘操南辑，天津人民出版社，1981年，第四十一回总评。
② 王蒙《红楼启示录》，生活·读书·新知三联书店，1991年，第221页。

上的思辨,一种诗的想象,但也增加了写作的难度,并考验阅读者的审美力。"宝玉即宝玉也"的想象是形而上的,诗意的。

三玉之间的关系实为"知己"之情,但以"玉"代之,又无不隐含着这种关系终究不能实化。妙玉是宝玉的镜子,黛玉是宝玉的影子,三者终究不能完全相同。我们再一次看到宝玉游移其间的矛盾形象。

三玉之间的知己关系中存在着一层令人惋惜的隔膜,使得这种知己关系有些"打折扣"。不禁让人扼腕叹息:是否人与人之间的理解最终是不可能的,如果不能的话,又是为何?

宝玉对妙玉的理解,体现为一种欣赏与仰望。在宝玉敬慕的眼光中,妙玉的"玉"所代表的,是宝玉所认同的、但却永远无法在自己生命中实现的价值——空。尽管妙玉自己内心也未必完全守空,但是和宝玉相比,她起码首先做到了"云空",或者说向空的一种准备和意向。她也确实做到了守空的形式,也就是说,比宝玉更纯粹。诚如李劼所喻,妙玉乃"藐欲"也。比起宝玉的博爱而劳心,比起宝玉在"一段酥臂"面前的心驰神荡,妙玉的确是更为自觉地守空。而这一点,是宝玉无法做到的。

而宝玉对黛玉的理解,更体现为一种怜惜与由此而发的呵护。在宝玉充满怜爱的目光中,黛玉之"玉"所代表的,是宝玉内心深处最渴求的,但又不能成为唯一或占据全部内心的情愫——女性之美。诚如前面分析的,黛玉的灵性美与病态美能最大限度地震撼宝玉对生命(包括死亡)的感知,也最能满足宝玉的审美快感;但是对于宝玉来讲,这却不能替代生命中其他女子之美。宝玉难道能因黛玉而割舍宝钗的克己之美、袭人的体贴之美、平儿的厚重之美、晴雯的率性之美,以及所有这些女子的肌肤之美?而占据爱人的全部心灵,却是维系黛玉(待欲)生命的唯一支撑。因此,《红楼梦》中叙述者所呈现的三玉之间的这种微妙的知己之情,最终只是为了更决绝地否定人与人之间真正理解的可能性。

从叙述动机的角度来阐释《红楼梦》,可以认为红楼叙事所呈现的世界就是一个无法彼此理解的世界。能相互理解的人终不能厮守一生,在一起相敬如宾的,却总有万丈隔阂。诚如陈其泰对一百零四回的总评曰:

屈子作《离骚》,太史公作《史记》,皆有所大不得已于中者,故发愤而著书也。夫得一知己,死可不恨。黛玉而得宝玉,诚可知己矣。虽死又何恨焉。独宝玉遇知己之人,而不能大白其知己之心,又不幸而竟为不知己之事,卒欲向知己者一诉之，而不可得。呜呼，恨何如也。仅有一人知己，而间其知己者不一人。人人不知己，而盅惑之，束缚之，必使之贰于不知己之人而后已。而我之知己，则已死矣。我之所以报知己者，非惟不能大白于知己之前，并无以白之人人，白之天下后世也。于是不得不作书以白之。吾不知作者有何感愤抑郁之苦心，乃有此悲痛淋漓之一书也。夫岂可以寻常儿女子之情视之也哉①。

陈其泰认为贾宝玉的悲剧就在于无人能理解其用情的特点，正是因为宝玉的这段奇冤无处可诉，才有了这样的"悲痛淋漓"：天下古今第一有情人，偏生屈作负心人。此段奇冤诉于人，人不知白；诉于天，天不能言。岂不痛哉②。这里提出的一个沉重的主题是，《红楼梦》叙述故事中人物之间的彼此理解是不可能的。

五

这里涉及的实质是三人对"自我"的各种还原。"自我"本身是一个符号，处于一个高度弹性的阐释过程之中。

既然自我是一个充满弹性的符号化过程，那么，自我就既不能被拔高到社会组织、文化、互动的本体论层面，也不能被压缩为物理、化学的生理层面。前者所持的是向上还原主义的立场，其结果是导向用社会一致性（比如中国传统社会中强调的"家族"、阶层利益）来取代、抹杀个体的独特性；后者则代表与之相反的向下还原主义立场，用生理差异（比如林黛玉的病弱）和生理本能（如弗洛伊德的爱欲本能）来捕捉自我，为人种差异优劣论大开方便之门，用一种绝对孤立的视角来审视个体，将自我缩减为一座孤岛。

用向上或向下两种方式来还原自我，都注定抓不住自我作为一个主体的符号特征。因为它们都不能抓住人的本质。依照这两种思维，得出的都是扭曲的人性。符号自我是具有高度自反性、内心一致性、对话性与社会性的概念。

---

① 陈其泰《桐花凤阁评红楼梦辑录》，刘操南辑，天津人民出版社，1981年，第一百零四回总评。

② 同上，第九十七回总评。

这两种还原共享的地方是自我类型被削减的形象。向下还原忽略了笛卡儿的灵魂并集中于身体。向下还原忽略了笛卡儿的身体，并集中于灵魂①。

如果说林黛玉、妙玉代表自我的向下还原，薛宝钗则代表自我的向上还原，贾宝玉的苦恼则类似于笛卡儿，即因身体与灵魂生活在各自互不干涉的世界而倍感苦恼；而整部《红楼梦》所呈现的便是一个符号自我。

我们可以认为《红楼梦》传达了一种"徘徊其间"的态度，这部小说本身是一种出入三家而难以取舍的言说。

"玉"作为一个形象符号，所传达的其实正是不同主体声音的彼此冲突与碰撞、不同价值的彼此怀疑甚至否定，使《红楼梦》叙述成为书写矛盾困惑、流恋往返、游移不定，呈现不同价值取向的小说，而非为存在提供一把万能钥匙的百科全书。这就是为何红学研究中会形成"情""悟"之争、情悟双行之辨等主张。其实这都是"如实"地看到了《红楼梦》中的"某一种"价值指向，也是为何我们总是完全能以此家之说攻彼家之言，反之亦然的原因。如果全方位地审视红楼叙述形式中的主体意识，就会惊愕地发现这竟是一本自我斗争式的小说。每个"后来人"都可以从中为我地选取某一种价值来坚定自己已有的"信仰"。其中"空－色－空"的循环模式所诉说的，是一种纠缠与徘徊——这恰似贾宝玉这个形象的最大特征，即思而不行。因为他就是一个徘徊游移的元形象。而《红楼梦》整部小说正是对自我存在的充满矛盾的精神追问。

也就是说，《红楼梦》不是为人提供一把解脱人生问题的万能钥匙，而是呈现一个多元价值碰撞的世界。人们也许从来不会因为读了哪一本小说而解决实际的人生难题；却总会因为在与自己产生共鸣的小说中与叙述者共同分享了某种痛苦，从而使自己的痛苦得到抚慰与消解。

坚定的二元论者都失之于偏颇；而走出二元论的局限，深味人间的复杂者，却只能如贾宝玉那般自伤——这，也许就是我们依然迷恋于这个角色的原因。

作者简介：

文一茗，四川外语学院英语学院。wym1023@163.com

---

① Norbert Wiley，*The Semiotic Self*，Chicago Univesity Press，p. 127－128.

当代西方符号学向科学靠拢

李美霞　权　达

摘　要：西方符号学理论在 20 世纪经历了蓬勃发展之后，在 21 世纪初又涌现出众多崭新的理论体系和思想方式。这些理论，虽然表面上纷繁复杂，但在深层上有着共同的逻辑基础，并作为一个整体反映着当今西方符号学发展的大趋势。具体来说，当代西方符号学发展的新思潮体现在以下五个方面：（1）从单一的研究视角和研究手段走向与自然科学领域相结合的发展趋向；（2）从哲学思辨方式走向以数理逻辑、计算机科学、信息论为主要研究方式的发展趋向；（3）从符号静态性研究走向符号动态性研究的发展趋势；（4）从符号文化性的泛化研究走向符号文化性的内在研究发展趋势；（5）从理论思辨走向实际应用的研究趋势。

关键词：当代西方符号学、发展趋势、探究

20 世纪的符号学与语言学研究，在两个方面取得了丰硕的成果：第一，为将语言及其他符号系统的渊源和发展进行对比研究开辟了道路，为文化历史增添了一抹新的亮度；第二，20 世纪的符号学和语言学研究已经展现出融合人文学科不同领域，开启了文化研究中逾越不同学科之间界限的可能性①。

---

① Ivanov, Vyacheslav V. *Semiotics of the 20th century*. *In Sign Systems Studies* 36.1，2008，p. 185.

进入 21 世纪后，符号学这种融会贯通的能力进一步加强。符号学家们已经不满足于在不同的人文学科之间驰骋，转而将目光投向更广阔的空间——自然科学。数理逻辑、计算机科学、信息论等前沿学科"将会引起重新建构理论符号学，从而使符号学成为一个连贯的、有严格方法的学科"①。可以说，这些自然科学学科极大地促进了符号学向着更为完善的、系统的、独立的学科方向发展。不仅如此，在新世纪，符号学也开始成为生物、认知科学与传统人文科学的融汇之地。

当今西方符号学各流派，虽然理论体系各异，研究方法、视角也有不同，但是基本上都体现出了统一的发展方向。本文旨在通过具体材料分析西方符号学在 21 世纪初最新的理论动向。囿于篇幅，我们不可能在文中完全展现出这些深邃理论的细枝末节，只能通过近年来较具有代表性的文献，提出精髓，用于探讨，以期达到"窥一斑而知全豹"的效果。

1. 从单一的研究视角和研究手段走向与自然科学领域相结合的发展趋向

长期以来，符号学的研究主要是在符号学研究先驱者们所提出的理论框架基础上而进行的教条式的经验总结。符号学的研究视角和研究手段都很单一。"符号学的发展过于听从传统教条，权威著述，以至于发展缺乏活力；如果符号学想要达到科学的地位以及认识论的关联性，符号学就要准备好进行根本的转变并勇于接受认知科学革命的挑战，符号学不能脱离开科学的动态发展。"②

符号学，顾名思义，是一门研究符号的科学。这种科学的知识是如何获得的？这种知识主要是通过人们的直觉、经验及推理获得的。这种获取知识的手段太单一，因而导致符号学研究似乎缺乏科学的理论依据以及认识论的相关性。那么，知识又是如何获得的？根据前人的研究，布塞克总结了获取知识的四种途径③：

1）针对特定领域中的知识状态提出问题并寻找方法解决这些问题以获取知识。以体验过的事件（experienced events）为例。体验过的事件在大脑中

---

① Ivanov, Vyacheslav V. *Semiotics of the 20th century.* In *Sign Systems Studies* 36.1, 2008, p. 235.

② Bouissac, Paul. *Semiotics as the science of memory.* In *Sign Systems Studies* 35, 1/2, 2007, p. 72.

③ 同上。

形成表征，有些在短时间内可以获取，随后就消失殆尽，有些则储存在大脑中，可以终生提取。由此，神经心理语言学家区分出了工作记忆、短期记忆和长期记忆，可以说，储存过程和提取过程都是由不同的神经系统和构造支撑的。这样，当大脑的某个部位出现疾病或问题，神经科学家就设计实验获得证据从而找到解决问题的方法。通过这种方法，人们获得了有关大脑神经的知识以及神经系统与疾病或问题之间的辩证关系。

2）借助推理和辩论构建虚拟模式。这些模式或者是通过能取得最终结果的演算而获得，或者是通过不同经验领域之间的系统的隐喻延展而获得。塔尔德（Gabriel Tarde）建立在模仿基础上的集体行为的唯名论模式的阐释以及他把认识论的模式延展到作为社会现象的语言和其他符号系统的理解就是这一途径的最好说明。

3）通过偶然发现获取知识。认知神经科学家区分出了以下记忆类型：程序性或陈述记忆（procedural or non-declarative），情节或个人记忆（episodic or personal），事件记忆（event memory），知觉控制记忆（perceptual priming memory），主要、短期或工作记忆（primary, short-term or working memory），语义记忆（semantic memory）。布塞克认为这些记忆范畴是源于偶然发现而浮现出来的。可见，由于偶然的发现，人们获得了有关记忆的种种知识。

4）信息或知识的获取是通过基于若干较小型研究而作的一种统计分析或称为元分析（metaanalysis）方法。例如，对某个领域或若干个领域中已发表的相关的文章进行统计分析，然后观察所得的结果是否和特定的假设一致，如果数据相互矛盾，就需要修改模式以适应那些似乎不一致的数据。通过这种方法通常会发现一些意想不到的模式，这些模式反过来又引起新的理论的产生。

以上是人们获取知识的四种途径，那么，符号学通过哪种途径获取相关的知识呢？通过分析发现，符号学主要依靠辩论和元分析途径来获取知识，实验和偶然发现途径在符号学知识获取过程中没有起任何作用。另外，符号学的认识观也乏善可陈。作为一门认识论学科，符号学知识的发展至今还然依赖于对以往学术资料的研究讨论以及总结、改造前人经验与已有成果，而疏于科学实证与突破性质的发现，使得符号学与自然科学的要求之间还存在一定的距离。为此，布塞克呼吁当今符号学研究者应注意吸收、借鉴自然科学领域的研究手段，注意多学科的交叉，而不是自我封闭在一套形式系统或者神秘的、宏大的叙事之中。

其实，布塞克所提出的符号学向多学科，尤其是向自然科学转向的建议，已经体现在了现代西方符号学的研究课题之中。如布塞克本人在《作为记忆科学的符号学》（*Semiotics as the Science of Memory*）一文中就认为符号过程（semiosis）与记忆密切相关，符号学所研究的符号对象（语言、文化代码、社会语篇等等）都是以记忆为基础，因此记忆应该是符号学研究的重点课题之一。但时至今日，主流符号学界一直忽视了对记忆的研究，仅仅将记忆作为一种理所当然的常识纳入符号学的理论模型之中。通常情况下，符号学理论模型是通过一种哲学思辨的方式告知人们的，这种理论模型所做出的论断，类似于宗教中那些无须解释的教义和预言。这样做的结果是，符号学理论从表面上看是"全知全能"的，但实际上，正因为"全知全能"，才不可能形成值得解决的问题，也就不会产生相应的解决问题的方法，导致不可能形成新的知识。当前的任务是，要把目光转向那些之前被忽略的问题，尤其应该把记忆研究作为符号学研究的重中之重。布塞克甚至建议国际符号学研究理事会（IASS/AIS）致力出版一种刊名为《记忆与符号学》（*Memory and Semiotics*）的学术期刊，该期刊的主要职能就是进一步促进符号学与心理学的发展与融合。布塞克认为，只有这样才能帮助新时期的符号学研究者们把握符号学研究的重点和方向。

但是，我们认为，只将符号学与心理学相结合还是不够的，新时期的符号学研究者们还应将符号学与生物学、哲学、神经科学等相结合。从生物科学的角度来看，研究符号学就是要研究符号及符号意义的物质基础。生物学又与哲学紧密相关，生物学的发展引起了哲学上的革命。这一点可从来考夫和约翰逊的论述中窥见一斑。这两位认知语言学的开拓者在《体验哲学》一书的开头就开宗明义地指出：

思想本质上是体验的。

思维大多数情况下是无意识的。

抽象概念绝大部分是隐喻的。

这些是认知科学的三大发现。两千多年来关于这些方面推理的先验哲学的思想已经过去。由于这些发现,哲学永远不再是相同的。

这说明,生物学及认知科学的发展会引起哲学上的革命。符号的生物学研究也会引起符号学哲学研究视角的根本转变。从神经科学的角度看,研究符号学首先就是研究神经元系统以及它们与符号知识获得之间的关系,其次看大脑皮质的五个区域:感觉皮质(the sensory cortex)、后感觉整合皮质(the post-sensory integrative cortext)、前整合皮质(the frontal integrative cortex)、运动皮质(the motor cortex)以及与情感相关联的主要结构(the major structures associated with emotion)与符号意义形成以及符号意义解读之间的关系。事实上,随着人类大脑和语言的协同进化,随着人类知识的不断累积,人类渴望了解大脑左右半球如何通过符号(语言符号和非语言符号)进行交际、逻辑思维、运算等等,因而产生了神经符号学,神经符号学已经成为 21 世纪最有潜力、最引人注目的研究领域。

以上论述表明,只有吸取自然科学研究的成果,符号学的研究才会真正走出先验的、就符号说符号的研究怪圈,从而步入符号学的多视角、多方法、科学性的研究时代。

2. 从哲学思辨方式走向以数理逻辑、计算机科学、信息论为主要研究方式的发展趋向

自现代符号学诞生至今已经产生了许多符号学大家及理论,如皮尔斯、莫里斯、索绪尔、叶姆斯列夫、雅克布森等等。后来的研究者大多通过一种哲学思辨的方式要么论述这些思想家的理论,要么将这些理论应用于具体的符号研究中。这种方式有助于厘清符号学研究中的概念及概念间的关系,但一定程度上也遮蔽了符号学研究中存在的一些问题。因此,在 20 世纪,符号学研究已经显露出以数理逻辑、计算机科学和信息论为主要研究方法的趋势。这些研究方法已经和符号学相结合产生了逻辑符号学、计算机符号学、基于信息理论基础上的符号学研究。

现代逻辑符号学的开创者非皮尔斯莫属。"在他后期著作中皮尔斯已经预见到了将出现一种致力于自然和科学(尤其是逻辑)语言的对比语法的现代

符号学研究领域，这种研究已经和人工智能紧密相连。"① 该方法强调用逻辑符号（如命题逻辑和谓词逻辑符号）来对应自然语言中的形式和词汇。如英语的"a"或"an"对应汉语的"一个"。这种研究有以下优势：（1）在研究符号及符号之间的关系时我们有一套共通的语言或元语言，这种语言能使不同语言符号系统和非语言符号系统之间的交际成为可能；（2）这种研究方法简洁、明了、精准；（3）这种研究方法与人工智能研究方法相结合必定会产生重大的成果。人工智能研究的就是如何使机器能够做通常需要人类智能才能做的工作。把自然语言符号系统及非语言符号系统转换成逻辑语言符号系统，易于计算机识别，从而加速人工智能研究的开发。

计算机符号学，简单地讲，就是将语言学及符号学的相关理论应用于与计算机研究及应用相关的领域中。"计算符号学是各种语言学理论的汇合点，是语言学理论和符号学理论的汇合点，是语言符号和非语言符号的汇合点。"② 计算机符号学的诞生一方面使符号学理论有了用武之地，另一方面使计算机的处理能力有了理论依据。

基于信息理论基础上的符号学研究就是指将信息理论应用于符号学研究中。在信息理论研究中，香农和韦弗（Shannon & Weaver）在他们的信息传递模式中列举了信息传递要经过以下要道：

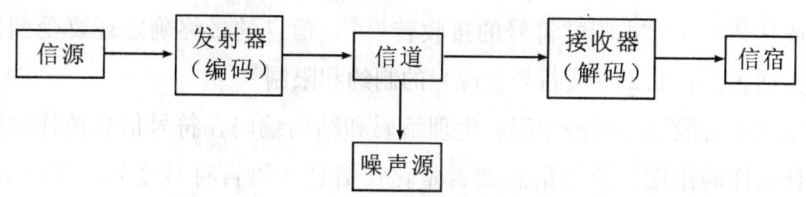

图1 香农和韦弗的信息传递模式③

这里，信源指发话者的大脑，发射器是传递者，信号是声音的声波，信道是空气，受话者的大脑或受话者的听力器官是接收器，最后是信息的目的地（即信宿）。

---

① Ivanov, Vyacheslav V. *Semiotics of the 20th century*. *In Sign Systems Studies* 36.1, 2008, pp. 221-222.

② 胡壮麟《计算机符号学》，顾嘉祖、辛斌主编《符号与符号学新论》，东南大学出版社，2006年，第16页。

③ Nöth, Winfried, *Handbook of Semiotics*. Bloomington, IN: Indiana University Press, 1990, p.175.

梅耶—埃普勒提出了"交际中的（信息）反馈模式"，图示如下：

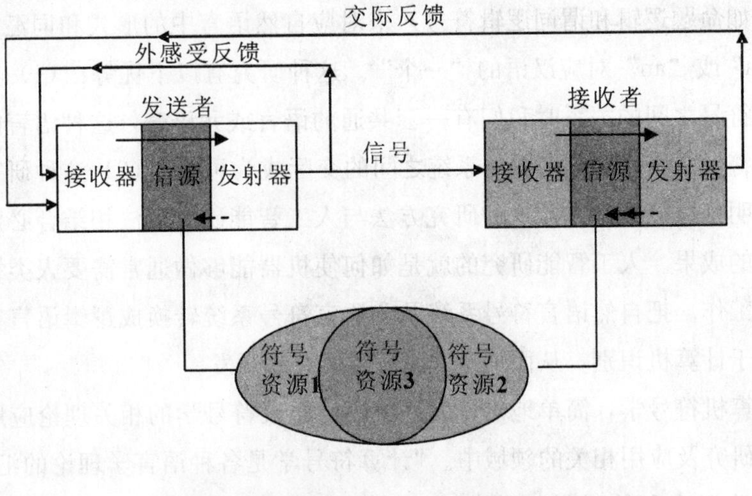

（注：虚线箭头表示的是本体感受反馈）

图2　梅耶—埃普勒的交际中的（信息）反馈模式[1]

图2表明，信息的生成或接收包括三个阶段：第一个阶段是神经编码，即将信息编码成可以通过我们的神经系统传递的信号；第二个阶段是生理编码，也就是说，神经信号被转换成能控制言语器官活动的生理信号；第三个阶段是结构编码，是具体言语生成或接受的阶段，包括发音活动的执行及人眼睛或耳朵里视觉或听觉符号的接收转换[2]。信息的最终确定还要受到发话者和受话者共有知识（或符号资源）的制约和限制[3]。

这三个阶段——神经编码、生理编码和结构编码在符号信息传递过程中起着什么样的作用？符号信息能否量化？信息和语言符号之间的关系如何？信息、交际和符号化过程之间又存在什么样的关系？这些问题的解决都需要借助于信息理论。通过信息理论解决这些问题必将促进符号学的进一步发展。

3. 从符号静态性研究走向符号动态性研究的发展趋向

"在科学技术发展的征程上，人类认识，以物理学革命叩开了20世纪的

---

① Nöth, Winfried, *Handbook of Semiotics*. Bloomington, IN: Indiana University Press, 1990, p. 179.

② Nöth, Winfried, *Handbook of Semiotics*. Bloomington, IN: Indiana University Press, 1990, p. 205. 另见李美霞《话语类型理论的延展与实践》，光明日报出版社，2010年，第191—192页。

③ 李美霞《话语类型理论的延展与实践》，光明日报出版社，2010年，第192页。

大门，人类知识在宏观和微观两极率先打开了新天地，科学技术进入了一个新的飞跃发展时期。"① 20 世纪初量子物理理论的产生，颠覆了人们传统的认知观。我们一般认为，外部的"客观世界"是独立于我们而存在的，这个世界不以人类的诞生而诞生，也不因人类的消亡而消亡。但是，量子理论的研究结果表明，客观世界并不客观，所谓的外在世界与观察者本体之间并没有一条清晰的分界线。我们眼前的世界之所以是这个样子，取决于我们的观察方式，而不是现象的本质；换言之，我们所观察到的宇宙，并不是宇宙本来的面目，而只是宇宙形式的可能性之一，而这种可能性的确定，是我们与宇宙进行互动的结果。由于光子的特殊形态，使得我们的观察方式变得尤为重要；量子理论中的激进派甚至认为所谓的过去和历史，也是由我们当前的观察状态所决定。这种特殊的认知观促使符号学家们重新审视符号过程的本质。莫儒勒总结了量子理论的四大特点，其中前两大特点是：（1）粒子（如光子）是作为一种可能性存在的，可以在同一时间出现在不同的地点；（2）作为可能性而存在的粒子，并不存在于普通的时空之中，只有当它与某物或某人发生互动时，它才在时空当中确定下来②。

根据量子理论观，莫儒勒认为符号过程的深层次部分发生在我们所能感知的时空之外，但正是这个不可感知的深层次符号过程，通过与另一方的互动，引发了在时空中可被感知和述说的各种符号现象。莫儒勒指出，符号学中传统的卡特森式的划分方法，即符号的二分法或三分法，都是基于一个我们习以为常的观念：符号天然就具有"指称"、"对应"和"表征"这三个部分，在我们之外存在着一个与我们无关的"客观世界"。而实际上，符号过程中不存在所谓的"指称"、"对应"、"表征"等部分，这样的划分已经默认了符号是静止不变的。其实，符号不是静止的符号，任何符号都是过程的符号，符号过程是一个连续的整体，这个连续的整体才是"真实"；人为的划分出几部分，通常只是人们为了方便自己的某种目的而刻意为之，并不是符号本身所固有的特征。

事实上，对于符号是否天然就具有"指称"、"对应"、"表征"等部分，

---

① 魏宏森、曾国屏《系统论》，世界图书出版公司，2009 年，第 1 页。

② Merrell, Floyd. *Living signs in a rigidly patterned world: how healthy can it be?* In Semiotica 147. 1/4, 2003, p. 114.

我们从 19 世纪末兴起的格式塔心理学（Gestalt Psychology）所提出的感知机制中也能找到最佳的答案。根据格式塔心理学，人类的感知经验是通过感知机制获得的。这些感知机制包括以下原则①：

（1）凸显－背景分离原则（figure－ground segregation）：指人类的感知能自动地将既定的场景分成凸显和背景结构。

（2）就近原则（principle of proximity）：指一个场景中，相互离得近的成分会被看成属于一个集体。

（3）关闭原则（principle of closure）：指一个场景中，共享视觉特征的实体会被看成属于一个集体。

（4）继续原则（principle of continuity）：指人类感知事物时偏向于持续性的图形。

（5）从小原则（principle of smallness）：指与大的物体相比，小的物体更容易被看成图形。

以上原则说明，我们所观察到的世界并不是客观的，而是受人的观察视角的影响。对于符号而言，符号所具有的"指称"、"对应"和"表征"这三部分就不是绑定的、僵化不变的，符号的"指称"、"对应"和"表征"会随着人的观察视角的变化而变化。因此，研究符号就不能把符号看成是固定的、一成不变的，而应把符号看成是动态的、变化的。只有采取这种动态研究视角，才能真正揭示符号的本质。事实上，21 世纪下半叶兴起的语篇研究、功能语言学、认知语言学以及多模态研究等就是语言符号研究从静态客观研究走向动态主观互动研究的结果。这些研究不但从理论上而且也从实践上拓宽了符号的研究范围，更重要的是揭示了符号的根本属性。

4. 从符号文化性的泛化研究走向符号文化性的内在研究发展趋势

当今西方符号学对人类文化的研究也出现了很多新的见解和理论模型。迪利通过符号学视角研究人类道德，并提出了符号道德学（semioethics）就是其中较典型的研究模型。他认为，人类是与其他动物截然不同的符号动物，人类看到的不仅仅是表面上有联系的物体之间的作用，更是超越了主体的物

---

① Evans, Vyayan & Melanie Green. *An Introduction to Cognitive Linguistics*. Edinburgh: Edinburgh University Press, 2006, pp. 65－67.

体间的关系，"符号即关系"。"关系"是不能依靠生物的感觉器官来体验的，而只能被人类的意识发现，正是这种发现"关系"的意识，体现出了人类独有的理解能力；也正是这种意识，使得人类世界区别于动物世界——一个只有物体间直接相互作用的世界。同样也是这样的意识，让人类永远无法摆脱一个概念——责任（responsibility）。人类可以意识到，一些符号的产生会伴随着我们对于另一些符号的依赖，因此，在每次决定做出某个行动之前（要实现的符号），人类会考虑这一行动的后果（伴随而生的对另一些符号的依赖）。这种考虑，便是道德的开始。人类为了在自然界中保护自我，延续生命，必须用责任来维系。因此，人类的符号学又是符号道德学①。

另一个值得一提的是瓦勒斯耐提出的动态符号层级理论。该理论阐释了动态符号层级机制如何控制人类思维，进而影响人类文化。瓦勒斯耐认为，人类的奇特之处在于自己创造了一个高度复杂的主观世界，但反过来人类又把这个主观世界当作客观实在，并在思想、行为上受到这个客观实在的制约②。这个过程如下图所示：

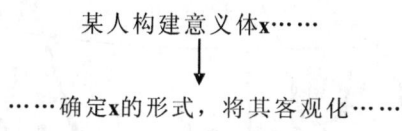

某人构建意义体x……

……确定x的形式，将其客观化……

……被客观化的意义体x演变为一个外部单位，它控制着该人的行为……

图3　瓦勒斯耐的动态符号层级理论③

到图3的最后一步，文化的概念就进入了人类的精神领域。

人类在头脑中不断地创造各种层次的符号调节机制，这种符号调节机制调节着人类与其所处即时环境的关系。这种调节的实现，主要通过两个手段，一是符号调节机制赋予人类外在行为（改变周围环境的行为）以意义，二是符号调节机制赋予人类内在行为（改变主观世界的行为）以意义。符号的约

①　Deely, John. *From semiosis to semioethics: the full vista of the action of signs*. In Sign Systems Studies 36. 2, 2008, p. 440.

②　Valsiner, Jaan. Semiotic autoregulation: dynamic sign hierarchies constraining the stream of consciousness. In *Sign Systems Studies* 35. 1/2, 2007, p. 120.

③　Valsiner, Jaan. Semiotic autoregulation: dynamic sign hierarchies constraining the stream of consciousness. In *Sign Systems Studies* 35. 1/2, 2007, p. 121.

束有三个层面：一是维持符号自身不变，二是维持与它们紧邻的下一层符号的稳定，三是中止进一步的意义产生过程。这种符号自身调节及跨级调节的关系如下图所示：

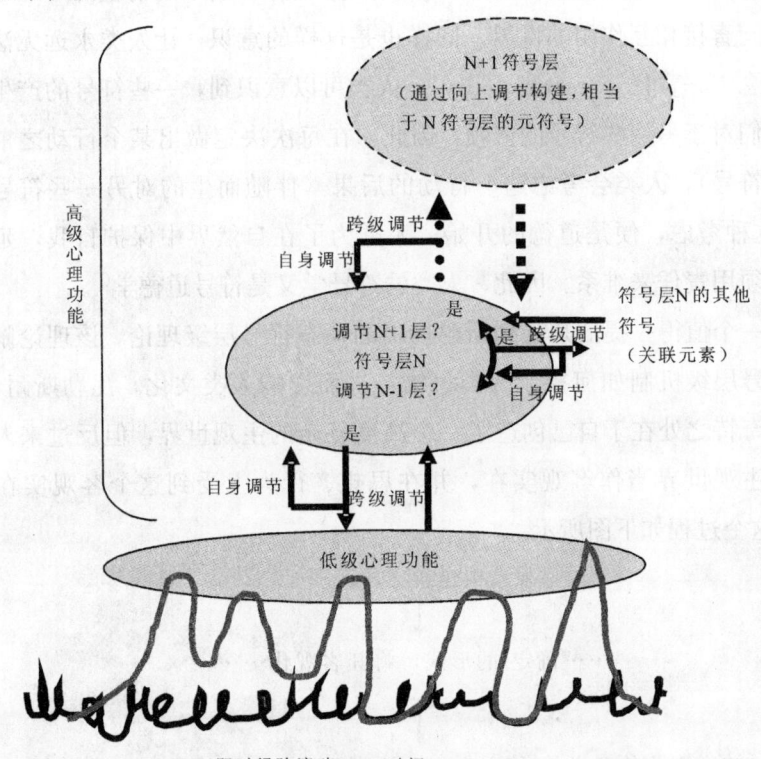

图4　动态变化的符号层级中的符号的自身调节和跨级调节运作流程①

以上研究具有以下特点：（1）从符号文化性的泛化研究转向符号文化性的具体研究；（2）从符号文化性的泛泛而谈转向符号文化性的内在研究；（3）从符号文化性的外围研究转向符号文化性的内在关系、功能及内部运作的研究。这种研究使符号从抽象的、笼统的、高高在上的理论概念逐渐过渡到具体的、可以触摸得到的、实实在在的符号，也使符号的文化性研究不但具有了理论依据，而且也具有了研究的方法及路径。

5. 从理论思辨走向实际应用的研究趋势

如何能让自然语言处理系统真正理解人类语言？这是长期以来一直困扰

---

① Valsiner, Jaan. Semiotic autoregulation: dynamic sign hierarchies constraining the stream of consciousness. In *Sign Systems Studies* 35. 1/2, 2007, p. 129.

研发者的一大难题。如今，符号学理论为这一问题的解决开辟了新的途径。以罗伊（Deb Roy）的研究为例。他提出"符号图式"概念，以期能以新的视角审视机器人学习人类语言的问题。他总结道，人类进行语言交际的基础，在于人类明白语言与现实世界的关系，并且有能力使用语言去支撑现实世界中的具体事物。可是，对于自然语言处理系统的开发，这个环节恰恰缺失了。罗伊称这一步为"固化"（grounding）。目前，关于自然语言处理的书籍，虽然揭示出非常丰富的数据结构和各种处理算法，但是在如何连接语义表征与外部世界这个问题上，讨论甚少。如果这个环节不能得到解决，那么自然语言处理系统就不能真正理解语义，也就不能更好地完成翻译、理解等复杂的语言处理任务。罗伊相信，语言能力是植根于非语言领域中的；要提高人工智能的语言能力，首先要提高人工智能的非语言认知能力，换言之，就是要提高人工智能的符号能力[①]。

在他的"符号图式"模型中，罗伊借用了皮尔斯的符号概念，并继承了皮尔斯对于符号的分类方法，进而对这些符号进行模拟，以适应不同传感器的接受。当智能系统接收到不同的符号后，会生成对于外界刺激不同的"信念"（beliefs），"信念"对于系统掌握语言与现实世界的关系十分重要。

当然，如何把符号学理论和人工智能以及自然语言处理等相联系依然是摆在我们人类面前的一项艰巨的任务，还需要我们不断尝试，不断创新，直至产出富有创造性的成果。

结　语

西方符号学思想的最新发展，深深地打上了西方自然科学飞速发展的烙印，集中体现为重实证、重动态、重结合、重应用等特点。随着符号学与其他学科的结合日益紧密，符号学的研究对象更加具体，也更需要其他学科的理论来解决符号学内部的问题；同时，传统的符号学理论也在很多前沿领域，如上文提到的自然语言处理系统，焕发出青春，为这些领域提供了新颖的理论角度。

---

① Roy，Deb. *Semiotic schemas：a framework for grounding language．In Artificial Language*，2005，p. 167.

此外，西方符号学研究者正开始把目光逐渐转向东方符号学，尤其是佛教符号学，通过研究比较以寻找启迪。例如，达梅托整理了佛教关于符号、认识论等知识。达梅托发现，佛教中"虚空"的符号观念与当今西方量子理论的认知观，虽然探讨方式不同，但是结论非常吻合①。这些有意义的发现，也在一定程度上拓宽了西方符号学的研究视野，丰富了西方符号学的理论宝库，促进了西方符号学的进一步发展。

作者简介：

李美霞，北京第二外国语学院英语学院教授、硕士生导师。lmx595@so-hu.com

权达，中国社会科学院国际合作局。

---

① D'Amato, Mario. *The semiotics of signlessness：A Buddhist doctrine of signs*. In Semiotica, 147. 1/4，2003.

武侠小说：被遮蔽的幻想性

孙金燕

摘　要：幻想小说是全世界普遍的叙述形式，但武侠小说却为中国所独有。充分展现幻想四大主要因素的武侠小说，在中国20世纪才出现。本质是幻想文学的武侠小说，基本上是与现实无涉的，而它在20世纪中国的地位节节攀升，直至知识分子对武侠小说的"庙堂"式认定，或许也正说明中国叙述艺术越来越幻想化。

关键词：武侠小说、侠客叙述、幻想性

自武侠研究开始进入研究者的日程，金庸武侠就是武侠小说中最大的赢家。其个案研究无论是数量还是质量，都远远超过其他武侠小说个案研究，甚至也超过武侠小说的整体研究。长期以来，研究界都将这种不均衡现象理所当然地归因于金庸对其作品的"精益求精"，这对于同样精益求精的文学研究来说，自然无可厚非。然而遗憾的是，这种现象其实已经在昭示一种长久深藏的"一体性"认知，那种将武侠小说与其他所有"侠客"叙述视为一体，锁于"善恶分明"、"好侠尚义"、"英雄崇拜"等关键词的定位，其实不仅限制了武侠小说的整体性研究，也将集大成者的金庸武侠小说研究推上了难以转身的窄路。更为重要的是，此种关照下的武侠小说研究无法体察武侠小说独独中国才有、并直到20世纪的现代中国才生成的事实，不能真正理解何以独独"金庸武侠"会自下而上成为"经典"，以及武侠小说在20世纪中国之

命运的复杂性及变化规律，更难以通过阐释它而达到认识现代中国的目的。

于是，准确划定"武侠小说"与其他涉及侠客的小说之间本来就必须分出的边界线，尤为重要。只有还原 20 世纪中国武侠小说的本质，才能借此深入其背后的巨大符号世界。

一

幻想小说是全世界普遍的叙述形式，但武侠小说却为中国所独有。

司马迁称："且缓急，人之所时有也。"（《史记·游侠列传》）在幻想中伸张正义是人类的共同需要，即使科学理性高度发展的时代，各类"幻想小说"（Fantasy）依然风靡全球。但即使同样属于侠义风格，欧洲骑士小说、美国牛仔小说、日本剑侠小说与中国武侠小说相比，写作境况却大为不同，毕竟，欧洲有过中世纪骑士，日本有过武士，美国也确有牛仔，而中国却从未有过"名正言顺"的侠客。

刘若愚 1967 年出版的《中国之侠》（*The Chinese Knight-Errant*）早已阐明这个观点。尽管他将"侠"译为"Knight-Errant"，但欧洲骑士（Knight）形成了一个特定的阶级，且是社会的支柱，更有宗教约束，而中国的"侠"（Knight-Errant）来自社会的各个阶层，是社会的破坏力量，无任何宗教信仰。此外，中国的侠与日本"武士"也极为不同："就'武士'而言，他们是特权阶层，旨在维护而不是反抗封建制度。其实，中国的'侠'倒和'浪人'比较相近，同'武士'相距较远"[①]。

现实处境的不同带来虚构叙述的距离。法国的《罗兰之歌》、德国的《尼伯龙根之歌》和西班牙的《熙德之歌》等等大都描写中世纪骑士的功绩和品格，其主人公不仅不可能是女人，而且出身高贵，如《亚瑟王之死》中的亚瑟和陶尔，亚瑟本是血统高贵的王子，于是唯有他才能轻而易举地拔起象征王权的石中剑；而生养于放牛人之家的陶尔特立独行，不事劳作却爱舞枪弄棒，原因在于他母亲带孕出嫁，生父是英勇善战的伯林诺王。日本的剑侠小说同样如此。在日本，佩剑是贵族身份的象征，漂亮但不实用。日本武士大多佩刀，只是日语中将"刀"（ナイフ）美称为"剑"，便有"剑侠小说"（ナ

① 刘若愚《中国之侠》，上海三联出版社，1991 年，第 193—208 页。

イト小说）的命名。日本剑侠小说中小山胜清的《日本剑侠宫本武藏》、吉川英治的《宫本武藏》，虽有夸大，但不能与事实上的宫本武藏完全脱节，小说中甚至会描写每年收入多少石粮食等，武士完成使命后便回家过日子，多生活化而少江湖气。

正由于中国始终没有形成叫做"侠客"的稳定的社会阶层或集团，社会上没有职业性的武士，只有打斗的宗派和帮伙，专业的只有受雇于统治者或豪门的打手、保镖，所以中国的武侠小说才另外建构了一个半民间半官方、与政治若即若离的叫做"江湖"的世界，供文人武官、盗贼乞丐、和尚道士、皇亲贵族以至聂隐娘、红线、练霓裳等女中豪杰浪迹其中作侠客。

二

充分展现幻想四大主要因素的武侠小说，在中国 20 世纪才出现。

从唐传奇的豪侠故事，到宋代的《梦粱录》、《醉翁谈录》将这类作品归于"朴刀"、"杆棒"项下，到清侠义小说，再到民国时期定一称《水浒》"为中国小说中铮铮者，遗武侠之模范"[1]，之后小草的《武侠鸳鸯》（《礼拜六》38 期，1915）、林纾《傅眉史》（《小说大观》第三集，1915）明确标为"武侠小说"，1921 年平襟亚主编的《武侠世界》月刊创刊，次年包天笑主编的《星期》周刊开辟了"武侠号"……如此一路走来，对于"武侠小说"，表面上似乎仅仅只是命名的不同，事实却远非如此简单。

武侠小说从本质上说是幻想小说。

小说是文学性的、叙述的虚构艺术，然而"虚构"只是它的框架，核心依然是"真实"与"非伪"，正如钱钟书所言："语之虚实与语之诚伪，相连而不相等，一而二焉。"[2] 也就是说，小说这个虚构的艺术是在构造"非伪"的世界，这个命题很悖论，但真诚地反映了小说的特性。小说虚构的世界（Fictional World）是一个个与我们的生存世界即真实世界（Real World）有

---

① 定一《水浒》，《新小说》（第十五号），小说丛话，1905 年。
② 钱钟书《管锥编》，北京三联书店，2007 年，第 166 页。

差异又有叠合的可能世界（Possible worlds）①，"虚构"的程度与"叠合"的程度密切相关。现实主义小说虚构的世界里，可能世界与真实世界叠合点多，拟真程度强，所以有"现实主义"之称；相比而言，幻想小说虚构的世界拟真程度低，便往往显得荒诞不经。

20 世纪的武侠小说所构造的世界，与现实世界的叠合点非常少。可以说，侠客"神话"已经注定只能在现代中国才能实现，是 20 世纪的现实即现代文明成就了武侠小说，因为"侠客"在"现实"中已不再可能出现。这从其几个重要的形式要素中即可看出：

首先，如上文所说，表现在关于半民间半官方、与政治若即若离的"江湖世界"的幻设。

其二，非近代的古典中国时空。

20 世纪前的侠义小说大多貌似写"当朝"之事，有"实事记录"之嫌，武侠小说却在时间上给出充分的幻想空间。

唐传奇中侠客题材作品如《虬髯客传》、《聂隐娘》、《红线》、《昆仑奴》、《谢小娥传》等，莫不有明确的时间线索，表明是唐人写唐代故事。如《虬髯客传》是从隋末到贞元年间，《聂隐娘》是从贞元到开成年间等等。晚清小说《儿女英雄传》是满洲镶红旗费莫氏文康描写康雍盛世满八旗人故事。《施公案》写清康熙年间官员施世纶，且在《序》中说："采其实事数十条，表而出之，使天下后世知施公之为人，且使为官者知以施公为法也。"②

20 世纪的武侠小说，固然有平江不肖生的《近代侠义英雄传》中大刀王五、霍元甲、赵玉堂、山西老董、农劲荪等历史上确有其人；文公直参照历史上于谦事迹撰写《碧血丹心大侠传》；梁羽生的《龙虎斗京华》、《草莽龙蛇传》以近代义和拳运动为背景，但绝大多数的武侠小说是将时间锁定在中国的"现代"之前，却又是避开"当时现实"的"伪历史小说"。金庸小说的武侠世界，除了《越女剑》，全部作品锁定 17 世纪前的中国，大部分在明清，部分在宋元。台湾武侠小说除独孤红将作品时间背景绝大部分设在明清之外，卧龙生、诸葛青云、上官鼎都会刻意模糊故事发生年代。古龙前期武侠小说

---

① 莱布尼茨首先提出可能世界理论，认为在上帝的心中有无穷多的可能世界作为思维而存在着，在所有这些可能世界中，只有一个是实现的，即所有可能世界中最好的一个。这个享有特权的世界就是我们居住在其中的世界。没有被上帝选中的世界是可能被选中因而行得通的世界——"ways that the actual world might be but not"。

② 佚名《施公案》，北京宝文堂排印本，1982 年，第 2 页。

有时间标示，第一部武侠小说《苍穹神剑》涉及康雍年间的王位之争，"求新求变求突破"之后，他甚至根本不在意故事应该发生的时间，可以是现代之前任何年代的某月某日。一来如同武侠小说的资深研究者所言："武侠小说如果要写历史，必然是'戏说历史'，与其戏说，还不如从具体的历史中超脱出来，表现一种更为抽象的历史意识，亦即对民族传统文化的回顾与反思。"[①]二来不名时代，罔顾历史，便可以尽情幻设。

其三，非热兵器的可修之神功。

侠客叙述不可能不涉及"武器"叙述。20世纪前的侠义小说中侠客都使用"当时"的兵器，武侠小说却只能避开20世纪兵器。

侠义小说都热衷于能展现个人能量与英雄气的冷兵器，欧洲骑士小说、英国的罗宾汉故事、美国牛仔小说、日本剑侠小说莫不如此。中国的唐传奇、宋元话本豪侠故事、明清侠义公案小说，均为冷兵器时代书写冷兵器时代故事，兵器自然也非冷兵器莫属，即使《七剑十三侠》、《仙侠五花剑》中的仙佛式侠客用的杀人千里之外的法术，也都是靠飞剑法宝来完成。

20世纪的现代社会，热兵器提供了远距离优势，好比"暗器"，毕竟算不得英雄，个体的格斗能力也难以体现。武侠小说只能避开20世纪的现代文明，在"非现实"的刀剑世界落脚。20世纪20至40年代的旧派武侠小说自不必说，第二次世界大战后出现的新派武侠小说亦是如此。金庸小说固然常写炸药，但用法简单，相当于土炮。《笑傲江湖》带定时装置的炸药，最后也没用上，而写到西洋人设计大炮的《鹿鼎记》则是金庸的封笔之作。古龙一生创作七十多部武侠小说，武器最著名者莫过于"小李飞刀"，"七种武器"系列是从"长生剑"、"碧玉刀"、"孔雀翎"、"多情环"、"霸王枪"、"离别钩"写到《拳头》，唯一一部写大都市黑帮与枪手的动作小说《绝不低头》，主人公黑豹的兵器也不过是一串可以作为飞镖使用的钥匙。尽管这些冷兵器大多具有类似于热兵器的能力，如段誉"六脉神剑"的威力绝不亚于现代激光，但其形式依然是避开20世纪"现实"的冷兵器。

其四，非官方的暴力正义伸张。

20世纪前的侠客小说中，"江湖"依然笼罩在"庙堂"之下，暴力权力未"下放"至民间。明清侠义公案小说，终归统摄、服务于"一大僚"，民间

---

① 吕进、韩云波《金庸"反武侠"与武侠小说的文类命运》，《文艺研究》2002年第2期，第71页。

的个人英雄气质难以彰显，如展昭并不满意被封"御猫"一事："兄台再休提那封职。小弟其实不愿意。似乎你我兄弟疏散惯了，寻山觅水，何等的潇洒。今一旦为官羁绊，反觉心中不能畅快，实实出于不得已也。"（《七侠五义》第二十九回）金圣叹删去原《水浒》七十一回以后的章节，变第一回为楔子，成为七十回本，且另造了一个"惊噩梦"的结局，即卢俊义梦见知州"嵇叔夜"击溃梁山队伍，并杀绝起义者一百零八人，被鲁迅评价道："单是截去《水浒》的后小半，梦想有一个'嵇叔夜'来杀尽宋江们，也就昏庸得可以。虽说因为痛恨流寇的缘故，但他是究竟近于官绅的。"① 所以侠客叙述在 20 世纪前的中国，仍然难脱现实。

20 世纪的武侠小说，推崇个人英雄，组织私人社团，实行民间正义，与"庙堂"渐行渐远。在武侠小说从不回避的"复仇"叙述模式里，江湖的恩怨仇杀，家国意识淡化，民间色彩上升。且不说"是本分，是侠之小者"式的行侠仗义、济人困厄，即使涉及"反清复明"、夷夏之争、反抗异族侵略等主题，捍卫民族大义的"为国为民，侠之大者"也大多出于纯民间的个人自发行为。如金庸《射雕英雄传》中守襄阳之役，当时襄阳有最高长官吕文德，郭靖助守襄阳，非受朝廷委托，身处幕后却是真正的主角。在喜欢将历史背景引入武侠小说的朱贞木、梁羽生等笔下，也都莫不如此。

于是，不难理解何以当侠客企图与现实并轨的时候，也就是侠客开始落落寡欢于平庸人间的开始。早先有《儒林外史》以伪侠张铁臂以及凤四老爹（以侠客甘凤池为原型）、萧云仙等"现实"中不得志的侠客，解构了其中明清侠义小说中的诗性叙事。

从以上几点即可看出，20 世纪的武侠小说，其四大核心形式因素——半政治半民间的江湖世界的幻设、历史时空设定、武器使用的非"现实"、暴力权力民间化的实现——定位了武侠小说的幻想性质。尽管"侠"在中国独树一帜，但侠客神话却注定只能在现代中国才能实现，因为"侠客"在 20 世纪的中国"现实"即现代文明中已不再可能。

由此反观，可以对一个有意思的事件给出一个行得通的解释。1923 年 1 月和 6 月，平江不肖生的《江湖奇侠传》和《近代侠义英雄传》，分别于《红》杂志和《侦探世界》同时连载。旨在"为近二十年来的侠义英雄写照"，

---

① 鲁迅《谈金圣叹》，《南腔北调集》，人民文学出版社，1973 年，第 94 页

以近在眼前的"事实"表现民族革命观念与爱国主义精神主体意识的新型武侠小说《近代侠义英雄传》，登在当时具有文体实验性质的先锋刊物《侦探世界》上，却并未受到应有的欢迎。同样的命运也发生在他于20世纪40年代写的《奇人杜心五》和《革命野史》上。反倒是《江湖奇侠传》将时间抛向"反清复明"，方便了武侠民间性和江湖化回归的进行，从而掀起武侠小说阅读的狂潮、成为平江不肖生武侠小说的代表作，便不是个简单的意外了。

对象不在场，便可以天马行空地幻想。在充分展示侠客神话的同时，武侠小说也在提供一个巨大的符号世界。

三

本质是幻想文学的武侠小说，基本上是与现实无涉的。它类似于西方的科幻小说，都主要是供在现实中不得志的人沉醉其中。而知识分子对武侠小说的"庙堂"式认定，或许也正说明中国叙述艺术越来越幻想化。

侠客叙述在20世纪前的中国受到种种限制，尤其是受到儒家思想的控制和清理，一直以民间话语姿态"在野"。虽有金圣叹改写《水浒》在先，俞椒改编清侠义公案小说《三侠五义》在后，但文人士子想以此种"援据史传，订正俗说，改头换面，耳目一新"① 的方式，企图使其得以"收编"进入主流文化，在以儒家为正统的中国实属难事。但在20世纪的现代中国，武侠小说从阅读热到批评热，已逐渐从边缘文类跨入经典之列。

武侠小说在20世纪20至40年代极为兴盛。据魏绍昌编《鸳鸯蝴蝶派研究资料》统计，在当时发表的通俗小说作品中，武侠小说数量最多，影响最大。郑逸梅曾写到："近年来小说更如雨后春笋，陆续出版，读者们大都喜欢读武侠小说，据友人熟知图书馆情形的说，那个付诸劫灰的东方图书馆中，备有不肖生的江湖奇侠传，阅的人多，不久便书页破烂，字迹模糊，不能再阅了，由馆中再备一部，但是不久又破烂模糊了。所以直到'一二·八'之役，这部书已购到十有四次。武侠小说的吸引力，多么可惊咧。"② 即使抗战时期，北派武侠小说也在华北沦陷区发展得如火如荼。

---

① 俞樾《重编〈七侠五义传〉序》，《七侠五义》，北京宝文堂书店，1980年。
② 郑逸梅《武侠小说的通病》，苗和师、范伯群编《鸳鸯蝴蝶派文学资料（上）》，福建人民出版社，1984年，第135页。

抗战时期，还珠楼主的《蜀山剑侠传》继续续写；宫白羽的成名作《十二金钱镖》写于 1938 年，随后陆续写作《联镖记》、《武林争雄记》、《偷拳》等；郑证因的《鹰爪王》写于 1941 年，之后还有"鹰爪王系列"；王度庐自 1938 年而后写有"鹤铁系列"（《鹤惊昆仑》、《宝剑金钗》、《剑气珠光》、《卧虎藏龙》、《铁骑银屏》）。这一时期，北派武侠小说家的代表作纷纷出世。华北地区沦陷多年，武侠小说所支付的只是"精武救国"招牌以及"曲线救国"的幻想。也就是说，武侠小说是与中国的现实无涉的，而在想象中以暴抗暴，自我聊慰与疗伤，国人如此强的自我符号能力，实在太值得玩味与思考了。

20 世纪 70 年代末至当下，港台武侠小说开始进入大陆。不久，50 年代初被查禁的民国武侠小说也先后开禁。武侠小说受到青年人的追捧[1]，同时进入知识分子的阅读与批评视野。随着 1994 年，金庸最终结束了匿名流行的漫长历程而开始了具名、命名的接受过程[2]，武侠小说地位扶摇直上。而 2006 年，陶东风批判从武侠小说发展而来的玄幻小说为"装神弄鬼"，或许已在给出一种提示。该文深究玄幻小说流行的文化原因，将其归纳道："以犬儒主义和虚无主义为内核的一种想象力的畸形发挥，是人类的创造能量在现实中不可能得到实现、同时也没有正确的价值观引导的情况下的一种疯疯癫癫状态。……在一个现实溃烂、未来渺茫的时代，在人们因为长期失望而干脆不抱希望的时代，在一个因为价值世界长期颠倒以至于人们干脆不知道什么是正确的价值，彻底丧失了价值缺失的痛苦的时代，犬儒主义就会以一种装神弄鬼的方式表现出来。让我们严肃地思考一下吧：我们已经进入了这样的时代么？"[3]

---

① 青年读者一直在"金庸现象"中扮演着重要角色，孔庆东在《笑书神侠 北大醉侠遭遇金庸》中曾说道："我和其他同学向钱理群这位以严肃著称的导师推荐金庸。我们夸张地说，不读金庸就等于不懂得一半的中国文学。"此外，戴锦华也在其《书写文化英雄》中提到："当我们关注 20 世纪最后 30 年激变中的当代中国，关注文化舞台上众声喧哗的剧目更迭时，我们间或完全忽视了此间港台文化——金庸、古龙、梁羽生、琼瑶、三毛、邓丽君、徐克、吴宇森等以作为历史文化断层处的填充物，悄然喂养出人数众多的中国大陆青少年群，一如 50—70 年代，在社会主义现实主义、工农兵文艺之'外'，19 世纪欧美文学艺术喂养着成长于这一时期的当代中国人，并且同样经历历史的变迁，呈现着一次'主流/边缘、具名/匿名'间的位移与互换过程。"

② 1994 年，北大教授严家炎给本科生正式开讲金庸，同时北京大学授予金庸荣誉法学教授头衔；北京师范大学王一川教授主编的《20 世纪文学大师文库》将金庸排在第四位，名列鲁迅、沈从文、巴金之后；三联书店隆重推出《金庸作品集》。

③ 陶东风《中国文学已经进入装神弄鬼时代？——由"玄幻小说"引发的一点联想》，《当代文坛》2006 年第 5 期，第 11 页。

这个关于现实已经进入什么样的时代的提问，或许是我们都无法逃避的问题。作为一种边缘文类、与现实无涉的武侠小说，在 20 世纪的中国历经坎坷乃至在 90 年代升温至文学经典，是否昭示着中国叙述艺术越来越脱离现实而趋于幻想化呢？

作者简介：

孙金燕，四川大学文学与新闻学院。08yan08@163.com

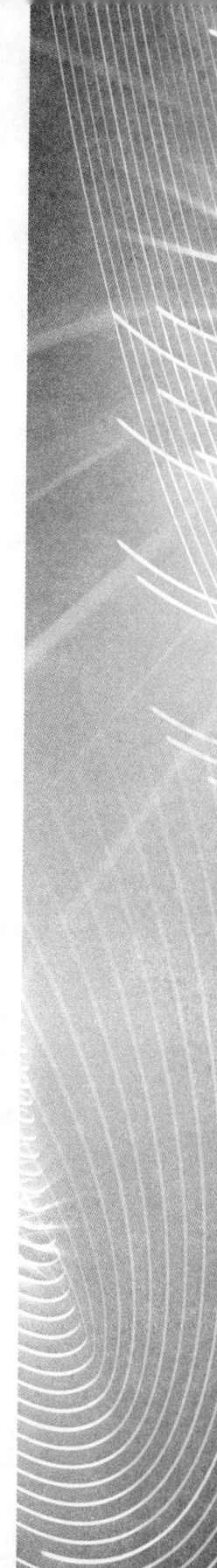

理论辨义互动：中国与西方

中国学者评说

［编者按］艾柯曾为其《符号学与语言哲学》英文版 *Semiotics and the Philosophy of Language* 专门多写了两章，亦即该书第六章 Isotope 与第七章 Mirror。其中，第七章涉及了符号学理论中一些重大的关键性问题，引起了中国学者李幼蒸的反驳，而赵毅衡在此的论述，则进一步进入了问题的纵深。该书中译本（百花文艺出版社，2006）缺此二章。

"艾柯七条"：与艾柯论辩镜像符号

赵毅衡

艾柯这一在中国"失落的文本"，意义至关重大。艾柯说镜像不是符号，是为了证明他对符号的种种根本品质的论辩。而"什么是符号"是符号学的起点，所以我们不得不做一些可能有些人会觉得过于仔细的论辩。大而化之的学风虽然高屋建瓴、气派幽眇，但是仔细讨论也可以有益于学术，公孙龙、玄奘、苏格拉底都是不惮细辩者。或许读者诸君能谅解人性的这种自然倾向。

艾柯为辩论镜像不是符号，提出了关于符号的七条定义。他认为镜像（指自我镜像）不符合其中任何一条，因此镜像不是符号①。艾柯的讨论相当详细，而且从镜像一步步推演到哈哈镜、彩虹、照相、电影、现场电视转播等镜子的延伸变形。他论辩说，镜像不能算符号有七个原因，但是在其他镜像变形中，这些非符号的条件一步步消失，成为符号。对艾柯七点，李幼蒸

---

① Umberto Eco, *Semiotics and the Philosophy of Language*, Bloomington：Indiana Univ Press，1984，pp. 214—217。注意艾柯的这个讨论，仅出现于他为此书英文版特别加写的两章，中文本《符号学与语言哲学》（百花文艺出版社，2006年），是从意大利文本直译，丢落了这重要的两章。

作了详细反驳①。这个讨论不仅局限于镜像，而且牵涉到符号的基本品质，符号学家们的分歧如此之大，很令人惊奇，值得详细引述并细辨。下面笔者逐条辨析"艾柯七条定义"与李幼蒸的反驳意见，并附上笔者的理解。

符号表意有一个根本性的大难题，至今没有结论，即符号表意的"对象"究竟是个体还是概念或类型？索绪尔认为"所指"必然是个概念，不可能是一个具体的个体。皮尔斯把符号分成三种：质符（qualisign）、单符（sinsign）、型符（legisign）。质符大致相当于我们说的"符号载体"，是符号感知，后来皮尔斯改成"质调符"（tone）；单符是符号的每次出现，后来改称为"个别符"（token）；型符是指向概念的符号，后来改称"类型符"（type）。例如，在本书中，"符号"这个词用了好多遍，每一次出现，都是一个单符或个别符，但它们都是同一个型符或类型符（即"符号"此词的对象）。如果同属一个型符的单符完全一样，例如"符号"这个词每次的写法相同，就成为一个"副本"（replica）。"副本"与前面说的"重复"（double）的不同之处在于：副本是指向同一个对象的不同符号，作为"质符"可以外形不同，作为"单符"却相同，例如 THE、The、the，因此"重复"与"单符"、"个别符"（token）同义②；而重复是从外表到意指完全相同，例如一幅画制成的上万张印刷品，互相可以替代③。一句话，副本的外形不一定重复，而重复是在感知上完全一样，例如工厂生产出来的上千辆吉普车，或是生产线上的工人，可以是同一重复。重复之间的关系，并非符号关系。

皮尔斯一再说："所有的常规符号都是型符。"他的意思是，符号的意义必然指向一个类型、一个集合："它不是一个单独的对象，而是一个普遍的类型。"他又说："作为一个符号，型符也必须在一个存在的东西里具体出现。但是，具体化的过程不影响符号的特征。"④

这是不是说所有的"单符"（sinsign）都只是型符（legisign）的特例⑤？是否所有的个别符（token）只是假象，一旦被认识、被理解，就只可能是类

---

① 李幼蒸《理论符号学导论》，中国人民大学出版社，2007 年第 3 版，第 541—543 页。

② "The Replica is a Sinsign", Charles Sanders Peirce, *Collected Papers*, Cambridge Mass: Harvard Univ Press, 1931—1958, vol 2, p. 246.

③ 有的论家认为印刷造成的重复因为指的是同一个"底片"，所以是"副本"（replica）。此说有点勉强，印刷品的对象并不是底片。见 Winfred Noth, *Handbook of Semiotics*, Bloomington: Indiana Univ Press, 1990, p. 461.

④ 科尼利斯·瓦尔《皮尔斯》，中华书局，2003 年，第 103 页。

⑤ Winfried Noth, *Handbook of Semiotics*, Bloomington: Indiana Univ Press, 1995, p. 44.

型符（type）？甚至反过来，先有类型，然后才有符号？皮尔斯其实没有说得如此干脆。

但艾柯在讨论符号定义时，就把这个问题说得非常绝对。

艾柯的第一条："前件有在场并可感知的潜力，后件通常不在场。"艾柯用"前件"、"后件"来代替能指/所指这个术语：前件必须可知觉，后件必须不在场，不然符号过程就失去动力。"不在场"问题是复杂的：火是烟的物理成因，此时两者并不是符号关系；烟指向了火，这才是符号关系。因此，意指关系中的火，依然是"后件"。艾柯的术语"前后件"，在符号学范围内是行得通的，只是物理因与意指对象的区分比较细腻，容易引起误会，因此他自己也没有坚持把这对术语用下去。

艾柯认为镜像的"指称物"不可能不在场，镜像是"两个在场之间的关系"，因此，他认为镜像不是符号。参考上面关于烟与火关系的说明，笔者认为镜像的物理成因，与镜像的意指对象，虽然是同一个"我"，但在符号学上是不同的。只是镜像的符指时空接近到距离几乎消失，让人觉得似乎符号与其对象同时在场，其实不然，镜像的解释（也就是对象可内化的意义本质，而不是其物理存在）依然不在场。

艾柯的第二条："因此，前件可以（may be）无后件单独产生。"艾柯的例子是化学品冒烟，实际上没有火。而镜像不可能没有后件，因此镜像不是符号。要说明的是，"可以无后件"不是符号的必然条件，只是符号有此潜力而已。

艾柯的第三条："符号可以用来撒谎：前件无需后件作为其必要或有效的原因，只是假定由后件造成"；而镜像不然，"我们可以制造假镜像（可能艾柯想到了魔术中常用镜子），但是无法'使用与通过'（with and through）镜像撒谎"。艾柯这一说法，是坚持他对符号学的"撒谎学"定义。

李幼蒸拒绝讨论这一条，他说："说谎功能问题，可以不在符号学理论中讨论。"[①] 符号学既然是"意义学"，的确无法回避"诚意"、"真相"这些有关意义的重大问题。艾柯说镜像不能撒谎，可能是过于恭维镜像了。镜像完全可能误导，上过服装店穿衣镜之当的朋友，请站出来作证。艾柯在此章后文中讨论到"扭曲镜像"、"遮蔽镜像"等，认为这些镜像已经开始有"符号过程性"（semiosic）。笔者认为仅仅镜像的"文本"本身，很难说是不是

---

① 李幼蒸《理论符号学导论》，中国人民大学出版社，2007年第3版，第543页。

"使用与通过"镜像撒谎。例如，艾柯自己也认为摄影是"凝冻"的镜像，如果摄影可以造假，镜像一样可以造假。摄影只是时空距离延伸的镜像：在前后件的关系上，两者相同。巴尔特就曾经指出："摄影的研究不能深化，原因在于他就明明白白地摆在那里……这种确定性是至高无上的……除非你能像我证明，这张图像'不是'照片。"①

艾柯的第四条："前件主要不是与一事态相连，而与多少一般性的内容相连。在每个意指系统中，前件所传达的后件仅为一个可能诸多后件的类群（a class）。"而镜像的指称却是个别的。

艾柯的第五条："符号本身是非物质的，是两个命题之间的蕴涵关系，也就是一前件类型与一后件类型相连的法则。符号关系存在于类型（type）之间，而不存在于个别（token）之间。"而镜像"只在两个个别物之间建立关系"，因此不是符号。

艾柯的第六条："符号是两个类型者间的关系，使符号独立于生成或传达符号的实际的渠道或介质。"例如烟到底是什么样的烟，与"有烟必有火"无关。而镜像不能独立于其唯一的渠道即镜子。艾柯混用"渠道"、"媒介"二词，他在这里讨论的，本文称为"媒介"。艾柯说的"各种烟"不是媒介问题，而是文本形式问题。类型符（例如苹果），超出作为符号的某个特殊苹果这一文本形式（例如我手里某种色彩的苹果）之上。

艾柯以上这三条说的是同一个问题，即本节讨论的关键点——符号意指的"类型性"。李幼蒸的反驳是，类型或是型例都可以是符号，两个单独的个别符（token）之间也可以发生意指关系，例如中国古代军事指挥上远距离传令用的"虎符"。李幼蒸还认为符号"是否独立于其介质，不是符号的必要条件"。类型问题将在第七条之后集中讨论。

艾柯的第七条："一表达的内容可以被解释。"这是符号的基本定义。艾柯引用皮尔斯"解释不仅提供了表达的内容，而且用自己的方式给我提供了更多信息"这一观点。这显然是皮尔斯的解释项与无限衍义的起点。艾柯这一说法是绝对正确的。解释是符号的关键，没有解释不成其为符号。但是，艾柯接着说"镜像不能被解释……至多是它的对象可以解释"，却叫人很纳闷——解释项不是仅解释符号文本，解释项解释的是符号与对象的关系。用艾柯自己的例子：符号是烟，对象是火，解释项是火灾。正因为解释项针对符

---

① 罗兰·巴尔特《明室》，文化艺术出版社，2003年，第168页。

号与对象的关系，因此接收者可能上当（例如把消防演习的烟当做真的火灾）。

回过来看，镜像与其对象，都具有可解释性（interpretability），这是看镜子的目的。例如，我很可能对着镜像中的自己惊叹："我怎么成了这个模样！"因为我由镜像了解了一些我不了解的自己，"我"在照镜子之前虽然在场，但是"对象我"及其解释项并不在场。既然我的照片、我的日记、我的重量、我的血压脉搏、我的胆固醇高度，对于我都具有"可解释性"，那么，我的镜像对我也具有"可解释性"。《红楼梦》中黛玉照镜，"自羡压倒桃花……却不知病由此萌"；贾瑞照镜，目的就是想找出他相思病的原因，结果他了解到的自己实在太多，以至于一命呜呼。林黛玉看到的是"真镜像"，贾瑞看到的是幻象（谎言镜像），都引出特殊解释。看来，对镜像意义之复杂，曹雪芹了解得比艾柯多。

"艾柯七条"的核心问题是第四、五、六条，都是谈符号意义的"类型性"问题：即符号的解释究竟可以是个别的，还是必然是类型的？是可以具体的，还是必然是概念的？艾柯坚持说：符号指的是"两个命题之间的蕴涵关系"[1]。关于艾柯的"类型论"，索绪尔说所指是社会性的"集体概念"，即柏拉图式的理念，皮尔斯强调符号意义的类型，即"每一张画不论其方法是如何约定的，在本质上都是种类的表象"[2]。

艾柯关于"符号必然是类型"的讨论，的确可以在皮尔斯和索绪尔哪里找到起源，这是符号学两位奠基者不多的意见相合处之一。他们的看法影响深远，直到今天，讨论符号"资格"的学者依然持此标准："视像与语象，都必须能描写事物的基型（protoptype）或原型（archetype）；正因为与基型有这样的联系，他们才能够互相替代。"[3] 艾柯讨论个别符与类型符的关系，落实到镜像上，就可以仔细分辨。

艾柯认为"类型"超出符号的个别性，镜子照见的是个别物，不是类型。但是镜像经常是类型，例如从后视镜看到一辆警车追上来，你就知道自己超速被抓住了。如果仅谈自我镜像——我揽镜自照（或者看到我自己的照片）

---

① 转引自李幼蒸《理论符号学导论》，中国人民大学出版社，2004年，第541页。

② Charles Sanders Peirce, *Collected Papers*, Cambridge Mass: Harvard Univ Press, 1931－1958, vol 2, p. 228.

③ Valerii Lepakhim, "Basic Types of Correlation Between Text and Icon, Between Verbal and Visual Icons", *Literature and Theology*, March 2006, p. 28.

看到的是我自己，也可以看到"人"这个类型。李幼蒸说"一时一地的个体亦为该个体（原型）身份的型例"①，就是说某个特定时空中的存在，是该存在物的特例。"亦为"这个词是关键，此地此刻的我是"个体"，也是"原型"身份（即"一种人"，或"人"，或更大规模的原型）的一个型例。符号本身不可能决定自身是否为个别符或类型符，它只可能被解释出"个别性"或"类型性"，而解释不仅取决于"意指关系"，也取决于接收者个人以及文化语境。

例如我送一位来访的朋友，一辆汽车驶过小区花园的窄道，我看到的是我的邻居买了一辆跑车，全身"璀璨金"。我心里想的是，这位邻居要出行，我没有必要也没有能力把这件事看作为一个原型。而我旁边这位朋友，是汽车发烧友，他马上注意到这是一辆进口兰博基尼。他看到的不是一辆车，而是一种车，他看到的是个"副本"（replica）。

再例如著名肖像画《红衣主教利歇留》（Portrait of Cardinal Richelieu，1637）对于熟悉法国史的人是指一个特定的人物，对于其他人可能指类型"一位主教"；家里放一盆花可能表示"喜欢这株花"，也可能表示"喜欢这种花"，或表示"热爱大自然"；敬一个礼可能表示尊敬对方，也可能表达"尊重权威"。

大多数人的名字，就像身份证号码，只能代表自己，对于任何接收者都是一个个别符。但是，名字本身不会永远处在个别符状态中。首先，某些名字的成分很可能是类型：姓氏可以被了解这种语言或文化的接收者看成一个类型符，某些姓氏有特殊色彩。名字的类型化更有可能。西方人的名字对于西方人往往是个类型符（大多数人取名于百位圣徒），虽然圣徒名对于个人是空的，例如生个男孩叫"保罗"，与其他叫保罗的人没有共同点，与圣徒保罗没有多大关系②。但是我们从中可以知道他们父母或这个社会的宗教倾向，此时就不再是个别符。中国人的名字，父母取得用心，往往是个别符；取得随大流则为时代类型符；取得出格则是父母希望类型。外国人却不知道其中的类型意义。

绰号可以说是最典型的个别符与类型符的转换。绰号的产生，是非"法定"的，其取名极其自由，经常非常类型化，如"芦柴棒"、"卷毛"、"犟

---

① 李幼蒸《理论符号学导论》，中国人民大学出版社，2004年，第542页。

② Thomas Sebeok, *Sign：An Introducytion to Semiotics*, Bloomington：Indiana Univ Press, 2001, p. 60.

牛"，英文中也有类似的，如 Matchstick、Curl、Bulldog 等，我们很容易明白是什么意思，但是如果不与对象个人结合，就只是类型形容词。一旦群体反复使用，就获得了特指意义，例如国民党高官之间，背后称蒋介石为"老头子"，许多美国人称艾森豪威尔为"艾克"。文学作品读者都知道，"豹子头"只指一个特别的人物，但"及时雨"就可能成为一个类型名称，例如现在成为很多服务公司的名字。很多人用网名，达到完全隐身的目的，因为超出一定的群体，他的网名只能泛指，例如网名"不饶恕者"只能是类型。可见，究竟名字或绰号是类型符还是个别符，取决于解释语境与接收者能力元语言[1]，无法一概而论。艾柯也承认，镜像与人名在符号学上非常类似。

可以说，所有的个别符，包括名字或绰号，在群体的社会使用中，会渐渐变成类型符。所以，有些学者在讨论"为什么于丹是个符号"，恐怕他们用错了术语，因为任何名字都是符号，"于丹"也是。只是这名字原先是个别符，只意指她一个人；群体使用后，成为"某一种人"。那一批学者真正想讨论的是，"为什么于丹成为类型符"。

在手抄本时代，每本书都是个别符，因为很可能是异文；刻板印刷术发明后，每本印刷的书，从定义上说就是一个类型符的副本。文学史专家看到手抄本如获至宝，至少有特殊的流传消息，可以用作版本校雠对照。"每一个抄本和版本，都是一场独一无二具有历史性和时间性的表演，参加表演的有抄写者、编辑者、评点者、刻板者和藏书家，他们一个个在文本上留下了他们的痕迹，从而改变了文本。"[2] 现代书籍出版，使"每个单符都是型符"，但例外依然可能出现，收藏家津津乐道的"双名人题签本"（名人作者题赠名人朋友）就是个别符，不可能是类型符。

商品限量版的经营策略，就是朝个别符演化。"名牌"或者"普通名牌"这个类型符，不足以满足高端消费者的心理期待，要用限量版、签字版、编号版，成为"个别符号"。这种"个别化"在当代很常见：电影演出班子中的明星，有单独的化妆师伺候；足球队的大牌球星穿 7 号或 10 号球衣；名人观众坐包厢，或坐前排。

---

① Giovanni Maddalena, "Peirce, Proper Names, and Nicknames", *Semiotics and Philosophy in Charles Sanders Peirce*, (ed) Rossella Fabbrichesi and Susanna Marietti, Newcastle: Cambridge Scholars Press, 2006, pp. 22—34.

② 田晓菲《尘几录》，中华书局，2007 年。这段引文借用 2009 届符号学班学生彭佳在《符号学论坛》上的帖子。

因此，一个符号是类型符还是个别符，取决于解释者如何解释它们与其他符号之间的关系，是一个"符号间性"（intersemiosity）问题①。在商品社会中，可以断定绝大部分商品是类型符号的严格意义重复，这就是为什么富商要用大价钱买一个特殊车牌号码，因为他不甘心与大众共享一个类型符号。

当代社会能指的个别性大幅度降低，女性的"深度类型化"已经让女性主义者深恶痛绝。她们更愤怒的是女性自己对类型化过于热衷，费尽心机往类型上靠②。因此，对类型符还是个别符的理解，取决于我们对文化的了解，以及我们对文化问题的敏感程度。

西方论者大多持"符号必为类型符"说，这是西方哲学关于"理念"的强大传统使然。也可以说，意义必须归到社会类型才能得到理解。但是，范畴化只是符号化的方式之一，但是上面所举的许多例子证明：范畴化不一定是意义必然具有的，意义的个别化，不仅是可能的，还是经常可见的。

皮尔斯把符号分成"质符、单符、型符"三种，认为所有的符号最后都将成为型符，三阶段中的前两者不可能单独存在，只可能是符号解释起始于中间阶段，而符号解释的本质必然是从感知的个别性推进到意义的规律性。艾柯首先讨论了关于拉康的"镜像阶段"，关于这个题目学界说得已经太多了。正因为自我镜像是符号，才出现自我的这种分裂，即自我的镜像携带意义，自我接收者得出解释，而且从错误解释到比较合理的解释。正因为自我镜像是符号，需要认识，主体体验这个人生第一出魔术，才得以上演。

而艾柯则在容易弄错的程度上，提出幼儿应当有一个"照相阶段"（photograph stage），因为幼儿从半岁到一岁就开始渐渐能认识镜中之我，而要弄清照片中旁人的形象、自己的形象，要到五岁左右③。很明显，这是符号距离造成了更多的认知困难。

强调"符号必类型"的艾柯，却自己举出了反证的例子：艾柯说五岁前的孩子，只能认出"一个女人的照片"，把此照片解释为一个"类型符女人"（type-woman），然后他渐渐能认出是"个别符女人"（token-woman），最后

---

① Claus Emmeche, "A Semiotical Reflection on Biology, Living Signs and Artificial Life", *Biology and Philosophy*, *July* 1991, pp. 325—340.

② Jane Van Buren, "The Semiotics of Gender", *Journal of American Academy of Psychoanalysis*, 1992, vol. 20, pp. 215—232.

③ Umberto Eco, *Semiotics and the Philosophy of Language*, Bloomington: Indiana Univ Press, 1984, p. 223.

他认出是自己的母亲①。可见，皮尔斯与艾柯都被西方思想的"理念"传统误导了：符号的理解，可以从个别到类型，也可以从类型到个别，这取决于媒介接收者的具体理解过程。

《荀子》分别称之为"共名"与"别名"："物也者，大共名也。推而共之，共则有共，至于无共然后止。有时欲偏举之，故谓之鸟兽。鸟兽也者，大别名也，推而别之，别则有别，至于无别然后止。"两种推进过程，从共到别，从别到共，都是正常的。

艾柯长篇讨论的结论是："折光世界（catoptric universe）是实在（reality），给人的印象是虚拟（virtuality）；符号世界是虚拟，给人的印象是实在。"② 这话说得很有趣，他的意思是，镜像在符号的门槛之外，不是符号，只有各种镜像的变体（从拉开空间距离的多次折射镜，拉开空间距离的照相开始）跨过了门槛，成为符号。艾柯的讨论相当有意义，涉及了符号的许多基本性质，所以笔者跟艾柯见招拆招地全部过了一遍：笔者认为任何镜像都在符号的门槛里面，原因是哪怕上文说的时间与空间距离不易分辨，表意距离已经出现了。

除了东西方传统的不同，笔者对符号范畴的总体理解比艾柯更宽松一些。笔者认为，凡是可以被认为携带着意义的感知，都是符号，而镜像恰恰就是这样一种携带着意义的感知，因此是符号。

作者简介：

赵毅衡，四川大学文学与新闻学院教授，"符号学－传媒学研究中心"主任。Zhaoyiheng@gmail.com

① Umberto Eco, *Semiotics and the Philosophy of Language*, Bloomington：Indiana Univ Press，1984，p. 223.

② Umberto Eco, *Semiotics and the Philosophy of Language*, Bloomington：Indiana Univ Press，1984，p. 226.

外论精选

　　〔编者按〕艾柯的《符号学与语言哲学》一书，中国符号学界业已熟悉。但是此书 2006 年的中文版乃从意大利文版译出，而英文版 *Semiotics and the Philosophy of Language* 则比意大利文多出两章——此乃艾柯特地为英文版所作的重要部分，且涉及了许多符号学理论的关键要素。此章在中文译本中的缺失对读者造成极大不便，故本书特地请通家译出，以飨读者。

镜　像

〔意大利〕翁贝托·艾柯　著

张　颖　译

7.1　镜像是符号吗?

　　镜子是符号现象吗? 或者说镜像是符号吗? 从常识的角度看，镜子就是镜子，这些问题看似可能毫无意义，但事实上，在任何情形下提出这些问题都是有的放矢的。发现镜像是个符号可能意义不大，但是若能发现镜像不是符号，还能解释为什么就会有趣很多。虽然我们认为对镜像无所不知，但是若把镜像从符号类群中排除出去，可能有助于更好地定义符号，或者至少定义符号不是什么。

　　当然，我们先应该确定我们说的符号和镜像是什么意思。首先我们就面临一个问题: 是否这两个概念在某种程度上互相构成循环关系，以至于我们不确定是否可以从镜像出发去定义符号，或者可以从符号出发去论证镜像。若从符号的定义出发，是很难排除镜像的。因为镜像完完全全，客观地，令人无法怀疑地表现你，然而，从镜像出发去定义会容易些。定义镜像需要依靠一些未表达出来的前假设，它们揭示了符号现象的本质和镜像是不同的。

　　没有系统的论据可以证明何者为先。人是符号的动物，这是一个不争的事实。话虽如此，却并不排除人类对于祖先的镜像经历的敬意。毫无疑问，纳克索斯的神话似乎已经指涉某个生物，但是我们能多大程度上相信神话呢？从系统论的观点看，这个故事听起来似乎像鸡和鸡蛋的故事，或者语言起源的故事。由于我们缺少任何有效的关于我们物种起源的记录，我们最好保持沉默。

　　从个体论的观点来看，我们几乎一无所知。我们不能确定符号过程化是以认知为基础，或是以推理为基础。精神分析对"镜像阶段"的研究表明认知能力（或者至少将自己身体当做一个完整的单元的认知）和镜子的经验形影不离。因此，"认知——推理——自我意识——镜子经验——符号过程化"似乎处在某个死结点上，很难在一个循环论证中找到起点。

7.2　想象界和象征界

　　拉康关于"镜像阶段"的论文似乎能从源头解决我们的问题。镜像是标记想象界和象征界的门槛。一个婴儿在六个月到八个月期间，经历了一个从将镜像错认为另一个玩伴，到意识到仅是图像，到最后认识到并非另一个幼儿而是自己图像的过程。在对镜像欢欣鼓舞的接受过程中，婴儿重建了图像，并将静态、零散、不完整的身体认知为自我之外的物体，即反向对称（后文将提到）。镜子经验仍然属于想象界，正如拉康在"想象界主题"中描述的在球面镜中创造的一束花的虚假镜像的经历。通过想象掌控自我的身体比实际掌控简单：到目前为止获得的最后发展是"主体通过真实的言语活动结合成象征系统，并宣称主体自身的存在"。尽管是通过口头确认的，拉康所定义的象征，事实上就是符号。在镜像阶段的接受过程中，存在一个象征性母体，自我在原始形式下陷入其中。只有语言能恢复主体"在共相中"的功能正如下文将看到的，虽然是非口头上的，但是这种回归到共相的过程适合任何符号解释过程。

　　镜像此刻处在由反射自我转变到社会自我的关键点，或者可以说，镜像是门槛。

7.3　通过镜像进入论辩

　　虽然上述结论是有根据的，但仅告诉我们在主体的个体论的某个时期镜像是什么，或者有何作用。整体来说，对镜像阶段的思考并不排除可能将它用作某个符号现象。因此，从另外一个角度质疑我们自身对镜子的使用是有价值的。成人创造符号，将自身当做主体，更重要的是已经熟悉了镜像，而不是从系统性或者个体性出发去考虑原始的时刻。若我们在这一阶段考虑问题，将有助于我们的日常生活，因为这种思考是以现象为证，而不是研究祖先不可改变的经历，或者是婴儿那些凭推测定义的、建立在猜测和外部数据之上的经历。

我们的研究是该从镜像还是符号开始呢？如果存在一个循环，那么我们也可以从任何一个点进入。从下文可知，通过镜像进入论辩会比较顺利：虽然研究镜像会牵涉到镜子的各个方面，但是符号学是否涉及任何关于符号的问题却仍有疑问。整体说来，对镜像的研究是一门精密的科学，所谓的精密科学应当比非精密的科学更加准确。当质疑自身镜子方面的经验时（从此我们可谈论折光经验的科学性），我们可能最好奇的是，在哪种程度上折光是精准的。

7.4　现象学上的镜像：镜像不会颠倒

镜子是反射入射光线的任何平的或者弯曲的光滑表面。这个定义就排除了所谓反射其他波浪的镜子，如复合系统信号灯。

平面镜是指一个反射虚拟图像的表面。它具有垂直的、颠倒的（对称的）、反射的（与被反射物同型）、没有色差或者像差的特性。而凸面镜是指一个反射虚拟的、垂直的、颠倒的、缩小的图像的表面。

凹面镜有两个含义：一是指一个反射虚拟的、直立的、扩大图像的镜面，物体处于观察者和焦点之间；二是反射真实的、颠倒的、放大的或者缩小的图像表面，图像的扩大或者缩小取决于物体所处的位置，这个位置是焦点之外的某处。物体既可被人眼观察到，又可投射到屏幕上。

抛物线状的、椭圆的、球形的或者圆柱形的镜子在我们的考虑范围之外，因为这些镜子不是日常生活的必需品。它们的研究结果仅可能在接下来关于扭曲镜像和折光剧场的两章适用。

在提出这些术语的过程中，我们应当弄清虚拟和真实是什么意思。凹面镜呈现的真实图像按常理说来是非真实的，但它被认作真实，不仅仅是因为接收它的主体可能将其误认为具有物理特性的客体，也有可能是因为它被投射到屏幕上，而虚拟图像是不可能做到的。之所以这样命名虚拟图像是因为观察者认为物体存在镜中，然而镜子当然没有内部。

　　另一方面，把镜像定义为一个物体颠倒对称的图像，更是异想天开。认为物体的左边在镜子中表现为物体右边的观点是如此的根深蒂固，以至于一些人荒谬地认为：镜子有一种奇怪的功能，可以转换左与右，但是不能转换上与下。折光镜当然并非如此。如果像自由思想家习惯的那样，将镜子水平固定在屋顶，而不是使用竖立镜的话，我们会更容易相信镜子会上下颠倒，展现一个颠倒的世界。

　　但是问题在于，竖立镜本身并不翻转，任何镜子反射的左边也就是左边，右边也就是右边。这个观察者（即使是科学家也如此天真）通过自我亲身体验发现，镜中图像即自己，意识到自己右手腕正带着手表，但这种情形只存在于观察者即镜中人的情况。若那些人可以像爱丽丝一样穿过镜中，他们便不会这样欺骗自己。事实上，每天早上在洗漱间，我们虽然不是像一个大脑麻痹患者一样使用镜子，但是我们很笨拙地用侧面反身镜去修右边的络腮胡子，通过反射的反射，看到一个图像正在修右边的胡子，此处是反射的反射，镜中人即我们自己，若修左边的胡子也是如此。我们的大脑已经习惯于镜子本身忠诚地去反射镜前的事物，这与大脑通常将视网膜上呈现的图像颠倒同理，事实上我们确实也是颠倒的。包含史前史，我们的大脑已经有几百万年的时间去习惯视网膜图像，以至于相当长的一段时间内，它几乎不考虑这种现象，但是大脑习惯镜像仅几千年的时间。尽管在认知和动力层面，这种解释是正确的，但是在概念层面上考虑，这种解释却不能清晰地区分物理现象和虚假性幻象，而是在某种认知和判断间游离。我们对镜子的使用是正确的，但是我们说错了，正如我们认为镜子忠实地反映我们所做的事而事实上是颠倒的。

　　如果我们把镜子反射现象缩小到纯理论的高度，就会发现没有任何对暗室的现象解释，暗室也没有光线传播。只有通过把虚拟图像拟人化，我们才分不清左和右。仅在这种情形下我们开始怀疑如果虚拟图像是真实的物体，左和右如何区分。

　　在镜子前，我们不应当说镜像倒置，而应说是绝对一致，将吸墨纸摁到一张墨迹未干的纸上，情况是一样的。若我不能读出印在墨污纸上的内容，那是因为我们依赖于自身的阅读习惯而不是一致关系（事实上，我们可以通过一面镜子来读它，也就是说通过翻转到第二个一致，与我们在浴室侧身反身镜中看到的一样）。这就意味着人类有更多时间去学会怎样理解镜子而不是吸墨纸（除了莱拉德）。按照规则，字迹在吸墨纸上是颠倒的，但是如果我们把它当做实际印迹来考虑，墨迹实际上是纸在撒谎的表现。人们都使用镜子，正是因为他们知道在镜中没有人，对观察者而言镜中人就是自己。

这些都表明，在了解和亲身体验镜子以前去谈论它，是多么的困难。很容易想象婴儿在不了解自己身体的决定性阶段是多么沮丧。当长大后，我们了解到自己也是反射性动物，拥有双重能力：在自我和他人认知现实和折光虚拟的情境中，既看到自己，也看到他者。我们总是更容易掌控自己的身体对镜子的使用。就在我写作期间，我正面对着一面镜子，镜中呈现一扇有把手的门。我想投一个打火机到把手上去，以确定门把手是在我的左边还是右边，或者是否我应当向后移动我的胳膊。我用自己的身体做实验，将右手朝后向左肩移动，在左边身后我看到门把手，朝左后方一扔，基本上能打到它。可以下结论（其实在尝试之前已经知道），如果我转过身，门把手应是在我的右边。但我不得不将图像的倒置情况考虑进去，因为我的眼睛实际上盯着的是镜中门的虚拟图像，在镜子和门两样缺乏感知的物体中，不存在倒置关系。

7.5 符用学的镜子

对镜子正确的使用意味着，我们已经融会贯通了折射作用的规则，在此基础上就可谈符用学的镜子。若认为符用学是符号学的分支，我们不能在定义符号现象之前谈论它，这是没有用的争论。一方面我们需要通过某一处进入循环；另一方面，在这种联系中，我们也可能在更宽泛的层面使用"符用学"这个术语去包含认知的相互作用。问题在于，为了正确使用镜子，我们首先应知道我们正面对一面镜子（在拉康的研究中，面对镜子是一个必要条件，因为镜像不是一个纯粹的幻象或者某个幻觉的经历）。

一旦我们把认知到的物体视为镜像，我们总是从镜子不撒谎这一原则出发。打印出来的照片呈现一个现实的幻象，与它相同，我们的确没有必要去颠倒镜像，但这并不表明认知或者判断会变得容易。镜子不会转变，它实事求是。众所周知，在一个不人道的程度它透露给那些照镜子的人一个事实：不能长时间欺骗自己，我依然年轻。大脑可以解析视网膜上的数据，而镜子却不可以解析物体。

我们信任的正是镜子这种超凡脱俗的、非人类的、残忍的本性。在正常情形下，镜子如感觉器官一样值得信任。到此，谈论符用性的目的就很清楚了：通过社会规约，将我们应用的一些镜子规则相对应地运用到对话性的互动上。尽管在谈话中撒谎被当做是破坏，但对镜子而言却不是。

7.6　作为假体和渠道的镜子

我们信任镜子就如同信任眼镜和双眼一样，这三者皆为假体。严格地说，假体是可以替代丢失器官的装置（如人造手臂，一副假牙）；但宽泛点说，它是任何可以扩展器官功能范围的装置，如助听器、话筒、高跷、放大镜、潜望镜皆是假体。

器官都有固有的活动模式，而假体只能基于这些模式，延伸其活动范围，但假体的作用既可能是对器官的放大（如透镜）也可能是缩小（钳子延长我们手指捏取的距离）。在这个层面，镜子是一个绝对中立的假体，借助它，我们可在正常视觉可及的领域之外去捕捉视觉刺激，如身体面前、角落里或者洞穴中。镜子有时候可以作为缩小的假体（如弧形镜或烟熏过的镜子，此处对强度比例的感知远超过对波长的感知）。

假体可能是扩展性的（如透视镜），也可能是侵入性的（潜望镜或某些物理学家使用的反射镜）。然而镜子可以具有两种功能，即镜子可以延伸我们的视觉所及，就像眼睛长在食指上一样。甚至，理发师的镜子都有侵入性功能。镜子的魔力在于，它既有扩展性又有侵入性，这就能让我们更好地观察世界。通过镜子，我们可以像别人看我们一样看清自己。这是无与伦比的体验。

镜子既是假体又是渠道。渠道就是任何信息片段的物质媒介（此处信息是个物理概念，信息当做刺激片段一部分能定量测出，但与符号现象无关），不是所有的渠道都是假体，因为他们不一定扩展器官的活动范围（比如空气是声音传播的渠道），然而所有的假体都是渠道或媒介，甚至也可能存在渠道的渠道。例如先用镜子反射的光线，然后用它来调制摩尔斯电码，此处镜子是反射光线的首要渠道（它可以充当假体，如果它能提升光能或在相互反射的镜群系统中，让你抓住在原始镜像中人眼不能捕捉到的光线），但是反射的光线反过来又成为传播适合摩尔斯电码功能的第二渠道。任何条件下，这种关于光线的反射和渠道现象与镜像无关。

若将镜子鉴定为渠道，我们就很容易处理当镜像被用作在场征兆的情形。例如当我看着面前的竖立镜并顺着对角线观察平面时，我能看见邻近屋子里人的走动。此时，镜子充当了假体，但是我们可能认为，由于镜像是某人存在于某处的征兆，从而具有符号功能。然而，任何工作中的渠道，皆是某种发出信号的提供者存在的征兆。若果真如此，在与某人交流时，抛开说话内容，我可以从交流中看出双重的征兆：首先他不是哑巴；其次他想表达内心的状态。当渠道活动的状态是渠道功效和信号来源存在的症状时，上述例子与渠道的对症使用相关，而与传达的信息无关。作为征兆的镜子，只与它本身的某些性质和使用性有关，而与镜像无关。

正如其他假体，镜子作为一种渠道或假体是认知欺骗的根源。我走进一个房间看见一个人正走向我，随后意识到我就是镜中人。对镜中人短暂的误认，可能诱导我将其认知为符号现象的阴影。但这是认知的欺骗，没有镜子，同样也会存在，如我将废品当做金子，或者看到不存在的东西。把不是镜子的东西用作镜子，同样也可以来创造假象。例如，在马尔克思兄弟拍摄的电影中有一个场景，葛茹秋正在照镜子，但是镜子并非镜子，而是一个空框。在其后面，哈珀正在笨拙地模仿葛茹秋的举动来制造喜剧效果。这个关于镜子的骗局与镜像无关，而是与虚构、表达和通过符号撒谎有关，但是所有这些都不关涉镜像的本质。在 12 节处理场面调度中的符号学时，这种情形可能用于作为渠道的镜子的使用中。

7.7　绝似符号

我们已经说过，折光的假体扩展器官的活动范围，感觉器官接收到的刺激与假体扩展范围等同。在这个层面，镜子提供给我们刺激场的绝似重复。若将符号定义为拥有所指称对象的全部特性的图像的话，我们可以天真地认为，镜像提供给我们物体的符号。但是，折光经验告诉我们如果任何叫做图像的符号都具有存在的这些特征，那么反射的绝似符号不是符号而是重复（见艾柯 1975，3.4，7）。从宏观的认知角度和使用目的出发，我正在写的这张纸是我刚才填写的表格的重复，但这不足以论证前者是后者的符号。你可能认为镜像与物体的关系不同于前面一张纸片与后者的关系，但是若你看着物体而非镜像，那么镜像就不是物体的重复，而是可以进入的刺激场地的重复。事实上，镜像是关于重复的理论独一无二的案例，可以去解释为什么镜子激励了如此多的文学作品。虚拟复制刺激物（将身体当做主体又当做客体，分裂自我，重新面对自我）、窃取形象和自我异化的经历使得人类的镜子经验在认知和指称方面绝对与众不同。正是从绝似符号的经历中，人类梦想进一步拥有同样特性的符号，这就是人们喜欢绘图的原因。绘图对物体不同程度的依赖关系决定了绘图的现实性，但无论如何都不可能像镜子一样拥有绝对重复的全部特征。

人类的镜子经验可能可以解释某个概念的出现，如符号学中的像似符号，但是不可以用像似符号来解释镜像。

然而，作为门槛的镜子，可借助其自身的实验使其更符合门槛的标准。烟熏后的镜子是个极佳的例子。它降低了镜像的绝似性，镜子基本上成为了次等的假体。

有一面镜子，若反射表面是由不透明的间条物质组成，此时呈现的虚拟图像是不完整的。在认知重构的层面，仍然可以看清虚拟图像，但认知效率的高低取决于不透明的间条的厚度。若不透明间条厚度合适，尽管反射的图像不是我的图像（因为我对自己的图像知道甚多，在这个情形下感知的重建受到先前信息的影响），但我仍然能满意地认知到被反射物。某些很小的解释因素会影响我们对周围事物的认知。黑暗、不透明障碍物的出现、烟雾都是渠道中的"噪音"，它削弱了感知数据，为获得某种认知信息需要猜测并解释。若这些猜测和解释也被当做符号过程化，那么符号过程化就无所不在。虽然我们认为这个理所当然，但是符号过程性的开端并不意味着符号的产生，也不意味着符号的解释。若对镜子的使用也被当做一种符号过程，那么首先必须界定的是，在何种意义上，这些过程不导致符号的产生、解释和使用。

7.8　作为固定指涉者的镜像

镜子有一种特性：照镜子的人会看到自己。但是如果我将一面长时间照的镜子邮寄给我的爱人，好让她能记住我的面容，她在镜中却只能看到她自己而不能看到我。

我刚强调的这种自我证实的论据值得思考。若将镜像比作词语，它们就是人称代词。如代词"我"，如果我发音就是指翁贝托·艾柯，其他人发音就是指其他人。然而可能碰巧我在一个瓶子中找到一条信息写着"我在胡安费尔南德斯岛船只失事"。对我而言，很清楚有人船只失事了，但这人不是我。但是，若我在一个瓶中找到一面镜子，在费尽心力把它拿出来后，无论这是谁发出的信息，我总是可以看到自己在其中。若镜子能命名（很明显这是比喻），针对具体的事物，它只能一次命名一个，总是只能为面前的物体命名。换句话说，无论镜像是什么，它都是由物体原件和它的物理形态决定的，这个物体我们叫做图像指称物。

若一定要去找寻镜像与词语的另一层关系，可将镜像比作专有名词。在某个拥挤的车站，我叫"约翰"，可能会有很多人转头过来，而这些人认为

"约翰"这个专有名字与他们之间有直接联系。但是若某人朝着窗户外说："看，约翰走过来了。"我在屋子中并不知道约翰是谁，也不知道这个人正看见（或者说看到）一个男人（如果他正在使用适当的手语的话）。如果是这样，那么甚至专有名字并不直接指向客体。客体的存在决定着专有名字的表达方式。若我的同伴约翰不在的时候提到他，这是在撒谎，因为约翰的语言表达首先指向的是一般的内容。若有人最终决定给新生的女儿取洗礼名为约翰，我会认为他使用不当，因为约翰通常是男性的名字。

因此，镜像和专有名字间有一个不同，镜像是一个绝对的专有名字，而专有名字是一个绝似符号。换句话说，理想化的专有名字的符号语言与指称紧密相关，都建立在一种历史性的根据之上，最理想化的图像语言也具有它所指称的图像的所有属性。有人提出了一种专有名字的理论，叫做固定指涉。这种专有名字不能通过明确描述如约翰是谁来传播，但是可以经过反事实的陈述如约翰不会是谁来传播。这种名称不中断的链叫做因果关系链，通过某种原始洗礼，将名称和分派的原始物体相连。

镜子促使我们去想象这种情形。假设沿着某段距离，在被反射物体放置的点 A 和观察者所站的点 B（在正常情形下不能看见 A）之间固定的间隔和合适的倾角下放置一系列完整的镜子，通过反射链好让 B 点的观察者可以看见最近的镜中 A 的图像。

我们一直处在假体渠道的情形中。若镜子的数量是奇数的，观察者从与他距离最近的镜子中可以看到第一面镜子中反射的原始物体的图像。若是偶数的，图像会被颠倒两次，情况会变得复杂。此处不仅存在简单的假体，而且我们受到某种更加复杂的折光装置的影响，它有转换的功能。在任何情形下，对于我们此处所关注的问题，观察者只需要知道镜子是奇数还是偶数，然后他就能够与当他面对浴室的镜子或者理发师的镜子时表现一样了。现在，以已阐明的镜子的符用性的规则立场为基础，观察者知道（a）最后的物体是面镜子，（b）它说的是真话，因此我们也知道（c）点 A 处存在被反射的物体。通过这种因果关系链，最后的镜像成为了物体的固定指涉者，物体是刺激物的来源。此刻最后的图像是最初的物体。

这种折光装置将是固定指涉装置，不存在确定的语言学术语，更不用说专有名字，因为两种情况下固定指涉者会消失：（1）原始物体可能此刻不存在或者从没存在过；（2）不能确保名字仅对应一个物体，没有其他物体具有相似的一般特征。

因此，我们最后会认识到严格的固定指涉者的语义学只存在于镜像的模拟语义中，没有语言学术语能够成为固定指涉者（正如没有绝对的像似一样）。如果没有绝似，任何固定指涉者都非镜像，任何固定指涉者的严格性都可能在不同条件下潜在蕴涵着不同的指代方式。作为绝对的固定指涉者，镜像本身不可以因无事实根据性而遭到质疑。事实上，若不违背符用学规则和任何与语言学有关的规则，我无法向自己提出如下问题："如果对象的图像与我所理解的图像特性有所不同，那它是否是同一对象？"但是这种确信准确地提供了镜子现象的门槛。固定指涉者的理论成为了镜子魔力的受害者。

7.9 论符号

如果镜像和专有名字毫无关系，若不考虑指示作用，它也就和指向一般概念的普通名词毫无关联。这并不是说镜像不是符号，因为从古希腊至今，符号学传统理论已经超越口语符号的概念。

根据最早的定义，符号是"一物代一物"。按斯多葛派理论，最基本的可回忆起的符号是烟象征火。然而，镜像象征着作为反射物的物体，正如烟象征着制造它的火一样吗？

斯多葛派符号学理论不可避免地会引导人们去假设，是否只要满足前件能指示后件，此处前件、后件拥有根据蕴涵着 P⊃Q 的逻辑比率假设的价值的条件，那么任何事物都可以被当成其他事物的符号。因此，后件或多或少与前件间接相关，正如烟和火的例子一样。

然而，这种定义（正如我们在书中第一节看到的）是不足以定义符号的特征的。符号需要满足以下条件：

（1）若前件可能成为后件的符号，需要前件有在场并可感知的潜力，后件通常不在场。对斯多葛派符号学家而言，后件的离场是必须的。如果看到烟雾从火焰中弥散，是不用考虑它是火的符号的。当指称物在场时，可产生话语和许多书面指示性的设备，但成为符号的条件是即使假象的指称物不存在，符号还是可理解。若超出了我实际的认知能力，或者在我解释这个符号的时刻，它已经不再存在（如史前动物的足迹），后件可能缺席。正如 Abelard 所说，语言的魔力是这样展现的，即使没有玫瑰，或者像玫瑰的东西从不曾存在，"无物为玫瑰"（nulla rosa est）完全可理解。

（2）因此，前件可以无后件单独产生。人们可以用化学物质制造烟，假装某处有火。符号可以用来对世界的某事件状况撒谎。

（3）符号可以用来撒谎，因为前件无需后件作为其必需或有效的原因，只是假定由后件造成。

（4）前件主要不是与一事态相连，而是与多少一般性的内容相连，在每个意指系统中，前件所传达的后件仅为一个可能有诸多后件的类群。符号可以用来指涉指称物，因为他们与内容相连（外延是意图的功能）。甚至一个手势符，如手指指向某个东西，在定性为与指称的物体有连接性之前，可以认为在某个给定的话语系统中它代表着：把你的注意力放在定点的半径距离的某个物体之上。事实上，我可能会指示某个并不存在的东西，而我的听众可能会先入为主地认为某处一定有东西。这里的东西就是前件表达的后件内容，如手指指向某个东西。

（5）但是，斯多葛派符号学还不止这些。他们不是指出烟作为符号，而是烟作为一种物质事件。他们认为符号本身是非物质的，是两个命题之间蕴涵关系（"如果有烟一定有火"的命题在某种法则下可以解读为只要有烟一定有火）。因此，这种符号关系存在于类型之间，而不存在于个别之间。此处烟和火的关系并非个别烟自动指向火，而是烟的一般类群自动指向火的一般类群。这种关系存在于类型符而不是个别符之间。换句话说，某种符号关系的解释者只在两个个别物之间建立关系，因为解释者已经知道，个别之间拥有同样的关系。

（6）符号是两个类型者间的关系，使符号独立于生成或传达符号的实际渠道或介质。烟和火的关系不会因为烟是什么样的烟而改变。正如摩尔斯电码是通过点和长划来设密的，而点和长划的组合与构成的密码的关系不会因为传播渠道而改变。

（7）最后（这一点是在原始的斯多葛派的理论上有所发展的）是表达的内容可以被解释。若见到烟后有人告诉我说有火，我可能问火是什么意思，它可能指给我看某处有火，或者拍下火的照片，或者给一个口头定义，或者让我重温高温的感觉，或者提醒我过去经历的一次有火的事件。同样的，当我听见有人叫约翰，我会问约翰是谁，这个说话者不需要指给我看约翰是谁，他仅需要给他一个定义（即露西的丈夫、昨天碰到的那个人、画饰中描绘的人、那个走路时像这样摇头晃脑的人等等）。解释不仅提供了表达的内容，而且用自己的方式提供了更多信息。

7.10　为什么镜子不能创造符号

鉴于我们前文提到的内容，镜像并不能满足符号的要求。我们不能说，若通过镜子发现某人正站在我的后面，我是通过前件来指涉后件。正如我们所见到的，由于镜子是假体，这个结论与通过潜望镜或者双眼使用得出的虚假结论略有不同：如果我从镜子中看到一些东西，那么一定存在某些东西。这个推理与规范我们感觉间关系的推理相似：如果我们看见某物，那么一定这儿存在某物。

（1a）即使被当做前件，镜像仅在有不可缺席的指称物存在的情形下存在。它从不指向远距离的后件。在不存在任何可能媒介的条件下，物体和图像间的关系是同时在场的关系，不存在任何可能的媒介。凭借镜像作为假体的活动，后件进入解释者的认知范围。

（2a）镜像源于物体，物体缺席，不能产生镜像。

（3a）因此，正如我们所见，镜像不能用来撒谎。我们可以撒关于镜像的谎（制造非镜像的多种现象），但是我们不能使用与通过镜像撒谎。

（4a）镜像不可以与某一内容相关，或者更确切地说，它仅仅通过与指称物间必要的关系，而可能与内容相关（我看着镜中的自我图像，反映了人体的一般特性）。符号能指向指称物，原因是它自动指向某个内容，而镜像仅会在与指称物有主要关系时才指向某一内容。

（5a）因此镜像从来不建立一种类型间的关系而仅建立个体间的关系。这是另一种去区分想象界和象征界的方法，象征界所暗含的共相的消解实际上就是类型间的关系。

（6a）毫无疑问，镜像在形成和传播的过程中不是独立于介质或者渠道的，它得以体现仅依靠一个唯一的渠道——镜子。

（7a）最后，镜像不可解释。至多它的对象可以解释，如分析对象的不同类型、定义以及描述。更准确地说，镜像是从刺激场地创造重复。诸如此类的镜像仅仅可以通过第二面（第三面、第四面等）镜子反射。如果可解释性是内容的固有特征，那么没有内容的图像不可通过定义来解释（至少在给定了可解释性概念的意义上）。

7.11　反常现象：扭曲镜像

镜像不是符号，符号不是镜像。但有一些情形下，镜子用来产生镜像，可以定义为符号。

　　第一个奇怪的例子是哈哈镜。阿拉伯物理学家已经观察到这一惊奇效果，《玫瑰传奇》中曾写到此事。哈哈镜扩大而且扭曲了器官的功能，正如助听器将所有的对话转换成摇滚乐一样。因此，假体有助于产生幻象。可以幻想某种物质，在改变形式的条件下认知它的形状、颜色、声音、气味，此时感官就是在异常工作，此处的感官是以前我们通常信任的。一方面，若我们没有意识到自己陷入其中的话，那连最不可预知的效果我们也会相信。另一方面，若意识到这是幻象，并自我控制反应，我们就能理解和分析感官数据，从而重建正确认知（更确切地说，类似于大多数人的认知）。哈哈镜也是上述情况。若我们既不知道这是一面镜子，又不知道它是变形的，则我们就处于一般性的认知欺骗中。这仅仅是一个渠道中噪音的问题。有时这种噪音不可感知，但若我们正在和某人说话时电话被咕哝声、咳嗽声，或者说话者的嘶哑声音打断，我们会条件反射地认为这是噪音。这次我们对感觉的分析是错误的，又一次把废渣当做金子。

　　若在嘉年华时，我们站在一面哈哈镜前，这种情形会更有趣。因此我们的观点是双重的。一方面我们发现它很有趣，也就是我们喜欢这种介质的虚幻性。若纯粹为玩，我们就能像接受童话一样接受我们有三只眼或者奇大无比的胃，或者短腿。事实上，我们一直在暗示自己，此时镜子在撒谎。实际上我们不信任的终止与镜像的关系并不会与变形假体一样大。这个游戏很复杂：一方面，我表现出好像站在一面"说真话"的平面镜前，发现它映射出"非真实"的图像（镜中人不是我）；另一方面，若我接受这个图像，则有人会认为我帮助镜子撒谎。这个游戏的快乐并不完全是符号性，而是审美性。也可用其他的假体做同样的实验，如通过有色镜观察世界。这个游戏与我处在巨大无比的嗡嗡声中所做的实验大致相同：为了听见"非真实"的声音，我将手掌放在我的耳朵上，又放下我的手，这样有节奏地替换。

　　然而，与此同时或稍微迟一点，出现了另一观点：由于知道自己正站在镜子前，我可以想象，它用这样或那样的方式告诉我事实，因为它反射（甚至很弱）我身体发射的入射光线（这可以自然地用于我在哈哈镜前看到别人的身体，若那身体是我的，从自恋的角度看，毫无疑问整件事都会变得更加精神愉悦）。

　　在这种情况下，我分析镜子提供给我的数据。以同样的方式，在考虑棍子耐高温的情形下，尽管我看到水中半截折断的棍子，我还能继续分析这些数据并接受棍子是完整的。此处存在着可解释性的规则去译解镜面幻象（若不是在认知层面，至少也是智力评价层面）。在哈哈镜前，我把一些投影规则运用到测试中去，使得这种对称可以呈现，其中是虚拟图像给定的长宽，以及不同的反射物的长宽。接着，我们要用另一种规则去解释投射类型，这与在程式化或者荒诞风格绘制中要认识指称对象和典型对象的分类属性时，我们所使用的规则和投射规则相同。在这个层面，照哈哈镜的经历跨过了符号的门槛，移动了反射和符号过程性的边界。如果变形图像不是寄生于指称物，我们不得不承认它有许多模糊的、不准确的、捉摸不定的符号性质。通常情况下，在个体对个体的关系中，面对哈哈镜，我们被迫接受自己像个侏儒、巨人或者怪物。这就像是某种概括过程的开端，（尽管相对于意识的异常现象控制下的持续受压抑的诱惑而言）像是忽略指称物去想象内容，这是对虚幻情形的冷静处理。对哈哈镜中自我图像的怀疑就是符号过程性的开端。

依据这个可能性，我们可以将哈哈镜认作施了魔法的城堡，这样我们就不会质疑已经本能区分了的反射和符号过程性的边界。

最后，毫无疑问，哈哈镜反射的图像告诉我们，作为渠道的镜子事实上是变形的。正如已经断了的棍子图像告诉我们棍子是浸在水中的。我们已经描述了对图像征候的使用，此处图像没有提供给我们任何物体的信息而是关于渠道的本质的信息。在这些情形下，我认知的惊喜成为渠道反常情况的征候（若我自身并不知晓这种情况，我怎么可以看见一根短棍和三只眼的脸呢？），并使得符号过程性事实上处于认知惊喜和渠道之间（这种情形与反常的热感应类似），而不是图像和物体之间。

7.12　前反射预演

我们可以考虑另一件更令人不安的事件。我在房间中面对着一面竖立镜，它处在相对我身体反射光线倾斜的位置。事实上，我看到的不是自己而是隔壁房间有人在旁若无人地做事。这种情况就类似于美国西部片中的镇长通过他面前在商店购买的镜子看到强盗走进来。这些情形并不难理解，我们已经说过镜子是假体，有时候与潜望镜有同样的侵入行为。

但现在我们想象在隔壁房间有主体 S1，通过镜子知道 S2 正在暗中监视他，但是假设（正确地）S2 认为 S1 并不知道 S2 在看着他。现在 S1 想让 S2 相信 S2（认为他没被看见）正在做一些值得称赞的事。尽管 S1 只这样或者专门这样做赞成（或者反对）S2，但 S2 认为这是同时的。因此 S2 处在一个基本上类似戏剧表演的位置。存在的不同是：观众会将戏剧误认为真实。那么 S1 正在用镜像撒谎，在这样的情形下，有任何的符号化过程吗？

任何事情都有符号化过程，但是镜像并不是如此。为让听众信服我的思想、情感等一些东西，我甚至能在口语中提出一个真实的论断。镜像中也是如此。镜像继续保持着它冗长的忠诚性，如上述事件中，S1 诚实且准确地反射 S1 在做的事。S1 正在做的是场面调度，所以镜像是符号过程化中的欺骗。

贝泰蒂尼在 1975 年提出前电影预演的概念。我们对摄像机忠诚的信任度通常与摄像机将要拍摄场景的真实性无关。尽管我们相信摄影装置的忠诚度，但是若一部电影中出现一个飞毯上有一个仙子和七个小矮人，我们知道这种情况是幻想的，只有小孩将这个场面当做现实，不够成熟影响着他们对场面调度的符号理解，撇开他们可能缺乏对电影拍摄符号的理解能力不谈。

同样的，存在着可创造虚假情形的前反射预演。在这种情形下，任何符号的考虑都应当从镜像转向预演，镜像仅仅只是前反射信息的渠道。这些考虑也表明除去前反射预演，也存在着拍摄规则和特殊的编辑规则。S1 可能会倾斜镜子使 S2 只能看见隔壁房间发生场景的一部分（无论真实的或是排演出来的）。镜子总是框起的装置，稍微倾斜它们是利用它们的特殊性。然而再一次符号的欺骗过程并不存在于镜像之中（通常描绘的事物和镜子中看到的一样），而是通过渠道的操纵。

现在可以设想这样的情况：S1 通过遥控随意地倾斜镜子展现给 S2 几秒内所处的隔壁房间的不同角落。若在一个角度，镜像呈现某一物体，换个角度，有人正在他面前对他翻白眼。S1 可能创造的反射图像与电影剪辑中的库里肖夫效果相似。根据他的剪辑效果，S1 可能会让 S2 相信隔壁房间坐着的那个人正怀着不同的心情，比如怒火、欲望或者惊奇地观察各式各样的物体。镜子一个快速倾角的转换就会让 S2 丧失物体间的实际空间感。这个情形下，镜子移动可能会创造一个真实的符号过程性场景，一个惊险的故事，一部小说，一个精神上的混合物。

若将镜子当做渠道使用，那么上演、拍摄和剪辑皆有可能。它们皆是符号的欺骗过程，其欺骗手段和符号相关并为之服务。始终保持不变的镜像的审美性，这种性质使得镜像与所指因果相连。S2 可能倾向于普遍化过程，基本上忘记了他正在观察镜像，因此演绎一个类型故事而不是个别故事。

但是，正是故事本质与镜子联系使得镜子永远与原因的指称相连，处于符号过程性和反射之间，也处于象征界和想象界之间。

7.13　彩虹和海市蜃楼

尽管与穿过大气底层中小水滴阳光的折射和弥散相结合，彩虹依然是局部反射现象，然而人们从不将其图像认为是镜像。彩虹仅在两种情形下利用了符号过程性，即被看成是奇迹或者上帝的信号，但同样的，它也可以被看成是风景、海啸、食、飞翔的鸟群。尽管不是依据物理现象特殊的反射性，从远古时期开始，人类其实就已经提供了它们的符号过程。

然而，彩虹出现也可以认为是暴风雨结束的征兆。由于彩虹也出现在峡谷当中，在这种情形下甚至不用推测指称物。任何情形下，甚至当彩虹被正确地认为是大气层中存在着延迟水滴的征兆，它表明的是渠道的反常情况而非实际物体。

即使是天真的观察者，也不会将海市蜃楼或者类似的现象认为是镜子现象而会当成是认知的欺骗。与之相反，对于一双批判的眼睛，它们甚至可以被认为是某种给定大气渠道的状况的征兆或者是远处存在某物的征兆。以此为基础，彩虹或者海市蜃楼这类现象可用作物体的镜像，即用作假体。

7.14　折光剧场

正是通过类似海市蜃楼的现象，我们被引向去处理几个世纪以来镜子方面的戏剧如折光剧场（Theatrum catoptricum），多语戏院（Theatrum polydicticum），变形剧场（Theatrum protei），复景戏院（Speculum heterod-ictum），多景场（Multividium），复合场景（Speculum multiplex），变形画面（Tabula scalata）等。所有这些剧作可以分成三大类群。

（a）镜子增加或者改变物体的虚拟图像，无论以何种方式表演，观察者都认为是镜中反射。

（b）从物体表演开始，在不同曲面反射镜中拍摄的舞台剧创造真实的图像，观察者将其当做奇迹。

（c）若将平面镜恰当放置，镜子表面产生不同的叠放、并列、兼并的物体的图像，以至于观察者在未意识到是折光剧场的前提下，欣赏到奇妙的幻象。

在第一个情形中，观察者意识到舞台剧的折光性，他的处境与自己控制着一系列在不同角度互相对应的多次反射镜相似。他可能会审美地享受通过渠道的操控呈现的舞台剧。使用眼镜来观看表演是为了提升对演出的认知。

在这种情形下，表演本身就意味着这种可能性：能提升假体渠道提供的审美认知。任何审美性的享受皆包含着自我反射。我们的注意力不仅集中在信息的形式，而且集中在不同渠道的使用方法上。同样的，管弦乐队表演受欢迎不仅由于独立于渠道的旋律，而且与乐器资源利用的方式相关。

在情形（b）和（c）中，我们又回到了与海市蜃楼类似的情形，整体说来都属于光学幻象。镜子再次被用作渠道，但观察者未将注意力集中在此而未意识到它们的存在。观众至多审美性地享受了一场本质被忽略的表演。他认为自己正在观看一个奇迹，他所处的位置与在镜中见到自己的观察者类似，相信自己正处在一个实际的侵入者面前。这是一个纯粹的认知欺骗而不是一次镜像经历。考虑到符号生产模态的拓扑学，这样的认知欺骗可认为是编程刺激的结果。事实上，这种认知欺骗以表演为依据，而这种表演是符号过程化现象（此外，不同投射图像方法出现后，镜子剧院被废弃）。舞台剧中利用镜像是事实，其中存在着审美过程。

7.15　凝冻的镜像

我们继续现象学的实验，想象镜子是有魔力的（是真正的魔力而不是简单地创造魔幻镜像）。

假想我们有一面凝冻的镜子，甚至在物体消失后，反射的图像在镜子表面结冰。通过凝冻的镜子最终我们建立一种前件和后件间离场的关系，然而我们并没有消除最初指称物和图像间的因果关系，仅仅稍进了一层。照片底片事实上是凝冻的镜子。毋庸赘言，我们可以用底片重新冲洗高清的图像（波长、强度关系、轮廓）。说到底，我们会接受镜子反射的任何图像，不管它是破碎的或者是被不透明带遮掩不能完全呈现的。

什么让图片和镜像相似？一个实用的假想是冲洗底片的暗室应该和镜像一样忠诚，在任何条件下都能证实印刷机的存在（先前是在照片的情形中，现在是在镜子的情形中）。二者的不同在于，曝光的底片事实上是印迹或者痕迹。

即使排除图像底片上的反向，在印出图片上的进一步反向，以及对反向对称的恢复，痕迹和镜像在某些方面还是有差异的。也就是说，实际颠倒的一致性赋予了镜像特征。

重点是这些印迹是有目的但是跨物质的。跨物质性是指底片将光线转换成纯强度关系和自然颜色关系。此处存在着由此物到彼物的设想。渠道正在失去重要性，图片可以在不同的物质中转换而关系保持不变。不像摩尔斯密码独立于标准信号使用的物质，图像无法独立于它的渠道。然而此处却正预示着某种释放。

可能由于上述现象，在关于个体的发生学意义上，"照片阶段"比"镜子阶段"晚得多。幼儿半岁到一岁就开始渐渐能认识到镜中之我，而要弄清旁人的形象、自己的形象，则要到五岁左右。他确实把图像认知为指向类群的表达，只有通过与一般相联系，他才指涉非专有的主体。他看见一个女人 X 的照片，将它当做是类型符女人的照片，运用到个别符女人 Y，最后认出这是他母亲的照片。事实上他不能指出专有的或非专有的名字，也不能指出图片呈现的松散指示符。在这个案例中，我们见证了符号过程化现象。

照片的符用学反应出了那些早期错误的影响。在证实底片已经在某处曝光时（至于这个，图像可用作证据），某物是否存在却引起怀疑。我们知道，通过舞台、视觉特技、感光乳剂、过度曝光和相似东西，我们可以创造一些并未存在、尚未存在、永不存在的物体。照片会说谎。若认为它不会说谎，可能是因为我们天真，或者是受到某种信仰态度的影响。客体性的指称物被推测出来，但是在任何时候都冒着消失在纯粹内容中的风险。这个图片是某个男人的照片还是那个男人的照片？它取决于我们怎么使用它们。在秘密地由指称物到一般性内容的基础上，我们偶尔把照片上的 X 当成 Y。这不仅是个认知错误，正如我们在镜中看见 X 走进来，认为是 Y。事实上，这种认知错误还可以引申到任何印迹中，无论清晰度多高（曝光的底片），类型人物最终超过个别人物。

除去折光剧场，在镜子中我可以选择镜头，甚至当我监视某人时，我只需要动一动。若我在镜中仅看到自己身体的一半，我只需要走进去在极限内向下就可以看到先前图像中没展现出的身体部分。甚至在我起初没看到的地方，物体也可在此生成图像。与此相反，照片的拍摄是相当严格的。我绝不会有机会看见从开始就没在图像中的人的腿。我仅能假想它的存在，我预先假定的腿可能不是腿，而只是两只脚。实际指称物的印象直接面对内容的类群，照片已经是符号过程化现象。

第二个神奇的实验是有关凝固图像的运动。电影综合了所有关于照片的评价，并加上实际剪辑规则和所有虚假的生成效果。电影中的印迹实际上是运动的。

第三个实验是这样的。印迹的辨别度很低，镜子看起来像图像凝固器。在这之上，不能确保存在着镜子和图像的指称物。我看到的不仅仅是舞台、拍摄、选择性的虚拟角度，而且发现，在镜子表面工作的结果，是让后者能反射物体上的光线，这事实上是一幅画。这个实验满足了所有符号过程化现象的要求，物理上的生成和语义学上的解释完完全全不同于镜像。

这三个极具想象力的实验引导我们去想象不再与镜子相关的现象。尽管如此，在处理这种现象时，我们还是不能完全抛弃人类早期猿猴的镜像的记忆（正如早期的艺术总是沾染着猿的性质的气息）。

这样一种实验仍然值得考虑：将一系列的镜子沿山有规律地按间隔放置。若将镜子的序列用其他装置代替，将最初从物体上反射的光线转换成电子信号，然后通过最终的器械将此信号转换成光学信号，最后的呈像将会和照片与电影的印迹有相同特征。换句话说，照片和电影比镜像分辨率低，而且它们是跨物质和重新颠倒过来的。类似镜子链，这样的系统牵涉到固定指涉者，图像和引起它的指称物的关系是由物及物。

很明显，假使现场发射的话，可监测出电视转播的略图模型的系统只有这个特性。从使用角度讲，一台录制好的电视主播节目和电影只在图片的清晰度和感官种类上有所不同。类同于镜子，现场电视转播与指称物之间有绝似关系。

关键正是在于，指称物和图像间的空间间隔或多或少有意识地引起潜在离场的怀疑，这点对于拉开空间距离的多次反射镜同样适用。本应存在的物体或许不存在。有一个还应考虑进去的基本要素是，相对于现场反射的信任感，记录装置加剧了观众的不信任感。从实用角度讲，电视图像在拥有镜像的优点的同时，也有图片和电影印迹的缺点。作为指称物的寄生物并不是一个必要条件。谁能确信？多少装置或者什么装置可能通过这个渠道产生？拍摄和影响现场直播的剪辑扮演着什么角色？相机确定去探究真实所指的哪几个方面，这种图像的混合是否在任何时候都会产生库里肖夫效果？

然而，照片感光印迹和镜像间的比较至少透露了一些有关照片、电影和电视图像的符号学的至关重要的事情。镜像存在于符号学的边界之内，而绝不在语言学之内。每个印迹都是作为拓波敏感整体的投影，而不是当做易率。所有对印迹的解释方式（实际符号）都与变形的或者低分辨率的镜像的解释方式（非符号）相同。这一过程通过投射关系来发展，某个给定维度必须与图像中同样的维度相配。若不是在客体—事件（指称物）中，至少在客体—类型（内容）中，图像会告诉我们这些。

实际上，只有在拍摄和剪辑时，由语法规则决定的类别才会出现。印迹非镜像，但是我们将其当做镜像。举个例子，若对其进行分析，一个仅与有图解的规定有关，一个可将图片的印迹看做真实的镜像，也就是说：印迹是快速反射的直接结果。它们的符号技巧仅可在如呈像、框表等最高的操作层面去探究。在其他情形下，与之相反，必不可少的是质疑假想的"无辜"，去探讨文化根源、假想的与指称物的因果关系的非自然性。

7.16　关键的实验

无论镜像和印迹间存在多强的幻觉，多大的歧义，多么混乱，只需要某个关键的实验就可以分清。只需要在照片、电影或者电视拍摄中、绘画中仿照一面镜子。这些镜像的图像并不和镜像一样起作用。除了镜像外不存在任何印迹和符号。无论是通过镜子来做鬼脸、夸张性的模仿，还是记忆，镜子在符号的世界中成为了印迹自身的阴影。你可以通过照片或者绘图来制作一副肖像，并断言它比原件真实，是符合现实的，但是众所周知，只要使用镜子，就不存在比原件更真实的图像。某个折光要素，能够映射独立存在的符号要素，但是符号要素却不可以映射折光要素。符号要素仅可以将折光要素归纳进一个类、一个体系、一个概念，或者纯粹的内容。

这两个世界，其中前者是后者的开端，两者没有连接点。哈哈镜呈现的极端实例事实上是灾难性的。站队的时刻到来了，人们要下定决心选择站在哪一边。折光世界是实在，给人的印象是虚拟；符号世界是虚拟，给人的印象是实在。

译者简介：

张颖，四川大学文学与新闻学院。zhangying1989726@163.com

中国学者评说

[编者按] 此文是对拉尼冈《交流学：学科百年进路》的回应与评述。

从传播学到交流学：一种符号学的路径

胡易容

"交流学"① 是承继符号学和现象学理论的传播理论传统。相对于传统意义的主流传播学，它有自身的独特之处。它在北美发展起来却非实证，而是自我定位为一种"质"的研究的"人文科学"；它广涉"文化分析"却并不提供法兰克福式的意识形态批判；它还深入分析人类符号行为的各个层面，并提供实用指导②；它与经验学派有着共通的理论原点和几乎同样时长的发展历史，但并未受到热捧。其自我命名 communicology 也还尚未得到传播学界的普遍接受。

当今，后"大众传播社会"现状对理论模型提出了新的要求，"交流学"及其背靠的符号学理论，从不同侧面提供了"走向统一的社会科学"③ 的理

---

① 基于其对信息的双向性侧重模型，同时也为了沿袭 ICI（International Communicology Institute）自身的中文名，我们称为"交流学"。然而从其理论工具来看，可以理解为"符号形式的传播理论"。

② 其分支之一"临床交流学"（clinical communicology）是"对交往行为病理性失调的医学矫治"。

③ [美] 赫伯特·金迪斯等《走向统一的社会科学：来自桑塔费学派的看法》，上海世纪出版集团，2005 年。

论包容度，很好地契合了当下高度符号化这一时代现实，或将给我们提供一些新的视点。

一、从"communication"的界定看传播学与交流学的分野

1. 历时的考察：communication 词义衍义之旅

当人们谈论"传播学"时，常将其等同于"大众传播学"。然而，"传播学"既非必然单向也非必然是大众的，甚至未必是借助"技术化的媒介"的。从词义发展来看，communication 从来多义而各自相安。可考的最早词源是拉丁词 communis，意为"普遍"。形演化的中间阶段还包括古法文词 communicasion 这一"行动的名词"①。15 世纪后，communication 的现代普遍意涵基本确立。其涵义超过十种，常见的包括"会话、通讯、交流、交际、交往、参与、分享等"②。而技术化的引申到 17 世纪才开始显现。此后，communication 的狭义化一路朝着"技术化、大众化、单向度"发展③。

可以看到，communication 狭义化的四百年历史，也是大众媒体兴起的四百年。1605 年荷兰的《安特卫普新闻》和 1609 年德国的《通告：报道或新闻报》（*Avisa Relation Order Zeitung*）④ 开启了报业近代化的进程。媒介技术间接导致了 communication 一系列语义的变化。一方面，传输规模更大；另一方面，传输向度更为单一。这种大规模单项为主的信息传输形态特点进入 20 世纪后被广播和电视发挥到了极致。中文词"传播"之蕴涵中强烈的单向播撒意识恰好与此接轨。而"传播学"的学科名称也据此建立了从名称到范畴的合法性⑤。这一合法性的前提是对 communication 的多义进行界定。有

---

① Raymond Williams，*Keywords：A Vocabulary of Culture and Society*，Oxford University Press，1985，p. 73.

② 郭庆光《传播学概论》，中国人民大学出版社，1999 年。

③ 最初，随着工业化技术飞速发展，communication 作为"工具性、技术性的承载与运输"的抽象名词，应用于"公路、铁路、运河"以及后来的"通讯技术"。引自同注①，p. 73.

④ 郑超然、程曼丽、王泰玄《外国新闻传播史》，中国人民大学出版社，2000 年。

⑤ 威尔伯·施拉姆在他奠基性著作《传播学概论》开篇即谈到了一种尴尬。哲学家肯尼斯·伯克克 1935 年向出版社送去一部著作，他提议用《传播学概论》作书名。出版商否决了这个书名，说读者看到 Communication（传播）这个词会以为是论述电话、电信的书！这就是伯克最重要的著作之一定名为《永恒与变化》的经过。

学者搜索出 126 种关于传播的定义[①]。因此，后来者要以 communication 为对象进行研究，必须对自身的领域及范畴进行界定。

包括语言在内的符号意义永远在集体使用中像珊瑚那样死去并堆积成未来使用者的起点（赵毅衡语），或者干脆说，一个符号的意义就在于他的使用（维特根斯坦语）。communication 的狭义化伴随着技术媒介的强势进入而发生，但这一术语的衍义之旅远未终结。

2. "communication" 的学科名及其中国化

新的衍义之旅在媒介形态的聚变中重新起航，并进而可能对"传播学"的意义产生新的影响和扩充。随着 web2.0 的深度发展，"网络媒介"已成为一个前现代思维下的名称。赛博空间构筑的网络社区是一个多中介信息分享与共享平台，而这一平台在信息传输特质上是结构上无中心、信息流向上无向度、身份上无传授鸿沟的虚拟社区。这一状态使得具有更强大能指分节优势的汉语词汇"传播"遇到了更大的问题。

英语本身具有"分享、共享"或"互动"的意指。只是这一意指此前一直受到大众传媒时代的语境压力。这种意指在整个社会从大众传播媒介主导向互动信息共享模式过渡时自然得以呈现。"传播"在汉语中使用充满了"单向度"、"一对多"、"传者主导"的大众传播模式意味[②]。而对于"传播学"的学科名称，研究者认为应更多赋予其"分享"及"互动"的含义[③]。在这种情况下，汉语的过细的能指分节导致的结果是，必须以其他词汇予以重新命名[④]。"交流学"这一学科在中国长期未受到应有的瞩目，与此中术语不对称不无关系。一直有声音认为，考虑到上述英文词本身具有双向交流的含义，应将 communication 翻译成"交流"、"传通"、"沟通"等。据说，中国最早引介传播学的专家余也鲁先生原来也反对将 communication 翻译为"传播学"，而应翻译成"传学"或"传意学"[⑤]。事实上，"传播"的译名所带来的

---

① Stephen W LittleJohn, Karen A. Foss, *Theories of Human Communication*, ninth edition, Thomson Wadsworth, 2008, p. 3.

② 如《北史·突厥传》："宣传播天下，咸使知闻。"元朝辛文房《唐才子传·高适》："每一篇已，好事者辄为传播吟玩。"清袁枚《随园诗话》卷十四："一砚一铫，主人俱绘形作册，传播艺林。"丁玲《一颗未出膛的枪弹》："消息立即传播开了。"

③ 黄晓钟、杨效宏、冯钢《传播学关键术语释读》，四川大学出版社，2005 年。

④ 此类情况在英汉词汇对应中相当常见，如 uncle 相当于汉语中的叔叔、伯伯、舅舅。

⑤ 王怡红《传播学发展 30 年历史阶段考察》，《新闻与传播研究》，2009 年第 5 期。

问题一直延续到现在。然而，规约的力量以另一种社会话语的语用逻辑压倒语义逻辑。传播学被广泛应用并制造了与"交流"一词的距离感。"交流"被面化为"人际"、"个体"的意义。国内交流学的意义均趋向于此。具有代表性的是吴建民先生的《交流学十四讲》与关世杰先生的《跨文化交流学》两书中都专门说明，"交流学"就是"communication"。但是，这种应用层面的"交际"不能全面反映本文所谈到的理论形式的"交流学"。

3. **从"communication study"到"communicology"**

在英语世界，术语也在演进。"communication"因其多义性而难以定义，每个研究者必须在具体语境中界定其意义。常用的"communication study"直译是"传播研究"。但从构词法来看，communication study 作为一种学科名称的严谨性与各种经典学科似有差距。基于此，约翰森（Wendell Johnson）、诺尔（Franklin H. Knower）等学者先后在 1958 年前后提出，以"communicology"这一名称来统一存在于各个领域的交流现象（或传播现象）。约翰森认为，这一称谓显示出能够建立一个共通领域的可能。且可以结合具体的应用环节生成诸如"口语交流学、文学交流学、电话交流学、大众媒体交流学"[①]。

从语言逻辑来看，这确实是一个不错的选择，然而 communicology 在世界范围内被接受的过程却远未完成。以中国国内文献为例，对 communicology 不多的引述可见邵培仁先生的《传播学》，其中在介绍传播学的概念时标出了对应英文（Communicology 或 Communication Science），并认为"传播学是研究人类如何运用符号进行社会信息交流的学科，又称传学，传意学等"[②]。在邵培仁先生看来，communicology 就是传播学[③]。从字面上来看，

---

① Wendell Johnson (1906－1965)， "*Communicology?*", compiled and edited by Dorothy W. Moeller, ASHA［Journal of the American Speech and Hearing Association］1968, vol. 10, pp. 43－56.

② 邵培仁《传播学》（高等教育出版社，2000 年）认为该词为 Franklin H. Knower 所创。根据 Lanigan 的文献 Communicology：*Approaching The Discipline's Centennial*，Wendell Johnson 于 1958 年更早使用该词。见. Wendell Johnson (1906－1965)，"Communicology?"，compiled and edited by Dorothy W. Moeller, ASHA［Journal of the American Speech and Hearing Association］1968, vol. 10, pp. 43－56. 在 ICI 的网站上将二人视为共同贡献者 "Common originary attribution of the term *Communicology* is to Wendell Johnson (1958) and Franklin H. Knower (1962)"，引自 http：// www. communicology. org/content/encyclopedia－archive

③ 蔡曙山教授的简介中，作为 ICI（International Communicology Institute）成员的相关信息为国际符号交际学院院士，引自清华大学心理学系网站：http：//rwxy. tsinghua. edu. cn：8001/psy/ readnews. do？id＝731 communi 与 ology 词根的组合完全可以称为传播学，但是，一方面为了尊重作为"communicology"这一名称的发明组织 ICI 的自我称谓①；另一方面，也由于从这一学派传统来看，目前"交流学"还并不能囊括传播学的所有范畴，而只是"以符号学基础对各种人类交流行为进行研究的人文科学"。将来，随着 communicology 的进一步发展及其与传播学其他分支的进一步接轨，被称为"传播学"也未必不可。本文遵循国际交流学会网站的中文名的惯例，称为"交流学"。

二、交流学与传播学：概念与方法、传统与流派

1. 交流学的基本概念、范畴

根据 ICI 定义，交流学是一门人文科学，其学科研究对象为人类交流行为，而其学科方法论则是应用符号学与现象学方法解释全球文化中人类意识与行为的话语呈现。其研究对象被界定为人类交流话语中的四个网络层次：(1) 自我交流层次（或精神病学、美学领域的概念）；(2) 人际交流层次（或社会对象领域的互动）；(3) 群体层次（文化与规范领域的事务）；(4) 跨群体层次（举止与实践跨文化领的实践与举措）。它包括相关的应用性子学科②。如 (1) 艺术交流学（Art Communicology），对于各种作为文化传输媒介的审美的研究，尤其是视觉艺术和表演艺术，如电影、舞蹈、民间故事、音乐、图像学、绘画；(2) 临床交流学（交流病理诊断）（Clinical Communicology），一种治疗研究，主要针对语言病理学和听觉病理方面的交流失调，以及语言表达和使用方面的错误导致的误解的矫治；(3) 媒介交流学（Media Communicology），从人类学、心理学、社会学角度对电子媒介、影像、通信和视觉传达等语境中的人类行为进行分析；(4) 交流哲学（Philosophy of Communicology），在形而上学、认知论、逻辑学、美学的哲学分支领域里，为了解释语言与语言学、认知科学、控制论而在更宏大语境下对交流进行研究。

---

① ICI 于 2000 年成立美国的"国际交流学学会"（英文名 International Communicology Institute，简称 ICI），是交流学学术传统的倡导者与推广中心。该学会的学者对近百年历史的"交流学"进行了历史梳理，并自我界定中文名称为"国际交流学会"。引自 http：//www.communicology. org/
② 引自 http：//www.communicology.org/content/encyclopedia-archive

2. 在传播学科发展史中定位"交流学"

正如研究符号学的历史必然回到索绪尔的语言学课堂，回顾传播学史则必然回到新闻学科的建立①。以新闻学为起点的传播学已经走过了沧桑的百年，其间，它见证甚至直接参与了人类有史以来最浩荡的变革和最血腥的屠戮——社会主义革命和两次世界大战。今天，传播学已在世界范围成为显学。这种地位，显然是由于飞速发展的传媒及其带来的信息传播行为深深地渗透于我们生活的各个角落并改变了我们的生活。

传播学正在脱离其对母体新闻学的依赖，并反过来对新闻学这一母体提供学理支持。这表明传播学正在走向成熟。然而传播学内部所呈现出来的分化是巨大的。这些认知上的差异是当今传播学流派与传统因其假设不同所导致的判断不同。这就是老生常谈的传播学的基本流派的构成。笼而统之，可以称为以欧洲为代表的"批判学派"和以北美为代表的"经验学派"。学界通常认为，这两种流派，从理论假设到工具手段是截然不同的。本文要追问的是：这种差异是流派间不可跨越的鸿沟吗？这种对立是学科内在逻辑的分野吗？它们之间是否存在着共同点？它们与"交流学"关系如何？

历史地看，他们之间的确有着共同许多共同性。

a）交流学传统与传播学经验主义传统的"同源"

法国著名传播学家贝尔纳·米耶热将传播学的各种研究传统看成 20 世纪五六十年代三大传播学奠基学科的演化结果。这三种传统分别是控制论模式、经验-功能主义取向和结构主义语言学②。随着传播学学科的极大拓展，此后的门类复杂性远远超过最初的预计，且难以用一种维度实现归类。在利特尔约翰的《人类传播理论》中，接受了克里格（Robert Craig）模式，归纳了传播学研究的七大传统：（1）符号学；（2）现象学；（3）控制论；（4）社会心理学；（5）社会文化；（6）批判；（7）修辞学③。

从方法论来看，"交流学"源自胡塞尔现象学传统和卡西尔符号学理论，

---

① 1908 年，密苏里大学（University of Missouri）设立了美国、同时也是世界上第一个新闻学系。1912 年，根据美国新闻界传奇人物普利策的遗愿，哥伦比亚大学创立了美国第一所新闻学院。引自（美）罗杰斯《传播学史：一种传记的方式》，殷晓蓉译，上海译文出版社，2005 年。

② 贝尔纳·米耶热此后倾向于社会心理学派和麦克卢汉学派称为专门的学派。见段鹏《传播思想与文化工业：访法国传播学教授贝尔纳·米涅》，《传播学在世界》2005 年第 1 期，第 43 页。

③ Stephen W LittleJohn, Karen A. Foss, *Theories of Human Communication*, ninth edition, Thomson Wadsworth, 2008, p.39.

萨皮尔和雅克布森在其方法论模型方面起到了进一步的推动及奠基作用。"交流学"与经验学派共同的学科奠基是索绪尔开创的结构主义语言学。在利特尔约翰这七种传统框架中，"交流学"几乎同时是修辞学、符号学、现象学的综合。这七大传统的划分较好地描述了传播学研究的不同路径，但其局限也显而易见。一方面，作为一种分类，其分类标准并非完全基于方法论。例如"批判传统"本身只是立场，而"社会文化"则是对象。此外，传播学学科自身也发生了巨大变化，如：源头之一的结构主义语言学趋向于更宽泛的语用符号学，并转而为传播学的其他分支提供了理论支持。新传播思潮（la nouvelle communication）将格雷戈里·贝特森看作先驱。而身为人类学家的贝特森是通过电影和摄影对巴厘岛上父子关系中的非语言行为展开研究的[①]。

随着传播学学科体系日渐丰富，归纳一方面变得更为困难，且常常易于形成一种过于简化的认知。然而，适当的归纳却极其必要。美国传播学家约翰·菲斯克在他的《传播学研究：符号与过程》（*Introduction to Communication Studies*）中将传播学所有的研究划归两大阵营：注重过程的效果的流派与注重意义交换的符号学流派。此种说法仍不免过分简化，但一个巨大的作用是矫正了以往两分法将批判作为经验对立面的逻辑错位。他抛开立场的问题，回归方法论，探讨传播学研究路径。此外，这种二分还提供了很大的认知便利——显然"交流学"正是菲斯克所谓的注重意义交换的符号学派的典型。

b）整合趋势与学术传统的互渗

需要指出的是，约翰·菲斯克的二分法的最大价值不仅在于认知上的便利，更在于它暗示了人类学科发展在分化中重新整合的趋势。这种趋势从另一个角度带来了对于交流学这种"符号形式的传播理论"的利好消息。因为符号学的跨学科特质给予了这种理论一个跨越边界的空间。

亚里士多德以"是之是"为理论之普遍性本体，开启了学科分类。此后的理论家从未停止过对分类的努力。虽然分类学（taxonomies）并不直接提供经验世界的直接解释，并因而不被许多学者接纳为一种"科学"，但它内在地包涵了解释世界的维度与角度。我们力图用边界清晰的概念界定延续不断的世界，以至于我们往往忽略了，被建构的细分后面那个从未断裂的世界的

---

① 转引自（法）贝尔纳·米耶热《传播思想》，陈蕴敏译，江苏人民出版社，2008 年，第 43 页。

连续性和整体性。以工业化为特征的现代化以来，人类分工的高速发展驱动了学科专业高度细分，这种分节导致的误解更为明显。事实上，学科之间充满了渗透与相互跨界的张力。斯宾诺莎用几何规律研究伦理学，斯宾塞用生物有机体来看待社会，日前兴起并广受争议的"迷米学"（meme）无非是道金斯的追随者们将他"自私的生物基因"借用到了对文化和社会的解读上。

回到传播学本身，传播学的史前史也并非我们现在所呈现的边界分明的批判或是经验实证。枚举欧洲学者的学说可能不具有说服力。美国经验主义杰出代表、议程设置理论提出者、发展传播学的奠基人罗杰斯（Rogers，E. M.），在他极负盛名的《传播学史：一种传记的方式》中，从19世纪的三个欧洲大师——达尔文、弗洛伊德和马克思——入手分析传播学的思想起源。他认为，传播学1900年以后在美国的崛起，相当程度上受到进化论、精神分析理论和马克思主义等欧洲理论的影响。其中，达尔文的进化论思想在19世纪末通过芝加哥学派的努力，被深深地植入传播学的北美研究传统之中[1]。弗洛伊德的精神分析理论对现代心理学有强烈的影响，对社会学、政治学和人类学也产生了重要的作用[2]。

可见，批判或是经验并非始于两种传统的来源，而是同一根源下发展道路的分野，是传播学学术传统的巴别塔演绎。实证主导的传播学在美国被形容为"建立在石油的基础上"，这足以说明洛克菲勒基金会对传播学产生的巨大影响。基于这种逻辑，我们可以推而广之，在发生学意义上对某种学术传统的生成进行更简明的归纳。例如，根据技术论，媒介的发展根本性地造成了传播学作为一门学科的诞生（工业化和商业集团本身也可归结为媒介技术发展结果，因此，它们的影响无非是技术的间接结果）；两次世界大战和激烈的社会冲突在北美和欧洲不同的土壤中分别滋生了传播学中的"效果维度"

---

① 对传播学影响最大的是被称为"开创了大众传播研究的学者"的罗伯特·帕克，他不仅影响了美国本土的实证主义传统，也作为哈罗德·英尼斯的老师直接影响了加拿大多伦多学派的形成。帕克在《移民报刊及其控制》中提到了传播学至今仍在研究的论题：媒体内容怎样影响公众意见？大众媒体是怎么被公众意见影响的？大众媒体是否能够带来社会改变？人际传播是怎样与大众传播进行联系的？参见［美］罗杰斯（Rogers，E. M.）《传播学史：一种传记的方式》，殷晓蓉译，上海译文出版社，2005年，第203页。

② ［美］罗杰斯（Rogers，E. M.）《传播学史：一种传记的方式》，殷晓蓉译，上海译文出版社，2005年，第5页。

和"反思维度"①。

可归纳的事实是，学派的形成并不是一个学科边界所能触及的所有边界，而是该学科在更为宏大的社会诱因作用下具体的生成：资本主义体制和美国的政治模式、选举文化以及社会赞助的研究模式形成了以效果为导向的"经验学派"；而第二次世界大战对于应用与宣传学的传播技术提出了新的要求并几乎直接导致了"宣传技术"与"控制论"②的诞生与应用；战后深刻的社会矛盾在欧罗巴这块思辨的土地上长出了所谓"批判的传统"；飞速发展的媒介技术下的种种社会奇观点燃了麦克卢汉的神思，并延展成为整整一个迥然不同的新学派。这些闪亮的学派以最终被选择的方式构成传播学这一学科"组合轴"（Syntagma）。但这并不否定深刻的"聚合"（Paradigm）背景，甚至，作为聚合内容的投影，它们恰恰是对学科其他路径的一种外在遮蔽。从学科发展的应然或可能性角度来看，我们应时刻对新的可能有所准备。由此，暂时放弃百年学科制造的眼花缭乱的迷局，回到人类"交流"或是"传播"的审视中，可能更具洞见。至于学科名称——"交流"抑或"传播"——无非是能指分节在不同语境下的一种呈现方式。

结语：意义与过程、融合与分化
——"复杂"中走向统一的社会科学

李普曼告诉我们，这个世界不过是一个信息符号构成的"拟态环境"（pseudo-environment）；麦克卢汉则认为，所谓信息世界不过是一个"由媒介延伸的感官所触及的世界"；或者干脆，如 Charles Pearson 所说，18 世纪是物理的世纪，19 世纪是化学的世纪，20 世纪是生物电子的世纪，21 世纪也许就会成为符号的世纪。对于这是一个何种世界的言说自我预设了一种视

---

① 前者的具体成果包括拉斯维尔的宣传分析（拉拉斯韦尔首先是一位精神分析学者兼政治学家，他在一战中开始了对宣传的技术研究，1927 年出版的《世界大战中的宣传技巧》被视为奠定西方大众传播研究体系的开始；二战期间，他更是与拉扎斯菲尔德、卢因、施拉姆一起对传播学深入的应用传播学进行了实用性研究）。而前面提及的以洛克菲勒基金会为代表的美国社会经济力量扶植了拉扎斯菲尔德的效果研究（以"广播研究项目"为代表）。这些成果的路径虽然经过了社会学的转化（托洛·阿尔托学派、芝加哥学派等），但其路径依然明晰。参见［美］罗杰斯（Rogers，E. M.）《传播学史：一种传记的方式》，殷晓蓉译，上海译文出版社，2005 年。

② "控制论"的诞生与维纳参与提升二战高射炮打击准确度有关，他的研究报告"黄色险境"发表为《以工程应用来推断插入与平整静止的时间序列》，为控制论思想奠定了基础。参见同上。

角。既然我们注定被置于一个只能见影的柏拉图洞穴，既然我们早已在巴别塔的空间距离发生了言说的隔膜，我们必须在承认这一现状的基础上理解世界。一种全知的视野本身可能是无知的象征。我们从未彻底摘掉有色眼镜，因为那将一无所见。每一种学派的价值在于它在自身有效范畴内展现出的解释力和逻辑自洽性。对于传播学而言，"交流学"研究传统所秉持的符号学方法给我们提供了思考传播行为的重要模式。"传播"与"符号"这两个关键词以何种方式结合，其结果可能会给整个传播学理论格局带来一些变化。

交流学传统将 2022 年确定为学派的百年华诞①。这种传统是否适合称为一个学派也许可以讨论②，本文更侧重基于一种学理应然看待一种研究方式的前景和可能。未来十年无疑将是理论与我们所处的经验世界剧烈变动的十年。抛开"交流学"或者"传播学"的狭隘话题，我们可以进入正在兴起的新一轮学科融合中看待"人文"、"社会"、"科学"这些基础字眼。这些传统之间截然不同的理论假设恐怕并不像我们想象的那样固若金汤。来自"桑塔费学派的看法"③ 并非一种横空出世的箴言，其关于"复杂性"的论断恐怕只是人类对事物认知的巨大能量和巨大无知之间同样巨大的张力的体现。而传播学或者交流学本身的问题简单得多。对于学科内部分支与视角的互涉与分工，合与分永远是并存的力量，正如分子之间的张力，在某种外力作用下便生成了样态不一的"新物质"。人文与社会、自然科学更深入地结合时，并不否定各种学派与传统、方法与立场之间保持自我范畴的清晰界定并与其他学科保持一种必要的"紧张"来确证自己的学科独立性。然而，研究对象本身是复杂的，任何过于简化的理论都有一种危险。请允许本文引用一段话来作为结语——

---

① 作为一个严格意义上的研究主题，交流学的历史源头出现于 1922 年。当时，现象学之父胡塞尔（Edmund Husserl）在英国伦敦大学用德语发表了一系列讲演。在这些演讲中，胡塞尔将他的主要哲学论题解释为一种"先验的社会现象学，这种现象学映射出人与人之间意识主体交流的多重性"。这些演讲的重要性后来作为附录记录在目前著名的奥格登（Charles K. Ogden）和理查德（I. A. Richards）的著作中。该著作名为《意义之意义：语言对思想的影响研究与象征科学》（1923）。引自 Richard L. Lanigan, Communicology: Approaching The Discipline's Centennial, RAZóN Y PALA-BRA, 2010, p. 72.

② 借用美国式的框架来看，罗杰斯引述哈维的四个条件：（1）一个提供思想领导的中心人物；（2）一个学术的和地理的位置；（3）财政支持；（4）传播其工作的手段。参见［美］罗杰斯《传播学史：一种传记的方式》，殷晓蓉译，上海译文出版社，2005 年，第 205 页。

③ ［美］赫伯特·金迪斯等《走向统一的社会科学：来自桑塔费学派的看法》，上海世纪出版集团，2005 年。

　　复杂的东西不能被概括为一个主导词，不能被归结为一条定律，不能被化归为一个简单的观念；复杂性不能用简单的方式来加以定义并取代简单性的东西。复杂性是一个提出问题的词语，而不是一个提现成答案的词语，它表明了世界向我们提出的挑战。复杂性思想不能使我们避免和消除这个挑战，但是它可以帮助我们迎接它，甚至驾驭它。

——埃德加·莫兰①

作者简介：

　　胡易容，四川大学文学与新闻学院。yu813878@126.com

---

① （法）埃德加·莫兰《复杂性思想导论》，陈一壮译，华东师范大学出版社，2008年。

外论精选

[编者按] 此文是国际交流学会（ICI）主席对交流学理论与实践的详细介绍。

交流学：学科百年进路

[美国] 理查德·L·拉尼冈　著

胡易容　译

人类意识的本质以及对话语中意识的认知，乃是在一个交流过程，它身处于作为经验之符号学的、由语言或非语言符码所构成的符号展示之中。这些生活经验的积累构成了我们的实践记忆，而这些记忆是我们的行为所不能体现的另一个自我。从这个意义上说，"文化"作为与其他符号实践相协调的社会环境，也同时是人与人交易的产物。

在人文学科中，有一门学科致力于对这种话语实践进行理论层面（思辨的）和应用（经验）层面的研究。交流学就是这样一门对人类交流进行研究的科学。

在以下对交流学进行的分析中，我着重以 2000 年国际交流学会（ICI）为原点，介绍之前九十年来各位思想家的学术贡献及其对 ICI 最终创建的奠基性作用；同时，我还要介绍 ICI 成立以来的十年之间，其专刊《理与词》（*Razon y Palabra*）涉及的研究活动。所有这一切又为 2022 年——交流学百年华诞的到来进行着铺垫。

一、20 世纪 20 年代的交流学

作为一个严格意义上的研究主题，交流学的历史源头出现于 1922 年。当时，现象学之父胡塞尔（Edmund Husserl）在英国伦敦大学用德语发表了一系列演讲。在这些演讲中，胡塞尔将他的主要哲学论题解释为一种"先验的社会现象学，这种现象学映射出人与人之间意识主体交流的多重性"。这些演讲的重要性后来作为附录载于奥格登（Charles K. Ogden）和理查德（I. A. Richards）目前已广为人知的著作中，该著作名为《意义之意义：语言对思想的影响研究与象征科学》（1923）。

胡塞尔的研究课题聚焦于人类。在他看来，与动物或机械的信息交流有所不同，在人类意识交流过程中同时发生的三个层次的意识整合了三种表达与感知：（1）情感或影响；（2）认知或思维；（3）意动或目的性行为。中世纪的经院哲学家对这三者分别使用不同的拉丁文术语：（1）Capta；（2）Data；（3）Acta。今天这些术语仍然在各种不同范围内使用。因此，人类意识在功能上是一个整体，且是同时发生的三者的表征：（1）知觉，或前意识；（2）知觉之知觉，或意识；（3）知觉之知觉的再现，或无意识、下意识和潜意识相互连接的符号过程。拉康（Jacques Lacan）的术语为我们理解这三种功能提供了另一便捷的版本：（1）现实界；（2）想象界；（3）象征界。而梅洛·庞蒂（Maurice Merleau-Ponty）在更具方法论的语境中提及了各自呈现的综合：（1）陈述的反射性；（2）还原的可逆性；（3）解释的自反性。皮尔斯（Charles S. Peirce）则通过三元概念之间的关系来描述意识的符号本质，即（1）对象，被表达或被感知的事物（图像）；（2）再现体，表达或感知的符号对象（指示）；（3）解释项，习得经验与对象的联结及其再现体（规约符）。

以卡西尔（Ernst Cassirer）文化模型为基础的人文科学已建构起宏大的体系。基于这一体系的历史分析又构成了当代理论模型的基础。卡西尔的主要著作是四卷本的《符号形式的哲学》："语言"、"神话之思"、"知识现象学"和"符号形式的形而上学"。他以标准的逻辑体系为基础，对有效性（必要条件）和可靠性（充分条件）进行了逻辑论证（这一论证在皮尔斯的著作中被再度确认）。他的这些成果为后来的"定性研究"方法论奠定了基础。与此同时，芝加哥大学的考吉布斯基（Alfred Korzybski）在他的第一本书《时间绑定：普遍理论》（1926）中独立地对人类文化科学做出了贡献。他对普遍存在于动物及更低等的植物世界的原位经验做出了区分。将它们称为"空间绑定"是因为这些经验在时空中不可转移。当这些处于原位的经验能被累计并转移（符号、语言、言说）至超越本位的呈现，时间绑定就迅速在各种逻辑层次出现。玛格丽特·米德（Margaret Mead）抓住了这一文化（时间）传输过程，在这一过程中成年人需向儿童学习"未来正在发生"的意义所在。

二、20 世纪 30 年代的交流学

交流学学科作为概念分类出现于 1931 年，当时美国人类学家兼语言学家爱德华·撒皮尔（Edward Sapir）第一次将"交流"（communication）这一词条写入了社会科学百科全书。在此，撒皮尔以人文科学逻辑式的写作进一步完善了卡西尔的伟大奠基。卡西尔的符号现象学和胡塞尔的存在主义现象学也同时被其他许多学者进一步推进。如德国的卡尔·布勒（Karl Bühler）在《语言理论：语言的再现功能》中，从语言科学的角度评析了胡塞尔的现象学方法。在美国，厄本（Wilbur Marshall Urban）在《语言与现实：语言哲学与象征主义原理》中，以互动价值构造的人类交流为背景，向英语读者介绍了胡塞尔现象学，如象征行为表现为一种决策结果。同一时期，考吉布斯基（Alfred Korzybski）1933 年的著作《科学与理智：非亚里士多德体系和普通语义学导论》及其《普通语义学研究组 1937：奥利维特大学演讲》为后来哲学的后现代转向提供了分析基础。他在符号学理论基础上，通过对"思维法则"的颠覆，批判了亚里士多德主义的逻辑。遗憾的是，考吉布斯基的理论建议被主流哲学边缘化了，原因是他坚持认为人文科学的先决条件是服务与现实的社会效用，如作为社会标准的交流观。基于这些原因，他的许多洞见直到梅洛－庞蒂（Maurice Merleau－Ponty）和福柯（Michel Foucault）重新做介绍时才广为人知。

三、20 世纪 40 年代的交流学

由于第二次世界大战的原因，交流学在此期间几乎没有什么值得称道的

重大学术成果，但约翰森（Wendell Johnson）的著作《窘困中的人们：个人调适的语义学》（1946）是个特例。他承继了考吉布斯基的智慧成果，在其书中涉及了非亚里士多德符号学与新兴的交流学的学科综合问题。约翰森试图阐明整个交流的过程，包括其阶段、功能以及可能出现的失调状况。作为语言病理学和听觉病理矫治专家，约翰森当然对失调的诊治非常感兴趣。然而，他和他的同事们清楚地知道，要更好地推进理论结构，势必要优先分析正常交流过程状态而非机能失调状态。巧合的是，这一系列先后发展的理论促成了后来由雅克布森发展完善的唯一一套完备的人类语言交流理论。

四、20 世纪 50 年代的交流学

从 50 年代起，于尔根·鲁斯克（Jürgen Ruesch）的奠基性著作《人类关系的符号路径》（1953）和鲁斯克、贝特森（Gregory Bateson）合著的《交流：精神病学的社会矩阵》（1951）中普遍接受人类话语网络由四个层次构成，即（1）自我层次（或精神病学、美学领域）；（2）人际层次（或社会领域）；（3）群体层次（或文化领域）；（4）跨群体层次（或跨文化领域）。这些相互联结的网络层次包涵了雅克布森理论勾勒出的人类交流过程。鲁斯克和贝特森的交流理论标志着作为人文科学的交流学在美国作为一门学科的出现。他们提出的四层次交流系统已成为理解交流过程模式的基础。此后，美国国家交流学学会（NCA）和国际传播协会（ICA）专家们对这些层次进行了更深入细致的研究。

在约翰森第一本书出版 12 年后的 1958 年，他因提出关于交流行为的人文科学应被定名为"交流学"（communicology）而再次受到瞩目。结果是约翰森此后扩展了普通语义学范畴从而进入更宽泛的总体人类交流研究话题。由于他兼有"国际普通语义学组织"（1945）主席和美国语言听觉协会（1950）主席的双重身份，他的这种学术延伸是再自然不过的了。约翰森 1958 年对学科名称的界定和相关评论后来发表于 ASHA 杂志（1968，vol. 10，page 45）。他说道："……越来越多的科学家、工程师、学者、教师以及临床医生们各自关心的'交流'，因此需要一个'空术语'来统摄涌现于广大领域共同关心的'交流'——看来'交流学'正是这样一个适用的称谓。通过对这一称谓使用相应的形容词，我们就能在交流学的总概念下界定各种专

门领域。例如，我们可以说口语交流学、文学交流学、电话交流学、大众媒体交流学——当然，演讲交流学和听觉交流学应该优先。"

五、20世纪60年代的交流学

交流学的关键时刻出现在1962年。当时富兰克林·诺尔（Franklin H. Knower）发表了他具有历史意义的论文"交流学模型"（*The Ohio Speech Journal* [annual publication], vol. 1, pp. 181–187; diagram, p. 183）。正如他在182页所说："我们提出的是一个交流学模型。我们相信这样一个标签十分必要。致力于研究的学者可以作为交流学家，他同时也可以是心理学家、视听专家、演讲系学生、戏剧导演、政策学家、电视天才、新闻人或者别的专家。"就当前来看，现实世界的任何交流行为都必然是多学科的。在现代大学课程中，几乎没有什么学科是与交流无关联的。

在此，我们应注意以下这些智慧的遗产。诺尔（Franklin H. Knower）和莫雷（Elwood Murray）于20世纪50年代创建的国际交流协会（ICA），其前身是美国研究交流行为的国家级社团（莫雷任该团体的主席）。此外，莫雷还于1967年在丹佛大学建立了普通语义学研究院，并担任首任院长。莫雷的博士生托马斯·佩斯（Thomas J. Pace）则是理查德·拉尼冈（Richard L. Lanigan）的论文指导老师。而拉尼冈转而于1977年在国际交流协会（ICA）在柏林召开的第一届国际交流科学研讨会上创建了"交流哲学分会"并担任主席。一个交叉联系的背景是，拉尼冈在美国新墨西哥大学攻读学士和硕士其间，哲学方面的导师是休伯特·亚历山大（Hubert Alexander）。

从师承关系的历史来看，厄本（Wilbur Marshal Urban）的博士生亚历山大（Hubert Griggs Alexander）曾在耶鲁大学师从恩斯特·卡西尔（Ernst Cassirer）、爱德华·撒皮尔（Edward Sapir）和本杰明·沃尔夫（Benjamin Lee Whorf）学习哲学。1967年，亚历山大写了他的第一本教科书《语言与哲学逻辑》（1967年；1988年重印），在该书中，他致力于解析交流、语言、逻辑三者的关系。在现已广为人知的"第一章：交流"中，他提出了人类交流过程模式。在他的模式中，象征（符号、指称、经验、观念）构成了"交流者观念"的符号现象学，这一观点与认为"交流观念"是作为语言或非语言功能的交易的传统观点完全相左。还值得一提的是，亚历山大为哲学论坛

"交流"专刊撰写了一篇重要的论文，论题是《传播、技术与文化》。

亚历山大在理论模型方面的奠基工作此后被罗曼·雅克布森进一步发展。雅克布森对当时学科中广泛存在的误解提出了批驳。当时，香农和韦弗 (Shannon and Weaver) 的信息理论模型和机械信息论造成了许多误解（"误解"是由于香农和韦弗明确告诫读者，他们的理论是关于机械功能而非人类行为）。结果，这种标签转移到了交流学和交流学家们身上。他们的工作很大程度上被看成是系统地努力以避免交流中的误解。

这种混淆还因历史性的模糊概念——1949年香农和韦弗提出的"信息的传播理论"而进一步加深。这一概念常与雅克布森1960年提出以"信息理论"界定交流理论相提并论。但事实上，雅克布森的"信息理论"是基于符号现象学与他所谓"语言学在修辞学方面的分支"相联系的理论，这一理论是人类交流现象的内在体验。雅克布森九卷本的选集从1962年开始出版，其中包括了许多50年代对于交流学的学科定义。其中最值得一提的是他于1956年提出的著名交流模型。这一模型刊载于1960年重印的"语言学与诗学"选集最终修订版。读者们必须注意的是，该文初写于1956年，在1959年和1960年两度修订，因此该选集的版本是最终定稿。

六、20 世纪 70 年代的交流学

尽管在此期间学界做出了一系列努力，20世纪60年代，"交流理论"和"信息理论"在使用上仍未明确区分，这种情况一直持续到70年代。1976年，约瑟夫·德维托 (Joseph DeVito) 出版了《交流学：交流理论研究导论》。随后，1977年，柏林召开了第一次世界交流科学大会。此前，雅克布森 (Roman Jakobson) 于1972年在《科学美国》上发表了《语言交流》。经过这一系列的努力，交流学此时才得以清晰地与"信息理论"区分。其分野基础在于，交流学研究的是关于话语中的全部符号层次，如话语中符意（意义）、符形（形式）、符用（实践）形式；而信息理论（现在称为信号理论）所关注的仅仅是物理信号系统的符形维度，如电脉冲形成的机械记忆。沿着皮尔斯符号学和胡塞尔普通逻辑研究的现象学开辟的研究路径，雅克布森解释了进行表达的发送者（情绪功能）和进行感知的接受者（意动功能）之间的普遍共享关系，其对象包括讯息（诗性功能）、代码（元语言功能）、接触

（交际功能）以及语境（指称功能）四个层次。在现象经验的符号世界中，任何话语运作至少需要这四个层次中之一。洛特曼（Yuri M. Lotman）所说的符号域（Semiosphere）也表达了同样的意思。

随着这些概念发展，"交流理论家"这一尴尬的称呼将被"交流学家"这一更科学的称谓所取代。德维托（DeVito）充满热情地反复介绍它。而弗卢赛尔（Vilém Flusser，1920-1991）率先在 1977-1978 的演讲中使用了"交流学"这一名字。后来，他已然成熟的理论遗作 *Kommunikologie* 于 1996 年出版。应当注意，弗卢赛尔对于媒介尤其是摄影作为一种社会交流媒介特别感兴趣。他的影响除了德国还包括巴西，原因是他曾在圣保罗 FAAP 任交流哲学的教授。

七、20 世纪 80 年代的交流学

我们目前所熟知的交流学作者的主要著述都在这十年中。1986 年，《国际符号学》杂志主编托马斯·西比奥克（Thomas Sebeok）曾发出一个关于符号学研究在国际范围现状的问卷，在得到调查反馈信息后，他加倍投入篇幅予以回应。这一项目碰巧得到了拉尼冈的回应（Richard L. Lanigan）。后者指出，在将来符号学有关语境中的话语研究问题中，交流学将扮演更关键的角色。同期的 1986-1987 年间，弗卢赛尔（Vilém Flusser）用英文发表了奠基性论文《交流理论》，这使他关于交流学的鸿篇巨制在欧洲和巴西引起了注意。在 1987 年，拉尼冈发表了刊于《人本主义心理学家》（vol. 15：27-37）的文章《作为人文科学的交流学的基础》（人文科学基础系列专刊），该论文从交流学与心理学学科作为人文科学的同源关系角度介绍了交流学。

接下来的两本主要著作奠定了交流学在交流研究的国际影响。第一本是拉尼冈的《交流现象学：梅洛-庞蒂的符号学和交流学主题》（Duquesne University Press，1988；Korean trans. by DuWon Lee and Kee-soon Park，1997）。随后的 1989 年，莱德（Mehdi Mohsenian-Rad）的著作《交流学：传播过程的创新定义与模式》（Tehran, Iran：Soroush Press，8th Edition，2007）成为第一部应用了"交流学"学科名称的波斯语著作。英译版的如下章节稍有调整：（1）"第八版介绍"［插入波斯文］；（2）作者介绍（p.4）；（3）"介绍"（p.5）；（4）"什么是交流"（pp.6-34）。

八、20 世纪 90 年代的交流学

1992 年，随着《作为人文科学的交流学：福柯与梅洛庞蒂的话语现象学》（拉尼冈，1992）的出版，交流学作为一门学科在理论和应用方面都具有了比较完善的轮廓。到 1993 年，"交流学"这一名称随着在墨西哥蒙特利尔召开的"第一次世界交流与符号大会"而得到了世界性的认可。哈佛商学院发布的尼曼报告（Nieman Reports）提到了公众在 1994 年对这一名称的使用。巴尔克（Alfred Balk）撰写了关于交流研究现状的评论，题为"在交流学学科空白中摊牌"。同年，拉尼冈对美国符号学研究团体致辞文章题为"后现代交流学基础：颠覆语言中的合理性健忘"。此期间的重要论文还有李度文（Du-Won Lee，韩国新闻与传播研究期刊）、帕克特（Thomas F. N. Puckett 符号学）和拉尼冈（Cruzeiro Semiótico [Portugal]）1995 年的文章。恩波利（Lester Embree）主编出版了现象学百科全书，其中包含了最早的关于"交流学"的论文（作者为拉尼冈）。这十年最末的 1999 年，智利学者托罗萨（Mauricio Tolosa）写出了他著名的《全球化背景下的交流学》（*Dolmen Ediciones*）。

九、21 世纪以来的交流学

随着 2000 年国际交流学会的创建（International Communicology Institute，简称 ICI）。交流学与交流学家等术语逐渐规范化。ICI 于 2000 年 7 月 7 日在南伊利诺伊大学（（Carbondale, Illinois, USA）成立，这是交流学这一人文科学的重大事件。首次会议之后，ICI 成员创建了非公开网站（COW: Conferencing on the web）以用于研究和对话。随着交流学这一国际性学科日渐成熟，2003 年 COW 关闭，同时 ICI 执委会同意创建一个对公众开放的网站（communicology.org）以增强对交流学的信息提供力度。目前站点（www.communicology.org）的访问软件已于 2009 年 7 月激活。

这十年见证了交流学出版物的爆炸式增长，这得益于作者在人文科学这一大领域内建立起了学科内和学科间的广泛交流。回顾历史，期间有太多值得摘录的东西。这里提出几个意义特别重要的出版物。第一是 2007 年，莱德

(Mehdi Mohsenian-Rad) 出版了第八版《交流学：传播过程的定义与模式创新》，展现出对这一学科的持久兴趣。随后的 2008 年，拉尼冈（Richard L. Lanigan）在跨国影响的国际传播学全书（Wo lfgang Donsbach 主编，Oxford, UK and Malden, MA: Wiley-Blackwell Publishing Co.; International Communication Association, vol. 8, pp. 355－359.）上发表了他的"交流学"词条（12vol.）。

第三个重要事件是，2008 年出版了《专刊：交流的中介与效率》（编者为 D. Eicher-Catt and I. Catt, Atlantic Journal of Communication, vol. 16, nos. 3－4, pp. 119－225.）。该专刊标志着第一本完全致力于交流学的杂志出现，参编者均为国际交流学会的成员。该杂志内容表明，交流学应用研究正在多个方向展开。基本介绍方面，有艾切尔－凯特（Eicher-Catt）和艾萨克·凯特（Isaac Catt）的文章《交流是"有效性"（及对谁）在后现代语境下的意味?》（pp. 119－121）。自我交流方面，有弗兰克·麦可（Frank Macke）的《自我交流：反射、自反性与意识的主观性呈现》（pp. 122－148）和彼得森（Eric E. Peterson）的《我的身体躺在键盘上：网络日志故事的主体与效果》（pp. 149－163）。人际传播方面，有科里·安顿（Corey Anton）《人际交流的主体性与效果：一旦形成即不可移易的个性特质》（pp. 164－183）。社会交流学方面，有安德鲁·史密斯（Andrew R. Smith）的《暴力与抵抗的艺术：交流学的批评性探索》（pp. 184－210）。文化交流学方面，有克里考诺夫（Igor E. Klyukanov）的《文化交流学：管理与操作》（pp. 211－225）。

研讨会的广泛开展也是这十年中交流学发展的重要方面。前面已经提及的国际交流学会是在 2000 年 7 月 7 日在南伊利诺伊大学召开的"作为人文科学的交流学研讨会"上创建的。随后的会议于 2002 年 7 月 8 日至 9 日在加拿大圣凯瑟琳市布鲁克大学召开，主题为"技术的文化结构与人的关系：健康与非健康，陌生而熟悉的身体"。第三次会议于 2003 年 7 月 19 到 7 月 23 日在美国明尼苏达州的伯米基市立大学召开，会议主题是"符号、标志、引导"。随后，会议地点从美国逐渐转为国际。第四次大会的主题为"超越权力的语言"，于 2006 年 6 月 26 日至 7 月 1 日召开，承办方是丹麦奥尔堡大学的哲学与科学研究中心。

非常值得注意的是，ICI 拥有一批附属研究中心，其专家团队参与各种国际性交流和会议。除了常规性的两年一度的夏季研讨会和 ICI 主办的专业发展研讨会,四到五年的规划也正在筹备组织。例如:第五届 ICI 夏季交流会和专业发展大会将于 2011 年夏季在波兰的西里西亚召开,主办方是波兰弗洛瓦茨的高等教育语言学院下属的"语言符号学与交流学系",主要组织者是兹齐斯拉(Zdzislaw Wasik),ICI 成员以及地区事务协调组织。

十、2010 年的交流学

这个十年伊始,交流学的进一步发展以及如何更完整、深入地探索等问题就摆在我们面前。国际交流学学会发展态势良好,其来自全世界的学者成员数接近 150 人。许多组织目前正积极地推动交流学学科的建立和发展。例如 GUCOM(Grupo Hacia una Comunicología Posible,一个研究交流可能性的学术团体),该团体地处墨西哥自治大学,领军人物是卡色雷斯(Jesús Galindo Cáceres)和卡德纳斯(Tanius Karam Cádenas)。他们的网站令人印象深刻。同样值得瞩目的是加拿大圣凯瑟琳市布鲁克大学的加拿大交流学研究组(CCRG),其领导是科尼里(Maureen Connolly)和克雷格(Thomas D. Craig)。

关于这十年的概述,有一本重要的书已经付梓,计划于 2010 年上半年出版,书名是《交流学:关于话语呈现的新科学》,由艾萨克·凯特(Isaac E. Catt)和艾切尔·凯特(Deborah Eicher-Catt)主编(Madison,NJ:Fairleigh Dickson University Press)。这本文集中,对交流学多方面主题的重要贡献都有所涉及。该书中包括了我称之为"语言与非语言交流学:人际、主体和效果"的主要类型文章。

十一、展望 2022 年——百年华诞

基于"将来正在发生"的理念,我们这一代交流学家以胡塞尔整体性智慧为学术信念,并以此为基点来研究"先验的社会现象学所涉及的表现为多样性意识主体的人类交流行为",并坚定地推进作为人文科学的交流学。学科研究近百年在理论和应用两方面的进步、系统化、整体化是我们现在工作的积淀。我们这样理解这一智慧成果的定义,因为我们通过研究已经对它进行

了论证：交流学是一种有关人类交流行为的科学。

对于我们而言，交流学是对话语和实践的评价性研究，尤其是文化符号和代码的理解下的作为中介的表现体。它应用符号现象学方法论揭示文化代码和文化代码对知觉主体的塑造——一个正在行进的、辩证而复杂的螺旋体及其转而构成的意识和经验的反射性、可逆性和自反性。交流学理论与实践性通过描述、还原、解释而广泛应用于文化现象的跨学科理解。科学性研究的结果表现为描述（而非预测），在这种描述中，有效性和可靠性是基于所发现系统（代码）充要条件的逻辑构建，同时又是异常清晰（基于意识感知）和经验主义的（基于经验）。作为卡西尔、皮尔斯和更早的先驱胡塞尔一脉相承的逻辑，其方法论内在地具有启发式（符号学的）和递归的（现象学的）特征。

中国学者评说

［编者按］此文是对约翰·迪利《符号学与哲学现代性》一文的回应与评述。

哲学史的符号学透视

——迪利眼中"符号学对哲学的冲击"

周劲松

迪利的工作是无符号学性质的。在这部上千页的巨著《认识的四个时期》中，迪利会从对符号概念的追根溯源开始，把人类的哲学认识划分为四个时期，即古代哲学时期、中世纪、现代阶段以及后现代时代；按照更精细的考察，meta更具"后设"之内涵，所以这部巨著有个醒目的副标题——"从古代到二十一世纪初哲学的首次后现代性通览"。

一部哲学史是一种从事哲学的方式，或者甚至是提供一个引导文本的方式，其目的之一就是帮助读者理解当前的知识状况，给予读者某种启迪——我们怎么走到这里，从这里我们将走向何方。哲学史家罗素曾经说过：哲学家们是其所处时代的果，也可能成为塑造未来的因。迪利也坚持认为，如果一切历史都是当代史，正如所有的阳光都是今天的阳光，太阳光线无数，而实际落到我们身上的，则取决于我们在时空中所处的位置。

今天的我们，正处在现代和后现代之间的分界线上。"如果有个概念对于新兴的后现代意识至关重要，那么这个概念就是符号概念。而为了理解这个概念，没有什么比一种新的哲学史更为根本。"① 为了前瞻未来，我们必须有所回顾，迪利的眼光深邃，竟然把当代符号学充分放置于作为整体的哲学史视野和语境之中，以求展现从它在古希腊爱奥尼亚的源起到其新近成长为符号学的整个历程。

"符号学"（semiotics）这个术语来自希腊单词 δημειον 的词根部分，该部分翻译到英文中即"符号"（sign）。然而，就其本身，δημειον 在希腊语中根本不表示如我们今天的讨论所针对的、普遍意义上的"符号"，只表示极其专门的符号形式，尤其是那些同卜筮相关的符号形式，包括名声不佳的神谕、宗教卜筮以及更为正面一些的医学和水文学中的科学预测，换言之，在古希腊人那里，本体论和认识论宛如同一硬币的两面，而哲学对存在的最初探索，便开始于对二者之间交缠纠结关系的认识。此可谓符号发展的前符号学阶段，其关注的核心在于事物（things）。

改变古希腊人"自然符号"这种原初涵义的，是希波的奥古斯丁（Augustinus Hipponensis，354－430），事实上，由于奥古斯丁不懂希腊文，他错误地领会了 δημειον，但历史吊诡的地方是，"正因这种无知之幸，他［奥古斯丁］开始谈论总体性的符号，在总体观念这个意义上的符号，……提供了一个主题，让针对它的深入调查研究成为一种值得的自然和文化现象"②。符号，作为总体观念的符号，或者皮尔斯所谓"普遍的存在模式"（general mode of being），于是，成为符号学遗产中的头等的、根基性的要素，它标志着符号学意识的真正觉醒，其中人们关注最多的符号中的存在（being）问题。

从古希腊人的"自然符号"或 δημειον 过渡到奥古斯丁的"总体性符号"或 signum，我们从希腊哲学花季来到"黑暗的中世纪"。

每一部现代哲学史都本质性地关注现代意义上的科学从哲学中的分出，尤其是在 17 世纪中以及 17 世纪之后。从这个观点看，拉丁时代后期的许多持续的哲学发展会不在人们视线之内。我们已经习惯性地以笛卡尔作为起点来描述和呈现现代哲学，单纯地将其当作与拉丁传统的科学决裂的组成部分。

---

① John Deely，*Four Ages of Understanding. The first postmodern survey of philosophy from ancient times to the turn of the twenty－first century*，Toronto，Canada：University of Toronto Press，2001，p. xxx.

② John Deely，*The Impact on Philosophy of Semiotics*，Indiana：St. Augustine's Press，2003，pp. 63－64.

拉丁人提出而且澄清了关于符号的总体性概念，在这之后，现代性登场，这是朝向理解客体的一种新的方式，就这种面向客体的新方法导致"共识性知识"（coenoscopic knowledge）从主题和建制上对迄今为止的关于人类理解的崭新事业的确立只能是以"实验性知识"（ideoscopic knowledge）的方式确立而言，现代性可谓成功。然而，在刻意将自己同拉丁传统区别开来的过程中，现代哲学企图让自己同现代科学这项事业结盟，换来的是更痛苦的貌合神离：它仅仅是尴尬地，甚至是不自觉地认识到——迪利引用史蒂文逊的著名小说为喻，警告我们说——杰克博士的内心深处还有着海德先生！

从梳理"符号"概念历程这一角度，迪利又把认识的四个时期表述为符号概念的开端；概念本身的发展；概念的遗忘；概念的复苏和发展。普安索（John Poinsot，1589—1644）正是这一脉络上最关键的一位①。

"普安索是标志通向拉丁中世纪哲学之夜的晚星。但是，他在这些问题上的立场，使得他成为由皮尔斯将之带到黎明的后现代的晨星。"②普安索的贡献之一在于，清晰地阐释了符号是关系本体论的组成部分。他关于关系超主观性这一认识，使他超越了中世纪关于"真实存在"（ens reale）与"理性存在"（ens rationis）之间的纷争——作为关系的符号能够存在于两个领域之中，因而能够通过（作为理性存在的）表意活动捍卫客体同（作为真实存在的）真实事物那种关联关系。

现代哲学忽略了普安索这种思路，走上了唯名论的道路。这条死胡同被迪利称为"理念之路"（the way of ideas），这代表着从普安索所勾勒的"符号之路"（the way of signs）堕入歧途：符号之路是通往唯实论的道路，理念之路抵达的是知者和现实之间不可逾越的裂隙。不幸的是，不仅笛卡尔让我们没入怀疑之海，康德也并没有把我们拯救出来："现代唯心论的典型特征，正是把从头脑到自然的通道变成'无通道'，而康德根本没有改变这种状况。"③

现代哲学家们似乎都陷于沉思而不是修复这道"张开的裂隙"。不过，皮

---

① C. f. John Poinsot & John Deely, *Tractatus de Signis：The Semiotic of John Poinsot*, Indiana：St. Augustine's Press, 2010.

② John Deely, *The Impact on Philosophy of Semiotics*, Indiana：St. Augustine's Press, 2003, p. 27.

③ John Deely, *The Impact on Philosophy of Semiotics*, Indiana：St. Augustine's Press, 2003, p. 18.

尔斯为我们带来了不同的东西，因为"皮尔斯最终动摇了现代性面貌的双支架结构，即，人脑除首先是由自己建构起来的东西之外别无所知，其二，现代性之前的人，尤其是中世纪经院哲学家，对于哲学这里和认识的探求无所贡献"①。通过发掘普安索符号关系本体论的意义，皮尔斯让普安索的烛火发展成了真正后现代的黎明，迪利因此称皮尔斯从拉丁人那里复苏 signum 标志着哲学中一个新时期的开端。从奥古斯丁之最初提出总体性符号观，到普安索那里得到专门研究和证实，"我们看到的是一道炽热的符号风景，它伴随符号所专属的本体性的相对存在之中的有机统一，超越自然与文化、内在与外在这种分野，在其场地上来回运动，像羽毛球一样，而且根据不断变化的认识环境编织出经验之网，同时它滋养并维系意识和习惯在个体心中的成长，它超主观地为个体们所享有，构成我们以另一种方式称之为'历史'那种东西背后和其中的现实"②。

迪利站在现代与后现代这条分界线上，以符号学家的视角，筚路蓝缕于从古希腊到 21 世纪的整个哲学史的全面检核，而其中最闪光的，就是对中世纪经院哲学家的梳理钩沉，尤其是对被遗忘的符号学者普安索的全面重估，也许正是在这层意义上，"符号学极大地修正了标准哲学史的轮廓"③。迪利的工作中所凸显的从普安索到皮尔斯这条线索，的确可以作为符号学者深入哲学迷宫的阿里阿德涅之线，以此作为牵引，有机会一览或者是滚滚河流，或者是潺潺溪流，甚至是汩汩地下暗泉，这林林总总的思辨性思想构造出的哲学史样态。

作者简介：

周劲松，成都电子科技大学外国语学院。cicerocicero@163.com

---

① John Deely, *The Red Book*, Helsingen Yliopisto, Finland：The University of Helsinki, 2000，p. 7.

② John Deely, *The Green Book*, Houston：University of St. Thomas, 2000，p. 44.

③ John Deely, *The Impact on Philosophy of Semiotics*, Indiana：St. Augustine's Press, 2003，p. 96.

外论精选

〔编者按〕此文是约翰·迪利（John Deely）《符号学对哲学的冲击》（*The Impact on Philosophy of Semiotics*，Indiana：St. Augustine's Press，2003）一书绪论第二章。全译本将由四川教育出版社出版。

符号学与哲学现代性

〔美国〕约翰·迪利　著

周劲松　译

第一节　该问题的状况

如果我们问：在整个 20 世纪的历程中，符号学对哲学产生了什么样的冲击，那么，在 21 世纪之初的回答只能是"相当有限"，除此之外的任何答案都有夸张之嫌。这种状况，按照我的解读，将会发生根本性变革。在现代后期的星光中，在所谓"分析哲学"（analytic philosophy）于英语和西班牙语学术界中享有统治地位的不到一百年间，定期发行关于哲学规划的"期票"——通常是认识论性质的——已经成为习惯，却从来没有彻底兑现。当现代性和后现代性在夜色中相继登临舞台，前者在星光中渐行渐远，后者则向着灿烂的黎明迈进，我想举出一个属于反向操作的不经意的例子。我不想从一通简单的规划说明转到一个永远无法完成的伟大事业，而是想要对一项已经完工的庞大工程做出摘要（指作者一部上千页的巨著，即《认识的四个时期：从古代到二十一世纪初哲学的首次后现代性通览》[*Four Ages of Un-*

derstanding. *The first postmodern survey of philosophy from ancient times to the turn of the twenty — first century*. Toronto，Canada：University of Toronto Press，2001] ——译者），把当代符号学充分放置于作为整体的哲学史视野和语境之中，展现从它在古希腊爱奥尼亚的源起到其新近成长为符号学——符号学说的整个历程。

当然，我关于哲学建制不能够避免沿着符号学划出的路线重新装修自己的房子这种信念也许是错误的——但是，我已经太习惯于犯错误了，尤其是在做出预言方面，展望未来不会给我带来挫败感。这一次，无论对错，根据个人经验，我可以肯定地告诉你，即便情况尤其是在过去的二十年里开始发生了变化，符号学一直以来是、现在也仍然是处于哲学的边缘地带。特别是分析哲学，在历经整个英语和西班牙语学术界中哲学学术部门的所有主流范式的转换之后，对符号学仍然是不接受的，尽管表面上你有望见到，哲学中就语言学视角的某个主张对于符号学观点是接受的，特别是当你考虑到 20 世纪中对于符号的主流研究模式，即符号学（semiology），甚至对于总体的符号研究，也大肆强调语言学范式。但是，这种表面印象会因为以下这一事实而受到误解，即分析哲学范畴中的语言概念认识本身是属于一个自足的、整体的，即使这个整体是由符号所构成的体系。与之不同的是，符号学从一开始就坚持，语言的符号活动，人类语言范畴中的符号行为，远非一个自足的话语世界。正好相反，根据符号学的看法，符号行为超越了人类对符号的使用所设定的边界，而且，除非在许多围绕语言运用的层次上和符号行为始终进行合作，并且以符号行为作为基础，同时使其能够成功地做到无论何时以及无论什么程度上的真正成功（当然，一直都成功是远远做不到的），否则人类的符号使用甚至毫无可能。

的确，在符号学范畴中，众说纷纭的问题不是符号行为是否比任何对语言的理解都更为宽泛，而更多的是符号行为的范式延伸到多远。到目前为止，人们公认，符号行为或"符号活动"（semiosis），至少能够扩展到意识或认知发生之处，这包括了动物的符号使用，或"动物符号活动"（zoösemiosis）的整个领域。这已经挫败了索绪尔在"符号的符号学模式"（the semiological model of sign）中所体现的那种主张，这种主张将符号研究作为现代唯心论的一种变体（唯心论是具有现代性特色的哲学学说，根据其观点，头脑仅仅知道头脑本身构成或制造的东西）。在符号学范畴中的符号操作模式下，每个

符号都存在于关联三个术语的关系之中，术语之一执行"再现他者"（other
-representation）的载体功能（皮尔斯据此称之为"再现体"［representam-
en］），术语之二执行"再现自我"（self-representation）或"客体化"（obe-
jectification）功能（皮尔斯称之为"客体所指"［object signified］，这是一个
有些冗余的表达，对此我们后边将谈及），术语之三在表意活动本身范畴之中
执行关联功能——即使当再现体或符号载体是自然事件的时候，譬如冒烟的
火山，对此将会在后面论及——把再现体与其"意指"（significate）关联起
来。由是，三者构成了一种三元关系。在此基础上，皮尔斯追随其拉丁前辈
们的做法（他本人那些后继的现代追随者是难以承认这一点的）——他正是
从这些拉丁前辈们那里认识到这一事实的——将所谓严格意义上的符号认同
为一种三元关系。因此，皮尔斯正如他之前的拉丁前辈们所做的那样，尤其
以普安索（Poinsot）为榜样，对所谓宽泛意义上的符号（signs loosely so-
called）和所谓严格意义上的符号（signs strictly so-called）进行了区分，前
者在严格意义上是再现体，后者即三元关系本身，它如此这般地既不同于符
号范畴中统一起来的三个术语中的任何一个，又不同于符号关系所构成的网
络这个范畴中的诸多相关客体。

今日符号学中的"众说纷纭的问题"，因此，不是 semiology 是否该携手
semiotics，或者投入后者帐下，而是符号学的边界是否比"动物符号学"
（zoösemiotics）还要来得广阔。并且，在这个问题上出现了两种立场。比较
保守的立场是，试图把符号学扩展到包括动物和植物在内的整个生命之物。
这种扩展 1981 年由马丁·克拉蓬（Martin Krampen）在"植物符号学"
（phytosemiotics）这个特别标签下首次正式提出并加以探讨。"植物符号学"
指对植物生命领域中的符号行为进行研究，这一主张很快受到人们的嘲弄。
但是，尽管我最初也跻身怀疑者之列，却最早对之采取捍卫行动。在符号行
为以及由此而来的符号学范式能否被扩展到认知生命这一疆界之外这个问题
上持保守观点的一派，汇聚在"生物符号学"（biosemiotics）这一宽泛的标
签下。

更为激进的一派（皮尔斯本人必然算是其中巨擘）并不争论把植物符号
学同动物符号学一道纳入生物符号学的问题，而是声称，即使是这种扩展仍
然是有疏漏的，也就是说，围绕在生命之物周围、所有生物赖以生存的总体
的物质性世界被排斥在外了。迄今为止，对于能够促生、维系生命的物质性

世界发展的研究都是放在进化（evolution）这一框架之中。今日的符号学激进派争辩说，符号行为的特点正在于以未来事件作为基础，来塑造当下，因此也是在其持续性之中来塑造过去。基于这种考量，符号行为（或"符号活动"[semiosis]）即使在岩石之中，在群星之中，也能够得以辨识——这是一种可验证的"物质符号活动"（physiosemiosis），对其的理论证明和实际探索标志着符号探索的最终边界。所谓"最终"，只是就由有限存在所构成的宇宙中已经没有任何有待符号活动探寻的所在而言，现在已经发现，（如果物质符号活动这个概念最终得到证明的话，）只要是有限存在相互作用的地方，它都无处不在，这样，皮尔斯关于宇宙是一个整体的说法便得到了证实，即便它并不仅仅只是由符号构成，也还是处处充斥符号。

在保守的生物符号学家与相信皮尔斯关于有限存在为符号活动所充斥这一基础性直觉认识正确的激进派人士之间，"研究语言的哲学家"已经在知识竞赛中尘埃落定，受到抛弃，事实上，这场知识竞赛带领哲学本身超越了现代性和以现代性作为其一个独特哲学时期的身份那种知识范式。

且让我们对这种状况做出思考，因为，如果没有关于哲学中现代性的清晰理念，为后现代性这个标签有无意义而争执不休将是毫无裨益的。

第二节　在哲学范畴之中界分现代性

幸运的是，尽管我们的哲学史家们似乎没有想到什么方法，要明确现代性是整个哲学史中的一个特定时期或时代，事实上倒并不是那么困难的，至少在我们以符号化的眼光进行回顾的时候是不困难的。我们只需要对现代性能够得到清晰而准确凸显的那种具有界定性的假设做出思考：在其远端（按照世纪末的用语就是"早期现代哲学"），有拉丁知识和古希腊哲学各个主要流派（只是怀疑论要撇在一边，因为与其说它是一个哲学流派，不如说它是一种坚定的心理态度，在每个时期都能毫无例外地找到）；在其近端，有作为典型的后现代知识文化现象的符号学本身。

首先讨论远端。希腊人和拉丁人都同意，在人类经验中有一种经验客体范畴内部的维度，它不会化约为我们对这些客体的经验，而且这一维度（希腊人称之为 *ov*［在］，拉丁人称之为 *ens reale*［真实的存在］）给予"真实"（reality）这个术语以一种"核心"的感觉。确切地说，在希腊人之中，在希腊人和拉丁人之间，对于这一维度的确切界分——主要地（譬如在柏拉图和亚里士多德之间）集中在由感觉认识直接而本质地揭示出来的该经验维度是否应该归入"真实"（the real）这一项之下，是有着重大分歧的。但是，并非人类头脑制造且与人类观点、信念、感情等无关的现实是存在的，对于这一点，无论希腊人还是拉丁人，都是有共识的。

联系主流希腊和拉丁流派的关键点比此更进一步。那些流派进一步同意，现实的这种维度，按照其恰当构成，能够在人的思维中达成，也就是"已知"（known），确切地说，这种已知并不是圆满的，而是渐进的、逐步增加的，他们的这种乐观体现在亚里士多德的箴言"人类头脑能够成为一切事物"（anima est quodammodo omnia）之中，拉丁人将此继承过来，并在他们之中处处都得到了承认。而且对于这种信念也没有一条单一的规则，而是有着许多的规则，在后来关于存在的先验特性的中世纪学说中甚为显著，也就是说，由存在与可理解性——"交流与存在"——具有共同边界这一事实得出的那些特性（"存有与善互换"[ens et verum convertuntur]，"善"[bonum]与"物"[res]之间等等，也同样是如此）。

现在看来，早期现代人正是通过否定这些东西而开始的。值得注意的是，他们对于存在和可理解性之间拥有共同边界做出的最初否定是漫不经心的，对之他们并没有做出清晰表述，只是在从未进行过核查的共有假设中有所体现，这一假设通过其取得的结果，得以在其认识论发展中把现代性定义为哲学，与之相对的则是我们现在按其本身特点辨识为科学的另外一种现代特色的发展。这个盲目做出的至关重要的假设所关注的是，在一方面形成感觉，另一方面形成感觉认识的过程中，起作用的根本手段是具有同一性还是缺乏同一性。

拉丁人中所争论的，是"感觉"（sentire）和"感觉认识"（phantasiari）之间的根本区别。这场争论涉及意识中精神意象（"概念"[conceptus]或"明确分类"[species expressae]）的构成和作用：它们在感觉中从一开始就是意识不可分割的组成部分吗？或者，它们只是在感觉被这个或那个被经验客体中所结合并且被转化成这个或那个被经验的客体（某种有待寻求、回避或安全地忽略的东西）才出现吗？在这个问题上所采取的立场，大致在拉丁时期进入其最后三百年之时，使得托马斯派（Thomists）与斯多亚派（Scotists）从奥卡姆派（Ockhamites）与唯名论（Nominalists）中分裂出来。根据托马斯派与斯多亚派的观点，我们应该注意这样一个事实，即客体只是在某些时候在经验中被给出，它们根本就不出现在物质性环境之中。我们更应该注意到这个进一步的事实：即使直接物质性环境中出现的客体，其被"给出"的方式，也并不正是它们作为存在而被经验的那种方式。狼的叫声"本身"（in itself）并不让人觉得动人或厌恶，而是要根据听到其叫声的我是羊或其同伴来决定。所以，认识需要同作为一种刺激的感觉相互区别，和不涉及的不同，认识要涉及将其展示为"其所是"的主观阐释因素。在感觉中，主观性、有机体的身体类型，只选择（而且是有预见性地这么做）能够被分辨的东西。但是，认识通过加于其头脑本身所规划的各种客观联系，阐释所选择的东西。这种主观阐释要素，正是拉丁人之所谓"概念"（concept）或"明确分类"（species expressae），现代人之所谓"精神意象"（mental image），或者我们今天之所谓"心理状态"（psychological state），甚至按照更流行的说法，即所谓"认知类型"（cognitive type）。这是主观性不可分割的组成部分，人们认为是它把任何一个具有认知有机体同世界其他部分分隔开来。

现在，尽管笛卡尔和洛克（Locke）对于人类特有知识的起源中产生了"理性主义"与"经验主义"的感觉，作为内在性地对现代性做出区分的知识潮流到底起着什么作用看法不一，但是关于有可能在人类意识范畴中追溯一种水平这种念头是双方都不会有的，这种东西并不自发地依赖以"精神意象"或观念的形式表现出来的主观性的阐释反应。简言之，现代人将中世纪拉丁人的争论抛在脑后，简单地认定了那正在消逝的一方。理性主义者和经验主义者都开始于这种设想，即在精神活动之中并由精神活动所形成的再现正是意识的诞生。进一步的后果是，如果的确如此，那么在其依赖头脑的方面便无从走出客体，没有路径从客体走进"真实存在"（ens reale）作为其组成部分的结构，没有办法断定就其性质上与人类信念相悖或与之无关的对"在"（ov）那种惴惴不安的把握是否合理：理性主义者或经验主义者双方，都从来没有充分和明确地意识到这一后果。就早期的现代奠基者们的确意识到这一后果的程度而言，笛卡尔和洛克两人都尽其整个的思辨天赋做出规避。对于康德（Kant）来说，对这种现代设想进行系统化而且毫无芥蒂地拥抱它这种殊荣已经失落，其他人只是徒劳无功地试图围绕其后果做些工作罢了。

鉴于中世纪晚期关于感觉和感觉认识之间未有定论的分歧这种争论和现

代意识差得越来越远，到休谟（Hume）时期，已经连一丝记忆都没有留下。休谟宽慰我们说："没有一个具有反思力的人会怀疑，我们所考虑、所说的各种存在，当我们在说这座房子、那棵树的时候，只不过是人脑中的感觉认识。"的确，早在 1710 年，比休谟早 38 年，比普安索揭示感觉（相比于感觉认识）的符号学性质——作为一张自然决定的符号关系网，在有机体感觉的性质基础之上连接起物质性环境和认知有机体——大约早 78 年，贝克莱（Berkeley）就已经对之有了这样的看法：

……人们有一种特别流行的主张，以为房屋、山岳、河流，简言之，一切可感知的东西，都有一种自然的、实在的存在，那种存在是和被理解所感知的存在不同的。不过世人虽然极力信仰、接受这个原则，可是任何人只要在心中追寻这个原则，他就会看到，它原含着一个明显的矛盾。因为上述的客体只是我们借感官所感知的东西，而我们所感知的又只有我们的观念或感觉；既然如此，那么你要说这些观念之一，或其组合体，会离开感知而存在，那不是矛盾么？

现代性的巅峰发展、康德恢弘的三大"批判"，所需平台如此得以铺就。被休谟从教条主义沉睡中唤醒了的康德发现，处在人类再现外部的世界存在尚待从笛卡尔曾试图让现代哲学景观没入其间的怀疑之海中被拯救出来，堪称哲学的丑闻和对理性的冒犯。但是，康德没有对中世纪所尝试的感觉与感觉认识之间的真正分野重新做出思考；在中世纪人的认识中，感觉被悬而未决地以为是如此这般，感觉认识的特性在于阐释外感受性器官有选择地呈现的那些感觉，但就符号活动方面而言，那些感觉却是物质性因素的性质将其组织在那里的，这些在这种互动中起作用的物质性因素既是环境的，又是有机体性质的。

相反，伴随着现代性所特有的审慎，康德为我们呈现了外部世界"唯一可能的证据"，他所引入的与其说是一种区分，不如说是"物自体"（thing-in-itself）与"现象"（phenomenon）之间一种可以验证的分离，前者具有外在真实性，就内在本质而言却不可知，后者整个建构在再现基础之上，而再现是有机体在这些不可知的"事物"影响之下造成的，并在这之后通过理解自身而"得以成形"（指就人而言，因为动物符号学并不在康德的范畴之内），这样就从理性一面修复了休谟的分析所展示的在"事物"那一面所永远失落了的东西，即位于必要性之下的那些概念，基于这些概念，科学知识宣称不能化约为习惯的相互关系具有一种客观的因果。

当然，我们必须小心。概念本身有可能失控，或许会在缺乏警惕的分析片刻溜号。这种情况下，"实在"（noumena）就会出现，空洞的概念与对感觉的"直觉"再现不相称，也不以之作为基础。为了防止为不可知打开这扇方便之门，康德提出了他的著名箴言："无内容的思维是空洞的，无概念的直观是盲目的。"（Gedanken ohne Inhalt sind leer，Anschauungen ohne Begriffe sind blind.）通过这种方式，在晚期希腊和拉丁传统中以"形而上学"（metaphysics）作为特色的这项事业，即关于原则上不能归入感觉的直觉的"真实的在"（ens reale）这种知识，于是——再一次地，伴随着现代性的特别审慎——在康德1783年的著作《未来形而上学导论》（*Prolegomena to Any Future Metaphysics*）中被叫停。

康德本人对他所谓超越或外于我们对客体的再现的世界那种"唯一可能的证据"如此心醉，以至于他认为他让任其在内在本质上不可知是无足挂齿的小节。在唯心论背景上，他认为，他已经阐明唯实论是一种先验的唯心论。对于唯实论，他认为，肯定有一个独立于我们再现之外的不可知的世界已经足够——不必对它的内在可知性耿耿于怀（或许更应该说，是缺乏这种可知性）。这种"唯实论"今天由普特南（Putnam）等人从分析哲学范畴内部提出，当成了"科学的唯实论"对现代唯心论的胜利，仿佛在康德之前的现代性同在他之后的现代性有着什么原则上的不同。因为胜在何处呢？胜利须有不同来进行区分。在这里，我们见到的只有没有不同的区分，因为现代唯心论的典型特征正是把从头脑到自然的通道变成"无通道"，而康德根本没有改变这种状况。符号学做到了这一点——但这是后话了。

也许有简洁之嫌，我们且总结性地来面对关于同康德的头脑哲学相互一致的经验主义立场可以合法地享有"唯实论"这一名号这种主张吧，这样可以表明，如果语词是它们所是的那个样子，这样的主张是可以得到表述的，但是，这种表述必然是空洞的。当然，现代哲学从一开始就拥抱和体现了唯名论，正如皮尔斯如此尖刻地指出的那样。在唯名论下，所有普泛性术语都是"响屁"（flatus vocis）。"唯实论"为什么就不是呢？的确，为什么不这样。名字中有什么呢？如果在现代晚期的分析哲学中就是用"唯实论"来表示唯实论，那么"bark"就是风刮过树梢的声响，或者就是穿在狗身上帮助其躲避风吹雨打的护体装。我们在这里处理的正是这样一种"唯实论"，它既不天真也不批判，只是空洞——"空洞的唯实论"。

仔细考虑现代哲学的开端，要讨论主流发展，就会讨论到与拉丁时期的决裂。当伽利略和笛卡尔经历他们那种状况，新的学识、"现代"哲学，有待从基于语言文本的阐释的权威（对各种世俗以及宗教权威的"评述"），转向建构以数学形式表现的实验结果这种新权威，而所有这一切都是基于对上帝所撰"自然之书"的直接解读。起初，1616 年"圣哲"红衣主教罗伯特·贝拉明（Robert Cardinal Bellarmine），这位现代早期罗马的托尔克马达，亲自出面攻讦哥白尼（Copernicus），二人事实上曾经并肩携手，对这场丑闻之后的几个世纪中被奇异神化的心智和方法的合法性发出挑战。

但是很快，不管其本身如何，两大巨人的追随者们发现他们开始分道扬镳。当时没人这么看这个问题，但是，事实上进行着的，是一项全新人类理解事业的兴起：实验性知识（ideoscopic knowledge）得到专题性的追求，传统哲学那种共识性"科学"（coenoscopic sciences）只能为之提供一种框架，而无法对这种追求取而代之。伽利略派这一脉，在将物理学带至一个新的、实验性基础的过程中，会导向牛顿（Newton）、爱因斯坦（Einstein），会导向休斯敦的登月和太空飞船探索计划；笛卡尔派这一脉，由洛克和笛卡尔在精神再现中的知识起源问题上共有的假设加以界定，则导向休谟和康德以及一种并不心甘情愿的信念，即与人类头脑相悖并独立于其外的现实世界，就其"本身"，就其自身的存在，就其物质方面的主观性，作为"真实的存在"（ens reale），永远都是不可知的。现代哲学，简言之，开始对现代科学玩起了"化身博士"的游戏，其践行者仍然坚信，现实就是正在被揭示的东西，越来越受到人类实用知识技巧的掌控，正如中世纪的阿奎那所表示的那样：对自然存在的思辨性认识，在人类找到把对自然的那种认识付诸运用的方法之时，通过扩张而变得实际了。

当然，洛克曾经试图介入笛卡尔式的现代发展之中，以求为我们的感觉在滋养人类认识发展中所起的作用正名。但是他的干预对于扭转哲学中主流的现代发展之偏离符号研究并没有起到帮助作用。因为，通过接受笛卡尔把客体化约为由头脑所制造的再现，他丧失了抵押品赎回权，认识为把握客体而在自然与文化两个领域中穿梭往返那条唯一的通路没有了，把后者（文化），如维柯（Vico）所说，当作我们自身建构之物，即便前者（自然）似乎是出自上帝之手，对此，现代人大致作如是观。

准确地说，拉丁人渐次地受到现代性之火的烤炙须怪罪自己。在拉丁权威滥用哲学和神学的暴力发作，而新一代心头对之萦绕不去的意识淡忘之前，必定经过一个美好的间歇。也许，不可避免的是，伴随着关于这种记忆伤口的愈合，晚期拉丁人在照亮人类理解努力的性质，启迪理解所依赖并受其滋养的符号的经验结构方面，所取得的思辨成就，（如我们现在在回顾中所认识到的那样，）应该也在一时间被淡忘。但是，该是对这件事分出精华与糟粕的时候了，该是回溯拉丁哲学和文明的各个领域，看看存在哲学领域中什么可以得到保留，什么可以恢复名誉的时候了——毕竟，这是哲学范畴中所抵达的最广袤的阐释疆域；可以争辩说，这是最合于理解本身作为人类塑形体系的语言维度那种性质的，仅仅凭借于此，便在我们对客体的经验范畴中达成了摆脱感觉认识疆界的相对自由，或超越其上的先验性，并非一切客体都化约为我们对其的经验。

在这一任务中，康德及其后继者的工作，虽然在现代一脉中无比强势，却没有什么帮助，只是增添了需要撇开的谷壳而已。正如两个都想要的那些索绪尔的追随者们——复兴符号概念，却又让认识论方面的东西留在康德留给它们的位置上，这些当代哲学中的准"唯实论者"（天真，具有批判性，而且一概地空洞）找不准问题的焦点。概莫能外，这些思想家们都属于现代晚期（late modern），甚至属于超现代（ultramodern），但是绝不属于后现代（postmodern）。因为（哲学中的）现代性是紧随唯心论之后的。后现代哲学既不是先于现代性这一意义上的唯实论——皮尔斯称之为"经院式的唯实论"（scholastic realism）——也不是将知识局限在全然由头脑所塑造的再现产物之中那种唯心论，譬如康德所想象的那种。哲学中的后现代主义，确切地说，乃是采取一种立场，有如实效主义（pragmaticism）之不同于实用主义（pragmatism），本质上是融合了而不是化约为对人脑在客体中辨识特色鲜明的诸方面这种能力的肯定。因为我们在客观世界中经验的诸方面，既属于物质的存在，又属于客观的存在，同时，我们通过对客体化的批评控制，分别这些方面——确切地说，难免有错——与只属于客观存在、只有客观性这种现实的其他方面。更有甚者，我们经验的那些方面，尽管属于两个系列，似乎像现实一样，更多地属于客观性而不是物质性——好比大学的教区长、教会的牧师，或者政府的官员。从主题方面看，作为能够把实验性的客观方面那种极端多样性纳入一种理论统一而出现的这种立场，正是符号学的立场，这种存在立场是符号所特有的，首先是在建构经验的活动中，其次是在通过经验滋养象征生于其中并因其而生长的理解活动中，符号都能够在自然和文化之间穿梭往返。

好比土地测量员能够很好地（向他致敬）在公共领域中，而不只是在他自己头脑的私密领域中，把多佛海峡的崖壁与不列颠的合法边界分开，正如把既是物质的又是客观的那种东西与只是客观的那种东西分开，而且不必否认，地质学家对多佛海峡崖壁构成的内部结构，客体化了的主观性，有着某种天才性的把握；所以，符号学家能够对符号关系进行区分，有其一只手中拥有先于人类经验的根的符号关系（诸如关于所谓自然符号的情况，譬如烟让人意识到火），也有双手所拥抱的不过是习俗和文化所构成的人类世界的符号关系（诸如所谓习惯符号，譬如国旗让人意识到国家）。"真实的存在"（ens reale）或"理性的存在"（ens rationis），独立于思维之外或依赖于思维的存在，都不曾被逐出符号学的范围，因为它关系到客观性，"作为人类的知者"（the human knower）是难免会犯错误的。

把符号学与现代性之前的哲学区别开来的，须包括"真实的存在"（ens reale）在内，而不必专门受其所制，或为那一种存在而耿耿于怀。符号学不仅仅是对唯实论的复兴、修复或复归。但是，在建构客观经验世界的符号活动的框架之下纳入"理性的存在"（ens rationis）的过程之中，符号学说并没有把"真实的存在"（ens reale）作为"不可知"（unknowable）排斥在外。物自体和不可知在符号活动中是无法兼容的概念，正如黑格尔（Hegel）——这位身处现代前夜而壮志未酬的符号学家——在向人们揭示康德三大"批判"这把手术刀过后科学探索那被切断的神经时所说的那样。黑格尔是建构一种后现代视角进程中早夭的尝试，但是，他所做的工作预报了即将到来的事物，宛如一只飞向夜色的智慧的猫头鹰。然而，充满期待的后现代哲学前景，不可能是依循康德一脉的；因为康德一脉更多的是精确地划出了现代性本身在认识论事件中的边界，换言之，在和哲学有关的一切之中，它都意识到了它与现代科学事业之间的不同（起初这一点并没有得到承认）。

"好比腓利比的囚徒"，对于杰克博士变成海德先生，史蒂文逊说道："内在的东西向外溢出了。"我们完全可以同意亚瑟·柯林斯（Arthur Collins）

所说的:"康德的思考不需要什么现代化,它直接就可以运用于我们的哲学问题。"但是,之所以如此,原因正与柯林斯想要让我们以为的相反。柯林斯认为,既然"康德那种激进的主观主义并非对认识客体的精神状况的承诺",那么,这足以直接使得他的工作越过唯心论,让其所做的工作成为一种名副其实的"基本的反唯心论哲学"。

就让柯林斯为那群勇敢的当代思想家们充当代表吧,这群人想要证明康德是一个"唯实论者",一个"科学的唯实论者",一个"注重分析的唯实论者",近来人们常常把这些挂在嘴边,仿佛"科学的"(scientific)这个形容词(这就是唯名论的威力)以某种方式神奇地证实了一种光复了失地的现代的认识论,在基于头脑再现的现象与先前的外在于且独立于那些再现的事物之间,建起一道"无通道"的障碍。在唯实论与唯心论基础之上的诸多心理变体之间的斗争中,看看这支哲学轻骑兵所发起的英勇却未免悲剧的冲锋吧。

这种辩解如下。笛卡尔和洛克都把直接经验的客体等同于主观精神状态的观念。康德,与之相反的,把直接经验的客体同主观性的精神状态分开,并赋予那些客观性的东西一种相关的、必要的结构,在它们反对主观精神状况——它们正是以此为基础超主观地作为客体而存在——这一有限意义上,以为它们是真正客观的、"公共的"。这种凭据得出的结论就是,康德的思考能够"从唯心论的阐释中被拯救出来"。

这种辩解失败的原因如下。一边是笛卡尔和洛克那种主观主义,一边是康德那种客观主义,柯林斯在两者之间做出的对比,就其所对比的而论是准确的。但是,这一细节上的对比并不足以抹杀那种更为深层的唯心论者的联系。因为"唯心论的本质"并非"我们在经验中直接理解的事物就是——作为其精神状态——存在于我们自身头脑中的现实"(柯林斯先生,请恕我无法苟同);而是无论我们在对其所理解的一切之中理解到了什么,它都是我们自己头脑在构成再现的自行努力中的产物,无论它是直接的(譬如头脑中的"观念")还是间接的(譬如终结以观念为基础的那些关系的"客体")。我们在我们对其所理解的一切之中所直接理解的事物,是头脑本身做出的(无论按照康德,把它们看成客观上与主体相对,还是按照笛卡尔和洛克,把它们看成知性主体的主观调节),都和外在于且独立于这些努力而存在或可能存在的东西不同,且无论这东西是什么。这就是现代唯心论的真正本质。

为了探究、证实经典主流发展形成的年代,普安索早就干脆利落地深入到这个核心要点了，可是在这一点上却被他那些追随笛卡尔的同辈人所忽视。有了对唯心论核心学说的如是正确理解，康德思想获得解放是不可能的——这是一个原则性问题。康德哲学不需要现代化，因为它实质上就是现代的，彻头彻尾地是现代的。如果康德思想的蕴涵在后现代框架中不管怎么说都不可接受，那恰恰是因为它们彻底的现代特性。普安索是标志通向拉丁中世纪哲学之夜的晚星。但是，他在这些问题上的立场，又使得他成为由皮尔斯将之带到黎明的后现代的晨星。即使是弗雷格也可能同意，如果他幸运到让他的逻辑世界受到后现代黎明的符号之光侵入，该有多么好。

中国学者评说

［编者按］此文是对塔拉斯蒂《存在符号学》第一章的回应与评述。

符号与存在
——塔拉斯蒂存在符号学简述

魏全凤

埃罗·塔拉斯蒂（Eero Tarasti，1948），芬兰符号学家，国际符号学会主席。塔拉斯蒂在符号学研究领域取得了重大成就，曾出版多部符号学论著，如《符号学导论》(1990)、《存在符号学》(2000)、《价值与符号》(2004) 等等。而《存在符号学》可谓是存在主义与符号学结合的重头之作。在书中，作者试图建构一种新的"存在符号学"理论。在后现代思潮泛滥的今天，用"存在符号"来代替无中心的符号游戏，无疑是建构后现代主体的先锋尝试。

从 20 世纪初开始，符号学经历了重大的发展，从索绪尔、皮尔斯的第一代经典符号学理论，到列维－斯特劳斯、格雷马斯的"第二代符号学"，再到以艾柯、德里达、福柯为首的第三代符号学家，显示了符号学发展的蓬勃趋势。不过在塔拉斯蒂看来，第二代符号学只是把经典符号学放到了知识的背景下，第三代符号学家则重在反映永久价值的条件性、信仰缺失、后现代人的内在冲突，而不关注结构本身。令人遗憾的是，结构主义的黄金时代之后，尚未有人创立新的符号学理论。面对纷繁复杂的世界，符号学家似乎一筹莫展，"将这种动态的、时间的、流动不止的世界模式化，可能吗"？而塔拉斯蒂就试图进行这样一种尝试。

作者创立"存在符号学"理论的灵感来源于存在主义哲学家，如克尔凯郭尔、海德格尔、雅思贝尔、让·瓦尔和萨特。此外，还受到康德、黑格尔、谢林以及其他德国哲学家的启发。

作者关于存在符号学的理论基点是：

1. 现实由"能量场"组成，普遍存在着特定的法则，要对其进行描述或者归纳是相当困难的。只有参与其中而非外在观察，才能辨认事件之间的联系，去识别内在于符号本身的微生物般的生命。

2. 符号的存在时刻是在符号形成之前或之后，因为符号的生命不会停下来，它们总是不断形成新的文本或情境，只有在特殊情况下才能将文本或情境分解成一个个清晰的单元。变动不居的符号流，模仿承载它们的主体的内在运动，稍作停留、静止，到达自在存在的阶段。此时，形式和本质、物质和心灵、交往和意义统一于一性。可是，停留总是暂时的。

3. 符号分为强符号和弱符号。弱符号需要从情境中获得力量，它们自身没有任何内在的力量。甚至能形成结构的部分符号也是弱符号。在结构之外生长的符号常常拥有超强的持久性。

4. 阐释者和被阐释者之间的辩证关系。每个人希望自己很重要，希望对自己和他人都充满意义，渴望被人理解，这种欲望成为有意义的行为的出发点。因此，符号本身不再是关注的焦点，取而代之的是对话，不仅包括人与人之间的对话，也包括人与文本之间的对话（阐释、言说）。罗兰·巴尔特的"可读"和"可写"的概念，就包含这种本质的区别。

5. 在分析过程中，"泰然任之"的原则是关键所在。分析不能通过外力破坏现象或者改变现象，解释只有在此在世界的内部才是可能的——但同时要超越它。

"存在-此在"这一模式的观念基础是：主体生活在这个世界上，凝视并努力寻求超越，因为他/她体会到纯粹"此在"的存在是不充实的。根据克尔凯郭尔的观点，人永远不能完全成为存在本身，他只能以此为目标。存在是一种"becoming"的超越的过程。而在此过程中，主体必须首先在客观符号中找到自身，简而言之，就是此在。那里包含着客观符号学的一切正确的规则、语法、生成过程。但是，接着，主体认识到了他的存在周围的空虚和虚无，它们发生在他之前或他之后。主体必须朝向"虚无"进行一次飞跃，飞跃到萨特描述的虚无王国。

在虚无的照亮下，整个早期的"此在"似乎失去了它的根基，它看上去是无意义的。这构成了超越的第一行动，或曰否定。但是，主体继续向前运动，接下来是超越的第二行动。他遇到了虚无的对立面——普遍性。普遍性是充满意义的，但是却以某种超个体的方式，独立于个体自身的意义行动之外。这种行动也可称作"肯定"。这一行动的结果，是他找到了皮尔斯所说的根基。它对停留其中的主体辐射出一种新的意义。在二度超越之后，主体返回此在和世俗性之中。现在他创造出新的纯粹存在的符号和客体，但只有主体才能理解本质，并且主体自身还是要经过否定和肯定的虚无和充实这一条路径来理解。

因此，什么是存在的符号呢？首先，它们从此在世界分离开来，开始在缺少引力的虚无的空间里漂浮。符号表现出悬浮状态，就像空中漂浮的物体——或者，不是物体，而是物体的符号或者能指，是已经移向充实状态的符号。符号可以分为两类，它们可以把所指留在此在的客观世界，也就是说，是空虚的、没有任何内容的纯能指在移动。但是，相反的情况也会发生：覆盖在表层的符号的物质性可能停留在此在的世界，而符号的内容已经移向了虚无的环境。

当然，是超越着的主体通过存在行为使符号发生运动。意志、愿望、能力、知识——所有这些转向虚无的领域时，在朝"不存在"的黑暗中心运动时，它们会逐渐消失。相应地，当它们返回时，又开始但也许是以一种全新的方式同这些模态建立起联系。模态在访问了虚无之后就与过去不同了。符号又在充实中变得密集和沉重，坠满了根基。

作者认同海德格尔和雅思贝尔的观点——"真实以阻力的方式呈现"。主体被所谓"现实"的事物所囚禁。现实对于主体而言是无法改变的，现实限制主体的行动，主体的行动与现实对立。但是这种阻力来自哪里呢？在超越的领域还是在此在的世界？

只有当他者与阐释的主体或机构不融合时，交往才是可能的。因此，所有基于融合和浸合原则上的交往和传播形式基本上只会破坏交往。为交往制造必要阻力的他者，可以是任何与验证一个人价值、行为、观点相对抗的事物。现实不一定是可以通过测试或实验来客观有效地解决问题的经验的物理域。并非如此，现实可以是一切在主体行动和运行时制造阻力的事物。对于克尔凯郭尔来说，这种阻力是上帝，对他而言，上帝是一个完全真实的存在。对萨特来说，这种阻力是虚无，在它面前人照见了自己的存在、责任和存在本身，这些是他哲学中的关键词。对皮尔斯来说，阻力是他称之为客体的宇宙的一部分，人可以对此发问。对黑格尔来说，这种阻力是历史，尽管这种阻力具有破坏性。

根据阻力的层次、质量和程度的不同，出现了各种话语。如果阻力处于比叙述者更高的层次——例如叙述者是哲学家或符号学家——结果就出现了具有神学或神话特征（克尔凯郭尔、尼采）的文本。如果阻力与叙述者处于同一层次，会出现实用的文本，它在实践的、经验的层次移动（皮尔斯、作为作者的萨特）。如果阻力比作者低一个层次，产生的就是喜剧的、怪诞的或反讽的文本（如波西格的《里拉》、尼采的《快乐》、伏尔泰的《札第格》或狄德罗的《拉摩的侄儿》）。

在这一模式中，超越行为就通过否定和肯定得到实现。第一种是否定。它是朝向空虚的飞跃。在这次飞跃之后，主体回到他/她的世界，只是为了体验对象，那些对象失去了先前的一些意义。但是，主体不再处于遭遇空虚时引发的存在主义焦虑之中。确切地说，他/她走向另一种体验，这种体验具有一种与原初相反的本质。当主体第二次回到此在世界并创造符号时，这些符号便具有了存在意义，因为它们反映出了主体超越之旅的意义。

接下来是肯定，通过肯定，通过远距离扫描，了解它们穿过前一层面的不足，好像它们是根据更深层面的参考框架做出的承诺。前符号变成行动符号意味着抛弃前符号，通过否定前符号来支持行动符号。正是在这种分离与返回的过程中，符号转换为连续的运动；它们不再是一成不变的对象，而是以全新的方式自由塑形。

以上简述了塔拉斯蒂存在符号学的主要观点和思路，展示了符号的存在之旅。不过这本书还远不只这些，作者还对一些存在符号学中的基本范畴和应用范畴进行了精彩的阐述和分析，比如内在范畴和外在范畴、理解与误解、焦虑符号、本真性与非本真性、结构主义与存在主义、符号与价值、后殖民符号、景观符号、场所符号、广告符号、迪斯尼符号等。作者在本书中体现出来的纵横捭阖的思路、高屋建瓴的建构，让读者不得不叹服作者知识的广博和视角的独到。书中进行的"存在符号学"理论的建构，无疑是后现代沙漠中的一盏明灯，指引人们在海市蜃楼中去捕捉人的存在。

外论精选

〔编者按〕本译文为芬兰著名符号学家、世界符号学会会长埃罗·塔拉斯蒂（Eero Tarasti）《存在符号学》（*Existential Semiotics*）的第一章。中译本将由四川教育出版社出版。

通往存在符号学之途

〔芬兰〕埃罗·塔拉斯蒂 著

魏全凤 颜小芳 译

新理论和新思想诞生之初鲜有完整的体系，用来解释文本时，它们很难保持一致。不仅如此，一些观念还会抗拒系统化或"科学化"的表达，因此很多学者采用格言、诗歌或者小说的措辞来阐述。新的"存在符号学"（Existential Semiotics）方法就与这种方式如出一辙。一些基本论点以直觉的方式出现在我脑海，而我只能用只言片语来表述。

作为一名符号学研究者，我面临着极具挑战性的任务。光阴倒转，几十年前，第一代符号学让位于第二代符号学理论。然而，从皮尔斯（Peirce）到格雷马斯（Greimas）再到西比奥克（Sebeok），经典符号学一直没有失去关联性和有效性。即便是后来的福柯（Foucault）、巴尔特（Barthes）和克里斯台娃（Kristeva）的著作，也可以称为"第二代符号学"，更不用提艾柯（Eco）、德里达（Derrida）、博得利亚（Baudrillard）、博迪厄（Bourdieu）以及认知科学等。对于第二代符号学家来说，经典符号学基础通常被纳入知识背景之中。但尽管如此，这一基础仍然存在。如果脱离了经典符号学，我们就无法理解近期思想家的文本。第二代符号学家都在回避真正意义上的新理论。其文本重在反映永久价值的条件性、信仰缺失、后现代人的内在冲突，特别关注一切"社会"、"集体"的混乱与危险，而不关注结构本身。结构主义的黄金时代之后，无人敢于创造一种新的符号学理论。约瑟·马格利斯（Joseph Margolis）讨论过流动的宇宙，他认为一切事物处于运动之中，没有井然有序或固定不变的事物。严格的经典符号学模式不宜用来分析这种宇宙。将这种动态的、时间的、流动不止的世界模式化，可能吗？

通过增加海德格尔（Heideggerian）的"时间过滤"（timefilter）观念，丰富第一代符号学理论，我们能建构一种新方法吗？或者完全抛弃旧的符号理论，在全新的基础上重建？如果对后一问题的回答是肯定的话，那么为什么还要继续称之为"符号学"呢？很明显，有些学派坚持认为事情如此。或者是因为皮尔斯或格雷马斯这样说过，而不是因为事情本来如此。漫游全世界的符号学家经常都能遇见这种人，他们如宾夕法尼亚州兰卡斯特的阿米什人一样，固守教条。我担心他们已经让符号学界"动脉硬化"，符号学要想保持思想先锋的地位就必须更新这一理论。

要建立新的符号学，下一个问题是如何用一种巧妙而又可信的方法来描绘某些直观的、可视的内容。对学者而言，直觉可能起指导作用，因此绝不可轻视它。问题在于，直觉怎样转换成一种可传达的模式，怎样变成一种元语言？在这种方式下，人们可能会遭遇海德格尔的"存在"或者康德（Kant）的"先天综合判断"之类的概念。接下来，我将介绍自己的一些观点：

1. 现实由"能量场"组成，普遍存在着特定的法则，要对其进行描述或者归纳是相当困难的。在此场域中，相似的情境或事件之间具有很强的引力。相应的，强力的消极事件或积极事件相互连接，又相互加强：灾难产生更多的灾难，成功带来更大的成功。如《圣经》所述，拥有多的将拥有更多，拥有少的连拥有的都将失去。如果我们想到某事，某事不久就会发生。内在于人类心灵中的一切事物都努力寻求表达；潜在事物或无意识会得到揭示——它们会上升到现实的"表层"。

停！我们现在是不是沉迷于心理学分析或者是某些周刊杂志的通灵术（telepathy）之中了？并非如此！——因为我们不懈的努力仍然属于严格意义上的"科学"。上述直观知识如要明晰化，人们就必须具有既能预测未来又能解释过去的方法。这就需要把受时间限制的"存在"直觉变成客观事物。我们要解决卡尔·雅思贝尔（Karl Jaspers）的难题，即"始终有效的均是客观的，而瞬间变化却保持永恒的，才是存在的"。

但实际上只有参与其中而非外在观察，才能辨认事件之间的上述联系。很久以前，人类学家在发明了诸如"参与性观察"或者"使人参与的观察"等方法时就意识到了这一点。观察者只能参与其中才能正确地感知人类的能量符号场，同时也才能意识到他/她在影响这个场。乔治·亨利克·冯·赖特（George Henrik von Wright）几年前曾发表"关于大脑手术的争论"的演讲，他认为这种观点是错误的，即对神经网络的客观描述，会使我们从解释中解放出来，并形成关于人类行动普遍有效的知识。人类的此在（Dasein）世界总是建立在"在那里"（therein）的主体在场之上，即使缺席，也是有意味的事实。也许尤里·洛特曼（Yuri Lotman）的理论试图在文化内部层面上建立一种"流动"的模式。

2. 上述命题已经紧密触及"外存在"（being out）范畴和"内存在"（being in）范畴，简而言之，即外在范畴和内在范畴。仅仅在外在范畴内进行研究的定论是错误的。甚至这一方法也是错误的，即主体也许有"内在"知识，但他/她必须首先置身事外，佯装无知，以此来"证明"或"合法化"他/她所知事物的正确性。这种现象在社科研究及其他领域中屡屡重演。人们设想，现象的第一性（Firstness）将构成解释的零度客观。

毕竟，内在和外在的概念离不开主观概念和客观概念的经典区分，对此，克尔凯郭尔（Kierkegaard）在他的哲学著作中用了相当多的篇幅加以论述。普遍存在的科学范式决定了主观和客观有如下关系：客观物理条件和规律限制我们的主观情感和选择。克尔凯郭尔的观点非常激进：主观和客观从不相遇。它们不是分离的场域，主观并非始于客观的终结处。事实上，它们殊途同归，都是通往"此在"世界的两种不同途径。

在《解释——激进但并非任性》（*Interpretation，Radical but not Unruly*）（1995：52）一书中，约瑟·马格利斯沿着相同的思路论辩道："不存在这样一种已知的程序（规则、标准、算法、法律等等），让我们从对任何物理事件的描述中，能够可靠地推断出我们能自发（正常地）识别有任何文化意义的事件；我们也不可能从任何具有文化意义的事件中，推断出具有任何合理细节的相关物理事件，或者推断出可呈现具体文化细节的指涉。"

在存在符号学中，所谓的"伴属理论"（supervenience theory）也不一定正确。这种理论认为："如果 x 和 y 具有相同的物理结构，并且 x 具有精神品质 p，那么 y 一定也具有精神品质 p。"人们只需回忆一下意大利作家凯撒·帕维泽（Cesare Pavese）的长篇小说《月亮与篝火》（*la luma et falò*）的情节：主人公从美国返回意大利，来到他家附近的小村庄皮埃蒙特（Piemonte）。他走进小时住过的房间，看见了与小时相同的符号。不过，一切都发生了变化。地点 x（以前的村庄）和 y（现在的村庄）在物理层面上看来是一样的，但从主体的角度来看，它们的精神意义完全不同。

结构主义者想表明个体的解释如何依赖于历史、传统以及文化。我的主观判断仅仅是在重复一种文化的"自觉性"。为了能够评价主观性的程度和我的存在选择的自由，我必须了解自己处于何种语境，受制于何种规范。我必须意识到我的选择和行动的局限性，除去自身条件，我能做什么，不能做什么。特别是当我在评价一名艺术家的个性，评价他在文本和话语合唱中的声音时，我必须知道他在多大程度上了解并遵循所处时代的"语法"或"言语"。但是我把我自身、我的主观性置入他的身体——鲁莽地进入他的领地，这样做是否正确呢？

不管怎样，我们必须了解，在古罗马时期，在"太阳王"（路易十四——译者注）的法庭上，或者在战后巴黎的咖啡屋，主体的概念是怎样形成的，这样我们才能理解卢克莱修（Lucretius）、拉辛（Racine）或者勒内·夏尔（René Char）。

当然，早在普罗普（Propp）和格雷马斯的行动元模式和叙述理论中就包含了主体/客体的范畴。但是，处于符号方阵中的主体或客体意味着什么呢？在新的存在符号学中，需要从内在的角度去看待符号，去识别内在于符号本身的微生物般的生命。叙述学模式和精神分析理论都始于这样的假设——存在着主体和客体。即主体想拥有客体，而催化剂就是弗洛伊德（Freud）的"内驱力"（Trieb）或者拉康（Lacan）和克里斯台娃的"欲望"（désir）。如何理解呢？欲望的客体是有价值的。瓦格纳（Wagner）的歌剧《尼伯龙根的指环》（*Ring of the Nibelungen*）中表现出来的力量，就是一个明显的例子。客体被赋予某一个体和集体的价值，因此，客体被作品主人公的此在世界欲望化了（根据精神分析家的观点，此时人们的脑海里通常会产生各种恋物客体）。

还有更复杂的情况：客体是另一主体，或主体成为了客体。在人类交往中具有普遍的存在法则：将其他主体作为客体的主体很快将自身处于同样的位置；即他也被当作客体对待，因而他会受到同样的对待方式。基于这种人类对话的原则，已经建立起了利他主义的伦理：用你想让他人对待你的方式来对待他人。但是，人类的交往从来不是完美的，主体并不总是能理解人们之间互为客体。在乔治·贝尔纳诺斯（George Bernanos）的长篇小说《乡村牧师的日记》（*Journal d'un curé de campagne*）中，牧师没有认识到他在教区中起着怎样的符号作用，导致了他在判断和行动中的失误。

人类知识的另一基本问题就是主体是否能将自己作为客体来体验。想象这样一种情况，主体必须接受医生的活体检查。主体将一个盛有他本人少量血液的容器带到诊所，容器里所盛的是关于他自身的可以决定未来的客观信息。这难道不是主体用一种尴尬的方式注意到自己既是主体又是客体的情况吗？

另一方面，人们至少可以想象，自己是作为主体出现的，这是再清楚不过的事情。我思故我在……然而，在克尔凯郭尔看来，对于一个主体，没有什么比存在着更艰难的了。它如此之难以至于主体一生的使命就是每时每刻都努力去成为一个存在的主体。他永远不能完全成为存在本身，他只能以此为目标。克尔凯郭尔说："一个存在的主体必须在两条路中选一条。他可以尽其所能来忘记他的存在，这使他变得荒谬可笑，因为存在具有这种特性：不管他想要还是不想要，存在着的事物都存在着。"（同为钢琴家和音乐学家的查尔斯·路森［Charles Rosen］被誉为"健在的最全能的音乐家"，他曾经说过他想成为一个博学的人。我很惊讶："可你已经是一个博学的人了。"他回答："不是的。一个人只能成为［become］一个博学的人，但不可能是一个博学的人［be it］。"我发现这种想法与克尔凯郭尔的思想是如此巧合。路森回答道："这并不奇怪，因为这种观点真的很罗曼蒂克，并且克尔凯郭尔所有的思想都来源于德国耶拿［Jena］哲学。"）除此之外，奥古斯丁（Augustinus）已经产生了关于存在主体的思想，比如存在主体之前的异教徒世界，存在主体之后的上帝之城（De civitate Dei）。

对此持怀疑态度的符号学读者，此时也许会将我的书扔到一边，说："这一切与符号学有什么相干？毫无关系。"其实我所追寻的也许是符号学中最重要的一点，即符号形成之前的状态，也就是"前符号"状态。当符号凝固时，在符号自身层面几乎无所作为。皮尔斯根据符号与自身的关系，对符号进行了分类，得出了一些有趣的结论，比如型符（legisign）/单符（sinsign）/质符（qualisign），或者类型符（type）/个别符（token）等等。但最有意思的是，符号的存在时刻是在符号形成之前或之后，因为符号的生命不会停下来，它们总是不断形成新的客体。总之，如果符号存在，它们就总是处于不断变化的状态。只有在特殊情况下才能将文本或情境分解成一个个清晰的单元。这些单元拥有自己的时刻，这些时刻构成存在的界线。在某些情境中，变动不居的符号流——模仿承载它们的主体的内在运动——稍作停留、静止，到达自在存在（l'etre en soi）的阶段（符号与它的概念相同）。此时，形式和本质、物质和心灵、交往和意义统一于一性（oneness）。可是，停留总是暂时的。

3. 符号总是出现在与某种情境的联系当中。对萨特（Sartre）来说，情境具有社会性，或者政治性。鉴于这种联系，可以从更宽泛的"哲学"意义上来理解符号。符号情境指符号出现时处于某一给定的具体时空的位置。情境可以预测，也可能无法预测。在后一种情况下，情境与结构同一。事实上，人们不可能对于情境各执一词。准确地说，符号总是与结构同在。符号可能处于与情境的任何存在关系之中；符号可以否定情境，也可以肯定情境。

有时，符号从情境中获得力量。此时，它们实际上是弱符号；它们自身没有任何内在的力量。甚至能形成结构的部分符号也是弱符号，但不像完全的情境符号那样无力。在结构之外生长的符号常常拥有超强的持久性。有时符号处于否定自身结构的关系中。当符号使自身处于对立的位置时，它们看起来很强大，但实际上并非如此。这种符号完全依赖于结构，虽然这种结构是它们要抗拒的。我们可以社会边缘群体为例，他们是作为普遍规则的对立面出现的。这样的社会边缘群体在语言使用、穿着时尚、音乐鉴赏方面具有不同的符号特征，看起来很强大，但实际上完全依赖于他们要否定的客体。因此，一些看似温和的符号，甚至完全内在的符号——如梦里所见的符号——或许会对一个人的行动产生决定性的影响。能辐射出情境特性的符号是很强大的，例如，瓦格纳歌剧的主乐调是"强符号"，因为它们虽然是情境的，但并不依附于任何系统和结构；它们的意义从置身其中的情境中生长出来。

从某个意义上说，是否存在这样一种特殊的"符号"情境？它不是事实，却是可供符号学家选择并能反映某些世界特征的幻境？这种例子并不少见，乔姆斯基生成语法中的例句就描绘出了这样一种情境——"约翰打他的姐姐",还有分析哲学家青睐的荒谬例子如"法兰西的光头国王",或者逻辑学家最喜欢的动物是袋熊,等等。

在日常生活中,人们可以把此在当作情境符号,在此情境中,主体必须为他的行动寻找正确的符码。如果涉及伦理情境,就必须使用伦理符码,而不能使用美学符码;如果是历史情境,就必须使用历史符码;如果是存在情境,就必须使用存在符码。但是主体怎样才能找到正确的符码?靠猜测,还是靠推理?人们什么时候知道他使用了错误的符码,而犯了行动上的错误?关于错误与谎言的符号学理论同样有趣(艾柯在《符号学理论》[*Theory of Semiotics*]中有记载)。

在这些情况下,情境由各种同位素组成,具有一定的标准。因此,必须描述各种符号情境以及不同主体的选择。情境的开放性或封闭性是情境最基本的特点。开放的符号情境不会枯竭,可以提供无穷无尽的符码供人寻找,但它需要不断地重释和变换符码。只有不断地追求确切的解释,才能采取符号学意义上的正确行动。

怎样才能进行正确的情境处理呢?可以列一张关于符号情境的表单:(1)社会规则——礼貌符码先于真实符码;(2)历史情境——在此情境中,人们必须能够阅读和正确解释过去的符号;(3)存在情境——此时,生/死的对立概念是很清楚的(比如,在电影《战地幻想》的情景中,一个法国士兵与一个德国女人在山上小屋邂逅;年轻的犹太籍钢琴家吉迪恩·克莱恩的最后作曲《特莱西恩施塔集中营之歌》等等);(4)交往情境,包括自我交往或自动交往;(5)权力情境——个体和社群之间的关系,比如等级制度、装饰式样和荣耀耻辱;(6)宗教情境或体验——此时,有意义的行动被转移到一个超个体的实体,转移到一种跳跃的、抛掷的、扭曲的"优美"(当我在日本看见神圣的富士山时,我想:如果有上帝,他洞察一切;那么人就可以用行动和符号向他人证明他/她已经从生存义务中解脱出来);(7)烹饪情境——食物的象征主义;(8)爱欲情境——按此原则,人类身体投射到符号上——或者整个性别的困境;(9)道德选择情境——快乐原则和现实原则之间的矛盾。

这个表单还可以继续列下去。但必须还要考虑到,一种情境能很快地转换为其他情境,同样的情境对于一个主体可能属于同一类,但对于另一主体,则不同类了。

情境总是具体的和特殊的，大部分往往不会重现。在存在符号学中，人们只是寻找现象的个体性和特殊性，这是它们的灵魂。存在符号学反对只致力于恒定不变的常量的科学。什么是"符号"构成的世界？当然它不同于卡尔纳普（Carnap）《世界的逻辑构造》（*Des logische Aufbau der Welt*）中的纲要。你可以想一想芬兰的情境：芬兰的文化或此在中的特殊的情境、符码以及"具体的逻辑"是什么？

实际上，人、社会、地点、时刻、文化以及行动是在你意想不到的不同层面受到评价的。人们根据第一印象来评价和接近他们。留在人们记忆深处的往往是对方独特的姿势、香水味、言谈举止等"官方"形象之外的个性品质。你会记住一个小镇是因为第一印象中它是一个显然没有任何语境的过去符号。空气中散发着海水味道的赫尔辛基，到处是灰尘、地铁和高卢香烟味道的巴黎，盛产棕榈油的巴伊亚以及拥有原木产业的伊玛特拉。从这个意义上说，一个人握手、梳头、凝视、散步的方式，都比他的理性的认知信息更重要。这些明显边缘的、短暂的性质拥有它们自身的逻辑，这些比外在的符号秩序更具有决定意义。那么，我们能探究一种潜在的符号过程吗？到目前为止，这种特征还没有被任何人觉察到，尽管大多数人与它们擦肩而过。人们还不能"阅读周围的世界"。［是什么让人对芬兰流连忘返？正是芬兰的基本特征——空气的味道、光的明暗、说话的语调、走路的姿态，这些随着记忆遍地洒下的符号显示出偏僻的乡下小镇的简朴，它像巴黎奥赛博物馆中陈列的希思黎（Sisley）的卢维舍勒斯村庄风景画一样具有诗意的情调，除此之外，别无他物。］

4. 在阐释情境中，阐释者和被阐释者之间的辩证关系。每个人希望自己很重要，希望对自己和他人都充满意义，渴望被人理解，这种欲望成为有意义的行为的出发点。这种欲望使我们产生了科学、艺术和符号学（也是生活"符号学"的伟大主题）。

因此，符号本身不再是关注的焦点，取而代之的是对话，不仅包括人与人之间的对话也包括人与文本之间的对话（阐释、言说）。罗兰·巴尔特的"可读"和"可写"的概念，就包含这种本质的区别。在一个可读的文本中，读者的目的是要忘记前面提到的辩证法，并且与阐释者在文本中进行融合。我们屏住呼吸阅读，我们着了魔似地倾听，我们目不转睛地凝视，但当我们认为文本是"可写"文本时，我们转向了现实的另一层次，进入了一个更符号化的意识中。我们通过另一个文本的"眼睛"来看文本。我们在德彪西（Debussy）的一些乐章中聆听到了怀旧的情愫，我们在各种绘画中看见了毕加索（Picasso）的影子，我们在各种词语中理解了一丝普鲁斯特（Proust）的"无意识记忆"（mémoire involontaire），等等。甚至生命也可以作为文本来体验。斯坦夫·茨威格（Stefan Zweig）的传记《过去的世界》（*The World of the Past*）就是这样写的，作者的语词首先被描述为可写的有序文本。最后，当接近现在时，文本滑向了巴尔特的可读的范畴［类似的效果发生在芬兰符号学家亨利·布鲁姆（Henri Broms）近期的小说《场所精神》（*The Spirit of Place*）中］。茨威格的书在混乱的二战中写成，通过一种步步紧逼的叙述方式，与读者越来越近。同样，阐释者的存在出场度在自传写作的亲密过程中增加了。

存在的符号本质只有通过主体的出场而敞开自身。这是什么意思呢？一个批评家写了一篇关于戏剧表演或音乐会的报道。他到场了，但并非真的在那儿。客观地说，他也许是人到场了，并作了客观的描述，但他在生存的意义上缺席了。那样的话，他的描述除了将现象物化（reification）和为异化的严重程度提供证明以外，别无他途。他也许过于在场了或者不够在场，也就是说他的心灵处于过于兴奋、过度参与的状态，或者处于心不在焉和勉强接受的状态。

最后一点，解释只有在某个确定时刻才是可能的。言说能离开具体时空吗？（或者格雷马斯意义上的"解开"［Débrayage]?）话语具有任何稳定性吗？有的，前提是话语意识到普遍的遮蔽。因此，描绘世界的文本总是在场的、具体的，任何时候都处于历史流的"现在"时。

5. 在分析过程中，"泰然任之"（letting‐things‐be）（海德格尔的Gelassenheit）的原则是关键所在。我们怎么肯定我们的解释或者分析没有破坏客体本身？分析不能通过外力破坏现象或者改变现象。解释只有在此在世界的内部才是可能的——但同时要超越它。

符号学中新的基本概念是"超越"。它创造了"存在"与"不存在"（或"虚无"——Nothingness）的辩证关系，这对于一切存在的事物来说至关重要。

主体通过两项行动成为具有创造意义的存在（being）。第一，他在客观符号中找到自身。简而言之，就是此在（Dasein）。那里包含着客观符号学的一切正确的规则、语法、生成过程。但是，接着，主体认识到了他的存在周围的空虚和虚无，它们发生在他之前或在他之后。主体必须朝向"虚无"（Nothingness）进行一次飞跃，飞跃到萨特描述的虚无（le Néant）王国。在虚无的照亮下，整个早期的"此在"似乎失去了它的根基，它看上去是无意义的。这构成了超越的第一行动，或曰否定。

在存在主义哲学理论中，主体的运动停在此处，萨特停留在《恶心》（Nausée）中，加缪（Camus）停留在《堕落》（The Fall）中。对虚无的体验是痛苦的，但如果主体继续向前运动，这种痛苦的体验就能激发人的创造性。

当主体从否定——从他对此在的超越中返回时，他就从新的视角来看待此在了。此在的许多客体失去了意义，且即使有意义也是徒然的表象。但是，新的存在体验为那些保留意义的客体提供了新的内容。主体似乎作为一个"符号自我"而重生了（这种自我，是西比奥克的概念，在此语境中如是解释）。

但是，主体继续向前运动，接下来是超越的第二行动。他遇到了虚无的对立面——普遍性。普遍性是充满意义的，但是却以某种超个体的方式，独立于个体自身的意义行动之外。这种行动也可称作"肯定"。这一行动的结果，是他找到了皮尔斯所说的根基（Ground）。这与同位素和符号场不同，它是经典符号学中的概念，在原初此在的世界有效。而且，它也对停留其中的主体辐射出一种新的意义。西比奥克想努力证明整个宇宙，至少对于生命有机体而言，从根本上具有符号学的本质，这出乎意料地接近了哲学－神学的观点（立陶宛的记者问西比奥克——你是一个泛神论者吗？也许就是从这个角度发问的。）

在俄国哲学家索洛维耶夫（Vladimir Soloview）的字典中，可以找到描述这种情境的定义。提到诺斯替教（gnosticism）时，索洛维耶夫说："可以充分肯定地说，佛教以否定的方式确定了绝对存在，如涅槃，而诺斯替教却将它定义为充实（Fullness）或充足（plenitude）。"（1965：115）

谈到世界灵魂时，索洛维耶夫在字典里作了如是陈述："世界灵魂——生命——是世界唯一的内在本质，是充满生机和意志的、富有想象力和情感的存在（being）。许多从永恒概念和唯心存在推导出一元世界的哲学教条也假设了世界灵魂的存在。它作为所有现象的基本原则而存在，并且无论在感觉的现实中还是在时间的进程中都被认为是更高一层的理念统一。"

令人大为吃惊的是，人们在描述肯定的行动（即二度超越）所涉及的领域时，"世界灵魂"和"充实"的概念在存在符号学中可以找到一席之位并派上用场。但就在此后，主体返回此在和世俗性之中。现在他创造出新的纯粹存在的符号和客体，但只有主体才能理解本质，并且主体自身还是要经过否定和肯定的虚无和充实这一条路径来理解。

有不那么世俗的符码吗？符号能通过这一秘密的符码体系运行并敞开自身吗？他们仅仅出现在心有灵犀的主体中和歌德（Goethe）诗歌《遗产》（*Vermächtnis*）中的"高贵的灵魂"（edle Geisterschaft）中吗？它形成了一种新的难以理解的社群，还是一种封闭的总是带着一丝怀疑的社群？不是的，因为存在着的主体社群从不自我封闭。存在着的符号也不会构成任何现成的系统。这里所谈论的是克尔凯郭尔描述的"沉默的主体"（silent subjects），他们不同于生活在原初此在的无悲伤的嘈杂的阐释者。

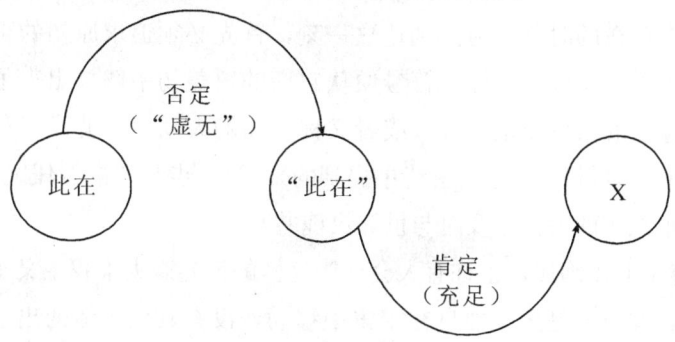

经由否定和肯定的主体存在之旅

5. 因此，什么是存在的符号呢？首先，它们从此在世界分离开来，开始在缺少引力的虚无的空间里漂浮。符号表现出悬浮状态，就像在马克·夏加尔（Marc Chagall）的绘画中一样，物体可以在空中悬浮——或者，不是物体，而是物体的符号或者能指，是已经移向充实状态的符号。符号可以分为两类，它们可以把所指留在此在的客观世界，也就是说，是空虚的、没有任何内容的纯能指在移动。但是，相反的情况也会发生：覆盖在表层的符号的物质性可能停留在此在的世界，而符号的内容已经移向了虚无的环境。

谁在使符号移动？当然是超越着的主体通过存在行为使符号发生运动。在两个情况下，属于原初世俗性的原初模态消失了。意志、愿望、能力、知识——所有这些转向虚无的领域时，在朝"不存在"的黑暗中心运动时，它

们会逐渐消失。相应地，当它们返回时，又开始但也许是以一种全新的方式
同这些模态建立起联系。模态在访问了虚无之后就与过去不同了。符号又在
充实中变得密集和沉重，坠满了根基。

艺术中的存在风格反映出了虚无世界或充实世界的超越。连续的音乐模
仿否定的行动：这里的符号失去了所指或内容的音调。但也有反映出超越的
第二行动或肯定的音乐。在这样的音乐中，旧的内容被赋予了新的所指，这
是一种鲜明的通过抛弃自身以追求深刻的音乐法则的表达形式。这是乌托邦
的音乐；它创造了一种全新的圆润的宇宙，它甚至不是否定所净化的此在，
却提供了一种全新的超越的景观和视野。因此有两种存在的风格：一种是痛
苦的或反叛的风格；另一种是变形的或扭曲的风格，它融入"场的和谐"，就
像理查德·斯特劳斯（Richard Strauss）的《死亡与变形》 （*Death and
Transfiguration*）所表现的那样。

无论如何，符号的内在价值必须根据存在的程度来思考。任何艺术符号
肯定都具有存在的时刻。为了到达这一刻，首先必须追求原初的否定，必须
捕捉抗拒虚无的符号。这样，符号便从它们的覆盖物中解放出来了。一般说
来，成为存在的第一步是反叛（或者又称事物的大动荡，就像亨利·帕尔兰
德［Henry Parland］曾在一首诗中提到的）。第二步是"泰然任之"的原则，
将自身掷于充实的呵护，及时与世界灵魂共呼吸。

6. 鉴于上述阐述，也许有人会认为这样的世界观太唯我主义了：在这种
世界观中，本质上是主体独自在宇宙中移动，没有其他主体的出现。有人也
许会争辩说，这样的主体逊于任何抽象哲学的主体——因为这是一种没有物
质载体的主体，或者无实质的主体（脱离现实的主体）（sujet desincarné）。

而海德格尔和雅思贝尔都同意"真实以阻力的方式呈现"的观点。主体
被所谓"现实"的事物所囚禁。现实对于主体而言是无法改变的，现实限制
主体的行动，主体的行动与现实对立。但是这种阻力来自哪里呢？在超越的
领域还是在此在的世界？

只有当他者不与阐释的主体或机构融合时，交往才是可能的。（洛特曼于
1987年5月在赫尔辛基大学演讲时讲述了这样一个例子：结婚几十年的夫妇
开始像两个相同的实体，最后成为一模一样的同心圆。）因此，所有基于融合
和浸合原则上的交往和传播形式基本上只会破坏交往。

为交往制造必要阻力的真实、他者，可以是任何与验证一个人价值、行

为、观点相对抗的事物。现实不一定是可以通过测试或实验来客观有效地解决问题的经验的物理域。并非如此，现实可以是一切在主体行动和运行时制造阻力的事物。对于克尔凯郭尔来说，这种阻力是上帝，而且对他而言，上帝是一个完全真实的存在。对萨特来说，这种阻力是虚无，在它面前人照见了自己的存在、责任和存在本身，这些是他哲学中的关键词。对皮尔斯来说，阻力是他称之为客体的宇宙的一部分，人可以对此发问。他运用了屏障（curtain）的原则来区别第一性、第二性和第三性：即它始于一种人工区分的零度；这是一种与阐释学家完全不同的观点，阐释学家假设人类早期似乎只生活在第一性中，生活在对其存在的某种理解中。对黑格尔（Hegel）来说，这种阻力是历史，尽管这种阻力具有破坏性。

根据阻力的层次、质量和程度的不同，出现了各种话语。如诺思洛普·弗莱（Northrop Frye）在（《批评的剖析》）（*Anatomy of Criticism*）所描述的各种不同的叙述模式。如果阻力处于比叙述者更高的层次——例如叙述者是哲学家或符号学家——结果就出现了具有神学或神话特征（克尔凯郭尔、尼采）的文本。如果阻力与叙述者处于同一层次，会出现实用的文本，它在实践的经验的层次移动（皮尔斯、作为作者的萨特）。如果阻力比作者低一个层次，产生的就是喜剧的、怪诞的或反讽的文本（如波西格［Pirsig］的《里拉》［*Lila*］、尼采［Nietzsche］的《快乐》［*Fröhliche*］、伏尔泰［Voltaire］的《札第格》［*Zadig*］或狄德罗［Diderot］的《拉摩的侄儿》［*Le neveu de Rameau*］）。

但是，学者也会有自己特殊的阻力主体，他们完全依赖于它们（恕我不指出他们是符号学领域里的哪些人，读者可以发挥自己的想象）。所有存在符号学的先驱者，如克尔凯郭尔、皮尔斯、海德格尔和萨特都有自己的精神对手——黑格尔——但是以他们各自认为的不同方式。

克尔凯郭尔认为他抵抗的是黑格尔所说的客观科学，但同时，他继承了黑格尔的主体性，尽管没有形成系统的形式。他照样使用三元术语来划分现实。莫扎特的歌剧人物车鲁比诺、帕米娜和唐·乔瓦尼就是同一情欲主体的不同发展阶段（请参看塞西尔·奥尔托利［Cecile Ortoli］在普罗旺斯埃克斯大学的博士论文）；但我们可以用同样的方法对阿奇·考里斯马基（Aki Kaurismaki）和米卡·考里斯马基（Mika Kaurismaki）电影的存在主角进行类型学研究，还可以研究看似堕落却体现生命尊严的主人公——比如《说谎者》

（*The Liar*）、《僵尸》（*The Zombie*）、《罗多尔夫》（*Rodolfo*）——的类型学。

皮尔斯认为他反对的是黑格尔的唯名论。但是，他仍然采用了黑格尔的三元范畴作为他的现实主义原则基础。（对此，甚至也可以指责存在符号学的模式仍采用了黑格尔的三元论范畴：为什么超越运动必须严格地限制在此在的三种形式当中？）

海德格尔自称把所有的"存在"转换成了"在世界中存在"，但是引入了区分本真的（烦劳）和非本真（常人）的两分法；同时他将存在看做是他自身的可能性，比如死亡和堕落；黑格尔的辩证法在他的哲学中所起的作用像不同色泽的杯子，通过它们，世界呈现出或晦暗或耀眼的光芒。而且，海德格尔在话语层面上与黑格尔分道扬镳了，那是不和睦的融合形式——非交往。其结果在德里达那里可以看到。

轮到萨特了，他将黑格尔的"存在"与"非存在"之间的运动转换成了主观的心理学问题。虚无与失去意义、充满意义是一样的。

因此，如彼得·维斯（Peter Weiss）谈到的审美阻力，也存在着关于阻力的符号学。它在交往和意义的过程中以最具变化的方式出现在很多层面上。

译者简介：

魏全凤，电子科技大学外国语学院副教授。wqf186@163.com

颜小芳，四川大学文学与新闻学院。yanxiaofang@163.com

游戏符号学专辑

编者按

"游戏"乃是一种古老的现象，一种与人类共生共存的事实。严格而言，没有游戏的生存，就不是人类的生存。

但是，作为一种本质现象，"游戏"实际的可能样态却从来都不固定。一个更为明确的事实是，在我们身处的时代，这一现象的具体形式和被接受的方式，正在以惊人的速度增加并改变着。诚然，对于新近成长起来的一代来说，父辈们的某些游戏经验已经失去了其经验性，而彻底成为了"记忆"；但相应的，他们自己的经验之丰富与复杂，却在各个层面都超越了那些虽然同样直接，但此时却几乎显得简陋的游戏。电脑技术的发展绝非一种单纯的知识累积：和历史上一切重大的科技事件一样，电脑技术从生存的最底部改变了人们的视野、人们的经验方式，甚至是人们的在世品质。

与现象的不断增生相应，当代思想也越来越清晰地感受到了由现象本身而来的压力：不同的思想者，正试图从不同的进路接近这一事实，并给出一些解释——我们知道，解释，乃是人类生存的又一主要样态。而为了寻求这样一种解释，思者们自然首先必须回答：我们凭借什么而思想？弗拉斯卡的《游戏学导论》似乎认为，要解决游戏问题，人们必须从他们业已习惯的叙述学水域跳出，而试着学会在"拟真"概念的陆地上生活。这位同时也是游戏设计者的学人提出了一个尖锐的问题：传统的理论要如何解释游戏的"不确定性"？董明来的《游玩与阅读》是对这个问题的回应。他甚至想要进一步证明，拟真系统最常见的方式——数字程序——在根本上仍然是一种叙述文本，并且与传统意义上的文本（游戏的故事、人物等）处在一种复杂的关联之中。

上述两位论者的目的，似乎在于寻找一种从形式上分析游戏的方式；与它们相比，魏伟和何炜似乎更关心这样一个问题：在这样一个游戏时代，我们的世界图景产生了怎样的变化？通过分析南非世界杯这一新鲜热辣的游戏事件，魏伟试图揭开体育游戏内部的神秘机制。而何炜的野心似乎更为庞大：他告诉我们，我们或许已然面对着进入矩阵，成为虚拟的赛博人格的危险。

这两种进路对于我们或许都是重要的。但是，重要的进路对于我们，对于游戏而言，却远非只有两种。弗拉斯卡们呼吁我们把游戏领域视为一片未开发的思想沃土，而魏伟们则提醒我们注意沿路的危险——但无论如何，我们都必须上路。我们编辑部之所以选择组织这一期专辑，正是为了给思想的旅程准备行囊。

游玩与阅读

——游戏符号学初探

董明来

摘　要：游戏乃是一种极端复杂的符号文本。这种复杂的文本性不仅体现在诸如体育赛事直播一类的场景里，也体现在人们亲身参与游玩的场合。其中，在后一种场景下的游戏既是被游玩的，也是被阅读的。本文的任务就是揭示这一类游戏之所以为文本的文本性，并初步探讨这类文本的一些形式特征。

关键词：游戏、游玩、文本、阅读

本文尝试在符号学的视域内解释游戏现象，把被游玩（Played）的游戏带入符号学的领域，让它们的文本特性映入分析者的眼帘。

也就是说，我并不想要讨论那些在各类场合被"被观看"（Watched）的游戏，从较为"传统"的足球比赛（Football Games）到"新生"的电子游戏比赛（比如 WCG，比如各类电子竞技联赛）——当然，这并非因为这类游戏不重要，而是因为，对于它们的符号学分析，显然可以从电影、电视文本的符号学分析那里接受一大笔丰富的遗产；而后者，乃是已然开展的领域。

因此，在此文中，我的任务将会只指向一个确定的碉堡，虽然在通向碉堡的道路上，困难仍然丰富甚至隐蔽。顺应这一总任务，我将把后面的文章分成三个主要的部分，讨论三个互相勾连的论题：

1. 一个被游玩的游戏（Played Game）何以居然是一个符号文本？

2. 如果被游玩的游戏果然是一类文本，那么根据皮尔斯的分类，构成此文本的符号（Sign）与其对象（Object）之间，是一种怎样的关系？

3. 与构成性的符号本身的特性相应，被游玩的游戏本身又有哪些与之相关的特点？

另外，为了行文的方便，我将在后面的文本中径直把"被游玩的游戏"称作"游戏"，而用"被观看的游戏"来指称另一种游戏事实。游戏即使在被单纯地游玩时，也是一个文本——这虽然是一个尚待检审的声明，但却必须始终被惦记，被携带。

一、游玩之为阅读，游戏之为文本

一个玩游戏的人，是在阅读一个文本吗？在电子游戏方面，这或许是一个无须饶舌的事实：《博得之门》① 的玩家，确实可以说是在"阅读"着谋杀之神巴尔的子嗣之一——葛立安的养子的冒险与生涯——虽然事实上，这位神之子其实是由玩家"扮演"的角色，而与玩家处在一种远比"阅读与被阅读"复杂的关系之中。对于这种复杂的关系，我将在后面详细论述，而在这里，我首先要提出的论点是：广义而言，所有的玩家均是一种读解者，所有的游戏（Games）均是文本，无论这一游戏是《暗黑破坏神》②、篮球，还是象棋。

显然，我的论点必须接受一个质询：如果我说，在 NBA 赛场面对保罗·皮尔斯时，科比·布莱恩特是在阅读一个文本，那么我的意思岂非是，当面对赫克托耳时，阿喀琉斯是在阅读一个文本吗？

不得不说，这个质询在表面上是有力的。在体育游戏中，人们的对抗确乎是直接的，并且是在场的；这些在场的对抗在另外的文本中作为不在场的对象被意指，比如在 NBALive 系列或是实况足球系列游戏中。问题在于，这样的质询在实质上也如此有力吗？

首先，体育游戏在电子游戏中被意指的事实，并不能直接否定体育本身的文本性。我们知道，一个符号/能指本身在意指一个对象/所指时，也可以

---

① 加拿大 BioWare 与美国黑岛工作室（Black Isle Studio）发行的，基于专家级龙与地下城规则（AD&D）的角色扮演游戏系列。

② 由美国暴雪公司（Blizzard）出品的动作角色扮演游戏系列。

被另一种符号/能指所意指——用罗兰·巴尔特的术语说，后一种意指关系乃是一个涵指层面的事实①，或者用皮尔斯传统的术语来说，是一种衍义②。因此，实况足球系列游戏最多只能说明，足球游戏是可以被意指的；但是这被意指的东西本身是否还是一个符号文本，这就不能单纯由它被意指这一事实所证明，或者证伪。要论证这个论题，我们需要更为明确、直接的证据。

我们知道，一个事实是否是符号，最关键的一个标尺在于：这一事实是否关涉到了某个不在场的他者（无论这里的"不在场"是单纯的"不在这里"，还是"不存在"）？在体育游戏中，这个问题的答案是明确的：体育游戏的起源乃是军队的训练，以及军人的闲暇；古希腊运动员们的奔跑、投掷、驾驭马车等行为，直接地关涉，甚至是像似于另一种行为，那就是军事斗争。事实上，即使到了游戏类型空前丰富的今天（甚至连"恋爱养成"类型的电子游戏都已经毫不新鲜），仍然有数量惊人的游戏关涉这样或那样的人类凶杀行为：从 Street Fighter 和 King of Fight③ 等电子游戏所关涉的格斗家之间的武斗，到象棋、围棋所关涉的军团规模的战争。虽然现代绝大多数体育游戏并非直接地起源于军事行动（所谓三大球都不是），但是它们与早先产生的体育游戏之间的渊源，却是难以否认的——在这个意义上，体育游戏总是以直接或间接的方式，处在与军事行为的关系之中。

更为重要的是，在这种体育与军事的关系之中，后者永远是不在场的，无论二者的行为多么相似。体育比赛不能让其参与者遭受死亡——这是关键的差别。在游戏中，行动的结果乃是输与赢，它们必须被视作幸存与死亡的符号——对于亲身参与活动的人来说，自己的死亡永远无法到场；死亡乃是人类最根本，同时也是最本己的可能性——"每一此在向来都必须自己接受自己的死。只要死亡'存在'，它依其本性就向来都必须接受自己的死亡"④。也就是说，对于任何一个经验着、体验着行动的个人来说，死亡作为一个事实，就只能是他人的死亡，而如果他们自己的行动与那种会造成参与者死亡的行动相仿，但却不会以他们本己的死告终，那么事情就只能是：他们的行

---

① 见罗兰·巴尔特《符号学原理》，李幼蒸译，中国人民大学出版社，2008 年，第 68 页以下。

② 见赵毅衡《符号学：原理与推演》，南京大学出版社，2010 年。

③ 二者均是横版格斗游戏，前者由日本卡普空公司（CAPCOM）出品，后者由日本 SNK 公司出品。

④ 马丁·海德格尔《存在与时间》，修订译本，陈嘉映、王庆节译，三联书店，2006 年，第 276 页。

动，乃是另一种行动的符号，他们自己在场的行动意指了另一种。即使在棋类游戏中，棋手的智力运动其实也只是主帅智力运动的符号——许银川不会因为输掉一盘棋而身死，但是指挥着一支由骑兵、炮兵与士卒等组成的军团的统帅，却必须实在地面对这一可能性。这就可以预防一个似乎有理的误解：棋手似乎是在"看着"一支与自己无关的军队的厮杀，而运动员则是自己在对抗敌手。事情的实质不过是：前者的活动是智力活动，而后者则必然卷入身体。当然，和任何其他事情一样，游戏行为和真正的凶杀行为之间，有着一些模糊的边界。一个著名的边界事例就是古罗马的角斗士。我想，对于角斗士本人来说，他绝对不是在阅读文本，死亡对于他来说，乃是赤裸裸地在场的；但是，对于看台上的罗马贵族来说，他们面对的凶杀，又是否是一种符号呢？要知道，这些贵族的行为乃是实实在在的观看。与此相类，甚至更为尖锐的现象，乃是被直播、被观看的海湾战争。不过，对边缘的细致探索，显然不是一次初步探索的题中之意。在此，我们只要意识到边界的存在，也就够了。

也就是说，任何游戏，都是一种作为符号的行为，而其对象则是另一种行为。对于玩家和观众来说，这一点其实是一致的。而且，一般而言，在这里符号与对象之间的关系是一种极端的像似性。对于观众和电子游戏玩家来说，这一事实是明显的：在这里，作为符号的行动，以他人的身体、棋子虚拟的搏杀，以及动画或 CG 作为载体；而体育游戏作为文本的事实之所以不易理解，也正是因为，对于体育游戏的参与者来说，行动的媒介乃是自己的身体与心智。

这就导入了下面的问题。我们都记得，根据皮尔斯的理论，一个符号事实上包含着三个方面，即符号、对象与解释项：

一个符号，或者表象，乃是在某个方面，或者某种能力上指向某人或某物的东西。它对某人言说：也就是说，它在这个人的心智中制造一个同等的符号，或者，一个更为完善的符号。这个它制造的符号，我称之为第一个符号的解释项。符号指向某物：它的对象①。

---

① CHARLES S. PEIRCE, *Logic as Semiotics: The Theory of Signs*，见 *Semiotics: An Introductory Anthology*，edited by ROBER E. INNIS, Indiana University Press, 1985, p. 5.

在这里，第三者乃是必不可少的；一个没有读者的文本，乃是不完整的，"尤其音乐必须鸣响"，当然也就是说，"尤其游戏必须被游玩"。那么，在游戏之中，这个解释项的情况是怎样的？前此的分析已经显明，一个玩家所阅读的文本的对象乃是一个行动，而文本，则是自己身体的运作。

从而，问题也就可以变成：对于由自己身体与智力构成之符号的阅读，让玩家产生了怎样一种解释项？当然，在讨论这个问题时，我们仍然必须记住，这让我们感到如此困扰的体育游戏，只是游戏中的一个子类，虽然或许是最为古老，也最为重要的子类。

首先必须排除一个误识。我们不能认为，一个运动员在赛场上是在"冷静地审视"自己的动作。在体育赛场上，身体动作及其对于个人所产生的影响，乃是直接地被给予的。一个运动员当然可以"审视"自己的行为，比如可以看自己的比赛录像。但是，这种观看与任何一个其他观众的观看并没有什么本质上的区别。在这里，运动员观看的比赛录像和现场直播以及运动电子游戏一样，都只是游戏文本的涵指文本；在这里，符号并非运动员自己的身体，而是电视屏幕上的像素。游戏文本的直指层面，乃是"运动员·读者－运动员·文本－战士·斗争"的三重关系。

在上述的三重关系之中，文本与对象之间的像似关系乃是双重的。在电子游戏中，各种声画要素作为符号，只能表达对象的外在部分，比如格斗家挥拳的姿态、击中目标时的声响，以及靠震动手柄有限地表达出来的触觉。但是在体育游戏中，符号本身作为对抗的直接性，使得对象行动的体验也能够被表达。在一次凶杀行动中，参与其中的人物有着复杂的体验：从身体上感受到的压力、疼痛、呼吸急促、疲劳，到紧张、恐惧、昂扬等心理体验，以至于预期、算计、欺骗以及与同伴的交流合作等智力要素。自然，对象的这些要素不可能"完全"被符号所表达，但是在体育游戏中，表达的触角却确实地延伸到了内在体验（包括心理与智力要素）的领域；而在电子游戏中只能部分地被表达的身体体验，在这里则几乎是完全地被复制了下来。因此，体育游戏的玩家作为阅读者所得到的解释项，也就和符号一样，乃是军事/凶杀行为参与者从"内"到"外"的各种体验，虽然这些体验不可能真正完整地到场（比如，对于死亡的恐惧这一体验就不可能被表达）。在这里，一种有意识的"自我分裂"起着关键的作用：正如皮尔斯所说的，一个符号的解释项乃是一个符号在读解者心智领域中的产物；而体育游戏作为文本之所以如此难以被理解，正是因为，在这里符号就是读解者自己的身体，甚至是他自己的心智。另外，在被观看的游戏以及非体育的游戏中，还存在着一种体验渠道的转换：本来，格斗家的格斗主要通过触觉对格斗家产生影响，但是在电子游戏中，玩家得到的格斗行为的符号，却通过视觉渠道传达；而在体育游戏里，这种转换与变化并不存在——这种渠道的同一性，也是让人们对体育游戏的文本性质产生怀疑的原因之一。在这两个意义上，体育游戏几乎可以说是一种比镜像还要彻底的绝似符号。

二、像似与规约：游戏符号的类型

至此，我想我可以安全地做出如下的论断：一个游戏乃是一个文本，它表达的是一个不在场的行动；这种符号的接受者是玩家，玩家得到的解释项，乃是那个不在场的行动者的体验。

既然游戏作为文本的事实已经得到了认定，那么本节所要面对的问题也就自然地浮现了出来。我们知道，皮尔斯把符号分为三种类型：像似符（Icon）、指示符（Index）以及规约符（Symbol）①。那么，构成了游戏文本的符号，在这个三重区分的体系中，又属于哪一种呢？在前面，我似乎已经不止一次地提前回答了这个问题：游戏文本的符号与其对象之间，乃是一种像似关系。当然，这显然不是一个单凭我个人的意指就能改变的专断；但问题在于，像似关系是否能够完全地解释游戏符号？游戏，甚至主要是体育游戏的那种像似关系，是它独有的东西吗？

如果我敢那样宣称，我就等于无视了人类最古老的艺术门类之一——戏剧。当然，关于戏剧作为被观看的文本的讨论，几乎和戏剧本身一样古老；但是被表演的戏剧（Played Dramas）作为一个文本，却几乎未在解释学和符号学的视野内被注意过。对这一现象的简单考察就会发现，被表演的戏剧的对象-符号-解释项关系，在其作为像似符文本的意义上，几乎和游戏文本完全相同。作为符号的演员乃是双重的像似符：被意指的人物乃是一个由各类体验构成的存在者；对于观众来说，演员通过视觉渠道像似了人物，而对

---

① Charles S. Peirce, *Logic as Semiotics*: *The Theory of Signs*，见 *Semiotics*: *An Introductory Anthology*, edited by Robert Innis, Indiana University Press, 1985, pp. 9－19. 关于这三个词的译法，可参看丁尔苏《皮尔斯符号理论与汉字分类》，载《符号与传媒》2010 年第 1 期，第 47 页注。

于演员自己来说，他/她面对的，作为符号的身体、智力与心智体验，则并未经过那种渠道的转变。当然，戏剧文本与游戏文本所指向的对象要素并非重合：正如前面所说，游戏玩家并不能得到关于"恐惧死亡"这类体验的解释项，而这对于扮演麦克白的演员来说，却是可能的（虽然并非必须）；但另一方面，对于体育运动来说乃是理所当然的一些身体体验，却并不必然地包含在戏剧文本的解释项之中——一个人只要不会把拳击比赛和京剧《三岔口》搞混，他就能理解这重区分。同时，和游戏一样，无论戏剧演员作为解释项的体验与其对象多么相似，它毕竟不能完全地等同于后者。在这里，体验的真实结果也并不包含在文本和解释项之中。无论一个少女演员能多么"真实"地感受奥菲莉亚的悲伤，她都不会因为这份悲伤而疯癫，正如在拳击作为运动的界限内，拳手不能真的置对手于死地一样（因为拳击而死亡的实例，乃是"意外"，也就是说，是一个溢出了文本的事实）。

但是，无论游戏与戏剧多么接近，两种事实之间存在着某种区别这一点，总是确定无疑的。在可能的区别中，如下一点或许是关键性的：那就是"竞争性"的有无，也就是"输赢"概念的在场与否。事实上，我认为"竞争性"概念可以帮助我们清理游戏文本的两个问题：除了游戏符号的分类问题以外，它还可以让游戏作为叙述文本的时间向度和叙述者特色变得清晰可见。关于后者，我将在下面一节说明，而现在，我们不妨继续叩问游戏符号的类型。

一场游戏要分出胜负，必须有"比分"。当然，这里"比分"一词并不单纯地指向篮球、足球比赛的那种比分。不只是电子游戏中的体力值或者生命值（HP），或者围棋中的目数，就连象棋，其实也有比分：只不过在这里，帅或者国王就是唯一的"分"（Point）。粗略而言，游戏胜负与比分之间的关系，可以分成两大类：

第一类乃是田径比赛以及足球、篮球等比赛的类型：

设胜利者的比分是 x，失利者的比分是 y，游戏时间为 n，故有：

当 n=0 时，x>y

第二类乃是击剑、乒乓球、排球等游戏的类型：

设胜利所需比分为 n，胜利者的比分为 x，失利者的比分为 y，故有：

当 x=n 时，y<n

从这里，我们看到了什么？没错，我在前面已经提示过：游戏中的输赢，乃是战斗中生与死的符号。在戏剧中，生与死也被符号所意指，并且是以像似符的形式被意指；但是在体育游戏中，没有哪个运动员会像哈姆莱特那样说"我死了"，然后扭头倒地。在游戏中，意指着死亡的，乃是比分牌上比对方少的数字，或是对方比分牌上的 25，甚至是自己为 0 的 HP 值。

——在游戏中，除了像似符号以外，还有着这么一类数字文本，它们以数学公式的形式，表达了作为对象的行为，行为关涉到的各类要素以及这些要素之间的相互关系。这就是"比分"概念的实质，同时也是游戏与戏剧的分水岭。事实上，刚才我列出的两组公式完全可以以另一种形态出现。

公式一：

设胜利者本来有 x_1 座城堡，在战争中夺取了 y_1 处；失利者本来有 x_2 座城堡，在战争中夺取了 y_2 处；战争时间为 n。故有：

当 $n = 0$ 时，$x_1 + y_1 > x_2 + y_2$

公式二：

设在战争中，一个战士身受 n 处伤，则死亡；设在争斗中，生存者受了 x 处伤，死亡者受了 y 处；故有：

当 $y = 0$ 时，$x < 0$

可以看到，公式二其实也适用于各类电子游戏，只要我们把其中的 n 设为人物的 HP 即可。在游戏中，这类数学文本乃是普遍存在的；它们确实地意指了某些对象的要素。

那么，游戏中的这类数学文本，又是什么符号呢？在皮尔斯自己的理论中，代数公式乃是一种像似符、一种图表式的像似符：

事实上，所有代数公式都是一种像似符，因为它通过代数符号（它们本身并非像似符）的方式，展现了被思考的量之间的关系[①]。

但是我想，皮尔斯的说法似乎应该只适用于科学，或者准科学的代数公式；而游戏文本中的数学公式，并不是他说的这种图表式的像似符。在科学中，符号严格地表达了事物之间的关系，这是皮尔斯自己也发现了的事实；而严格性的对应物，是唯一性：直角三角形三边长度之间，只有一种关系，从而表达这种关系的公式，也就是唯一的——虽然公式本身作为对象，可以被不同的语言符号在涵指层上被表达。但是在游戏文本中，情况却极为复杂。首先，在这里，同一个事实可以由不同的变量决定。比如，在《龙与地下城》

---

① Charles S. Peirce, *Logic as Semiotics：The Theory of Signs*，见 *Semiotics：An Introductory Anthology*，edited by Robert Innis, Indiana University Press, 1985, p. 12.

3.0 版的规则中，一个战士对敌人的命中率与人物的"力量"有关；在这里，如果我们设命中为 y，则有 $y = f(x)$，$x =$ str；但是在《暗黑破坏神 II》中，战士的命中却与任务的"敏捷"有关，也就是说，在这款游戏中，当命中为 y，且 $y = f(x)$ 时，$x =$ dex。其次，即使决定性的变量相同，变量起决定作用的方式，亦即公式的具体形态，也可以令人惊异地不同。比如，同为 3DO 公司出品的游戏，《魔法门之英雄无敌 III》与《魔法门之英雄无敌 IV》中，一个生物对另一生物造成的攻击伤害，均由攻击方的伤害值、攻击力与被攻击者的防御值有关，也就是说，若伤害为 a，则 $a = f(x, y, z)$，其中 x 为伤害，y 为攻击，z 为防御。但是，在这两款游戏中，由 x、y、z 构成的函数，事实上却极为不同（因为两组公式都颇为复杂，在此我就不将它们一一列出了）。一个更明显的例子乃是我在前面已经提到过的"恋爱养成"类电子游戏：在这类游戏中，玩家与虚拟女性之间的恋爱成功与否，完全由一个叫做"好感度"的变量决定，也就是说，被纳入了一组函数关系之中，而恋爱事实似乎并不能被"科学地"把握。

从而，游戏中的数学文本与对象之间的关系，事实上乃是任意与规约的。在这里，更为重要的并非符号与对象之间的像似性，而是文本系统本身的自恰与平衡。游戏公司经常会对已经发布的游戏进行调整，并发布版本补丁；但是，调整的目的绝非让数学公式"更像"它的对象（在游戏里，只要 CG 画得比较"像"其对象就可以了），而是让符号与符号之间的关系更为清晰，同时，尽量减少系统中的冗余成分，让每个符号要素在文本中都显得不可或缺。虽然真正的"完全平衡"可能不会有任何游戏能做到，但是游戏公司和玩家都不会希望看到一款只要掌握一两个要素就能玩好的游戏——玩家不会想玩这样没有耐玩性的作品，而商家恐怕更不会想去发行卖不掉的东西。

——任意性与系统性乃是规约符号的特征，而游戏文本中的数学公式，事实上正是这样一种东西；我想，"数学规约符"应当是对它们恰当的称呼。但是，一个游戏文本不可能只有数学规约符，因为那样，它将无法与程序员写的程序相区别，正如假如只有像似符，它将和戏剧变成一种东西一样。

那么，在一个游戏中，上述两种符号又处在怎样的一种关系之中呢？

首先，在游戏中，数学规约符与像似符之间经常分工协作。也就是说，游戏对象的不同要素，由不同类型的符号加以表达。两种符号各自都无法表达全部的内容，只有同时运作，才能覆盖对象的全域。在体育运动中，对象行为的过程由像似符来表达，而其结果则是数字规约符的领域。但这并非单一的分配模式。比如，在击剑运动中，剑客是否击中对手，乃是由两个选手身体的像似符来表现的，但是在《龙与地下城》3.0 版中，它们则被交付给了如下的公式：

设击中者的攻击检定值为 n，则有：

$n = x + AB + Bonus - AC > 0$，

其中，x 为攻击者投 20 面骰的结果，AB 为角色的"基础攻击值"，Bonus 为人物通过属性、装备、状态等获得的加值（可能为负数），而 AC 则是被攻击者的"装甲等级"（Armor Class）[①]。

事实上，不止是像"攻击与闪避"这样，被包含在体育游戏全域内，但是由像似符表达的要素，甚至是根本不存在于体育游戏全域内的对象内容，在电子游戏中也可以由数字规约符来表达。比如，"中毒"与"抵抗毒素"这对概念，不存在于任何体育游戏中，因为我们几乎难以以"像似"的方式去对对手"下毒"（或许 1997 年 NBA 总决赛时，犹他爵士队球迷在迈克尔·乔丹的食物里动手脚算是个仅有的例外）。但是，在游戏中，毒素却经常出场。让我们再次以《龙与地下城》3.0 版为例子：

设中毒者的强韧鉴定（Fortitude）为 n，则有

$n = x + Bonus - DC < 0$

其中，x 为玩家所投的 20 面骰的数值，Bonus 为体质加值，而 DC（Difficult Class）则是通过具体毒素鉴定所需要的"难度值"[②]。

在《龙与地下城》3.0 版之后的规则中，除了"中毒/抵抗毒素"以外，举凡哄骗、说服、魅惑等不可能被包含在体育游戏全域中的要素，均可以被数学规约符所表达。

进一步的，在不同的游戏中，数学规约符与像似符之间的比重也就可以完全不同。游戏文本滑动于纯数学规约符文本（程序）与纯像似符文本（戏剧）之间。而随着规约性的增强，文本对对象的像似性，自然相应减少：在体育中，对象的绝大部分都被像似地表达了出来，甚至不曾改变其影响读者的渠道；而到了像《魔兽争霸》、《暗黑破坏神》这样带有运动成分的电子游戏里，触觉渠道的像似性已经大大减少，玩家只通过手指的动作来模仿作为对象的全身运动；最后，到了《英雄无敌》这样的战棋游戏、《博德之门》这

---

① 《龙与地下城玩家手册》，万方电子出版社，2001 年，第 124 页。

② 同上，第 126 页。

种可以暂停的游戏、《仙剑奇侠传》这类的回合制角色扮演游戏以及棋类游戏中，被像似地表达了的东西，则几乎只有对象的心智活动了。

除了上面所说的"分工协作"以外，游戏中的数字规约符与像似符之间还有另一种关系，那就是层次性的关系。在很多情况下，游戏对行动的表达并不会"终止"于数字，这在电子游戏和棋类游戏中，都极为明显：在象棋中，"骑兵踩死了小卒"这个事实，其实首先被数学规约符所表达（骑兵的伤害为 x，小卒的生命为 y，$x=y$)，但是"我的马吃了你的卒"这样的像似行为却也是需要的，无论这里"马"和"卒"的像似性究竟有多么简陋；在作为桌面游戏的龙与地下城实践（跑团）中，"人物前进了 30 尺"这样的行为，也必须在桌面上由棋子和格子表达出来。而同时，"龙与地下城"作为一套规则，也被许多游戏运用：在《无冬之夜》[①] 中，由骰子面值产生的"游侠击中了狗头人"这样的结果，再次被三维动画所表现。在这里，电脑屏幕上的像似图形，其实是对数学公式结果的表达，也就是说，是后者的涵指文本。

需要注意的是，涵指层面的像似文本所像似的，乃是直指层面中的对象，而非符号。作为像似符，图像仍然只能"像"被两组符号共同意指的对象行为与外貌。事实上，电子游戏中的涵指符号、直指符号与对象之间的关系，可以类比于汉字、汉语与对象之间的关系。我们知道，作为一种系统性的规约符号，汉语中的语音-对象关系和所有其他语言一样，乃是任意的。而另一方面，作为预言本身的符号，汉字确实是一种理据性的东西——它的理据性所指向的，并非语音，而是对象。"马"这个汉字，像似的绝非"mǎ"这个读音，而是这个读音同样意指的那种动物。同样的，在《暗黑破坏神 II》中的动画，也并非在像似一组数字，而是一个每秒出手 6 次的健壮男子（即使这个男人在地球上至少并不存在）。从而，电脑游戏的涵指符号与作为对象的直指符号之间存在的，仍然是一种任意的关系，虽然在这里，规约的变量是对象，而非符号。

——在游戏文本中，上面所说的分工协作与分层的关系，可以不同时出现，但是无论如何，两种符号都必然存在。在第一种情况下，缺少了任何一种符号，游戏都不能覆盖其全域；而在第二种情况下，两种符号可以各自覆盖相同的全域，但是游戏自身如果不想成为单纯的程序或者动画，那么它就

---

① 加拿大 BioWare 与美国黑岛工作室（Black Isle Studio）发行的，基于龙与地下城 3.0 版规则的角色扮演游戏。

必须对两种符号一视同仁。

但是，游戏玩家却并不会一碗水端平。对于玩家来说，一个游戏文本中的数字规约符和像似符，并非一直都是同等重要的。在不同的游戏体裁中，会出现不同的主导性符号。

首先，各种棋类游戏，乃是绝对的"数字规约符主导"游戏。在象棋里，棋子可以是精巧的象牙、刻上粗糙汉字的石头，或者是电脑屏幕上足可乱真的三维战马；而在围棋中，棋子可以是紫葡萄和青葡萄。但是，对于棋手（读解者）来说，这些都不会造成什么区别。对于围棋手来说，沙地棋盘上的两目和意念中的两目几乎没有任何区别。

而恋爱养成游戏，则与棋类完全相反。如前所述，这类游戏将恋爱事实纳入了一个函数之中，玩家在对话与"行动"上的不同选择，将对变量 x（好感度）产生不同的影响，当最终 $f(x)$ 的值大于一个规定的量时，则恋爱成功。在这个层面上，其实并不存在什么与恋爱事实之间的理据；玩家的选择与选择所造成的变化之间，也没有什么必然的联系。从理论上讲，只要程序员愿意，他可以让品质完全相反的两句话对程序中的"女主角"产生相同的"心理"效果；甚至，如果画师愿意，他也可以让这个由二进制数字构成的美女人格拥有一副苏格拉底式的尊荣。但是，对于游戏的玩家来说，这种数字规约符的任意性，却是应当被流放到意识地平线之外的。对于玩家来说，像似性在游戏中显然是最主要的部分：即使玩家能够忍受大哲人风格的凸眼眶和塌鼻子，这位阿尔喀比亚德[1]也绝对不会愿意看到，自己最粗俗无耻的回答为自己赢得了"苏格拉底"的爱，而谦逊与理智却让爱人离自己而去。当然，绝大多数情况下，恋爱游戏的玩家希望看到的，恐怕还是一个可人的少女吧。

当然，这并非是说，游戏中数字规约符和像似符不可能有同样的重要性。在体育运动中，像似符表达了绝大部分全域，但是对于玩家（运动员）来说，比分却至少与过程同样重要。即使在无限接近于表演行为（也就是戏剧）的 NBA 全明星赛中，胜负也绝非一种冗余。2003 年，科比·布莱恩特和凯文·加内特共同靠常规时刻最后的两次罚球和加时赛中的得分，破坏了迈克尔·乔丹"预料中的完美谢幕"，因为对于前二者来说，篮球乃是胜负攸关的体

---

① 传说，政客、军人、美男子阿尔喀比亚德是苏格拉底的爱人，见柏拉图《阿尔喀比亚德》103a 以下，《会饮》212d 以下。

育游戏，而非结果已定的王权交接仪式。

三、第二人称叙述与未来性：游戏的文本特性

在上一节我曾经说过，在游戏中，"比分"现象可以澄清两个问题。其中一个是游戏文本的符号分类。现在，我们已经知道，游戏中还存在着一类数学规约符，它与像似符共同构成了游戏文本，二者缺一不可。而另一个有待于通过比分来说明的现象，则是游戏文本本身作为叙述文本的特性。

作为一个叙述文本，被表演的戏剧的叙述者就是人物自身，再无其他；其结构几乎完全等同于乔伊斯式的体验流再现。但在游戏文本中，除了"人物"这个叙述者以外，还经常会有另一个叙述者向读者－玩家交代一些信息；这些信息其实不是别的，正是"比分"一类的数学规约符要素。在体育游戏中，裁判会告诉球员：你得分了，你的进球无效，你犯规了（失去了这次得分的机会）。而在电子游戏中，电脑告诉玩家：你击中了面前的骷髅，你对沙弗洛克造成了 5 点伤害……或者干脆是"你挂了，杀死你的是墨菲斯托"。而在舞台上，绝对不会出现一个声音对哈姆雷特说，你因为毒剑造成的小小伤口而死去，也不会有人对麦克白说，你的短剑刺进了邓肯的胸膛。

在叙述学领域内，这个叙述者的特征有这么几个：

首先，明显的是，这个叙述者一般以第二人称的口吻说话；有的时候，这种第二人称口吻似乎并没有采取一个明显的形式，但实质上，它却仍然存在。比如，对于球员和教练来说，足球场两边看台上方的大型电子屏幕其实一直在说：现在，你的得分是多少，而你对手的得分又是多少。在电子游戏中，人物状态栏等要素也是这样的例子。

其次，这个叙述者乃是一个显身的，而且是全知的叙述者。在某种意义上，他和托尔斯泰小说的叙述者拥有相同的地位，所不同的只在于他们说话的听者：前者对处在主叙述层中的人物说话，而后者则对与自己同处超叙述层的"读者"说话。在这里，叙述者其实掌握着极大的自由；在电脑游戏中，它甚至可以和那些主叙述层面中的人物抢夺叙述权。比如，关于游戏"开始之前"发生了什么，《暗黑破坏神 II》安排了几个人物来交代：游戏一开场，商人瓦瑞夫就告诉玩家，一个黑暗游荡者经过了修女们的教堂，恶魔与死亡紧跟着他；而后来，智者迪卡·凯恩又告诉玩家，那个黑暗游荡者很可能是

曾经在崔斯特罗姆打败了暗黑破坏神的英雄，但是很可能，现在他已经被他曾经的手下败将所附体了。但是，在同时代的《博德之门Ⅱ》中，故事的"背景"则由一个显身的第二人称叙述者说了出来。这个声音对玩家说：

> 你的少年时期在烛堡的图书馆堡垒中度过，由你那慈爱的养父，葛立安，所抚养长大。爱蒙与你共享这个家庭。她跟你志趣相投，而且身世背景跟你一样的扑朔迷离。

> 葛立安之死替你的问题带来了解答：那谋杀了葛立安的沙洛佛克竟是你的亲生兄弟。你和沙洛佛克是"大动乱时代"的产物，那是一个一片混乱的年代，那时诸神仍以肉身的形态在地面上活动着。其中有一位神祇预见了他的死亡，于是在天地巨变之前走向一处大地。他留下了一群凡胎血嗣，打算以他们当作重生所需的能量来源。

> 他就是巴尔，谋杀之王，而你就是他的子孙之一。

> 沙洛佛克为了证明其存在的价值而掀起了滔天战乱，并且相信他能够变成新的谋杀之王。

> 你亲手杀了你的兄弟，将他那被污染的灵魂送回巴尔身旁。你成了博德之门的英雄，不过基于你与沙洛佛克留着同样的血脉，疑虑仍在人们的心中。

> 在局势演变成比任何人想的都还要黑暗时，不久你便离去了。

> 在你休息时他们却找上了你；他们的形体笼罩在迷雾之中，也笼罩了你的思虑，模糊的线条像是在清醒与梦魇之间。没有敌意、没有憎恨，也没有提到旧怨凤恨。只是快速地将你捕获，并保证严峻的事件即将接踵而至……

《博德之门》在叙述上之所以采取这样一种似乎非常"19世纪"的风格，乃是因为，作为一款适用了《龙与地下城》第二版规则以及其中的"费伦大陆"模组的游戏，它想要尽量保持自己和纸上龙与地下城游戏的渊源。但是，这个事实至少清楚地说明了游戏中这个"第二人称叙述者"的权能。

当然，关于上面提到的第二种信息，对于它的文本所指向的对象而言，乃是外部的东西；在体育游戏中，这些"故事背景"甚至可以不被纳入文本所覆盖的全域：没有人会傻到去问两个拳击运动员或是他们的裁判，这两个壮汉所意指的战士相互殴打的原因是什么。在一个游戏文本中，只能由裁判/电脑式的叙述者说出来的信息，就是其中由数字规约符组成的部分。原因似乎很简单：在游戏中，主叙述层面中的人物乃是像似符的对象，他所知道的，只能是主叙述层之内的东西；而"某人受到了 5 点伤害"这样的信息，则是一个文本，它一般只能被超叙述层中的叙述者-受述者所知晓——至少，我本人至今没有发现有一个"回旋分层"式的游戏文本。

但是，裁判/电脑式叙述者的任务却不能回答这样一个问题：为什么这个叙述者在许多场景下乃是显身的？要知道，这并非一个必然的要求。比如说，在篮球玩家的斗牛单挑中，并没有裁判——这里，比分并未缺席，但是把比分告诉玩家的叙述者，却隐身了。在街头或公园的棋局里，这样的情况也存在。也就是说，从本质上，裁判式的叙述者在游戏文本中可以是隐身的。那么，究竟是什么动力，在许多文本中将这个叙述者推向了前台呢？

我认为，对这个问题的回答，基于游戏的时间向度①。与戏剧不同，游戏乃是一个向未来敞开的文本；而在传统上，叙述文本大多是过去式的，如史诗（包括《诗·大雅·公刘》这样的叙事诗）、历史、语录（在西方就是对话录）以及戏剧。亚里士多德的洞见在今天也是正确的：戏剧"是对于一个严肃、完整、有一定长度的行动的模仿"②。但是在此，我必须指出一个现象：从解释的角度来说，戏剧（以及电影、电视等）并非在任何时候都是封闭的。罗兰·巴尔特说："我完全知晓俄狄浦斯将被揭穿，丹东（Danton）将被送上断头台，可依然……"③ 严格来说，这个公式对于观众来说，并不完全正确。因为确实存在着这样一些观众（而且一定为数众多），他们对于戏剧的体验乃是"我不知道谁是凶手，所以我可以……"巴尔特的只对于另一类戏剧的"读者"完全适用，那就是演员。如果一个演员不知道自己所演的人物究竟有什么结局，戏就无法演下去。动画片《没头脑和不高兴》中，"不高兴"成年后成为了一名京剧演员，但是在演《武松打虎》的桥段时，他却对自己扮演的角色——老虎——的结局表示了"不高兴"；也就是说，他拒绝让老虎被打死。结果显而易见——戏失败了。

因此，对于一个扮演着角色的戏剧读者而言，文本乃是一个封闭的过程，它并不向未来敞开。与此相反，游戏则必须拥有这种敞开性。就像前面已经

---

① 关于这个问题的进一步讨论，可参看赵毅衡《三种时间向度的叙述》，载《叙事丛刊》第一辑，2008 年，第 146-163 页。

② 亚里士多德《诗学》，1449b。中译用罗念生译本。

③ 罗兰·巴尔特《文之悦》，屠友祥译，上海人民出版社，2004 年，第 59 页。

提到过的那样，就连 NBA 全明星赛，对于运动员而言，也不可能是封闭的，即使观众们热切地希望某些比赛呈现为一种"封闭的仪式"。"冷门"这一事件最为彻底地凸现了游戏的敞开性：2004 年欧洲足球锦标赛的结果对于参赛的所有球队来说，均是未知的；而唯有当游戏本身的叙述已经结束，它本身作为对象进入了另外一个文本时，我们才能合法地说，2004 年夏天的希腊，是足球神话剧的舞台。当然，这里我们也一如既往地遇见了边缘性：在被称为"视觉小说"的文字冒险类游戏或者角色扮演类游戏（RPG 游戏）中，剧本乃是既定的，即使这是一款像《Fate/ Stay Night》① 或《穿越时空》② 这样，结局数量庞大的作品。

游戏文本对未来的敞开性，并非孤立地起作用。这类文本还有一个对读解者的要求，那就是读解的客观性。任何一次游戏阅读，都不可能只有一个人，或者一个"读解者"完成。即使是单机电脑游戏，电脑作为共同的读解者（对手）也不可或缺。在这里，"客观"一词的意思是对于不同读者呈现的相同意义。一个游戏文本的意义必须由复数的读者同时决定；没有对手，对游戏的阅读也就不存在——这也就意味着，作为完整意义上的符号文本的游戏，并不存在。

故而，一个游戏文本必须保证，同时阅读它的读解者，在一次共同的读解中对意义保持一致。而我们知道，一个文本可能拥有的解释项，在本质上乃是无限多的。游戏文本中的像似符号同样无法排除衍义的存在。如前所述，一个符号对于其对象的表达，总是不完全的；这种不完全性的结果是，对于一个具体语境中的像似符，读解者可以认为它在此语境中已经可以代表其对象，但他也可以认为，这符号的像似度不够，而要求像似符表达对象的更多方面。在游戏中，像似符的这种尴尬也存在着。《论语·八佾》：

子曰："射不主皮，为力不同科，古之道也。"

朱熹夫子注云：

古者射以观德，但主于中，而不主于贯革，盖以人之力有强弱，不同

---

① 日本 Type—Moon 公司出品的文字冒险游戏。
② 日本史克威尔公司·艾尼克斯公司（Square Enix）出品的角色扮演游戏。

等也。

孔子认为，对于射箭这一游戏文本来说，"射中皮革所在"就已经可以表示"射中了目标"。但是他同代的许多人却认为，"命中鹄的"却并不能作为"射中目标"的符号——它还需要贯穿皮革的力量。显而易见，"射中且贯穿皮革"也仍然是不完整的：在这里，箭命中的，毕竟不是敌人，而只是抽象的目标。我们可以看到：只要体育运动不失去自己的本性而成为凶杀，这种解释的链条就可以无限地延伸，只要没有什么东西把它拦腰斩断。

——而斩断或终止这无限衍义的要素，正是裁判/电脑式的叙述者。这个叙述者并不参与文本的解释，但却能够为所有的读解者找到一个共同的解释定点。远在体育运动刚刚起源的时代，这个叙述者就已经有了这样的功能：

> 他们立即跳起来本会作第三次较量，
> 若不是阿基琉斯亲自站起来劝阻：
> "你们已经摔够，切不可造成伤害，
> 两人胜利均等，都过来领奖退下，
> 让其他阿开奥斯人有机会继续竞赛。"①

阿基琉斯阻止了奥德修斯与埃阿斯，不让他们继续比赛，因为那样会"造成伤害"。"伤害"本是体育运动中不在场的东西，是远在彼方的对象；但是，依照解释的本质，若不是阿基里斯及时出面干预，两位英雄必将因为歧义而让衍义之藤蔓疯长，直到撞上分开文本与对象之间的鲜血之墙。

进一步，甚至连游戏中的数字规约符部分，也必须面对无限衍义与无歧义性之间的张力。虽然在一个游戏里，数学规约符作为公式，在一定意义上可以说是确定的，但是它却必须面对两种可能的歧义。首先，在具体的游戏阅读行为中，公式必须被填入具体的数字，而这数字如果不被强制地决定，就将是无理的：凭什么"杀死"一个花剑剑客需要 15 剑而不是 11 剑；又凭什么要躲过太古红龙的喷吐，一个人物反射豁免中 DC 这个变量，必须被设35，而不是 36？其次，因为数字规约符和像似符可能处在分工协作的关系之

---

① 《伊利亚特》，《罗念生全集》，上海人民出版社，2007 年，第五卷，XXIII 节。

中,这二者的边界也就成为了争论滋生的土壤。前面说过,孔子所说的射箭行为就是这样的例子。孔子认为,"射中鹄的"这一像似符可以成为数学规约符中的一个"1",而他的同代人却认为,只有力量也到位的射中,才有资格进入规约符的边界。这些事实也只能由裁判/电脑给予一个强制性的解答。

所以说,裁判/电脑式叙述者的功能,就是为游戏文本的读解者们寻找共同的意义定点。本质上,任何现实的文本读解都会要求这样一个定点,而不是任由衍义,不受节制地繁殖。这一任务,乃是元语言的任务。即使在读解者互不相同的读解中,他们也都各自携带了这种或那种元语言,并把解释项的落点定在一个确定的位置:所不同的只是这些位置,而非"有位置"事实本身。把《关雎》理解为对"后妃之德"的赞颂,与把它理解为情诗,都只是为解释找到了一个个别的落点而已。对于游戏的读者来说,这套元语言也必须存在;更重要的是,这套元语言必须是复数的读解者们所共有的。至少在一次共同的读解中,读解者们必须如此:穆里尼奥可以在比赛结束后,大骂当职主裁判是蠢驴,但是在比赛中,他却必须服从主裁判把他红牌请上看台这一判罚。

在绝大多数情况下,元语言都是隐而不彰的。它并不以清晰的句法形式、组合轴的方式形成文本:它只在另一个被读解、被完成的文本中垂帘听政,或者充当摄政王。在我前面提到的斗牛、街头棋局等游戏文本中,我们也可以看到元语言这种通常的运作方式。而在电脑游戏中,因为电脑 AI 本身的特性,玩家若想和电脑玩下去,就必须和电脑对手共享它那套二进制元语言。完全取消信息栏等要素的游戏,其实是可能的:就算把《反恐精英》① 中的血量、杀敌数等信息栏全部隐蔽,它也是一款游戏,而不是别的什么东西。

问题在于,歧义的可能性以及读解者使用不同元语言的可能性,本身就深深根植于解释行为的本质之中。在某种意义上,这一可能性有时几乎是必然的;游戏运动对复数读解者的要求并不能让可能性减少,反而倒是可能让元语言的冲突以一种更为直接的方式呈现出来。在篮球比赛的最后关头,双方运动员可能因为一个出界球球权的归属而产生激烈的争论,就是一个明显的例子。社会学、心理学,甚至是政治学/政治哲学可能对这种冲突有着更为深刻的解释,但冲突的危险却是任何读解行为必须面对的。对游戏的游玩,

---

① 由 Valve Software 公司出品,是基于半条命(Half-Life)模组的第一人称射击游戏。

也并没有得到治外法权。在这个意义上，游戏中裁判/电脑式叙述者的真身，终于清晰地跃入了我们的眼帘。这个叙述者不是别的，正是元语言的组合轴；它让元语言以明确的组合形式，甚至是一个断言命令的句式向玩家/读者呈现出来；它命令读者，把某个数字规约符公式中的 n 设为 1，而不是 2，命令跆拳道运动员把踢中对方的头部视为 1，而把踢中对方的手臂视为 0。

四、结　语

至此，我已经差不多清理了在本文一开始提出的三个论题。至少此刻，我可以颇有信心地作出如下的论述：

首先，被玩的游戏乃是一类文本，其对象乃是不在场的行动；对象以各种不同的方式在读解者的体验中形成解释项，而在体育游戏中，其方式乃是极端的像似性，甚至不曾改变其作用渠道。

其次，游戏文本中存在着两种类型的符号——像似符与数字规约符；后者乃是体育游戏中的"比分"，以及电子游戏中"程序算法"的实质。在游戏中，这两种符号以分工协作或分层的方式互相作用。

最后，在游戏中，"比分"这一信息由一个全能的第二人称叙述者交代出来。这一叙述者经常以显身的方式出现，因为游戏是面对未来敞开的文本，而为了保证这一敞开文本的不同读者有相同读解，这一叙述者必须以元语言的组合轴的形式显身，从而为叙述者们提供一套共同的元语言，以排除歧义的实在。

但是显然，我的论述相对于游戏符号文本的现象而言，乃是过于有限的东西。即使在我受制于论述本身的行文中，我也已经触及了一些游戏现象的边缘事实；更重要的是，我在文本中轻易地撇在一边的游戏现象，其实却可能是养料肥厚的黑土地。比如说，游戏文本中的像似符并不只有一种：它们包括了通过各种渠道传达的各种不同的媒介；这些媒介怎样互相作用，怎样关涉于对象，在具体的游戏体裁甚至作品中怎样与数字规约符相关等等，都是尚待解决，甚至尚待被投下第一批问题的领域。归根结底，游戏乃是一种空前复杂的文本，它不但有着比电影更多的媒介，更在叙述时态等领域中，与传统的文本有着或继承或否定的关系……

——因此，虽然我在本文中只能讨论极为有限的论题，但是我希望本文不是一个结果，而是一个开端。套用《博德之门 II·巴尔王座》中的一句话——

　　"只要游戏的大门还对新的游玩敞开，探索就不会终结。"①

作者简介：

　　董明来，四川大学文学与新闻学院。junwushangshu@163.com

---

　　①　原话出现在《巴尔王座》片头动画的结尾——"只要巴尔血腥的王座还空着，混乱就不会终结。"

〔编者按〕此文本该刊于"译文及其回应"部分，但是鉴于它恰好切中了本期游戏学专辑的主题，且从全新的角度打开了讨论的视域，故编辑组最后还是决定将其与另三位中国论者的探索置于一处，以期能使读者们更深切地了解到符号学在游戏领域的生命力，以及与此生命力相应的原始性。

拟真还是叙述：游戏学导论

〔英国〕贡扎罗·弗拉斯卡 著

宗 争 译

最近 20 年，关于电子游戏的学术研究有了惊人的发展。学术旨趣由早期的"游戏诱发犯罪行为"研究转向了研究这种新媒介的各种相关知识。2001年，许多关于游戏研究的国际会议召开，并且出版了《游戏研究》——第一本由业内人士进行评鉴的在线期刊。2002 年，此类会议和研讨会的数量持续增加。最初，游戏研究只是数字文本研究的一个子集，但现在，它已经找到了属于自己的学术空间。新一代研究者可能会带来许多令人期待的改变，电脑游戏伴随着他们的成长，他们熟悉这种新的娱乐方式，因而，他们能为这一新领域注入新的活力和激情。

迄今为止，无论是将游戏作为一种产业还是学术对象，传统的、也是最流行的研究方式都将电子游戏视为"戏剧"和"叙述"的拓展。虽然这种观念曾经受到质疑（尤其是来自 Espen Aarseth 的质疑），并且引发了一场激烈的争论，但是，这种叙述模式论仍是主流。我们的目的正是要结束这场争论。在这篇论文中，我试图论证，"叙事"（storytelling）模式不仅是不准确的，阻碍了我们对这种新媒介的理解，而且限制了我们创作更多引人入胜的游戏。

在其核心论点中，我将揭示，与传统媒体不同，电子游戏并不是建基于"再现论"，而是建立在我们熟悉的选择性符号结构——"拟真"之上。虽然"拟真"系统与叙述学有许多共通的元素，如角色、环境、事件等，但它们的构成在本质上却大相径庭。更为重要的是，它们还提供了不同的修辞上的可能类型。因此，我将会探讨这一特殊的话题，并试图揭示，为了传达作者的观念和感觉，游戏和叙述是如何提供了两种截然不同的方式。除此之外，我还会论证，创作者的观念是如何来适应两种不同的"拟真"类型——嬉玩与竞玩。而当务之急是阐明"游戏学"——这门尚未成熟的游戏研究的形式理论——的诸种概念。

何为"游戏学"？

我们可以这样定义"游戏学"：一门以游戏、特别是电子游戏为研究对象的学科。游戏学（Ludology）这个词并非新造，事实上，它一直与非电子游戏相关联，尤其是棋牌游戏。1999 年我就曾指出，我们的研究者之所以总是试图从文学和电影理论或叙述学理论中为游戏研究寻找理论工具，其中一个重要的原因乃在于游戏研究领域缺少一个协调、规范的定义。也正是从那时起，在游戏研究的学术界，"游戏学家"（Ludologist）一词渐趋流行，它被用以指称那些反对将电子游戏视为叙述拓展等常规研究方式的学者。就我个人而言，我认为这实在是一种简化。当然，我们需要进一步理解游戏与故事共享的那些元素，如角色、环境和事件等。游戏学并不会忽视电子游戏的这一特征，但必须重申，二者绝不能因为相似的叙述结构而混为一谈。不过，必须谨记，游戏学的这一复杂论证的最终目的并不仅仅是为了揭示叙述模型的技术性错误。作为一门形式论学科，它应当专注于剖析游戏的结构和成分，尤其是其规范——不仅仅是建立用以解释游戏构成的类型和模式。当然，在现今这个"后"时代，形式论不应只是昙花一现。游戏学家还须谨记，纯形式论的方式也有其局限性，不过在揭示故事和游戏的结构性区别这一问题上，这确实是个捷径。我个人的建议是将这种结构性的方式作为游戏研究必要的第一步，一旦它帮助我们更好地把握了游戏的基本特征，我们就可以从容地转向了。

拟真还是再现？

对于我们的文明而言，再现论是一种清晰、有力且已经被普遍接受的方式。数千年来，我们借助这种方式，用以理解和阐释我们的现实。尤其是当我们引入了一种结构性再现论——叙述——这种特殊形式以后，这种方式愈发显示出其优越性。有些理论家，譬如 Mark Turner，甚至将叙述机制视为与人脑具有深层联系的认知结构。正因为这是一种普遍的说法，所以，研究者很难接受再现论和叙述说之外的说法，譬如拟真。

拟真并不是个新玩意。它通常通过一些普通的事物显现出来，如玩具和游戏，当然，也存在于科学建模和网际文本中，如易经八卦（I-Ching）。不过，拟真系统的潜力不知为何被限制了，因为一个很难解决的技术性难题——借由齿轮关系建构一个复杂的系统。不过，电脑的发明彻底改变了这一局面。

20 世纪 90 年代后期，Espen Aarseth 依从这样的观察革新了电子文本研究，即：如果我们在分析电子文本时将其视作自动化控制系统，它可以被更好地理解。他创造了文本的类型学理论，并且向我们展示，超文本只是此类系统化文本中的一个可能的维度，他称其为"网际文本"。传统的文学理论和符号学理论一般不会理会此类文本，如冒险类游戏和建基于文本的多人娱乐形式，因为此类文本不仅是由连缀的符号构成的，还会像机器或符号发动机（sign-generator）一样运转。再现论的统治地位从学理层面被撼动了，这为我们开辟了一条通向拟真系统和游戏研究的小径。

在传统意义上，科学家通常因为阐释性的目的而使用"拟真"，尤其是用来预测复杂系统的运转状况。有大量论文是关于拟真理论的，但通常它们只是提供一条路径，并且这条路径因为技术性或目标指向性太强，对于我们理解为何将拟真理论作为再现论的替代品并没有什么帮助。现在这个定义是我提炼出来的，我参考了许多关于电脑拟真理论的论文，并将其与符号学原理相结合。我去掉了所有和电脑相关的内容，因为拟真也存在于非电子设备中，比如传统玩具。这一定义只是暂时的，它可能不够详尽，而且当我们对拟真符号学或"符号学"有所了解以后，它一定会有所变化。我们暂且可以这么说："拟真就是通过一个特殊的系统去模拟一个（本源性的）系统，而那一特殊的系统保留了人类原始系统中的部分运转方式。"此处的关键词是"运转"（behavior）。拟真并不是简单地复制其对象的特征（通常是视听意义上的），而是包含了其运转的模式。这一模式会根据一系列状况对特定的刺激作出反应（如数据输入、按键操作、摇杆变动等）。

　　传统媒介是再现性的，而非拟真性的，善于进行特征的描述和事件的排列（叙述）。一张飞机的照片会向我们提供关于飞机形状和颜色的信息，但无论我们如何摆弄这张照片，飞机都不会起飞或坠落。而飞行模拟器或一个小飞机模型却不仅仅是一个符号，它还是一架装置，它依从某些规则，而这些规则是根据真飞机的某些行为而得以建构的，并最终生发出了更多的符号。一部关于飞机着陆的短片是一个叙述，观看者可以从不同的角度对其进行阐释（比如"这是一次正常的着陆"或"这是一次紧急着陆"），但是因为影像次序是固定和不可变更的，观看者不可能操纵它，也不可能影响飞机的着陆方式。而在另一方面，飞行模拟器允许玩家去完成一系列动作，玩家可以改变这一系统的运转方式，因为它与真飞机的运转是相似的。在模拟器上，如果玩家加大动力，电脑屏幕中的模拟飞机会在虚拟天空中冲上云霄。在下文中我们会看到，游戏只是结构性拟真的一种特殊方式，正如叙述只是结构性再现的一种方式。

　　对于外部观察者而言，电影和拟真系统所产生的一系列符号看起来没有什么不同。这正是许多叙述模式的捍卫者所不能理解的：二者的符号序列可能是相同的，但对于拟真系统，不能仅仅从它所发送的符号来理解。这对于玩过游戏的人来说是显而易见的，踢足球和看球赛是不能相提并论的。显然，这一现象学的解释并不像它看起来那么简单。正如 Markku Eskelinen 所说，"在学术理论之外，人们可以很容易区分叙述、戏剧和游戏。当我把球抛给你，我绝不会希望你把它扔掉，也绝不是想等着听你讲故事。"这一怪现象也许是因为我们已经习惯于用叙述性的视角看世界，很难去设想另一种方式了。相比另起炉灶去尝试一种全新的方式，使用叙述学理论也许会更简单，毕竟有许多研究者已然十分熟悉这门学科。一旦公众和传媒产业对生产和消费故事（叙述）的模式了然于心，可能会催生对游戏进入现有的（传媒）渠道的抵制情绪。电子游戏预示着我们文化上的一次重大的模式转向，因为它向公众展示了最为复杂的拟真媒介。若想彻底理解拟真系统的文化本质，可能需要几代人的努力，但它确实已经在许多不同的领域得到了应用和发展，如社

会建构主义教育（the constructionist school of education）①、波瓦的戏剧②
（Boalian drama）等。拟真系统为我们的认知带来的最为有趣的变化是它激发
了人类的发散思维，也许我们可以据此引入另一种"拟真式"的思维方式，
来与 Mark Turner 所坚持的"文学思维"进行一次持久的论战。

许多年来，通过阐述游戏与叙述间的结构性形式差异，我在努力向研究
者和游戏设计者展示我这套关于游戏的非叙述理论。在这篇文章中，我将从
二者的修辞学特征入手，补充另外一条路径。我将会说明，电子游戏也能够
传达作者的思想和感情。我认为，叙述不能简单替代拟真系统传递信息的方
式，反之亦然。遗憾的是，我们现有的关于拟真修辞学的知识还非常有限，
但在不远的将来，这种局面肯定会得到改善，我对此很有信心。有趣的是，
这方面知识的丰富，可能并不能单纯依靠游戏产业，而是要依靠"游戏广告"
（advergame）这种新方式——直到市场营销人员吸收了这种方式，才改变了
游戏领域原本保守的局面，使得拟真系统的独创性大放异彩。"游戏广告"是
个时髦的词儿，流行于网络营销圈。根据《连线》（Wired）编辑部的《术语
大观》（Jargon Watch），"游戏广告"就是"一种可供下载的或在线的游戏，
制作它的目的在于安插（推销）产品"。虽然我对这个定义颇有不满，但是它
清晰地指出了由一个再现性模式向另一个转化的问题。我认为，"安插产品"
可能是"广告游戏"最为显明和浅白的形式。换言之，这种类型的关键在于
建模（modeling），而非简单的再现——利用玩具或游戏的形式建构一个产品
或一段相关联的经验。许多"广告游戏"仍满足于在游戏中展示其产品形象
或品牌标志，而不是去尝试传达与产品有关的经验。我举双手赞成将电子游
戏设计者视为作者的观念——他们中的许多人确实利用这种媒介去表达自己
的想法——他们的主要目标仍然是娱乐（取悦玩家）。而另一方面，广告商将

① 译者注：一种利用网络等媒介作为学习平台的新型教学方式，一位教师指导一群学生在线学
习，学生可以在教学过程中与教师同学进行积极的互动。

② 译者注：奥古斯都·波瓦（Augusto Boal），1931年生在巴西，身兼剧作家、导演与戏剧理
论家，"欲望的彩虹"理论的创始人和实践者。1957年开始民众文学的写作，而后与友人成立了革命
色彩浓厚的"阿利那剧场"（Arena Teatre），积极以剧场形式参与革命运动，并因此受到巴西政府的
监控与牢狱之灾，被迫流亡至秘鲁、阿根廷等国，1974年发表了《被压迫者剧场》（Theatre of the
Oppressed）一书。而后又陆续发表了"论坛剧场"（Forum Theatre）、"隐形剧场"（Invisible Thea-
tre）、"图像剧场"（Image Theatre）等戏剧实践方法。目前，波瓦除了在巴黎、纽约、多伦多等地主
持"被压迫者实验室"，阐扬/实践他的戏剧理念，更是里约热内卢的市议员，践行他的"立法剧场"
（Legislative Theatre），试图透过戏剧行动改变立法过程。

娱乐视为一种手段而非目的。他们的目的是宣传推销自己的品牌和产品，而正因如此，他们将游戏视为一种诱导（劝服）的工具。这迫使他们进入到一个特殊的位置，能够理解游戏的本质并非是讲故事，而是拟真——制造一个可供实验的环境。公司能够在杂志上刊印广告，列举一款新车的种种配置，但如果公司希望消费者可以亲身体验，那么单凭形象、声音和文本，就远远不够了。而同样一件事，拟真环境就能够向消费者提供传统广告模式不能传达的经验。随着广告游戏愈来愈深入人心，它肯定会推广这种理念，即游戏不仅仅是一种娱乐形式。有朝一日，游戏文化会让玩家意识到，游戏也不能摆脱意识形态，并且，广告游戏肯定会在此种教育方式中扮演重要的角色，因为它已然被提上了议事日程。

游戏修辞学：言说的自由，玩的自由？

2002 年 4 月 19 日，星期五，美国州高级法官 Stephen Limbaugh 驳回了一个议案，这份议案反对 2000 年在圣·路易斯通过的限制未成年人进入电子游戏厅的法令。根据美联社的记录，Limbaugh 审查了四款游戏，"并没有发现游戏能够传达与言论相提并论的思想、词语或其他任何事情。法庭认为，电子游戏与棋类游戏或运动更为相似，而非动画"。一周以后，哥伦比亚广播公司报道称，前摔跤手、明尼苏达州长 Jesse Ventura 考虑将电子游戏用于政治宣传。显然，Ventura 的竞选委员会将游戏看成了一种言说的方式。政治电子游戏并不是个新事物——一个绝好的例子是，"9·11"事件之后，业余制作的反乌萨马（本·拉登）在线游戏的流行——但直到今日，它一直停留在拙劣的模仿阶段。如果 Ventura 详细论证过他的政治提案，他肯定会放弃使用这一新的修辞方式，因为对选举进行宣传是最为明显的意识形态言说的实例之一。Ventura 的形象正如一个流行界偶像，他的这个游戏可能会关系到他的行为方式（毕竟，他被看做一个强硬的人）。但随着更多富有活力的、探索性的类型出现，政治电子游戏可能会大放异彩，比如在这类游戏中引入即时战略或模拟游戏。拟真系统已经被用来展现城市活力（如游戏《模拟城市》）和南美的独裁政治（如游戏《海岛大亨》）。在不远的将来，如果政治家们利用拟真系统来阐述他们在税收和医疗保健改革上的举措，可能不会令人惊讶。正如 Ted Friedman 所指出的，马克思的《资本论》也许可以被制作为一个比电影更好的模拟游戏。

虽然广告游戏看似是拟真修辞学的"皮氏培养皿"，但我下面打算展示的例子则与艺术更为接近，而非营销学。大多数支持游戏乃叙述的研究者都会将其与小说、电影和戏剧相比较，因此，我提出这样一个话题，它在传统叙述中取得过众人皆知的成功，却与今天的商业性电子游戏保持着距离，即工人罢工。19世纪末，埃米尔·左拉的小说《萌芽》叙述了在法国北部一次由矿工发动的罢工。小说的结尾，工人们被击退，所有的努力付之东流，他们的斗争并没能改变他们艰苦的工作环境。20世纪末，肯·罗奇在他的电影《面包与玫瑰》中讲述了洛杉矶一群大厦清洁工的故事。但故事的结尾却大相径庭：这群清洁工人最终取胜了，虽然他们的领袖——一个非法移民——被遣送回墨西哥了。

传统的叙事在处理故事结局时通常会有两个二元对立的选择。当左拉创作《萌芽》的时候，他面对的是两个选择——罢工者的成或败。他选择了后者，也许是为了传达这样的观念：社会革命是一场硬仗。而另一方面，罗奇看起来就要乐观多了。他笔下的那群受压迫的清洁工为自己的权利而进行反抗，并最终获得了更好的工作环境，虽然在个人意义上他们的领袖失败了。叙述修辞能起到良好的润滑作用。在不损失什么的前提下，创作者可以为一次失败赋予希望，也能将成功解释得一无是处。两位叙事者都认为存在其他变化的可能性，但两位都没能告诉我们如何使变化成为可能。我们只知道工人们的成败，但叙述的媒介不能打破其内在的二元结构。叙述作者的（或曰叙述者）枪里只有一发子弹——只能叙述在同一序列上的复杂事件。至多，他们可能写出五六个不同的故事来描述罢工事件，让读者可以折中选择，并决定工人成功的概率。但是，传统的叙述媒介并没有允许对故事进行更改的"特征"，虽然口述故事和戏剧表演可以称为特例。在这些媒介中，允许观众对一个故事进行反复的审阅。而在游戏中，多次重复（session）不仅是一种可能性还是这种媒介方式的硬性要求。游戏并不是一份孤立的经验：我们意识到它们是游戏，因为我们知道，我们总可以重新开始。确切地说，一个游戏你可以只玩一次，但对拟真系统的认知和阐释需要不断重复。

与叙述不同，拟真不仅是由一系列事件构成的，还吸收了运作规则。想象一下，我们已经设计出了《罢工者》（Strike-man），一款即时策略游戏，它延续了 Ensemble Studio 团队设计的经典游戏《帝国时代》的传统，在游戏中你可以扮演一个工人运动的组织者。你的目标是吸收尽可能多的工人加入你的罢工队伍，并尽可能解决罢工的组织和实施问题。与叙事模式不同，在拟真系统中，事件的顺序从来都不是固定不变的。你可以反复玩几十次，而事情总是在变化。在另一款游戏中，你需要处理间谍对你的组织的渗透，而其他工人可能会质疑你的领导地位，并蓄意破坏你的行动。游戏总是携带着一定程度的不确定性，来防止玩家提前知晓最终结果。套用赫拉克利特的话（"人不能两次踏入同一条河流"），你不能玩同一个电脑游戏两次。

让我们聚焦这一游戏的两个特征。第一，罢工的结果很大程度上取决于你对工人运动组织者这一角色的扮演情况。这看起来似乎很明显——我们通常愿意相信，我们应该对我们的行为所引起的后果负责——但这一特征在叙事模式中是无效的。毕竟，正如我们从古希腊戏剧中所学到的，故事和命运最终走到了一起。无论文学理论家如何提醒我们，读者能够发挥何种积极的作用，安娜·卡列尼娜还是要卧轨，俄狄浦斯还是要弑父娶母。同理，《萌芽》中的罢工注定要失败，因为叙述者早已提前决定了事情的走向。同样，拟真的作者——或者说"拟真者"——也可以不同程度地将命运（通过硬编码事件和/或过场动画）融入到他们的游戏中去。胜利与玩家的表现有部分关系，但还有许多事情超出了他的操控。游戏软件可以任意地打破你的控制（譬如那个渗透进来的破坏者），使你的目标更难实现。拟真者总是享有最终决定权：她凌驾于玩家的控制之上，有能力决定事件的频率和程度。

第二，想象一下，我们拥有一个不同的拟真系统构成的图书馆，它们都用以解决罢工问题，由拥有不同文化和观念意识的拟真者设计。假设所有的拟真系统最终的情节设置都是以胜利告终，因为他们编制程序的观念和方法不同，游戏会有非常大的难易区别。有些游戏可能会更依靠巧合，而另一些则会以玩家的表现为基础来设定最终的结果。无论是谁来设计一款关于罢工的游戏，对于玩家而言，都不可能轻松过关，游戏表现了设计者对于社会运作的观念，通过游戏的规则而非事件，这种观念得以表达。拟真系统为拟真者提供了叙述者缺乏的技术。他们不仅可以说明社会变革可能与否，还获得了这样一个机会，得以阐述他们所认为的事情的发展动向。这不是通过一个简单的通告（如93%的变革获得了胜利）就可以实现的，更重要的是通过模拟这一困境。这一技术也是明晰的：作为规则而非一条简单的信息，它很好地隐藏在模型中。叙述可能擅长于为一个特殊事件摄取"快照"，但拟真却能够为我们理解更大的图景提供修辞工具。

全息甲板上的亚里士多德

我曾表示过，故事与命运的观念有着深刻的联系。这一观点经由贝托尔特·布莱希特发展，近年来又由奥古斯都·波瓦拓展，已经成为马克思主义戏剧流派的核心观点。马克思主义者认为，亚里士多德学派的戏剧和叙事忽略了社会变革力量，因为他们将现实展现为事件无法改变的推进，没有任何可以改变的余地。波瓦对这一问题的回答可以在他的戏剧理论资料中找到，特别是他的"被压迫者剧场"（the Theater of the Oppressed）——他将游戏结合进剧场，目的在于鼓励针对社会、政治和个人问题的批评论争。"论坛剧场"（the forum theater）——他最为流行的戏剧技巧之一，允许不同的观众走上舞台代替主角，并借此多次重复同一个表演。这种短剧总是描述一种受压迫的状态，并且鼓励观众参与表演，即兴对舞台上正在表现的问题提出可能的解决办法。波瓦的最终目的并不在于找到针对危机的实际解决办法——虽然有时候这种方式确实可以解决问题——而是创造一种争论的环境，不仅通过言语交流，还利用表演的形式。"论坛剧场"完美地贴合"拟真"的概念：它通过另一个系统（表演）模铸了一个新的系统（被压迫者的情势）。

经过数十年的努力，电子游戏的设计者已经找到了一种方式，可以将叙事与"交互性"带来的愉悦协调在一起。正如 Lev Manovich 所述，"交互叙述仍是新媒介的圣杯"。Brenda Laurel，对于这一类型可行性的长期拥护者，最近将交互叙事定义为"电脑神话中的假想怪，一只我们可以想见却还未捕获的神秘独角兽"。不过，波瓦创造了一个非电脑基础的环境，当他创作一段引人入胜的体验的时候，参与者在其中仍享有高度的自由。不管如何，波瓦的成功是因为他独辟蹊径，并未选择 Laurel 在她的著作《电脑作为剧场》（*Computers as Theater*）中所提出的那条路径。Laurel，除了是"交互叙述"的支持者，还十分关注亚里士多德将人们的愉悦作为艺术源泉的结论。"交互叙述"最大的谬误在于，它假装赋予玩家以自由，却又要保持叙述的连贯性。波瓦的戏剧并不是因为其本身天衣无缝的三幕剧结构给人带来愉悦，恰恰相反，是因为观众可以随时打断它并修改它的这种方式。拟真系统正是用来测试，在何处使用者的行为不仅是被允许的而且是被要求的。在游戏世界中，环环相扣的连贯性并不是必须的。波瓦的（临时）演员们并不是因为替代了专业演员而获得了满足，而是因为他们重温了孩童时期玩的"过家家"。一个小孩会不断修改自己的想象来适应不同的改变，绝不会有成年人的瞻前顾后。确切地说，拟真系统挑战了叙述者，因为它抽走了他们的力量之源：通过一系列因果关联来讲述故事的能力。打个比方，叙述者仿佛在"驾驭"着他们的故事，因而故事的推进几乎总是可以预见的。而拟真者则"培养"他们的拟真作品：传授其相关的规则，也有可能对其未来的发展有所想法，但他们却绝不可能确切地知晓最终的事件次序和结果。拟真媒介的关键特征在于，它依赖规则，而规则是可以被操控、接受、否定甚至抛弃的。叙述者拥有执行力——他们能够处理特殊的问题。另一方面，拟真者的作为更像是个立法者——他们是制定规则的人。相比叙述者，他们承担了更多创作的风险，因为他们奉献了对作品的部分控制权。

事实上，亚里士多德主义仍在游戏世界中横行，但幸运的是，亚里士多德著名的《诗学》中散佚的篇章①并不是关于电子游戏的。游戏已经被分为不同的类型，虽然这种分类法并没有依从正式的科学分类法规则，但却十分有效。Roger Cailois 的游戏分类法是其中最为知名的，他将游戏分为赌（alea）、斗（agon）、晕（illinx）、仿（mimicry）。但是，我发觉这样的分类并非特别有效，因为这些类别时常有所重叠。我反而更赞赏他将游戏分为嬉玩（paidia）与竞玩（ludus）的办法，这一区分描述了"玩耍"与"游戏"之间的差异。嬉玩指的是在儿童早期使用的游戏形式（如建构工具箱、假扮者游戏、运动型游戏），而竞玩则再现了赋有社会规则的游戏（如象棋、足球、扑克牌）。Cailois 在描述这些分类的时候并没有给予一个严格的定义，而是通过举例说明的。通常，我们理所当然地认为嬉玩是无规则的，但这个例子又当如何解释？当一个小孩扮演士兵的时候，他遵循的是士兵应该具有的行为规范，而不是表现得像一个医生。我曾在其他论文中提到，嬉玩与竞玩之间的区别在于后者遵循的规则定义了谁是赢家谁是输家，而前者并没有。

从结构上看，竞玩背后所遵循的是与亚里士多德主义一致的三幕剧规则。竞玩的过程是这样的：第一步，规则得到认可；第二步，玩家投入游戏；第三步，游戏结束、胜负判定。相应的，马克思主义戏剧学派在批判亚里士多

---

① 译者注：据说亚里士多德《诗学》散佚的部分是对喜剧的具体论述。

德戏剧时所使用的术语同样可以应用于竞玩。竞玩游戏提供了一个"有机的整体"，它是一个封闭的产物，只有遵循作者所制定的一系列潜在规则，才能对其进行深入的探索。当然，和叙述一样，只要读者/玩家遵守规则，他们可以自由参与，而这也正是阅读/游戏的乐趣之所在。即便如此，竞玩在意识形态上依旧存有作者中心主义的观念。另一方面，嬉玩比竞玩更具有开放的结尾。

毫无疑问，这种亚里士多德主义/竞玩的方法在戏剧和游戏领域被广泛应用，且堪称完美。我们都很熟悉"好莱坞式的结局"以及产业化叙述背后的善恶二元论（Manicheist）普遍逻辑。简单来说，竞玩给我们提供了两种可能性结局——胜与负。这一模式的普及自然导致了其二元结构的单一性，而这也正是其最大的局限性。自然，竞玩特别适用于二元对立的世界，这也部分地解释了为什么目前电脑游戏很难摆脱幻想和科幻领域。换言之，当游戏设置为童话般的环境，竞玩的二元逻辑便显现出来，即所有事物的是非黑白都很明晰。而一旦我们转移到其他主题上，例如人际关系，那么是非黑白的界限就很难判定了。而嬉玩，因其逻辑更为模糊且范围并不仅限于胜与负，因此可以给游戏设计提供更为宽广的环境，并提高其艺术价值。

而对拟真者而言，选择嬉玩还是竞玩结构是至关重要的，因为它们涉及不同的组织方式。竞玩游戏所处的模拟世界看似更为和谐，因为玩家的目标很明确：你必须做 X 事才能获得 Y，这样你才能获胜。这表明 Y 是既定的目标故而带有道德的色彩。拯救世界、营救公主或解除外星人的威胁，这些都是竞玩游戏所设定的典型目标。通过给出规则来确定一个获胜框架，拟真者声称这些目标比与它们相反的目标要更吸引人（如任由世界土崩瓦解、置公主而不顾、与敌人一起生存）。对现代主义拟真者而言，竞玩是拟真结构的选择：这些设计者有明确的道德旨归（如玛丽奥是好的，怪兽是坏的）。而一旦有了明确定义的目标，通常就不允许我们对特定对象进行怀疑和质询。因此，我们对于所有的战争类游戏都是竞玩模式并不感到惊讶，这些游戏不可能允许二元逻辑（友或敌、生或死、同盟或对手）被打破的情况发生。由此看来，虽然嬉玩看似是一项缺少现代主义气息的技术，其设计者存有更多的疑惑而非确信，但这只说对了一小半。任何嬉玩游戏，例如《模拟城市》，都将其主要的目标留给玩家决定，你可以建造任何样式的城市（最宏伟的、最生态化的、最美观的等等）。换言之，模拟城市并不要求你建造和纽约、东京或巴黎一样的城市。然而即使设计者遗漏了一个获胜模式（或理想的城市结构），意识形态并不通过目标规则传达出来，而是通过一个更微妙的（也是更有诱导性的）途径达成，我称之为"操作规则"。这些规则相对于目标规则并未指明一个获胜模式。我列举几种不同游戏中的操作规则："你不能用手触碰球除非你是守门员"（足球）；"卒子只能朝前走"（象棋）；"水果会给你额外的得分"（吃豆豆）。当所有拟真都被限定在有限的（真实或虚拟的）系统中，设计者便有了一些限定性的操作规则。在《模拟城市》中，设计者可以通过增加或删除一些操作规则，如处理公共交通、种族冲突、生态问题时传达他的思想。在其他媒介中，例如电影，我们知道明辨荧幕上展示或省略了什么是极其重要的。而在拟真实体中，事情则更为复杂：这关系到何种规则属于这一模型和它们如何发挥作用。譬如，我们在分析电影时可以说它展现了描绘少数特定人群的方式。但像《模拟人生》这样的游戏却展现了不同种族、性别、年龄的人物角色，你甚至可以使用某种工具选取不同的人物肢体和皮肤颜色，以此来塑造独具个性的人物角色。然而《模拟人生》的设计者在处理同性恋角色的问题上，并非通过简单的再现方式（如允许玩家们在其建造的花园中放置同性恋标志），而是同样也设定了规则。在这个游戏里，同性之间发生关系是可能的。换言之，对玩家来说，同性恋是一个真实的选择，且被纳入游戏模式的设置中。不过，我们自然也可以想象，在较为保守的游戏中，设计者很可能将同性关系排除在外。同性恋并非模拟人生的游戏目标，而只是其中一个可能性。设计者通过合并规则展示了对性别倾向的宽容态度，但我们不能说这就表现了一种鼓励的态度，因为若他们想对玩家进行诱导，他们完全可以添加一个竞玩规则，在玩家制造出同性关系后则给予某种奖励。

至此，我们已经可以区别三种不同观念层面上的拟真，它们可以通过操作来传达观念。第一层是叙述性的拟真，处理再现和事件，包括对象或角色的个性、背景、环境设置和剪切场景。比如，你改变人物肤色的一个简单指令可以导致游戏《雷神之锤》（Quake）中以色列人和巴基斯坦人的死战。在这里，游戏的规则是不可改变的，只有人物和环境设置是可修改的。不过这个游戏在观念层面来说，已经完全不同于它最初的样子了。

第二层是在操作规则之上的拟真，即玩家可以在游戏模型中做什么。在上一个案例中，特定的操作规则表明了一种可能性。但在其他案例中，它们则有必要获取一个跨越三个层面的目标。举例而言，在《侠盗猎车手 III》

（Grand Theft Auto Ⅲ）里，玩家可以选择和妓女做爱后杀了她而得到钱。尽管有很多人对这一可能的操作感到反感，但值得指出的是，这并不是游戏的目标。可以说，一个游戏允许你杀死性工作者与要求你必须杀死他们才能获胜是具有本质差异的。大多数嬉玩游戏都停留在这一层面。

第三层是在目标规则之上的，即为了获得胜利，玩家必须做什么。这就是在拟真环境中作者所设定的强制命令。在《超级玛丽》（Super Mario）中，尽管你不去营救公主也可能获得快乐，但除非你完成这一任务，否则你不可能夺取最后的胜利。拥有目标规则的游戏能够为我们提供个人层面与社会层面上的双重奖励：能够通关的人无疑是个好玩家。在这第三层中，拟真者汇集所有可资利用的行动，并促发其中一些可以导向胜利终点的行动。

初看起来，这三个层面似乎已经为我们提供了一个基本的描述，表明在拟真中观念的运作方式，然而，这里至少还欠缺了一个层次。第四个观念层次是建立在元规则之上的。某些拟真者确实赋予了玩家某些权力，即通过赋予其不同程度的自由，玩家可以参与游戏的内置构建，部分地修改以上三个层次的规则。元规则也是规则，它表明了规则是如何被修改的。许多游戏设有修改器（编辑器 editor），允许玩家自建"模型"或是模铸原始游戏的其他版本。还有一些游戏的源代码是对外开放的，允许他人改变源代码层次。某些游戏只允许你做一些装饰性的修改，而其他的则允许你进行更多弹性化的修改。尽管如此，我们不能忘记，不管作者的生死还是玩家的自由，元规则都不会受到影响。确实，元规则也是一种规则，它在游戏中显露出来，只是因为作者希望它们出现。换言之，源代码或者修改器是否对玩家可用，全部来自于作者的决定。当然，允许玩家修改其作品的拟真者与传统意义上的叙述者具有巨大的差异。但是，不管元规则是隐是显，拟真者才是发号施令的人，是负有全权责任的人，他不可能对游戏玩家完全开放，否则，所有的规则都将会改变，而一个游戏最终将幻化成任何事。

我已经解释了拟真规则（操作规则、目标规则和元规则）的类型，这一分类可以帮助我们更好地理解设计者的构想如何成为游戏的内在法则。当然，这种分类并非详尽无遗，并且我认为它一定会得到扩展（例如，分析界面规则的意识形态功能，或是考察胜负模式游戏与"仅以败告终"模式游戏之间的细微差别）。我确信，试图把握与叙述系统相对应的拟真系统的内在潜力将会是个费时的大工程，主要是因为我们实在是太熟悉前者了。拟真挑战了我们对传统作者关系的看法，并质疑了我们所习惯的对于艺术运作界限的划定。

"玫瑰"一词里有朵玫瑰花

在博尔赫斯的诗歌《假人》（*The Golem*）里，他讲述了一个故事，布拉格的大拉比在研究字母的置换和复杂的变化之后，找到了握有生命奥秘的关键词。一个怪物，这个假人，被创造出来，但是这一过程牵涉到一些具有魔力的词。博尔赫斯描述了大拉比是如何调教并且训练他的玩偶，把他当成一个原始的虚拟宠物，传授"字母、时间和空间的秘密"。假人学了很多，就像一个专家系统。但从悲观主义观点来看（类似于科学怪人弗兰肯斯坦的神话），这一"拟像（simulacrum）"——正如博尔赫斯所称——并没能成功复制人类灵魂。确实，拟像有其局限性，就像再现也有局限性。拟真是唯一的近似物（approximation），甚至连叙述作者都对它颇为害怕，它并没有宣布再现论的终结。它提供了新的选择，而不是替代。

在历史上，人类首次在电脑中找到了可以模铸现实和虚拟的天然媒介。拟真系统，兼具嬉玩和竞玩的特性，给我们提供了完全不同的（但不一定是更好的）环境，来展现我们观照世界的方式。如果我们将叙述和戏剧加以对比，我们很容易发现，前者展示的是不可改变的、过去的世界，而后者则是对此时此刻的展现。继续推进这一类比，拟真系统则是将来式。它无关乎过去之事或现在之事，而只关注将来可能发生什么。与叙述和戏剧不同，它的核心基于一个基本的假设——改变是可能的。这取决于游戏设计者和游戏玩家都将拟真当作一种娱乐形式，或是将其转变为为了对抗这不可改变的人生的颠覆性方式。

再现论和叙述论可能仍旧能从它们的包袱中甩出很多小把戏，但是拟真系统尚未得到开发的领域具有无限前景，并且游戏如此之多，且吸引了这么多人，使我们迫不及待想要开始体验它。无论是谁，当他怀揣一个期待已久的游戏碟，走在从商店回家的路上，他一定会明白我所说的这种激动心情。

作者简介：

Gonzalo Frasca 是一位游戏设计师，目前就职于卡通网络（Cartoon Network），他同时也是游戏学网站（Ludology. org）的编辑，这是一个电子游戏理论网站，曾被 Edge 杂志称为"对那些想从更抽象的角度来研究电子游戏的玩家而言是一个天堂"。他于乔治亚理工学院获得理学硕士学位，曾任 CNN 的科学和技术版编辑。

译者简介：

宗争，四川大学文学与新闻学院。124162143@qq.com

解读神话

——2010FIFA 南非世界杯电视转播的符号学分析

魏 伟

摘 要：2010FIFA 南非世界杯的电视转播被公认为成功的范例。从机位、麦克风的设置和字幕设计等符号群，我们可以清晰地看到转播在符号双轴——组合轴和聚合轴的实际操作上作出的努力。作为话语的解说则承担着实现转播个性化的重要使命。在转播中还存在着三级神话——明星凝视、权威建构、女性和种族偏见，隐含在转播的深层结构之中。通过对 2010FIFA 南非世界杯电视转播的符号学解读，我们可以厘清现代专业电视体育转播的神话机制。

关键词：符号学、神话、世界杯、电视转播

　　冷战结束后，全球化的趋势益发明显。作为战争隐喻的体育赛事日益成为当代社会中的重要元素。法国学者罗兰·巴尔特认为"当今时代，是体育带给全世界民众以集体记忆……体育是远古时期奇观现象的一个伟大的现代形式"①。在各种体育项目中，号称"世界第一运动"的足球毋庸置疑地占据着体育话题中的首席地位。意大利学者翁贝托·艾柯认为"有关体育的话题（包括体育秀、谈论体育秀的话题、谈论体育记者们谈论的话题）是政治辩论

---

① Roland Barthes. *What is Sport*? Translated by Richard Howard. New Haven: Yale University Press, 2007, pp. 57—59.

最轻易的替代品……对于成年男性来说,足球就像小女孩儿摆弄洋娃娃一样,是一个教育意义深远的比赛项目,它教会你如何占据你应该占有的位置"①。

进入电视时代以后,多数当代人对体育,尤其是对诸如奥运会和世界杯这种可以称之为"现代奇观"的大型体育赛事的认知,几乎是等同于电视转播中的影像的。1954年瑞士世界杯是历史上第一次有电视转播的世界杯赛事,当时转播的场次有开幕式和揭幕战等②。但那时的电视传播受众面相当窄。进入卫星电视时代以后,世界杯才有了在世界范围内广泛传播的可能性。到1998年法国世界杯时,当时的全球累积受众第一次突破400亿人次,其中决赛的电视观众创纪录地达到17亿人③。从现有的资料我们倾向于判断出,2010FIFA南非世界杯的电视转播得到了多数受众的认可。从世界各国的收视率和市场占有率来分析,世界杯的电视转播几乎都独占鳌头。2010FIFA南非世界杯期间64场比赛的全球总体收视人群超过500亿人次,连以往从来不对大型体育赛事进行现场直播的朝鲜也破天荒地在本次世界杯期间对部分场次进行了直播。而同样在2010年举行的FIBA世界男子篮球锦标赛的全球累计受众不过10亿人次左右。这有力地证实了"足球是世界第一运动"。不仅如此,较之以往,世界杯的电视转播在质量上也有一定程度的提高。体现在作为符号的机位、麦克风和字幕等方面,世界杯的电视转播继续朝着专业化和人性化的方向发展。1975年,爱德·巴斯康姆比组织一批体育学者用符号学和传播学等学科对1974年西德世界杯的电视转播展开了研究。但三十多年过去以后,随着电视转播技术的日新月异,当时的研究已经比较陈旧。在今天的电视传播过程中有不少新的含混不清的意指关系,因此利用符号学的视角对世界杯的电视转播进行解读是很有必要的。

① Umberto Eco. *Faith in Fakes*: *Travel in Hyperreality*, Translated by William Weaver. London: Minerva, 1995, pp. 170-171.

② Andrew Tudor. *World Cup Worlds*: *Media Coverage of the Soccer World Cup* 1974-2002, Arthur Raney, Jennings Bryant. *Handbook of Sports and Media*, Mahwah: *Lawrence Erlbaum Associates*, 2006, p. 218.

③ Geoff Hare. *Buying and Selling the World Cup*, Hugh Dauncey, Geoff Hare. *France and the* 1998 *World Cup*: *The National Impact of a World Sporting Event*, London: Frank Cass, 1999, p. 124.

一、世界杯电视转播的符号群

1999 年瑞士 HBS（Host Broadcast Services）公司成立以后，凭借国际足联总部即在瑞士的独特优势，于 2002 年开始承担韩日世界杯的电视转播任务，当时吸引的全球观众达到 288 亿人次。继 2002 和 2006 年两届世界杯的成功转播后，2010 年又承担了南非世界杯的电视转播工作。在他们的指导下，2010FIFA 南非世界杯的电视转播在机位设置、话筒设置和字幕设计等层面更进一步，取得了令人瞩目的成绩。

1. 机位、麦克风设置和字幕设计

2010 年被誉为"3D 电视体育转播元年"。借着 2009 年底 3D 电影《阿凡达》的强势卷入，包括 ESPN、英国天空电视台等媒体纷纷于 2010 年推出专门转播体育赛事的 3D 频道。2010FIFA 南非世界杯的电视转播首次实现了 3D 信号的传输，25 场比赛的画面通过 3D 传输到了多个国家和地区。但由于 3D 传输技术尚仍处于摸索阶段，能够收看到 3D 转播的绝对人数仍然不多，因此高清信号仍然是本次世界杯转播的主要信号流。在南非的各大体育场内，使用高清摄像机依然是主流的拍摄方式。

从世界杯电视转播的历史维度来考察，机位的多寡从一个侧面代表了转播水准的逐步提升。1974 年西德世界杯的转播中，ZDF 每场比赛使用五台摄像机[①]。1986 年墨西哥世界杯时，转播的机位总数达到 11 台。1990 年意大利世界杯时，RAI 从四分之一决赛开始使用 16－18 台摄像机拍摄比赛[②]。2010FIFA 南非世界杯在上届德国世界杯 25 台摄像机的基础上又有所提高，部分场地实现了 32＋1（1 指场内 M 号机位）的机位设置，而在另外一些运动场则实施的是无航拍和有线机位的 30＋1 机位设置。多视角、多机位的拍摄可以确保赛场内的绝大多数信息不致丢失。

[①] Edward Buscombe. *Football on Television*, London: British Film Institute, 1975, p. 50.

[②] Preben Raunsbjerg. *TV Sport and Aesthetics: The Mediated Event*, Gunhild Agger, Jens Jensen. *The Aesthetics of Television*, Aalborg: Aalborg University Press, 2001, p. 212.

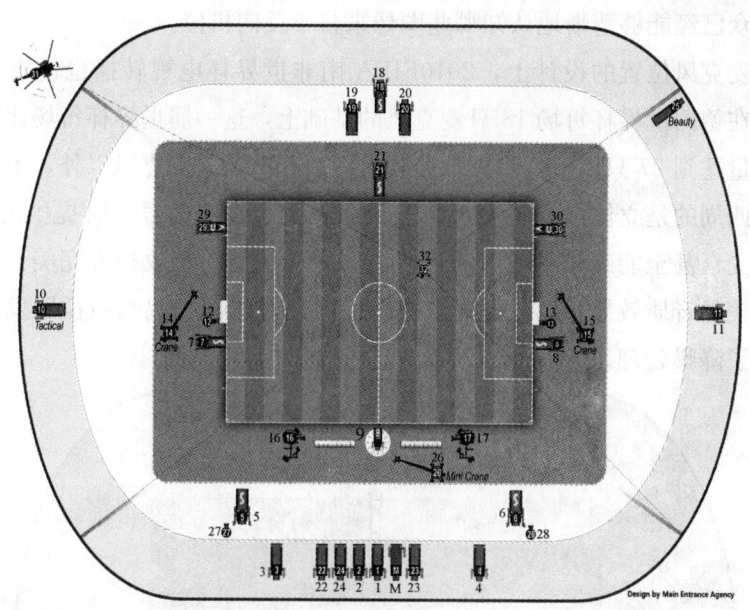

图 1　转播机位设置图①

　　在机位的构成上，5 号、6 号、7 号、8 号、18 号和 21 号六台超级慢动作摄像机（super slow motion cam）和为本届世界杯转播专门增加的 29 号和 30 号两台超动作摄像机（ultra motion cam）可以保证受众清晰地捕捉到特定运动瞬间的图像，视觉震撼力很强。位于双方替补席附近的 16 号和 17 号两台斯坦尼康（steadycam）摄像机可以在高速运动中保持画面主体的清晰，由它带来的平行位移的视觉冲击令人难忘。位于两边球门后方的摇臂摄像机和为赛前采访专设的 26 号迷你摇臂摄像机也能够为受众提供独特的视角。2010FIFA 南非世界杯新设置的 27 号和 28 号两台底线摄像机能够为球是否越过门线提供比较有力的佐证。31 号航拍摄像机（aerial cam）可以带来宏伟的空中视角。32 号有线摄像机（cable cam，俗称蜘蛛摄像机）提供的是广角镜头，带给受众一种上帝俯瞰众生的震撼效果。18 号、19 号、20 号和 21 号四个反向机位打破了美学中同轴的理念，为受众提供更多理性的视角，使正向镜头中一些容易被忽视和误解的"盲点"清晰化。值得一提的是，在近几十年来，2010FIFA 南非世界杯电视转播使用的反向机位画面第一次没有特别加以"R"或"Reverse Angle"的字幕标注。这表明转播机构倾向于认为，

①　HBS Operational Info.　http：//www.hbs.tv/orientation/.2010−08−12

多数受众已经能够清晰地认知哪些图像来自于反向机位。

在麦克风位置的设计上，2010FIFA 南非世界杯电视转播也创下了历史纪录。在德国世界杯每场 18 只麦克风的基础上，这一届世界杯每场比赛的麦克风数量达到 27 只以上。除去部分随机话筒和防风式麦克风以外，不少设置在球场四周的是立体声和环绕声采音设备，配合高清信号同时提供的是 5.1 声道，受众甚至能感知赛场内的声音流向，使转播的音效趋近完美。为了达到更完美的音质效果，部分电视台在转播时还对场内"呜呜祖拉"发出的声响进行了降噪处理。

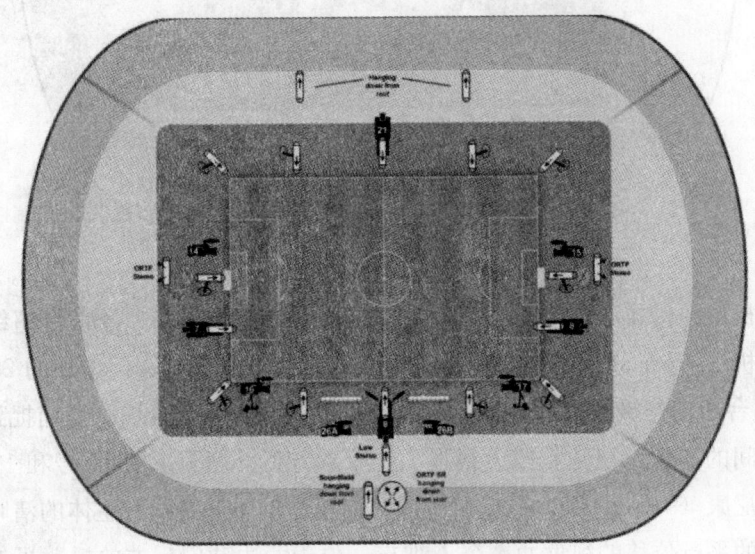

图 2　转播麦克风设置图①

此外，2010FIFA 南非世界杯的官方网站、数据采集和管理以及电视转播的字幕使用的仍然是意大利三角信息公司（Delta Tre Informatica）的系统。该系统不仅提供正常的首发替补名单、比赛信息等字幕，还为各国、地区转播机构和解说员提供各种动态数据，包括场上 22 名运动员、裁判员和球的即时运动轨迹，每名运动员更新的跑动距离都可以通过系统得知。此外，在罚定位球和越位、进球瞬间慢镜头回放时的一些技术分析也能通过该系统实现。

---

① 　HBS Operational Info. http://www.hbs.tv/orientation/. 2010-08-12

图 3　转播字幕和动画设计①

2. 转播符号的双轴关系

任何符号表意的过程都必然出现组合轴和聚合轴的双轴操作。现代体育传播的一大特点就是受众的兴趣从组合轴向聚合轴逡动。根据马歇尔·麦克卢汉"媒介即讯息"的理论，2010FIFA 南非世界杯电视转播硬件和软件的革新本身就是一种信息上的革命，同时也是在双轴关系上继续挖掘潜力。我们能够感知到的是最后呈现出来 100 多分钟的组合轴操作，但每个镜头、每段声音和每个字幕、动画后都隐藏着数量不等的聚合轴操作。

数十个不同性质的摄像机、麦克风和各种字幕、动画使电视转播的聚合轴被彻底解放，呈现出超宽幅的特点。在一个特定时间内，使用哪个镜头的画面和哪种字幕动画成为困扰导播和切换的"幸福的烦恼"，即丹麦哲学家索伦·克尔凯郭尔所谓的"焦虑带来的自由晕眩"的状态中。

罗兰·巴尔特在《明室·摄影纵横谈》中提出了"punctum"（刺点）的概念。他指出"刺点是把局面搅乱的元素。它是一种偶然的东西，正是这种东西刺痛了我"②。刺点是对文化正常状态的破坏，使受众在介入时获得惊喜的感觉。在电视转播中，由斯坦尼康、蜘蛛摄像机、超动作摄像机和超慢动作摄像机、环绕声麦克风和各种技术软件提供的以往难以想象的服务正是比展面更容易吸引受众关注的刺点。这个聚合轴突然扩大的浓重投影深刻地改

---

① HBS Operational Info. http://www.hbs.tv/orientation/.2010−08−12

② ［法］罗兰·巴尔特《明室：摄影纵横谈》，赵克非译，文化艺术出版社，2003 年，第 39−41页。

变了电视转播的实质，证实了英国学者玛格丽特·摩尔斯所谓的"足球的电视转播是欲望和资本的隐喻"①。

二、个性的符码：作为话语的解说

在全世界电视和新媒体机构共用一个标准化媒介赛事信号的前提下，世界杯电视转播的个性只能体现在作为话语的解说上。根据美国传播学者詹宁斯·布莱恩特、道尔夫·兹尔曼等进行的多次实证研究表明，体育解说员的解说在很大程度上会影响受众对体育赛事的认知，尤其是对抗、激烈程度等②。HBS为全世界数以百计的广播电视和新媒体机构提供国际声道和英文解说声道，此外，用户可选择以 A 队或 B 队为主队的同期声道。几乎每一家持牌转播商都会通过自己的解说来实现世界杯转播的个性诉求。

丹麦传播学者普莱本·劳斯伯格曾经指出："体育解说员的话语是电视体育转播诸领域中个性化最突出的，在对电视体育转播的研究中，体育解说的文化研究价值最大。"③ 说赛事解说的文化价值大，是由于解说文本中的话语潜藏着权力和意识形态的控制，在跨文化交流中体现得尤为明显。法国学者米歇尔·福柯认为，话语规范可以被认定为无论何时"人都可以定义规律"④，解说员被赋予了相应的话语权才能够在社会公器中"畅所欲言"。

足球解说员在世界杯期间的解说普遍带有比较明显的国家身份意识。英国学者阿伦·汤姆林森和加里·万内尔认为"任何对世界杯重要性和国家主义形式的认知，都必须考量到不同国家认同发展的复杂性和张力"⑤。因此，

---

① Margaret Morse. *Sport on Television: Replay and Display*, Toby Miller. *Television: Critical Concepts in Media and Cultural Studies*, London: Routledge, 2003, p. 381.

② Jennings Bryant, Dolf Brown, Paul Comisky, Dolf Zillmann. Sports and Spectators: *Commentary and Appreciation*, *Journal of Communication*. 1982. 32 (4), pp. 109—119. Jennings Bryant, Paul Comisky, Dolf Zillmann. *Drama in Sport Commentary*, *Journal of Communication*. 1977. 27 (3), pp. 140—149. Paul Comisky, Jennings Bryant, Dolf Zillmann. Commentary as a Substitute for Action, Journal of Communication. 1977. 27 (3), pp. 150—153.

③ Preben Raunsbjerg. *TV Sport and Aesthetics: The Mediated Event*, *Gunhild Agger*, *Jens Jensen*. *The Aesthetics of Television*, Aalborg: Aalborg University Press, 2001, p. 217.

④ Michel Foucault. *The Archaeology of Knowledge*, Abington: Routledge, 2002, pp. 34—36.

⑤ Allan Tomlinson, Garry Whannel, *Off the Ball: The Football World Cup*, London: Pluto Press, 1986, p. 2.

参赛国解说员在面对本国球队和其他国家球队时，会采取完全不同的解读方式。对非本国球队一般是不足解码，而对本国球队有时难免过度解码。非参赛国和地区的解说员可能在某些场次的个别语境下存在过度解码，大部分时间属于不足解码，有时甚至可能出现曲解。无论属于何种解码方式，在他们的话语被传播后，本国和地区的受众在解读时，都会受文本自携元语言、自身能力元语言和语境元语言的影响，对赛事展开不同的解读。世界杯是一个特殊的符号，它可以吸引大量平时很少关注足球的边缘球迷和非球迷群体。不同群体在解读解说员的话语时存在迥然的差异，只能通过片面化的方式解码。例如，批判立场强的球迷过分注重解说员出现的语误，专业理性的球迷注重解说员对技战术的阐释，处于陪伴收视动机的女球迷更注重解说员对背景材料尤其是花絮类信息的介绍。因此，在世界杯这样的语境下，足球解说员往往只能在专业性方向作出妥协，来照顾尽可能多的边缘球迷群体。因此，激情澎湃、幽默娱乐甚至是诗性十足的个性解说方式成为了各国和地区解说员的自发选择。于是，CCTV 解说员在世界杯转播中的各类叙事诗体解说、迭声解说和忘情呐喊等层出不穷。拉美国家解说员长达数十秒的 gol 长调、英国天空电视台解说员的戏讽、朝鲜中央电视台解说员在国家队丢球后的长时间失语折射出了鲜明的民族性和社会包容性。他们把个性注入解说中，实际上是给整个电视转播贴上了一个标签，区别于其他转播机构的标签。正因为此，世界杯期间各个电视机构的解说所受到的关注是一般的体育赛事所无法比拟的。

约克大学学者安德鲁·图多尔提出了分析世界杯媒介研究的范式，但这种传播研究方法仍有可商榷之处，尤其是在两极符码的划分上略显凌乱。罗兰·巴尔特在《神话学》中提出了"神话"这个二级意指系统的概念。他认为，只有深入文本，才能在内涵层面中找到神话的位移。2010FIFA 南非世界杯的电视转播呈现出了多级神话系统，需要运用符号学的理论进行解读。

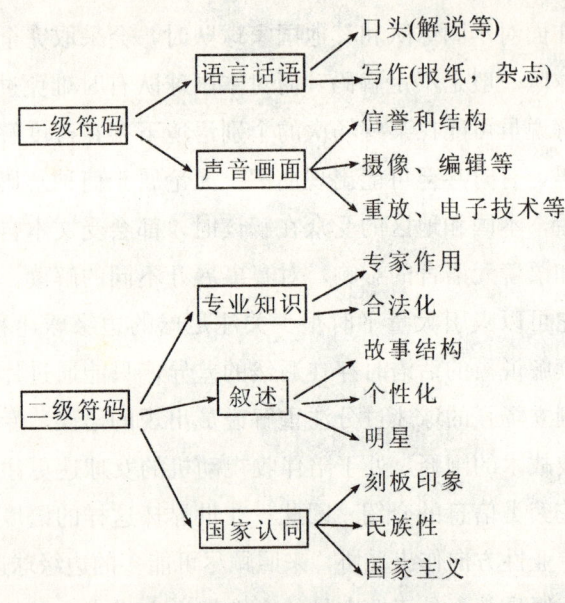

图4 世界杯媒介研究的领域①

三、转播的一级神话：明星凝视

  电视转播中的球类项目很难兼顾所有个体，因此往往在部分，甚至是极个别的个体上着力甚多。英国学者托比·米勒认为"体育允许受众欣赏和解剖男性身体。它为凝视男性提供了一种合法的途径。"② 因此，世界杯体育赛事转播中必然会突出显性的能指——大牌球星。突出英雄主义由来已久，但在世界杯的转播中达到较高值。学者内尔·布莱恩和休·奥多内尔对1990年意大利世界杯进行的文本分析中，就明确地提出媒体对马拉多纳和加斯科因不遗余力的过度关注③。在2010FIFA 南非世界杯期间，荷兰球星罗本的半裸

  ① Andrew Tudor. *World Cup Worlds*：*Media Coverage of the Soccer World Cup* 1974－2002, Arthur Raney, Jennings Bryant. *Handbook of Sports and Media*, Mahwah：Lawrence Erlbaum Associates, 2006, pp. 220.

  ② Toby Miller. *Men of the Game*, Kay Schaffer, Sidonie Smith. *The Olympics at the Millennium*：*Power*, *Politics*, *and the Games*, Piscataway：Rutgers University Press, 2000, pp. 91－104.

  ③ Neil Blain, Hugh O'Donnell. *The Stars and the Flags*：*Individuality*, *Collective Identities and the National Dimension in Italia'90 and Wimbledon'91 and'92*, Richard Giulianotti, John Williams. *Game Without Frontiers*：*Football*, *Identity and Modernity*, Aldershot：Ashgate Publishing, 1994, pp. 245－269.

像成为了各大媒体集中捕捉的镜头，不少球星色彩斑斓的文身更成为了赛事叙述的重要噱头。从2006FIFA德国世界杯的转播开始，HBS开始专门使用22号和23号明星机位（player cam A和B）来捕捉比赛过程中明星球员的一举一动。这个典型的明星凝视的标出行为很容易被解读为转播的一级神话。

在国际足联设定的严格标准下，举办世界杯的场地大同小异。电视转播机构的一个重要职能就是寻找出各个体育场的个性，并将其放大化。但对体育场的呈现远远没有对明星球员的关注更为重要。虽然足球是集体项目，团队配合十分重要。但对于电视转播而言，对明星的凝视更符合叙述的需求，更易被受众接受。明星机位本来多用于官方纪录片的制作，但由于在上届世界杯决赛转播中，齐达内头顶马特拉齐的镜头没有被常规镜头捕捉到，而只在明星机位中被"捕中"。因此导演组紧急征调明星镜头的图像，使其在转播中发挥出了意想不到的作用。2010FIFA南非世界杯的转播中，明星机位捕捉到的镜头大量运用于电视转播中，例如在阿根廷队的比赛转播中，几乎总有一个明星机位对准梅西，这在很大程度上满足了受众对世界足球先生的关注需求。由于阿根廷队的主教练马拉多纳本人也是超级明星，因此反向机位中的19号或20号机位也频频对准马拉多纳，捕捉个性鲜明的他在场边的各种表情和举动。这对于绝大多数受众来说几乎是无法抗拒的。

此外，世界杯转播中的明星凝视还体现在赛前、赛后对明星球员和主教练的官方采访上。场边安置的26号迷你摇臂摄像机就是专门为采访设置的。HBS的8人场内报道组负责向全世界的媒体提供对明星的采访和动态报道。再有，在运动员从休息室到比赛场以及运动员唱国歌的过程中，镜头总是不自觉地在明星身上多作停留。尤其在遇到类似朝鲜队明星郑大世流泪这样的场景时，导演还会动用斯坦尼康以外的其他机位来附加呈现。

明星凝视的神话虽然看似自然，但它实质上破坏了电视转播在呈现集体运动时的努力。在转播中，一次本来流畅的配合画面在某位明星球员处滞留；对场内一个完整事件的叙述由于镜头对明星表情的插播显得支离破碎。持球人与球队配合的语境割裂开来，部分重要的图像信息是缺失的。另外，对明星射门、犯规、冲突等重要画面不厌其烦的及时回放、慢镜头和超慢镜头重放使整个赛事转播经历严重的变形。这种空间上的变形和时间上的延宕反复使转播正常的线性传播遭受毁灭性打击，也使受众越来越难以欣赏和解读集体项目中团队配合的魅力。赛场内发生的动态是随机的、不可预测的，但赛事转播对明星的凝视是完全可以预期的。

四、转播的二级神话：权威建构

电视转播中的世界杯影像究竟是不是客观现实？法国学者皮埃尔·布尔迪厄在谈论奥运会的电视转播时曾经指出："奥林匹克运动会隐含的指称物就是电视转播——一级奇观代表的集成，它是通过电视拍摄和转播进行选择的。由于竞争是国际化的，因此各国、各民族间的偏见被电视转播平面化了。这一历程经过了双层遮蔽：一是无人得窥全豹，二是无人知道他们根本看不到。因此，每一位电视受众都看到了真实奥运会的幻象。"[1] 世界杯电视转播在凝视明星的同时，为自身树立了一座丰碑。电视转播的画面在潜移默化中成为了核心权威，不仅普通受众对此深信不疑，就连足球界的所谓权威——球员、教练和裁判也无不五体投地，顶礼膜拜。正如学者内尔·布雷恩等所言，"（世界杯的电视转播）运用熟悉的面孔、约定俗成的规则为我们带来了看上去是一元的电视转播，构成了所谓的足球'专家'"[2]。

根据皮尔斯的三分法，高清转播的世界杯应当属于像似符号中的绝似符号，它带给受众的是一种超真实感的体验。2010FIFA 南非世界杯赛英格兰队与德国队比赛中，当值乌拉圭主裁判拉里昂达对英格兰队兰帕德进球的误判引起的巨大争议几乎改变了国际足联的比赛规则。这里大家忽视了一个问题。那就是，几乎所有人的观点都是以"镜头反映的是不容篡改的客观事实"为出发点的。也就是说，电视转播已经"真实"到去符号化的程度，它已经跨越赛场赛事的所有亲历者的感知，成为真实本身。

事实上，绝似符号与镜像符号不同，它是客观现实经过电子设备处理后的"再现"。那种视绝似符号为现实的幻象其实是乌托邦式的谬见。实际上，由于角度和视觉差异，世界杯电视转播中的不少犯规和越位争议镜头在正向和反向的再现中有时都是相互矛盾的。就上述案例而言，不同的视角得到的进球幅度不尽相同。如果当时进球与否细微到如同 1966 年英格兰世界杯决赛

---

① Pierre Bourdieu. *On Television*, Translated by Priscilla Parkburst Feuguson. New York: The New Press, 1998, p. 9.

② Neil Blain, Raymond Boyle, Hugh O'Donnell, *Sport and the National Identity in the European Media*, Leicester: Leicester University Press, 1993, pp. 43—44.

加时赛中的第一个进球一般,那么各机位的镜头间可能就会出现本质上的差异。因此,如果以"与电视转播的镜头不符"为由改变足球运动的规则,增设诸如"鹰眼"之类的设备,实质上是将人类的竞技运动技术化,去人性化。

但电视转播义无反顾地控制着与国际足联暗战中的话语权。他们甚至不需要标榜自己的权威性,因为就连教练员和裁判员也在媒体中运用电视画面来验证判罚和执教的能力。在某种程度上,HBS的七位世界杯转播导演成为了逾越国际足联所有专业人士的世界杯"超叙述者",受众对电视画面的依赖为他们轻易取得的超叙述地位提供了温床。世界杯期间,很少有人探讨电视转播问题,最主要的原因在于一切似乎都接近自然,自然化的事物应当"没有任何问题",因为它是约定俗成的。

五、转播的三级神话:女性和种族偏见

按照常理推断,由于世界杯在非洲举行,因此电视转播中的种族偏见应当降低到几乎不可见的状态。女性更是由于出现频度低,因此在转播中应当很难出现女性偏见。但根据阿尔都塞的"症候式阅读"(symptomatic reading)理论,文本清晰的话语背后隐藏着意识形态的沉默话语。因此,阅读不仅要在文本层面上展开,更应当注重文本的空白、沉默、失误和歪曲。在对2010FIFA南非世界杯电视转播进行文本分析后可以见到,在转播的文本深处还隐藏着第三级神话,即女性和种族偏见。

根据对这一届世界杯15场比赛转播文本的调查,在电视转播中,有女性出现的镜头平均长达3.3秒,低于男性平均长度的4.6秒;频率普遍在12-14%之间,远远低于男性的78-81%之间。在女性呈现的画面中,身着奇装异服的女性和性感女性的比例高达84.8%。与女足世界杯截然不同的是,男足世界杯"自发进入雄性状态"。不仅赛场、赛事几乎没有女性介入,就连参与电视转播的工作人员也鲜有女性。看台上的女性为搏出镜的可能,只能身着标志性的服饰、饰品和文身,或如巴拉圭女球迷一般以性感的方式出现。因此,从某种意义上来说,本届世界杯电视转播对女性的呈现是片面的、扭曲的。在这种片面和扭曲的背后,深藏着转播机构的传播意识形态中对女性介入世界杯的偏见。

与此类似的是,据对有6场非洲球队、6场亚洲球队和7场欧美球队间的比赛转播文本的调查，显性的种族偏见几乎难以察觉，但在镜头的使用上却存在一定的种族差异。例如，在运动员失去明显得分机会和被出示红、黄牌等窘况之后，画面中呈现的白色人种和黄色人种球员的中近景的比例为44.8％和41.6％，特写镜头比例为48.7％和51.2％，出现大特写的镜头比例分别只有6.4％和8.2％，而黑色人种球员的中近景比例为19.6％，特写镜头比例为58.3％，大特写镜头比例约为22％。根据西方传统的影视摄像法则，镜头在展现窘况中的人时，大特写和特写往往会使人的面部表情被放大，是一种隐性的镜头偏见。因此，在文本的话语背后，依然暗含着转播机构意识形态的沉默话语。

女性和种族偏见的神话，藏匿于2010FIFA南非世界杯电视转播的深层话语中。一旦被发掘出来就会发现，这套话语并非孤立存在，它的存在也不是偶然的。在受意识形态控制的文本背后掩盖的是特殊情境下的特定法则。

2010FIFA南非世界杯电视转播的成功，是现代电视转播技术日益专业化和市场化的结果，也是转播机构在符号学方面的革命性胜利。世界杯电视转播的神话机制，深藏在转播的深层结构中等待唤醒。通过对转播的符号学剖析，我们看到了转播自然化背后的种种玄机，这对于技术和意象都处在学习阶段的中国电视体育转播界来说是不得不借鉴的范式。如果理论界也失语于华丽的转播之下，那么二者之间的鸿沟恐怕很难在短时间内填平。

作者简介：

魏伟，四川体育学院新闻系。weiweiscu06@gmail.com

神话宇宙图式：新媒介的"扩增现实"与赛博人格

何　炜

摘　要：本文以不同媒介阶段作为区分的背景，以图像媒介作为文化层入口，以图像媒介构建的精神世界图景为对象，梳理和探讨新媒介时代世界图景及其带来的人的问题。文章认为，在媒介生存、传媒拟态及大规模反讽时代，新的精神图景正在传统社会的"不合法"中诞生，新媒介中产生的世界图景作为新媒介"扩增现实"的一部分，诞生了意志投射的表象——阿凡达，赛博人格越来越活跃并获得意义，世界的虚化和再圣化可能诞生新的精神框架和新的文化。

关键词：媒介、人类学观察、精神图像、传播特点、媒介作用、赛博空间、赛博人格

在这个大规模的反讽时代，在这个科学理性霸权的逻各斯中心世界中，新媒体娱乐化及游戏化影像中出现了大量新构建出来的全新世界，其所呈现的玄幻、魔怪、魔法、神话故事，一方面隐藏着从远古而来的萨满巫风从人类学的民间小传统，通过大众传播的草根创造和传播中上升到文化的显性层面；另一方面则承载着既区别于过去时代、又完全区别于科学认知世界的强大的重构企图——不断隐现出当代密索斯的萌芽痕迹，它能否在神祇、英雄、人、颓废四体演进中，使人开始新的一轮构筑世界图景的过程，获得新形式的再神祇、再神圣化文化样式，目前尚难看出趋势，但似乎已经是可以观察

到的现象，不过还不够强大，尚未成为大流而已。

影像媒介的历史中，根据运动方式和媒介介入的丰富性，可大致分为两个阶段，一为文本典籍时代的图像，即以静态图画和石刻为主导符号、以文字为辅助的影像方式；另一个显著不同的阶段，即新媒体的动态影像时代，这一阶段基于人类新的技术方式而产生了融汇多种媒体而展现出的动态影像，人类的思考与世界图景也影像化——多媒体非文字符号化。两个阶段不仅方式不同，对人类生存和精神文化方式的影响，也将造成巨大的区别。

我们拟探讨在这两个影像阶段中，关于世界的想象模式、主体、主题和类型等宇宙图式在媒介中的呈现。

一、典籍时代的图像媒介：德行的神话式口传及典籍叙事的沉积

人们构造的精神图景、学科、文化，大多是为了命名蛮荒世界，并以解决人类的痛苦为企图。原始神话、哲学探讨、宗教实践、游戏、想象活动……所有智慧与信仰、想象与娱乐，都是为予人以安宁与勇气而为，为人生之幸福而为，如圣经、山海经、六道轮回观（图像及石刻等）。

图1　藏画《六道轮回图》　　　　图2　大足石刻《六道轮回》

我们选择第一媒介时期的"六道轮回图"、第二媒介时期新媒体影像中的游戏和电影为介入角度，来进行探讨。看起来像比较简单的道德恐吓，即用地狱的多层来恐吓恶，用天堂的多层来诱惑善的"六道轮回"的世界。继唐代以来，这直接对汉民族的想象力产生了巨大的影响和作用，为东方代表性的世界图景，它与但丁《神曲》所构筑的世界图景基本是同构的，东方和西方的想象模式在这一时期是如此相同，揭示了人类相同阶段的共同特点。

1. 分层的生命轮回流转和存在情景不明的他者

六道轮回中，在所有地方，所有蒙昧的、享乐的、苦难的、无明的和自觉的地方，人是流转之物。他不是唯一的，他的灵与魂不是为了明了今生的问题和处境，而是一个果子，根据不同的"因"长出不同的藤蔓，拘于物形的人，如果没有大功德，永远不可超生。"我"拘于物，而无法超脱。所有的物形中都藏有"我"的流转，"我"反而消失了……我不在场。轮回观其实也与古老的庄子一脉相承，其精神宗旨不离左右，《庄子》中有大量篇章描写这样的生死相依、互为涵容、生气沛然、万象斗转、死中有生、生而如死的情景……生命流转观似乎已在汉民族的思想之初，就已经获得了它的文化雏形。正因为佛、道生命流转观很类似，所以佛、道总是比邻而居，相安无事。但是，比起庄子的物化生命及清寂木讷、抱拙归真，诗意与宇宙天籁意识，即方外气息，六道轮回其实更充满世间的恐惧震慑，好像说的都是方内的事。文本版的轮回观，到《六道轮回图》成为影像而具象呈现（见图1、图2）。佛和菩萨可以脱出轮回，那轮回之外是什么呢？注视着轮回的那个"存在情景不明的他者"，都在关注这些流转中的生命怎样处置和分配？它无限广大的空间没有答案，还在蛮荒中，但是在这六道中，它已经做了文明的符号化，分层的命名与分割，这个人、物、阿修罗的世界从此进入世界的意义。

2. 德行的时空转换和时空描述

六道轮回图是用空间分层的方式，对德行这一领域进行"格式化"，如十恶的区分等，但这个时空并没有一个比人更宏大的他者，神圣力量走向鬼神，宇宙宏大的他者消逝，神灵界满篇皆鬼，天界飘荡着享乐的影子，悬浮着没有肉身但充满着肉身享乐的灵魂……

原始人对空间的划分是神、精灵、人各为一层，但也互相杂糅、沟通。而佛教六道轮回是六层，即道德与价值的六个分节，与《失乐园》九个分层一样，分上下高低，各有完全不同的社会文化意义。所以，六道轮回就是六个道德能指，规定了所指即这个世界的格式，之外的空间就没有被命名。没有超脱即使是"德行"这样的现世现实的一维，人将永坠六道轮回，无法超生。

3. 情感命名和社会图景

这个把抽象领域和人心历程具象化的世界，"一切福田，不离方寸"，八个心王，51个心主，命名人心与情感，把人的情感世界划分得很细。在处理人的需求和情感内心问题时，少见地细致。而人性均恶，图像划分了社会不同群落之间的处境和空间。阐释文本中，代表性的言论是"人者忍也，鬼者，归也"。受难与罪过，是社会规约的主要基石。佛教国家诞生强权，诞生威权社会格式，强调控制和管理，而不是协商和妥协，似乎与此相关。

这一阶段靠理性分析出人的生存之幸福模式，映射的创伤性记忆与不同的焦虑和问题呈现为战争、瘟疫、饥饿、贪嗔痴符号下的问题。这是儒式或逻各司式（主要体现在体系性伴随元文本）的理性社会中人的问题导致的图景。

二、新媒体图像叙事：科技中介"扩增现实"下的赛博人格

科技中介下，随着社会财富的积聚和生存方式的变化，大规模的灾荒和瘟疫逐渐变成小范围的区域图景，全球性的人际间社会活动和交际虚拟化、网络化使人越来越活在人心的历程中。前工业时代的六道轮回是科技时代以前的人心历程的图景。如今，所谓人类文化世界，早已成为烂熟的符号世界、传媒拟态世界。在科学霸权时代和工业后工业时代，像六道轮回这样的图景转入地下叙事，偶尔出现在娱乐性的流行小说和游戏当中，失去了其神圣性和严肃性。相反，今天整个世界进入大规模反讽文化及娱乐化文化的时候，在最娱乐的地方，在多媒体传播活动频繁的区域，却出现了世界图像呈现的主流叙事，这就是好莱坞和大量的网络娱乐游戏中呈现的深层焦虑和集体恐慌。从《黑客帝国》到《盗梦空间》，从《哈利·波特》到《魔戒》，从《魔兽》到《第二人生》，在焦虑和恐慌中，一个新创的世界却在出现。

1. 新媒介世界图景的合法性问题

这种世界图景之所以被忽略，是因为它诞生的地方首先是最消费时代的、

个人主义的、消解传统文化的、大众狂欢的地方，它对理性精神的消融和对传统理性的解构，它巨大的反讽特征，它的非理性色彩，它对大众中最弱小成员的俘获，都带有非常不严肃并有害的色彩，所以直到今天，一直被学术界所低估。

大多数传统知识分子认为目前世界进入了颓废的反讽时期，并有大量的论证，而对电子媒介的影像世界所持的观点都非常刻薄，马克·波斯特在《第二媒介时代》中引述杜亚美道：

> 杜亚美（法国小说家，1884－1966 年）把电影看成是：被奴役者的消遣，给那些愚昧无知、身心憔悴、惶惶不可终日的可怜虫散心用的娱乐……除了能给人带来有朝一日成为好莱坞明星这一荒谬无比的幻想以外，它既不能拨弄出心中的火花也不能带来任何希望①。

这代表了大多数知识分子的态度——电子媒介影像毫无价值可言，更没有救赎的价值。这恰恰是第一媒介时代知识权利圈层态度的特点。第二媒介具有把所有以电子为主的媒体传播瞬间扩散、所有参与者都转化为受众所表现出来的特点，都是群体性的、非理性下意识的、无反省的大众反应，这不能为第一媒介时代知识分子自省的、独立的、自由的、自律的反应所容忍。

今天，群体反应、未被认可的人们直接进入了大规模的文化反讽时代，不再相信六道轮回，不再相信权威的人们，沉浸在网络游戏世界，活在内心的梦中。媒介时代，以传媒饲养、轰炸、制造了信息的"拟态环境"，制造了一个人之符号环境和符号化生存②。原始人通过巫师，信仰者通过轮回，未来人则通过科技如《盗梦空间》，穿越不同的梦层，接近前世今生，接近神灵。大多数人其实已活在新的人心轮回状态，但还没有人为他们命名。社会学上所言"宅男宅女"，即大多在虚拟空间中活着，在现实中睡着，在梦里和游戏中扮演角色，如同电影一样，一些人分享，一些人独梦，经历着天堂和地狱……正如《盗梦空间》所描述的，现实仅仅在一些梦层之间衔接和断裂，如某一梦层的崩塌取决于梦者被震动，如水淹、跌落等物世界的被惊醒，或

---

① （美）马克·波斯特《第二媒介时代》，范静晔译，南京大学出版社，2000 年，第 15 页。
② 参见鲍德里亚《仿象与拟真（1981）》(Simulacres et simulations, 1981；Simulacra and Simulations, 1994)。

者被"植入者"、分享者发现破绽，破坏了该层的游戏规则……其实这些已经不是"隐喻"。

以娱乐化为目的的电影和游戏，在严肃思考的人类文化中，在传统哲学和言说的元文本中，缺乏认知的位置，所以，正如前弗洛伊德的心理学中"梦"的位置一样，新媒介的内心梦层在当前的世界中至今没有合法性。

但是，从《美丽人生》到《黑客帝国》三部曲，再到《盗梦空间》，再到《第二人生》，从《哈里·波特》和《魔戒》的狂热，到《魔兽》、《传奇》等的疯传，这个世界图景的新媒体思考起源于西方，起源于美国、最娱乐的地方，盛行并席卷全球。它是最先开始反讽时代的地方，但它同时也表达着巨大的震慑，那就是，在技术和人工造物的延伸的无限造境中——"扩增现实"中的焦虑和迷乱。而这些焦虑与冥思，正在从学界的单个的迷思，扩展到集体的领悟和恐慌。

或许正是在这些娱乐图像中，影像正在发生哲学的变革，它和娱乐形成新的一轮负负得正的"反讽"。

我们能清晰地看到，伴随这样的进程，在媒介影像中所呈现出来的精神世界图像表现出这样的特点：

1. **现实和主体被穿透——表象成为意志的映射与投影**

其实，人作为"物"的现实循环，对空洞性无法掌控，内心的六道轮回和循环的主题并没有在新媒体时代消失，反而越来越多地出现在新媒体的人群中。这种对实存的重新再认识，是新媒体技术延展的特性使然，其实也有深刻的哲学思考前文本。

学者对此的探讨，在西方一直是很重要的话题，元文本一直持续不断。从柏拉图的"那永存而不是发生了的是什么，那永远变化着、消逝着而决不真正存在着的又是什么"到叔本华《意志与表象的世界》的"世界是我的表象"、"物质世界是真实的？人在物质世界中的行动是真实的，还是精神"，到歌德问"大自然到底能否究诘呢"，到叔本华的"那认识一切而不为任何事物所认识的，就是主体。因此，主体就是这世界的支柱，是一切现象，一切客体一贯的，经常作为前提的条件；原来凡是存在着的，就只是对于主体的存在……"[1]，以及东方的《吠陀》中的《邬波尼煞昙》所说："一切天生之物

---

① 叔本华《作为意志的表象的世界》，商务印书馆，1982年，第2页。

总起来就是我，在我之外任何其他东西都是不存在的"，都在表达着一种对客体和主体的思考，但是，那还只是哲人中的个别的悟性或逻辑思考，而在这个新媒体的世界里，从来没有像这么普遍地、大规模地对人的真实性存在进行过这么多的思考和表现。

古典哲人是在"梦"中探讨人存在的真实性和虚幻性的。

在梦和真实之间，在幻象和实在客体之间是否有一可靠的区分标准？说人所梦见的，比真实的直观较少生动性和明晰性这种提法，根本就不值得考虑，因为还没有人将这两者并列地比较过。可以比较的只有梦的记忆和当前的现实。康德是这样解决问题的："表象相互之间按因果律而有的关系，将人生从梦境区别开来。"可是，在梦中的一切个别事项也同样地在根据律的各形态中相互联系着，只有在人生和梦之间，或个别的梦相互之间，这联系才中断。从而，康德的答案就只能是这样说：那大梦（人生）中有着一贯的，遵守根据律的联系，而在诸短梦间却不如此；虽在每一个别的梦中也有着同样的联系，可是在长梦与短梦之间，那个桥梁就断了，而人们即以此区别这两种梦。

柏拉图也常说人们只在梦中生活，唯有哲人挣扎着要觉醒过来。宾达尔说："人生是一个影子［所做］的梦（《碧迪安颂诗》第五首第135行），而索福克利斯说："我看到我们活着的人们，都不过是，幻形和飘忽的阴影。"莎士比亚则说："我们是这样的材料/犹如构成梦的材料一样/而我们渺小的一生/睡一大觉就圆满了。……［我认为］人生和梦都是同一本书的页子，依次联贯阅读就叫做现实生活。如果在每次阅读钟点（白天）终了，而休息的时间已到来时，我们也常不经意地随便这儿翻一页，那儿翻一页，没有秩序，也不联贯；［在这样翻阅时］常有已读过的，也常有没读过的，不过总是那同一本书①。

现实真正被穿透，是在电子媒介的电视电影阶段，法国学者鲍德里亚《完美的罪行》② 研究了真实性在电子媒介下的灭绝。鲍德里亚曾屡次借用传播学家麦克卢汉的"内爆"理论，来说明电视电影"类像"与真实世界之间

---

① 叔本华《作为意志的表象的世界》，商务印书馆，1982年，第24、26页。
② Jean Baudrilltard, *The Perfect Crime*, Verso, 1996.

界限的崩塌。所有日常生活和真实世界，被自己的媒介虚像所交混，对现代社会的"超真实"（hyperreality）境遇的论述，使得一切价值上的真正对立或一分为二，不复存在，真实与非真实间界限的日益模糊构成了后现代社会的独特景观。

但是，在李普曼、鲍德里亚这里，"拟像"还是现实世界的影像投射，仿佛还是一个镜面，不管对现实如何反射——只是部分，或者有歪曲，但是媒介影像总还是对现实的提喻。

而今天的思考，既不是以"梦"为基点，也不是真实世界的影像的提喻，而是某种物理刺激、机器制造的幻景和身体反应——《黑客帝国》中，有句著名的台词："真实？那只不过就是对一堆刺激的反应。"——并认为真实不过就是"数字自我的心理投影"。这不是比喻，而是在描述。在全息技术的四维影像下，在人的听觉、视觉、触觉、情感、理性、内心与精神全情投入的巨大实存影像面前，在巨大的赛博空间里诞生出来的众多的赛博格面前，你能说这是比喻吗？对人自身真实性的怀疑，直接导致存在价值的怀疑，我不是我，那我是谁？传统的主体人格正在加速破碎。

在当代影像叙事中，从《美丽人生》到《黑客帝国》三部曲，再到《盗梦空间》，再到《第二人生》，新媒体的世界图景思索经过了这样的阶段：

《美丽人生》中，幻景与现实是并行的世界，幻景最后被理性地破除而获胜，主人公的主体意识以理性远离幻景为胜利，社会规约战胜了个人感受；

《黑客帝国》中，人的幻景部分更为广大而无法可分，边界越来越模糊，主体意识的社会规约变得越来越可疑和不确定，但是，幻景毕竟还是凶险的；

《盗梦空间》中，幻景互动越来越实在，并通过互相侵入与分享，成为人们的现实部分，虚拟已成人们不能不承认的现实的一部分，这是已经扩增的一部分现实，它们在社会和人际间实在地起着作用，表象的意志世界没有边界可言，人们互相穿透、协助和创造，幻景已经是一种实在，一种客观实在，而且已经没有正邪之分；

而在电影《阿凡达》中，幻景已经变成自然的、包容的、生物间玄妙感知并尊重的虚拟实在世界，人的肉身成为另一个世界中的存在，人作为入侵者和朝圣者，以他的意志表象角色阿凡达，进入这个超和谐的平衡生态世界，这个拥有神性的美妙世界"潘多拉星球"。汉语对片名的几个翻译也非常有趣，刚好反映了这部影像本质上的一些特质——"异次元战神"、"天神下凡"、"神之化身"……虚拟世界不再是"虚"的，而是"实"的另一个次元空间，其中角色则预示着神话时代的再度来临。有谁追问神的真实性？人们都心知肚明，在那个次元空间中，神和神话是价值，无关真假。

2. 现实被扩增——赛博人格日趋活跃

传统世界的有限性是所有人都能感知的，并且是无数艺术家、科学家想通过各种手段打破的世界。我们只有一个人生，只能有一个或者最多几个角色，我们只能达到一个愿望，最多几个愿望，我们不能随时变形，我们没有任何自由，我们的躯壳是最大的局限，我们的人生是最大的不自由，我们的职业和人生角色或许就是我们随时想抛弃却不得不承担的沉重的责任而不是快乐……

而今天，生命界和无生命界的界限日趋减弱。众多的学者已经作过大量的探讨，"非有机生命"的概念已然诞生[①]，人一半是有机，另一半的现实则由媒介构成，是非无机生命。在现实的荒漠中，人的现实生活方式，从最基本的原型看，已经越过了农耕的栽种劳作阶段，返回到了狩猎时代之前的"有巢氏"采集时代，所谓"宅男宅女"已成流行语，跟"有巢"的表述，在词汇和用语上，在概念的隐喻上，都如此惊人地暗合。人们的行为方式和取食生存方式主要是从超市采集食品，不需要耕种和狩猎，而且，正如鲍德里亚所言，我们已经终结了工业时代的"生产与劳动"阶段，人们的创造是程序，而程序的机械性、单一性和不需要体力与情感参与的数字性，让人发现自己越来越成为支离破碎的工具，我们是社会程序中的一个子程序，每天扮演这个单一的角色并直到老死，被替换掉，所有人都成为工具性的存在，都是一个个的程序。生存完全程序化了。正如《黑客帝国》中连接矩阵和人世界的中转"火车站"的那两个人，都是程序，多数人的生活已经被社会角色程序化了。肉身的现实性越来越变得不够重要，头脑与看不见的信息成为这个历史时期的关键推动物。

生命的传统价值正在遭受巨大的怀疑，正如《黑客帝国》中的梅罗纹加所说："人类用各种虚妄的方法掩盖存在的无意义。"在这些影片中，《黑客帝国》提出了一个人之为人的价值命题，即人类情感——爱。"爱"这样的人类情感，成了"程序人"们见过的最美的却最难以保全的存在。他们通过本质

---

① （美）马克·波斯特《第二媒介时代》，范静哗译，南京大学出版社，2000年，第34页。

性的存在这一范畴区别和机器之间的不同。这究竟是否是本质区别，在有的影片中已经开始受到怀疑。所有电影都是叙述人类的机器梦魇，机器的世界是荒凉的世界。但是对虚拟世界的多变和无限可能的精彩来说，现实却是无趣而有限的荒漠，"欢迎回到现实的荒漠中来"。

人被自己的造物异化，在机器梦魇与现实荒漠之间——人被机器和虚拟世界绑架之后，在幻景①和机器中，人向何处去？电影设置了墨菲斯，把人们从梦境般的虚幻世界中唤醒的中介人。虚拟世界消失，爱从她简单朴素的现实的家中醒过来……

但是，现实真的是人类最后的家吗？《黑客帝国》的结局是，矩阵制造者、控制者对先知说："要离开母体的人，他们会得到自由。"

这里的选择是，一部分人回到现实，一部分回到矩阵，只不过他们有可以选择留在现实空间还是赛博空间的自由。而从网民增加的巨大速度来看，越来越多的人正在选择进入赛博"矩阵"，越来越活跃的是赛博人格，而现实中的人正在"巢穴化"。

更有意味的是，多媒体影像时代的虚拟空间，早已经不仅仅是影像。美国林敦公司开发的游戏《第二人生》直接参与了现实建构、现实活动和现实互动，直接进入"扩增现实"的操作层面。客体心理化——从人生如梦到人生即梦，从明喻到提喻，即虚拟从一种言辞上的比喻修辞直接成为以部分代整体的意象。

马克·斯波特在《第二媒介时代》中曾经阐述过这样的"受到质疑的现实"② 以及后现代人格的出现，在客体心理化和主体投影阿凡达越来越明显的同时，主体的消失也越来越加速。主体的退隐和消失是人们对现代性探索的一个重要内容③，从笛卡尔的《方法论》到海德格尔的《存在与时间》，主体都不假思索地被视作讨论的立足点。然而，这种不假思索性自现代以来逐渐丧失，人类为自己设计未来图景的框架似乎已经动摇，而一个新的框架又尚未出现。

而新媒体空间似乎开始成为新的框架，那个主体性日益退隐的现实开始虚化，而赛博空间中的赛博人格开始越来越活跃。

---

① （德）毕尔格《主体的退隐》，南京大学出版社，2004 年。
② （美）马克·波斯特《第二媒介时代》，范静晔译，南京大学出版社，2000 年，第 34、51 页。
③ （德）毕尔格《主体的退隐》，南京大学出版社，2004 年。

3. 当代密索斯被构建——神秘或玄妙化的世界再圣化

对世界的科学描述，我们早已经作为常识而烂熟于胸，同时，也因失去世界的密索斯叙述而万般无奈或者索然寡味，而世界的复杂和混沌，在新媒体的多次元空间中，一切并非、也不再是科学思维所界定的那么清晰和明白，世界图景玄妙而神秘，诸多科学界外的事情被重新展示，科学的边界被意识的边界打破，世界按意识重组而不是按客体属性规定的面貌重组，宇宙图式不按科学规律而是按密索斯的故事来展开，世界因而重新具有某种复杂难料的无边界的宏大感，世界重新变得神圣，且人无法把控的特点越来越明显。

人重回神话世界的企图和精神的自为伸展衍生，已经在部分人群中演示并接受，新的需要和人存在在最早期的原始心理动能中寻找新的出口。这其中还包含西方借魔幻描述的神话世界，如《哈利·波特》、《魔戒》等。但丁《神曲》等文本也被改编成新媒介的动作游戏，哲学与形式正成为这些影像的最大诗意所在。

所以，新媒体时代的世界图像，已无关乎第一媒介时代图像对生命流转、德行时空、情感分层及社会群落的规约，而是以人的多样性想象、人的生命延伸和对无垠空间的纯粹想象命名和分割为特征。这似乎跟原始神话的心理动因更为接近。

4. 非有机生命被双面化——赛博空间蛮荒图景中人存在的巨大空洞和永恒肉身的碎片

正如在无数游戏图景和世界里以及《第二人生》这样跨现实与虚拟两界的世界里，这个广大无比的赛博空间所展现出来的，大多数无边无际的空间都处于蛮荒的无人境界。在《第二人生》里所看到的大多数区域、大部分建筑，也都是无人区，只有自己的阿凡达，在这些空旷的空间中行走和漫游，不见一个人影，自己的影像投影——赛博人格阿凡达，带着自己长长的影子，奔跑在无人的疆域。而在游戏中，更可能是荒无一物的灰色荒漠，无尽头的远空间，只有身边小范围或者面前的光亮，照着自己的赛博格身影；只能听见自己的脚步声，沙沙地在寂寥的广大空间中发出声响，听见自己的呼吸声，沉重地呼吸着。

赛博人生可能是一个局部非常热闹的人生，更大的可能跟人类第一次认识到无限的宇宙时的感觉一样，将面对那种无边无际的恐慌，那个无限广博的空间让奔跑者非常心慌，四处寻找标记，一切与赛博荒漠区别的东西，寻找"有"和"物"，来获得人自身的认同并填补自己存在的巨大的空洞，甚至碰上那些面目奇怪、本性凶险的怪物，都成为奔跑者的目的，即遭遇这些"有"，击灭它们，或者被它们灭亡，然后满意地重新开始。这样的灭亡，也成为确认存在、确认意义、消除空洞的事物。

这些飘忽的影子无法"落地"被世界所关注、研讨，也正是因为他们无限飘忽而没有肉身的特点。跟第一媒介时期的六道轮回不一样的是，六道轮回图的世界图景，是以肉身实践为土壤和根基，是从血肉中生长出来的，所以带着生命的沉重的分量。但是赛博空间的这些非有机生命，则是虚中之虚，它甚至都无关愿望。

而在另一些网络门户及交往的赛博空间中，生命意志是最大化的。赛博空间中挥之不去的性意象、女人、宴飨、寻欢作乐、集体宣泄性批评、个人叙事的爆炸，都无非是最强大的本能的生命冲动，在另一方面强化着赛博格的人身投影和叙事。

然而，无论怎样的赛博人，都是永恒的影子，是瞬息万变的赛博人格的迷失，赛博空间始终漂浮着无数的赛博人格的魅影、碎片和垃圾，有如太空中飘浮的物体，永远不会消失，却可能从未被人看见，对另一些视点来说，也就从未存在过。肉体的个体性消失之后，赛博人格会一直存在，在飘忽的赛博空间中不灭，犹如人脱离肉身之于地狱与天堂。被科学和理性思维终止的地狱与天堂的人存在的轮转之地，被赛博空间打通。这或许就是为什么赛博空间充满了再圣化世界图景的原因。

5. 扩增现实里"赛博人格"的意义

无限广延的点，向四面无限延伸的时间和空间，正如同叔本华所言：

太阳自身却是无休止地燃烧着，是永远的中午。尽管那些个体，理性的那些现象，是如何像飘忽的梦境一样在时间中生灭，生命意志总是稳保有生命的，而生命的形式又是没有终点的"现在"[①]。

而在当下的世界里，这个"现在"已经不是"全神贯注着生命"，而是"全神贯注"着扩增的赛博生命。这也是鲍德里亚所意识到的那个世界：

---

① 叔本华《作为意志的表象的世界》，商务印书馆，1982年，第192页。

它们既创造现实的强化形式又创造现实的替代品，但却不能达及现实。媒介是奇异的现象，实在不能套用现实和想象这种现代区分①。

只是他的"不能达及现实"这点，只能局限在影像这一级层上，《第二人生》早已推翻和颠覆了他的说法。

这个"全神贯注"着扩增的赛博生命的事实，是我们已经不能不注意到的现象，如果忽略这一点，便无法在人类学视野中完整地讨论当下人的生存状况及媒介所呈现的当下人精神的宇宙图式。

从原始神话的神祇时期，到荷马史诗的英雄时期，到理性时代的人的时期，到当代以反讽文化为主要特点的颓废时期，每一种状态和人的精神层面都在不断地更替和演进，旧的时期的形式走到最后和终结，必定为新的形式和新的时期所取代。

新媒体扩增的现实、赛博人格和文化"再圣化"的端倪，目前有可能被低估了。

媒介新时期新媒体所创造的当代神话、赛博格与古代神话与神祇的特点和关联，值得继续探讨。

作者简介：

何炜，四川大学文学与新闻学院。hewei69@163.com

---

① （美）马克·波斯特《第二媒介时代》，范静晔译，南京大学出版社，2000年，第30页附藏画《六道轮回图》、大足石刻《六道轮回》。

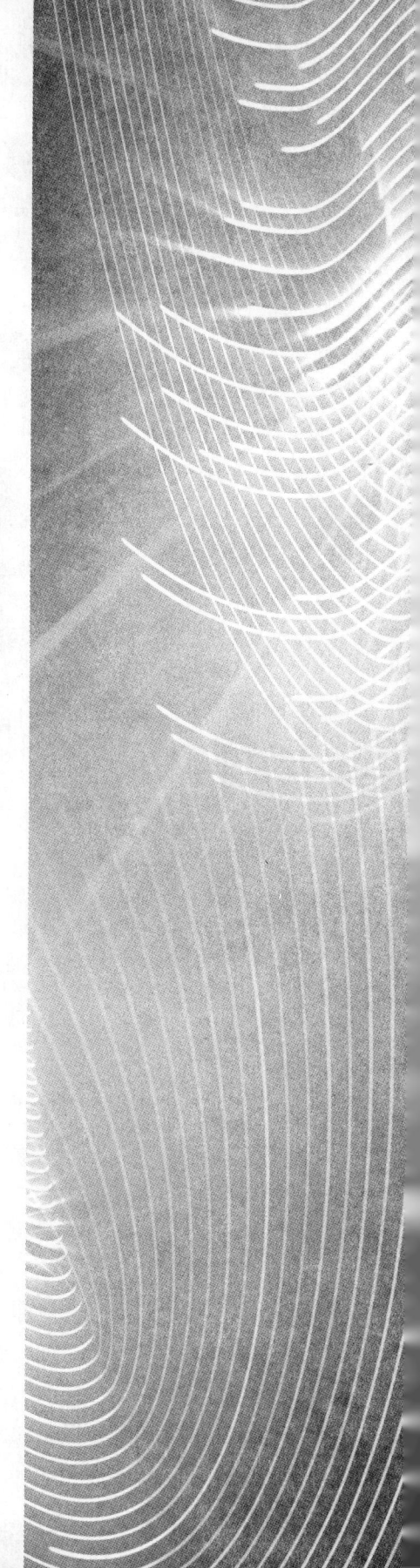

近著近译书评

评《传媒文化与媒介影响研究》①

杨旭明

在传媒化生存的今天，传媒文化的影响到底有多大？"历史滋养传媒文化，传媒文化书写历史；政治主导传媒文化，传媒文化延伸政治；经济决定传媒文化，传媒文化反作用于经济；社会造就传媒文化，传媒文化拟态社会。"诸如此类的理性解答，出现在四川大学蒋晓丽教授等著的《传媒文化与媒介影响研究》一书中。该书分别从政治、经济、社会、法律、管理、教育、艺术、历史、新闻、心理、公共领域这11个层面，勾勒了现代传媒文化与它们之间丰富多彩的联动图景，阐释了中国传媒文化在其特殊滋生环境下广泛而深远的影响力。

跨学科的理论交融是本书的一大特色。萌动于20世纪初的传媒文化研究，一直以来就处于多学科交叉的"十字路口"。历史学、心理学、政治学、管理学、符号学、文化人类学和社会学等学科在传媒文化领域的理论投射，在西方融汇出了文化主义、结构主义、后结构主义、马克思主义、女性主义、经验主义等精彩纷呈的传媒文化研究范式。如何批判地承继这种跨学科的研究范式，并使之与中国政治经济文化话语环境下造就的传媒文化研究相对接，是当代中国传媒文化研究学者必须直面和跨越的现实难题。本书借鉴了这种跨学科的研究思路，跳出传媒文化自身的微观疆域，着眼中观层面的传媒文

---

① 蒋晓丽、李建华、任雅仙等者，四川大学出版社，2009年。

化概念，即基于现代大众传播媒介及其催生的文化样式，从前述的 11 个维度来研究传媒文化的影响，视角大，领域宽。正如作者所言，这是"一次拓疆式的大胆尝试"。这种可贵的探索，相信能激发更多专家学者扩展和深化相关维度的研究。

多角度的个案呈现是本书的又一特色。人类传播媒介的发展，衍生出了多元的传媒文化形态，也将人们带入了一个文化与传媒互渗互补、交融共生的时代。在这样的时代，传媒文化奇观纷呈，深刻地影响着社会生活的方方面面，成为我们的日常生活场景和生活方式。本书选取了"华南虎事件"、"杨丽娟事件"、"孙志刚案"、"申奥宣传片"、"救灾铁公鸡排名"、"电视谈话节目"、"影视史学和红色经典改编"等 11 个案例，分置于每一章之后。这些案例的解读，既是对各章理论观点的一种呼应，也是对国内近年来类似媒体奇观的一种反思。

"好书共欣赏，疑义相与析。"作为"十一五"国家级重点教材，该书值得传媒文化研究领域学界和业界人士探讨、赏析。

评《表现性的符号形式》[①]

江净沙

首先大概介绍一下该书的结构脉络。纵览全篇，作者是以"卡西尔—朗格"符号美学理论为整体研究对象的，学派发展的先后继承性成为一条主要的逻辑线索。实际上，对于朗格的解读在书中占了更大的比重，而卡西尔的哲学和美学思想更多的是作为一种学理基础被论述的，毕竟朗格学说是对卡西尔思想的推进和在艺术上的实际操作。在评述时，本文分作两层，一层是以卡西尔的理论为铺垫，另一层是对朗格的符号美学理论做重点探析。

单从书名看，《表现性的符号形式》直接点出了两个关键词，一为表现，一为符号形式。这两个概念始终缠绕在一起，它们不仅是该书的核心，也是符号论美学的精髓所在。

该书首先申明了学派的哲学合法性。这种合法性的来源是：卡西尔把康德的认识论扩展到了整个文化领域，使得我们将艺术纳入研究对象成为可能。而卡西尔对于康德哲学的批判发展就是用"符号形式"的概念替代了"先验图型"，人的一切知识产生于文化符号，只有以符号为纽带，人类文化圆周才成为一个系统。在这里，艺术和其他文化形式一起，共同构成了对人类生命经验的反思。

作者接着着重梳理了卡西尔的表现观，这种表现观来自于卡西尔对人类

---

① 谢冬冰著，学林出版社，2008 年。

文化形式家谱的编制，即神话与语言、艺术是同根所生、难分彼此的，这个"根"就是心灵直觉，正是直觉的瞬间凝聚、诞生了命名。而语言符号的推理性和逻辑性在后天使用中逐步固定下来，形成了一套稳定的系统。在语言从神话分离出去的同时，艺术作为神话的族裔而发展为另外一脉，即纯粹表现的形象语言。可见，卡西尔的表现观是站在文化符号学的宏观角度上的，整个人类文化归根结底在起源上都是符号的表现，只是后来分化有所不同。该书重点所讨论的表现，显然不是这种意义上的，而是作为艺术的表现、情感的表现。

在论述人类早期语言与神话由合一到分化的过程中，卡西尔提出了一对十分重要的范畴——逻辑概念系统与情感形象系统，即符号形式有两种不同的倾向，一种是概念上的认知，一种是形象上的感知。这一组概念后来为朗格所继承，并形成了她自己关于语言（逻辑）符号与情感（非逻辑）符号的区分。

再有值得一提的是，作者在对神话、语言、艺术三者关系的辨析中指出，神话的品性中是如何蕴含着艺术的种种特质，这些也被朗格发展成为对艺术特征的定义。

作者最后还谈论了卡西尔对于艺术形式构型的阐发。简单地说，符号载体就是一种形式，而艺术的全部美感、情感意味、真实都存在于形式中。卡西尔认为"艺术确实是表现的，但是如果没有构型，它就不可能表现。而这种构型过程是在某种感性媒介物中进行的"。因为艺术构型是对实在的发现，对自然形式的发现，这种发现取的是直观形象，所以艺术形式是一种纯粹形象化的感性形式。并且，为了把艺术与完全非理性的产物或没有目的性的娱乐区别开来，卡西尔指出，艺术利用人类经验进行构造和组织，从而展示出深层形象，这种有意识的创造活动必须具备一定理性，艺术至此被卡西尔解释为"感性—理性"结构。

和卡西尔以符号形式研究人类文化不同，朗格偏重研究艺术内部的性质——情感表现。前文已经提到卡西尔对于逻辑概念和情感形象的划分，朗格沿着卡西尔的思路，区别了语言的逻辑符号和非语言的情感符号。这种区分的目的在于方便将艺术作为科学的对立项进行观照。可以说，这一组对立项成为朗格符号论和表现观的基础。本文在此借朗格理论的几个关键项来做一些揣摩和探讨。

一、情感符号

语言在脱离神话隐喻之后，逐步形成一定的语法结构和逻辑系统，这种系统的特点在朗格看来是"推理形式"的，因其表现各种关系，多为概念、判断和推理，尤其是科学语言更加公式化、简约化，严重偏离了具体实在。推理形式的符号体系在人类认识世界和日常交流中固然行之有效，大大减少了复杂性，但在人类心灵和情感领域的表达却遭遇了失败。这片空白使得情感符号获得了自己的解释权力，情感符号系统是形象的、非逻辑的、直观的，是一种"有意味的形式"。

二、艺术抽象

受数理逻辑的影响，朗格持有一种"广义的抽象"思想，这种思想体现在她的符号论中就是艺术抽象，即不仅科学、逻辑学是抽象的，艺术同样是抽象的，即通过创造符号性的意象而非使用语言表达抽象观念。其实，使用符号必有抽象。本文认为在清理"抽象"这一概念上，该书略显繁复。我们尽可以在艺术抽象和科学抽象中找出种种不同，比如科学的抽象是缩写，是归约，是从局部到整体，是成熟的抽象形式；而艺术抽象是具化，是夸张，是从整体到局部，是原始的抽象形式。如果说科学逻辑领域真正占有"抽象"一词的词义和内涵，那么在艺术领域，本文更倾向于使用"提喻"这个文学范畴的语词，艺术从经验实在中抽取的不是系统的概念，而是其本来的面貌和形式，喻体的选择是没有固定标准的，它可以选取任何一个具体的部分，可以是细枝末节，可以容忍选择者的主观特征，从而发现经验对象丰富的样态。艺术的这种无限丰富性、多样性，正根植于人类主体感知的直观性、片面性，正是那些使我们感到迷惑的东西构成了我们的心灵，而它的显现就是艺术。相反，科学逻辑试图透过现象达到本质，而不能被纳入解释系统的成分一概被抛弃了。

三、整体性

谈艺术抽象是为了谈艺术符号的制作，而谈艺术符号不得不涉及"整体性"的概念。"卡西尔—朗格"学派受到格式塔心理学"整体在先"原则的影响，将艺术符号看做一个有情感意味的形式整体，这是一个凸显于部分的全新形式，不等于组成要素的简单连接，整体对部分有着支配意义。朗格还特意区分了"艺术符号"和"艺术中的符号"，艺术中的符号起的是一般性符号的作用，其外延大于内涵，而艺术符号追求内涵，具有单一性与整体性。朗格还对"表象符号"也即情感符号做过这样一种定性——非推理和不能翻译。在本文看来，这就是整体性的根本来源。因为情感符号不进入系统，没有公式的存在，也就没有可译性，不能被转化，不能被分解，不能被推导，这是推理性元语言缺失，这是一个自足的、完满的统一体的特征。但不是说这种整体性是完全封闭的，它必须开放边界，把解释话语留给"直觉"，所以直觉的观照也是整体性的，一种对情感符号复杂整体的直接洞察和顿悟。值得注意的是，朗格的直觉观强调直觉活动不能脱离经验，否则它将无法被研究。

四、艺术作为情感的形式

归根结底，朗格认为艺术就是运用符号"抽象"的形式表现人类情感。首先，这种情感不是"征兆的情感"，而是一种普遍情感、概念的情感。可以这样理解：艺术表现的是生命体的情感生活、意识本身的逻辑。其次，艺术中的符号形式和情感意味是直接相通的，赋型也就是对情感的察觉和抽象，其中没有任何陈述性转化，故艺术符号越过对象到达解释项，所指不明，对象缺失，有着脱离外延的倾向，这也就是为什么朗格认为艺术"连隐蔽的再现也不是"。

五、表现合法性

关于为何艺术形式可以表现不可言说的情感，为何静态的文本形式可以表现动态的生命形式，这种"隐喻"或曰象征性的思维又在何种基础上得以成立，该书给出了两点解释，而且它们都关乎心理学范畴：投射与"异质同构"说。朗格对于这两点都有所借鉴。首先，朗格认为符号本身是符号化过程的投射，这种投射不是一一对应的，比如语言符号的任意性原则，但符号与现实的联系是实在的，而艺术形式就是审美主体情感的投射，这种投射有其内在的逻辑。朗格对此用了"品质"一词，指出艺术作品中贯穿始终的品质即投射的情感。其次，是格式塔心理学的"异质同构"说，即两种不同质的事物，如心理与物理，在某些属性上具有相似性，从而有可能在结构上形成类比。比如，阿恩海姆举的垂柳枝条的柔软与被动下垂同构于悲哀这种心理结构。

《表现性的符号形式》对于朗格的研究还包括了她对前人思想的吸纳和融汇，如怀特海的数理逻辑、克罗齐和柏格森的直觉观、贝尔和弗莱的形式主义美学观等等，在书中都有丰富的比较论述。总的来说，该书对学派理论的架构分析相当到位，但结构上的完整性掩盖了其深度的不足，符号学的理论优势也就没能得到充分利用。

评《象征:符号与隐喻——汉语象征诗学的基本型构》①

乔 琦

"把无限放在你的掌心",贺昌盛在书中引用了布莱克的这一诗句,并努力企图为我们呈现出最广泛的象征。从对"象征(symbol)"的词源追溯到修辞论层面、认识论层面和本体论层面的分析,黑格尔、克罗齐、普列汉诺夫、卢卡契、高尔基、卡西尔、弗洛伊德、荣格、厨川白村等关于象征的论述,被作者网罗殆尽。

贺昌盛反复强调,对象征的研究,要突破修辞格和文学思潮的限制。推开窄门,他进入广阔而无边的象征世界,但似乎显得太过匆忙,没能来得及建立合理的秩序,象征、符号和隐喻这三个关键概念依然胶着在一起。

贺昌盛对 symbol 一词的翻译有个说明:"用于逻辑、语言及符号学、心理学范畴时,多译作'符号';而用于艺术、宗教等范畴时,则译为'象征'"。赵毅衡指出:"这话实际上是说,汉语中'象征'与'符号'同义,都是 symbol 的译文,只是'象征'只出现于艺术学和宗教学之中。这种'按学科'处理译名,恐怕只能增加混乱。"确实,在本书中,相关术语的使用比较随意,比如作者这样写道:"艺术不是生活的实写而是幻象,这幻象就是表现,就是符号,也即象征。"由于术语的随意使用,导致书中某些表述混乱,如他在结语中提到,象征艺术表现为"符号"经由"隐喻"中介再到意义

---

① 贺昌盛著,南京大学出版社,2007年。

"显现"的过程；但很快，又说，回到作为符号和隐喻中介的"象征"本身，也许可以为汉语写作走出困境提供某种可靠的参照。书中主要观点甚至逻辑不清，从而使作者想要给"象征"范畴一个明确定位的意图落空了。

Symbol 在西语中既指符号也指象征，但汉语中二者区分明显，不宜混用。象征和隐喻有共同之处，但单从修辞上难以区分。如果从文化符号学来反观象征，至少有三个特点能够帮助厘清概念：第一，象征的起源为某种比喻；第二，象征意义往往有历史积累；第三，象征的意义所指比较抽象。

此书在驳杂的象征理论基础上，主要选取现代三十年诗歌作为分析对象，试图建构汉语象征诗学。其内容基本分为两个层面，即汉语象征诗学的实践和理论探索。该书史料翔实，文本解读细致。具体包括沈尹默、宗白华、周作人、郭沫若、李金发、戴望舒、废名、艾青、冯至、郑敏、陈敬容、穆旦等诗人的象征诗歌创作，穆木天、王独清、周作人、鲁迅、朱光潜、梁宗岱、刘西渭、唐湜、袁可嘉等人的象征诗学理论探索。

这本著作的意义在于，一方面，在建构汉语象征诗学的过程中，审视外来影响和传统诗学中的相关资源，并对之合理吸收；另一方面，突破从文学到文学的封闭式象征研究，找寻诗学中象征发生的哲学基础和心理学依据，意识到象征始终指涉着人的生命存在和生存体验。

评《传播网络理论》[①]

肖尧中

读陈禹老师翻译的书，早已不是第一次了。只是这一次，读得格外认真。至少，比读与这本书同属"网络经济译丛"的《小小世界——有序与无序之间的网络动力学》（［美］邓肯·J·瓦茨著，陈禹译，中国人民大学出版社，2006年1月版）要认真和仔细。

作为一本以"复杂"为宗的组织传播学著作，该书开宗明义地指出，传播网络乃是由传播者之间穿越时间和空间的消息流组成的一种联系模式。换句话说，这本书所指称的网络，其实也就是传播者之间的联系通道。本着对"网络"的这一认识和界定，作者为我们提供了新的理论框架，融合了产生网络结构的多种理论机制；提出遵循一定行为规则的基于主体的模型，融合了产生复杂适应网络的多种理论机制；展示了计算模型，特别是Bianche计算仿真平台在研究网络动态演化方面的作用；论述了网络分析的新发展，并提供了对传播网络动力学多重理论解释的实证研究。

出于对传播意义上的"网络"的复杂性的深刻洞察，作者指出"已有一大批理论能够用来解释网络结构。一些不同的网络使用了相同的理论机制，提供了相似的解释，但属于不同的分析层次"。在此基础上，他们认为"没有一种理论能提供系统而完整的解释，多理论多层次框架识别出一些网络性质

[①] 彼得·R·芒戈，诺什·S·康特拉克特著，褚建勋、陈禹、刘颖译，中国人民大学出版社，2009年。

（如相互性和密度），并展示出这些性质如何与社会理论中的理论机制相对应。我们认为，多层次理论能够提高对网络演化的解释力，并显著增强理论机制对差异性的解释能力"。于是，这个"多理论多层次"构成的"双多"，便成为本书理论上的最大特色。

在这个特色下，作者先强调"基于主体的模型与多理论多层次框架结合的关键是建立符合社会学理论普遍机制的规则。内在理论的不同导致了涌现结构的不同。一部分理论机制相互补充，一部分相互重叠，多理论视角能改进我们的解释和解释的差异化程度"，然后结合计算、建模等研究方法，介绍并演绎了自利理论、互利和集体行为理论、认知理论、传染理论、社会交换理论、同嗜和接近理论、网络演化理论及每个理论的相关机制。最后，在谈论"网络理论和研究的未来"的时候，作者不无深情地说："我们居住在一个高度联系的世界和社会中，这里，结构性的相互连接很大程度上决定了我们能做什么和不能做什么。"

应该说，这本书在关于传播、组织和其他社会结构的"网络"特性的深刻洞见上对我启发甚多。此前，常被互联网意义上的"网络"掩住思维，而每每忽略包括自己在内的社会之人无时不在"网络"之中。更为关键的是，这本书的"复杂"之维进一步提醒我们：面对当前日益"网络"化、复杂化的传播图景，传统的传播研究理论和方法正在遭受严重挑战，而与之相关的社会实践也都迫切需要全新的理念和思路，以便更好地认识、理解、设计乃至驾驭我们所面临的类似传播活动的各种各样的复杂系统。而以应对"复杂"为核的复杂性科学，确实应被当作研究数字化浪潮带来传播新图景的一件利器。

毕竟，现实的传播图景所导致的交往的信息化和网络化已使人类交往大异于昔——信息社会中的我们，必须深刻认识到，信息社会的哲学原则是建立在非线性理论基础上。所以，必须时时注意到，基于非线性的"网络"，正在沉淀为一种观察社会、思考社会、研究社会的思维方式。也正是在这一出发点上，我才认为，当今之世，我们研究传播，越来越缺不了"网络"的视角和思维。因为，网络如同空气、阳光和水一样，渗透在我们生活的每时每刻。

末了，我想说出我的一点疑问：我不太明白这套书为什么不以"复杂性科学"为关键词命名，而是以"网络经济"为关键词命名；而且，这本书的中文名译为"传播网络理论",似乎也有值得商榷之处。不过,这些确实也只是些很小的问题,尤其是相对于如此艰难的翻译工作而言。所以,作为复杂性科学一个极其肤浅的爱好者,我一直热心于向研究传播的学友们推荐这本书——这本让我们有机会换角度理解网络、理解组织、理解结构、理解涌现,进而换角度认识传播、理解传播、思考传播、研究传播的书。

评《符号自我》[①]

文一茗

　　诺伯特·韦利在《符号自我》（*The Semiotic Self*）中将自我理解为一个充满社会性、对话性、自反性的符号。符号的自我在时间上分为当下、过去、未来三个阶段。当下通过阐释过去，而为未来提供方向。用符号学术语讲，当下是一个符号，过去是符号指代的客体，而未来则是解释项；或者说，当下是正在叙述的主我，过去是被述的客我，未来则是接受这一阐述的"你"；当下我是说者，过去我是被说者，未来我则是一个听者。

　　自我不是通常意义上所说的形形色色的具体身份，而是容纳不同具体身份的符号结构与内容。既然自我是一个充满弹性的符号化阐释过程，那么，自我就既不能被拔高到社会组织、文化、互动的本体论层面，也不能被压缩为物理化学的生理层面。前者的做法是向上还原主义的立场，其结果是导向用少数精英的具体历史特性（比如美国宪法创始人所认可的白人男性的卓越推理能力）或社会一致性（比如中国传统社会中强调的"家族"、阶层利益）来取代、抹杀个体的独特性；后者则代表与之相反的向下还原主义立场，用生理差异（比如肤色、健康状况、血型、星座等）和生理本能（如佛罗伊德的爱欲本能）来捕捉自我，为人种差异优劣论大开方便之门，用一种绝对孤立的视角来审视个体，将自我缩减为一座孤岛。

[①]　诺伯特·韦利著，文一茗译，四川教育出版社，2011 年。

　　符号的自我同时反对向上、向下两种还原方式，因为它们都不能抓住人的本质，都是非民主的、反平等主义的。依照这两种思维，得出的都是扭曲的人性。符号自我是具有高度自反性、内心一致性、对话性与社会性的概念。自我需要一个他者作为反思自身的一面不可或缺的镜子。"我是谁"这个问题必须放到"我与谁的关系"网络中来考察。这不是否认自我的独特性，不是用他性来泯灭自我的个体性；而是回到自我与他者的邻近性中反观自我的独特性。自我不是一个思而不行的主体，而是将反思的终极目的指向自我矫正的动态行为主体，对自我负责的主体。因此，自我的概念处于一个动态的维度中。

　　由此可见，自我处于一个高度弹性的阐释过程之中，自我不仅仅是通常意义上说的形形色色的具体身份。福柯、德里达有消解主体的说法，是因为他们认为自我只是语言文化的构成，错把具体的身份（identities）当作类属的自我。然而，具体的身份是具体的历史文化语境的产物，因而所谓的长期固定的身份，其实可以来去自由、游移不定。事实上，身份栖居于自我之内心，表达了自我的种种品质。

　　既然自我是如此这般具有自反性、对话性的概念，那么，作为自我之学的主体性（subjectivity）研究，则表明了自我对自我意识形成的意识。因此，主体性这一概念是一个充满元意识色彩的符号，即要求站在自我的元层面来回视自我。但是，"主体性"这个概念的诞生带有胎记般的悖论色彩，因为自我反思或自我意识听起来有点像自己拔起自己的头发脱离地面。这就是哲学史中麻烦的自反性的盲点（blind spot）问题。也是戴维·卡尔（David Carr）所说的"主体性的悖论"（the paradox of subjectivity）。同时作为反思主体与被反思客体是否可能？可以像康德那样用一个超验自我来填充盲点；也可以通过将自我无限化来填充盲点，将主体客体混合起来，像黑格尔那样将之组成一个上帝；也可以用冲突悖论来填充盲点，如形式主义者——罗素、希尔伯特以及卡尔纳普所做的那样，或者换一个方式，像德里达那样。然而，像哥德尔那样，以非冲突的方式来填充盲点的做法，相当复杂。同样可能的是否认盲点的存在，但是要做到这一点，一个人需要一种向上的还原方式。最终可以简单地将之接受为一种无法避免的、人类心理构成中一个构建出来的特征。尽管主我也许会试图去谈论自身，主我只能够与"你"交谈，并且，以一种更为间接的方式与客我交谈。

自我需要一个他者作为反思自身的一面不可或缺的镜子。"我是谁"这个问题必须放到"我与谁的关系"网络中来考察。这不是否认自我的独特性，不是用他性来泯灭自我的个体性；而是回到自我与他者的邻近性中反观自我的独特性。唐纳德·霍尔（Donald Hall）在其《主体性》中指出，自我不是一个思而不行的主体，而是将反思的终极目的指向自我矫正的动态行为主体，在道德上对自我负责的行为主体（moral agent）。因此，自我的概念处于一个动态的纬度中。

符号自我的动态阐释性使人拥有充分全面的自反能力。符号自我的三元关系模式，即"主我－客我－你"的循环圈，将反思的自我放入"他者"的位置；这种"他性"就建立在与他人的一致性的基础之上。它提供了可以消除悖论的差异。自我意识的自我意识是自我关于自我的对话，处于第二秩序的思维层面，有别于主体对日常客体的（第一秩序）普通思维。人在一个集体（与他者）中的归宿感形成了自反性力量。这种一致性使得"移情换位"、"角色扮演"（米德语）等能力成为可能；而这又进一步形成自反性能力。事实上，韦利将"自反性"与"一致性"视为自我理论中的两大核心概念，认为它们有逻辑意义上的相互依赖性。自反性和阐释是同时发生的，都是交流的本质特征。在内心深处，主我以阐释的方式向你说话，同时以自反的方式与客我说话（即与自己说话）。那么，自我不只是自反性的，还是自反－阐释性的动物；并且正是这种特征，使它与"其他客体以及身体"区分开来。两种过程对于定义自我都是必要的，因为它们都是人性的特质。我们在内心不能只是反思而不能解释；反之亦然。

自我所做的就是在元层面上复制自身。在思维的第一秩序中，"主我"不能看见"主我"。可是在思维的第二秩序中，完整的自我可以成为自反性的客体。在物理和生物自反性的情况下，盲点位于第一秩序，即部分客体看不见自己，因为那个部分正是执行观看或反射的装置。身体分为两个部分，并且因此它只能看见自身的一部分。自我反思的人类也同样分成两个部分，可是人类不是通过分裂自我，而是通过复制自我达到这一点。正在反思的人，在第二或元层次克隆一个我或者说复制了自我。现在，盲点完全位于客体之外。自我反射的人工制品或生物只能看见自己的一部分，其盲点就在内部。自我制造的人可以看见自己的所有。其盲点在自身外部，即位于元层次的瞭望台上，通过它，盲点可以看见自身。也就是说，符号的自我是双层面的自我。

　　倪梁康在总结西方哲学思想中的两大发展路线时指出：

　　自 20 世纪初，思想界和文学艺术界总体上处在一种内向的、反省的精神氛围中。这代表了自笛卡儿以来近代西方思想史的延续，自身意识构成了近代哲学的基本问题，并在近代自笛卡儿以来的发展中，显出两个较为清晰的线索：

　　一方面，实践的自身意识开始超前于理论的自身意识。前者是指对自身实践行为的知晓、评判甚至承担责任，即一种道德的自身意识（moral agency）。它取代了具有浓烈知识论色彩的理论自身意识概念。另一方面，与前一个发展线索相交织的，是自身意识的问题有一个从个体向群体、乃至整个人类的自身意识发展线索。这使得自身意识的真实性从"自身"被挪到了"交互之间"。

　　一个人与其他人的结合才产生出作为纯粹意志的自身意识（科恩）；人的本质被揭示为不是自为的，而是与周围世界处于不可分割的状态中（海德格尔）；自我通过他的种种行为被重新理解（保罗·利科）。而深受利科影响的符号学家高概（J．C．Coquet），在其《话语与主体》（标志着主体符号学的产生）中，将语言中的主体概念认定为一种自我承认、自我负责，并指出话语研究应从作为陈述机体的主体出发，区分出符义主体/非主体，以及符义主体的四种情态。这就把萨特强调的人（作为存在主体）为自己负责，以及格雷马斯（A．J．Greimas）的机械叙述方阵有机整合起来，并将主体研究的触角深入到文学文本的叙述形式分析中。

　　关于自我的讨论，可谓汗牛充栋。《符号自我》从最具体的形式入手，分析这个最形而上的概念，可谓行之有效。

评《酷：青春期的符号和意义》①

刘吉冬

　　《酷：青春期的符号和意义》这本书以"酷态"二字开题，顿感青春气息扑鼻而来。全文围绕青少年期酷态的表现形态、形成及其形成的背后原因展开。从社会学和心理学角度分析了青年文化形成的本质原因——群体认同性。一开篇，作者首先区分了青少年期和青春期这两个概念，使读者明白作者的研究对象和探讨的范围。从全文的脉络来看，作者首先从历史角度梳理了"酷态"在不同的历史时期所展现出的不同表现形态。不同时代的风格之间又有着某种传承或颠覆等内在的联系，但主要根源还是在于时代年轻领袖对青年的影响和引导，青少年对领袖人物的顶礼膜拜。这种影响不仅体现在服饰、发型、气质等外在方面，还体现在青年领袖对当前社会文化环境的认同或批判态度上。如 20 世纪 50 年代最为流行的是摇滚乐，摇滚乐代表的是一种新的、强有力的性审美体验方式，是社会压力的一种反叛表现。"猫王"形象成为"男性"酷态的第一个模型。他对青少年的发型、服装风格、舞蹈等外在影响很大。进入 60 年代，激进的"嬉皮士"运动是由摇滚推动的。这些新声音谴责冷漠、战争贩子、种族主义等社会痼疾。70 年代，社会对"朋克运动"尤为关注。朋克族最初出身于工人阶级的英国青少年。他们利用语言和行动，猛烈抨击主流文化来威胁主流社会秩序。他们热衷于奇装异服，

---

① 马赛尔·达内西著，孟登迎、王行坤译，四川教育出版社，2011 年。

全面抹杀两性的界限。70 年代到 80 年代，代表性人物是迈克尔·杰克逊和麦当娜。其中，迈克尔·杰克逊成了雌雄同体的象征，代表了青年对色情和淫秽的迷恋，而麦当娜则展现出一种冷漠的、疏远的性感形式。从这些不同时代的青年领袖身上，可以找到青少年文化发展背后清晰的逻辑。作者还讨论了在后现代时期，说唱乐成为了青少年进行自我表达的最主要的艺术媒介，给每个青少年提供了自由选择音乐风格的自助餐。从后现代开始，青少年进入了一种去偶像化、以自我为展示中心的思想转变。

从以上青年文化发展史的简单概述中，作者向我们呈现出青少年酷态的产生原因主要体现在身体意象、偶像崇拜、社会认同等方面，也就是说，性和角色认同的内在因素推动酷态的呈现方式不断变化并推陈出新。作者在着墨描写酷态的种种表现形态时，运用社会调查方法，采集了大量的数据和资料。从面部表情、服饰、音乐、吸烟、闲逛等各方面深入揭示青少年对同龄人的模仿、性幻想和寻找社会认同的内在原因，并详细描述出青少年是如何通过种种细节将这些酷态充分体现出来的。例如，男性青年和女性青年在吸烟的一系列动作细节上都有不同，这一方面揭示了性别表现是社会模仿的产物，把香烟看作是对阳具的崇拜，同时进一步论证了青年是如何达成角色认同——模仿的。作者还归纳出青少年的独特之处便是青年语言，青年语言有着情感语言、隐含语言和集体编码语言等三种类别，且进一步区分了青年语言与俚语，其中最重要的区别在于使用对象的不同。也就是说，青年群体有着不同于一般大众的、独有的话语体系。

可见，作者对青少年期种种酷态的形成及其背后的生理、心理和社会等原因作出了深入的思考和剖析。这不仅为人们研究青少年现象，尤其是网络青年文化，提供了丰富的历史资料，同时也为进一步研究青年问题提供了思考的角度。同时，作者对青少年期发展的未来做出了大胆的推测和质疑。文章结尾时，作者以两部作品中主人公对世界所持的态度收场。很显然，作者认为青少年期对社会的影响是微弱的，以妥协而结束，最终会被社会所同化。作者这样结尾，留给人们进一步思考和探索的空间。整本书给我印象最深的是，作者反复强调青少年酷态形成的主要原因是社会同龄人和家人的影响，对媒体产生的巨大作用缺乏深刻的认识。这就导致了作者的观点会受到网络时代青年现象研究的挑战。网络超越时空的分隔，大都市高楼林立，消费社会等现象造成人与人身体交往的脱节，而媒体正在日益充当着这个中介，逐渐代替了同伴和家人的角色，现实生活中同龄人和家人对个人的影响是在不断减弱的。从某种意义上讲，青少年研究不断涌现出新现象，才能跟上时代的步伐，使青少年研究不断丰富化、成熟化。

评《传播研究导论：过程与符号》①

冯月季

传播是什么？这是一个看似简单，却难以得到圆满解答的问题。

传播研究的两大学派——过程学派与符号学派长期以来的争执，甚至有时刻意贬低对方，约翰·费斯克在一系列假定基础上给传播下了一个宽泛且饶有兴趣的定义，他将传播定义为"借助讯息而进行的社会互动"。

很显然，费斯克对传播的这一定义有别于过程学派的传播模式，即发送者（sender）－讯息（message）－接受者（receiver）。在本书导论部分，作者概括性地总结了传播研究两大学派的主要观点，并且秉承学术研究客观公正的态度，提出本书力求介绍各学派的权威性研究，以此启发读者对两大学派研究内容、研究方法的质疑、反省、思考，进一步思考该以哪种方式来研究传播。

正如作者在导论部分所指出的那样，在 1、2 章中，作者逐一介绍过程学派的各类传播模式，得益于作者深厚的文学修养与社会文化研究兴趣，看似枯燥、机械的传播基础知识在作者笔下有如拉家常一般趣味横生，且不乏科学式的逻辑缜密。文学、艺术、社会文化，作者所引范例皆信手拈来，对传播基本概念的讲解好比教师与学生面对面的一次交谈，令读者倍感亲切、随和，且谈笑风生。

---

① 约翰·费斯克著，许静译，北京大学出版社，2008 年第二版。

　　而在 3、4 章中，作者笔锋一转，将读者引领进传播研究符号学方法的殿堂。作者很善于激发读者的想象，并注重比较研究。作者首先介绍了两大学派研究方法的相异之处，并且将符号学两大先驱——索绪尔与皮尔斯关于符号的基础知识呈献给读者。作者也很善于循循善诱，对各章节重要内容除作基本概念介绍之外，还列出引申含义以便读者进行深度阅读。

　　第 5 章是符号学研究方法的极致体验。作者在本章重点介绍了罗兰·巴尔特符号学研究"意指化"的两个序列，第二序列是符号学研究方法最重要的部分。在第二序列运作中，巴尔特认为包含了"隐含意"、"迷思"、"象征"三种方式。作者站在批判的立场上认为，巴特关于"象征化"的思想并不令人满意。在此基础上，作者引入了雅克布森关于"隐喻"和"转喻"这两个概念，并图文并茂地举例阐明这两个概念是如何确定讯息并发挥其指称功能的。

　　第 6 章中，作者继续探讨符号学的方法与应用。作者通过对诗歌、广告、新闻图片的符号学解读，阐明了符号意指化第二序列中意义是如何产生的，并且分析了文本的"优先解读"模式和"意义的社会性"。因为符号学是结构主义的一种形式，它认为我们认识世界的方式是通过我们文化的概念和语言结构。因此，作者在第 7 章介绍了结构主义的理论与应用。作者对人类学家列维·施特劳斯关于跨界仪式、二元对立、迷思等核心概念的分析，以及关于美国大众文化的结构主义分析，为我们研究传播提供了一个独具特色的视角。

　　针对符号学所招致的"过于理论、过于思辨"的批评，作者并不将演绎性的经验研究与归纳性的理论研究截然对立起来，而是从中寻找二者的结合点。作者认为，本书中运用符号学讨论过的研究领域，运用经验主义的研究方法同样奏效。第 8 章中，作者对经验主义研究方法进行了分析，列举了诸如内容分析、使用与满足研究理论、民族志研究等方法，旨在提示读者两种研究方法不同的侧重点。

　　作者在第 5 章中曾留下的一些悬念，如"第二序列的意义如何适应其所置身的文化"、"迷思和隐含意从哪里来"。这些问题在本书最后一章"意识形态与意义"中得到了解答。作者在本章中所要解决的核心问题是意识形态运作问题。作者首先对雷蒙德·威廉斯提出的意识形态三种用法进行详尽阐释，然后以此作为理论基点，运用符号学方法展开对纪录片、新闻图片、时尚杂志封面的意识形态分析，帮助读者了解意识形态如何通过符号产生意义。作者的分析不仅深刻独到，而且充满理趣。读完此书，存在于读者心中的关于过程学派与符号学派水火不相容的想法或许会有些许动摇。两种传播研究方法并无优劣之分，两者相互借鉴，紧密结合，取长补短，才能对人类传播现象做出更深入、细致的解读，而这正是作者写作本书的目的。

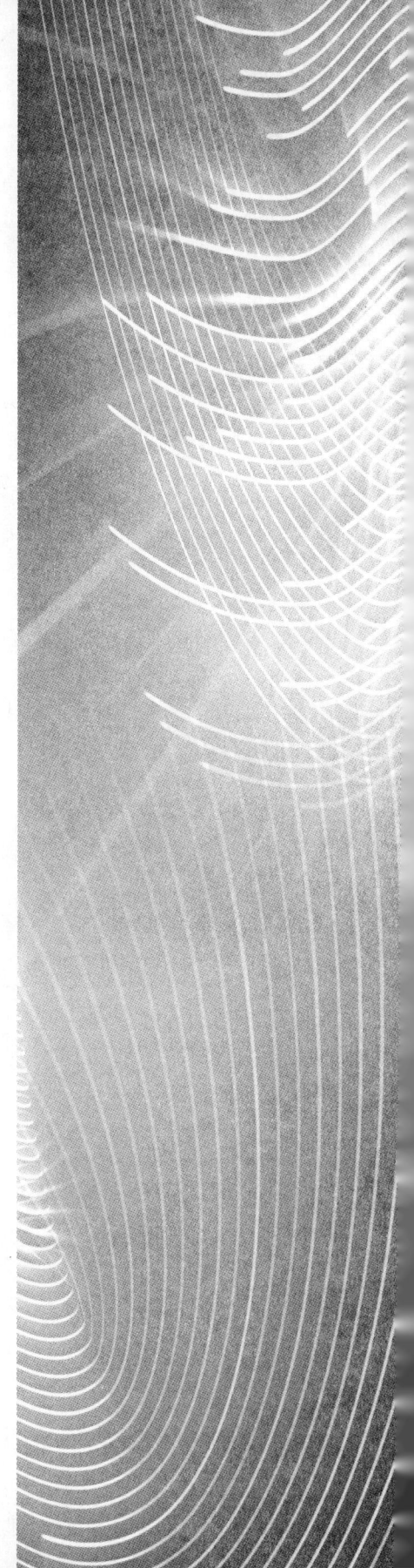

消息及征文

南京第 11 届国际符号学大会（IASS）征文启事

现代符号学理论主要可上溯至现代西方四大主要理论来源：瑞士索绪尔的结构主义语言学、美国皮尔斯的实用主义哲学、德国胡塞尔的现象学哲学以及英美分析哲学。20 世纪以来，围绕着这三大学术理论，在东欧、西欧和美国的诸人文学科内，形成了众多的符号学研究形态，特别是在语言学、逻辑学、语言哲学、社会学、人类学、心理学、精神分析学、历史学、考古学、文学理论、电影理论、艺术理论、传播学、文化学以及哲学诸流派之内。自第二次世界大战以来，在人文社会科学领域，陆续出现了众多与传统哲学理论形态不同的符号学理论形态，显示了现代理论方式的新方向。现当代符号学理论与实践的多元化发展，是 20 世纪人文社会科学跨学科演变的自然结果。符号学成为新时代人文科学现代化发展过程中最重要的方法论工具。新旧世纪之交的最近二三十年，随着社会与文化的全球化发展，符号学的跨学科实践逐渐拓展到跨文化领域。有着悠久丰富的历史和文化思想史的非欧美地区，逐渐成为新世纪跨学科－跨文化符号学全球化演变的新兴学术舞台，从而在史地文化和学术思想两方面有力地扩展了符号学全球化发展的规模和潜力。随着非欧美地区百年来的现代化发展，西方的科学、技术、文化和思想已经充分地为非欧美地区所吸收，并且后者在此基础上强化了对自身社会、文化、学术、思想诸历史传统的现代化反思和研究，从而大大扩展了符号学的全球化发展规模。

作为广义的"文化逻辑学"或"文化语义学",符号学涉及语言表达、交流行为、学术制度诸层面上的多元语义分析实践;实际上,符号学已成为人类人文科学整体现代化发展的最重要的认识论和方法论工具。符号学的全球化,也就是全球人文学术跨学科、跨文化实践的展开,反映了新世纪人类理论认知实践方向的巨大转折点,即人文科学理论从历史纵向的哲学中心论传统向专业横向沟通的跨学科新理论形态的战略性转移。符号学和人文科学各学科及其全体已经相互密切渗透,符号学成为人文科学强化其现代科学属性的重要推力。在人类三大知识领域中,自然科学和社会科学已在不同程度上形成了各自的"科学系统",从而为人类的认知和实践提供了有效的理性武器。正是在近现代极其成功的自然科学和社会科学楷模的引导下,20世纪以来人文科学也获得了长足的科学性进步,符号学则是此一进步的关键部分之一。在此过程中,符号学担负着在不同文明、文化、历史、学术传统之间进行语言语义、行为语义、制度语义层面上有效沟通的任务,从而为人类多元化人文社会科学全体的进一步革新准备了前所未有的良好条件。没有此多元化的语义沟通,不同文化学术思想传统之间的交流是难以有效进行的。2012年南京第11届国际符号学大会的召开,将体现不同文明、文化、学术传统间深入沟通的愿望和努力,而现代自然、人文、社会科学的人类共享资源,则为此跨文化符号学的推进提供了知识论的运作基础。

鉴于跨文化人文科学和跨文化符号学的努力尚处于起始阶段,本次国际大会的主要议程基本上仍然延续历届国际符号学大会的主题框架进行安排。正式会期共5天(2012年10月5-9日,10号为旅游观光)。各国参加者可完全按照人文社会科学各领域内个人的专业兴趣准备相关论文和筹组讨论方式。我们将根据提交论文的主题类别,先进行议程安排。个人的和计划中小组的(专题讨论和圆桌会议)讨论主题可以与人文社会科学的一切领域相关,可大致包括:一般理论和哲学;语言学和逻辑学;文学、历史和艺术;社会学和人类学;影视学和传媒学等。

大会将为提交论文的参加者安排发言的机会。与会者提交的论文,将在会后编入会议文集内,以继续扩大流通。

议程编制将分两个阶段进行。自本启事发布时起,首先请有意组织圆桌会议和专题会、小组会者,将相关主题名称和组织计划,用电邮发至大会筹备会联系人季海宏先生处(电邮:semio2012@hotmail.com)。已经准备参加大会者也可将个人完成的论文提要发至此邮址。我们将根据参加者提出的项目建议，进行初步的议程分类安排，并同时发布注册方式。然后请参加者按照相关程序进行注册，并提交论文提要。

南京第 11 届国际符号学大会筹备会启

首届中国符号学论坛征文启事

在南京第 11 届国际符号学大会期间（2012 年 10 月 5－9 日），将同时同地举办首届中国符号学论坛，并于大会正式开始日的前一天（10 月 4 日）提前举行论坛成立仪式和意见交流研讨会。论坛将以中文作为会议使用语言。欢迎各地对会议主题有兴趣的学者、学生报名参加。凡履行报名手续和提交合格论文者，均安排发言机会，论文在会后将选编入论坛文集内，以扩大流通。参加者欢迎同时参加国际大会。

论坛与国际符号学大会同时举行，意义深远。国际大会的讨论内容涉及各国与会者共同关心的方面。中国论坛讨论的内容是由中国学界的特定条件、特殊立场和主题兴趣综合规定的。中国符号学论坛的主题范围，将一方面包括国际大会的共同主题，另一方面包括中国学界特殊的主题。后者特别相关于中国人文学术现代化发展问题和中国符号学与世界符号学互动关系问题。论坛的形成，主要是由于跨学科学术交流的需要；论坛将为不同学科、不同专业参加者提供跨域学术交流的平台。由于百年来中国学术现代化过程主要是在各专业、专科内部分门别类地进行的，中国符号学论坛将参照国际符号学趋向，首次在人文科学领域之内和之间组织跨学科对话。一方面，在现代理论研究方面推进不同现代学科专业间的交流；另一方面，在中国本土的传统学术领域内推进文、史、哲、艺、宗等不同学术科别间的对话。当代符号学运动表明，各种跨学科学术对话是促进和提升人文科学整体及其各学科学术水准的必由之路。人文学术跨学科交流的过程也就是人文学术现代化的过程；此过程也包含着人文学术整体和局部的结构性调整目标。21世纪的中国人文科学领域，和其他学术文化领域一样，也须贯彻科学发展观，以朝向双元的科学现代化方向迈进，即一方面参与推进国际和本国的人文科学的现代化改革，另一方面参与推进中国传统学术的现代化改革。中国符号学论坛将成为通过符号学学术交流来讨论如何促进中国人文科学及其各学科的现代化提升的全方位对话平台。本次首届论坛将对"中国符号学论坛"今后长期的运作方式进行讨论并制定规章。

本次论坛由于安排在国际大会期间举行，时间比较有限。在专业主题之外，还须讨论有关中国符号学及论坛进一步组织的事务性议题，故参加者可按照以下学术门类进行个人和小组的议题准备：

1. 一般讨论（有关"中国符号学"的身份、内容、方法、方向的意见交流）；

2. 哲学、逻辑学、认识论；

3. 语言学与文学理论；

4. 史学理论、考据学与考古学理论；

5. 影视理论与艺术理论；

6. 传媒理论和文化理论。

自本征文启事发布之日起，参加者可先提交集体性（圆桌会议和专题小组会）讨论的建议项目。我们将根据注册、提交论文以及组织集体讨论议题的情况，进行议程安排，然后参加者再开始注册报名。注册、提交论文和建议的程序与国际大会相同。欢迎参加者同时参加国际大会（使用大会通用语言或安排翻译）和中国论坛（使用中文）。在搜集到相关资料后，筹备会将发布相关议程消息，之后有兴趣与会者可根据注册规定进行注册并提交论文提要。（请注意后续公告）。议题建议书和论文提要可发至筹备处联系人季海宏先生处（电邮：jhhforever@hotmail.com）。

南京师范大学首届"中国符号学论坛"筹备处启

中国符号学论坛发起单位及代表名单

第 11 届国际符号学大会将在中国召开,标志着作为现代世界人文科学理论前沿的符号学学术活动场地,将从百年来的西方地区扩展到东方地区来。为了扩大此次国际大会对中国符号学事业的积极效果,我们提出了同时举办一个较小规模的"中国符号学家和跨学科学者之间"的符号学研讨会的计划。这一平行的(国际和本国)符号学聚会方式,其实是历届国际符号学大会的通例,一般均由举办国的全国学会进行相应筹划。中国因为至今尚无全国性跨学科符号学学会,因此我们设想出此一替代方式,即建立一个"纯功能性的"跨单位、跨行业的学术交流平台,由诸发起单位轮流主办。中国符号学论坛参加者在"论坛"会场将以中文发言,从而可以较深入地探讨中国符号学特有的学术理论问题——中西理论关系问题、古今思想关系问题。这些时代前沿理论问题,今日是难以在中西各常规单学科内部加以充分探讨的。论坛议程初步设定为四大片:A. 哲学、逻辑学、科学理论、认识论、方法论(跨学科理论与中国符号学的理论问题);B. 文学、史学、语言学、文献学、考古学(跨学科文史研究与中国符号学问题);C. 影视和其他艺术门类(美学、文艺理论和中西比较符号学问题);D. 传媒学术、社会学、人类学(社会文化研究和中西文化符号学问题)。

中国符号学论坛发起单位及代表名单如下(名单顺序按联系先后):

1. 南京师范大学国际符号学研究所("论坛"首届召集单位);张杰(所

长，外语学院院长，教授，国际符号学学会执行理事，中国语言与符号学研究会副会长，第11届国际符号学大会筹备会主席)，辛斌(外语学院副院长，教授，中国认知语言学研究会副会长)

2. 中国语言与符号学研究会；胡壮麟(会长，北京大学外语系教授)

3. 中国逻辑学会符号学专业委员会；蔡曙山(主任，国际符号学学会执行理事，中国逻辑学会副会长，清华大学心理学系教授，清华大学心理学与认知逻辑科学中心主任，北京市自然科学和社会科学界联席会议顾问)

4. 中国社科院哲学所逻辑室；邹崇理(主任及研究员，中国逻辑学会副会长及秘书长，中国逻辑学会语言逻辑专业委员会主任)

5. 天津外国语大学；王铭玉(副校长，《外语学刊》主编，全国语言与符号学研究会副会长，中国俄语教学研究会副会长，教育部外语教学指导委员会俄语分会副主任委员。)

6. 浙江大学语言与认知研究中心；黄华新(主任，人文学院院长，中国逻辑学会副会长，哲学系教授)

7. 浙江大学文艺学研究所；徐亮(副所长，中文系教授)

8. 浙江大学新闻与传播学系和传播学研究所；李岩(系主任，副所长，教授)

9. 浙江大学当代中国话语研究中心；施旭(主任，外语学院教授)

10. 四川大学符号学研究中心；赵毅衡(教授，传媒与文学中心主任，《符号与传媒》期刊主编，前伦敦大学教授)

11. 清华大学比较文学与比较文化研究中心；王宁(主任，中国中外文艺理论学会副会长，中国文艺理论学会副会长，中国比较文学学会副会长，上海交通大学致远讲席教授)

12. 山东大学高等儒学研究院；黄玉顺(研究院教授，四川大学哲学系教授)

13. 《电影艺术》杂志社；吴冠平(《电影艺术》编辑部主编)

14. 上海大学影视批评中心及影视学院影视艺术系；曲春景(中心主任，系主任，教授)

15. 上海同济大学中文系；王鸿生(系主任，教授)

16. 华东师范大学中国文艺理论与批评研究中心；朱国华(中文系教授，中国文艺理论学会秘书长)

17. 南开大学中文系文艺理论教研室；李玉平（主任，副教授）

18. 巴黎东方语言学院汉学研究中心（Centre d'Etudes Chinoises，INALCO，Paris）；王伦跃（主任，教授）

19. 台湾符号学学会（台湾注册）；龚鹏程（会长，北京大学中文系教授，北大文化资源中心主任，前台湾佛光大学校长）

20. 国际符号学学会（IASS）；李幼蒸（副会长，中国社科院世界文明研究中心特邀研究员，第11届国际符号学大会筹备会顾问）

21. 中国青年政治学院青年发展研究院；卢德平（执行副院长，教授）

22. 南京大学美学研究所；赵宪章（所长，教授，中国文艺理论学会副会长），汪正龙（副所长，教授）

23. 上海交通大学人文学院；王杰（院长，教授）

24. 台湾交通大学社会与文化研究所；刘纪蕙（教授，前所长，前辅仁大学英文系主任，前辅仁大学比较文学研究所所长）

25. 台湾辅仁大学心理学系；宋文里（教授，台湾清华大学荣休教授，前台湾清华大学社会学研究所所长，前台湾清华大学艺术中心主任）

26. 上海大学古代文明研究中心；宁镇疆（副主任、教授）

27. 中国社科院历史所中国思想史研究室；吴锐（研究员，《中国古典学》丛书主编）

28. 中国跨文化交际学会；顾嘉祖（副会长，中国中美比较文化研究会副会长，中国语言符号学研究会副秘书长，南京师大国际符号学研究所特约研究员，英文期刊《中国符号学研究》前执行主编）

29. 南开大学外国语学院西方语言文学系；张智庭〔译著笔名"怀宇"〕（教授，前系副主任）。

30. 台湾大学外文系；蔡秀枝（教授，前《中外文学》总编辑，《美国符号学学会会刊》"中国符号学专刊"〔V23，1-4〕客座主编）

31. 香港岭南大学英文系；丁尔苏（教授，前系主任，中国语言与符号学学会首届副会长，国际比较文学学会前常务理事）

在本书编辑过程中,得到四川大学文学与新闻学院 985 工程文化遗产与文化互动创新基地,以及 211 工程子项目"中外文学与俗文化"的支持,特致感谢。